红色长篇小说经典

古城春色

第二部

张东林 著

人民文学出版社

一

满洒丽今天打扮得既朴素又大方,和同学们一起欢迎解放军入城。

雄壮的铁流,欢迎的人海,欢呼的声涛组成的这个盛大庄严的典礼,湮没了一切,震荡着古城碧空。满洒丽在这激动人心的海洋里,机械地挥动着手里的小红旗,随和着人海的喊声,含糊其辞地喊着口号。她听不清别人喊了些什么,更记不得自己喊了些什么,只是一个劲地喊,甚至她把"解放军万岁"喊成是"解放万岁"也毫无察觉。因为,她的全部精神贯注在从她身前经过的军队里。她不眨眼地察看着每一个解放军的军官,希望能在这里面发现她的未婚夫——王德。

这时的满洒丽几乎已经忘却了自己的身份,眷恋之情竟然占据她整个的心。但是,非常遗憾,队伍里类似的人物很多,而都不是王德。这不免使她大失所望。

部队快走完了,同学们正要跟随部队前进时,满洒丽忽然抬头看见西直门城楼上的小墙后面,站着两个解放军。其中一个中等身材的青年军官,正指着大街上欢乐的人流,神采奕奕地说着什么。她心中一动,觉得此人仿佛是王德。她赶紧挤出人群,沿着马路南边的人行道,来到城楼下,站在房子的拐角处仰面望去,"啊,是他!一点也不错。"不知是高兴的,还是别有顾忌,她心头一阵狂跳,情不自禁地向前跨了一步,张了张嘴,刚想喊王德,又觉得太冒昧,就止住不喊了。正在这时,忽然遇到王德的两道锐利的目光向她射来,霎时,她感到喜出望外而又心神不宁,赶紧用手里的小红旗,把脸遮着扭向走去的人群。当她悄悄地移开小红旗转脸再看时,城楼上已杳无人影了。

满洒丽慢慢地离开人行道,向城墙的马道口(登城的坡道)走去。可是,她大概忽然清醒了似的,走了几步又停下了,低着头犹豫了一阵。最后,还是回身迈着懒散的步伐向电车站走去。

眼前,大街上人山人海,入城的解放军没走完,交通还没恢复。她只好来到一家小吃店,要了几样点心,有心无意地吃着。街上阵阵的欢呼声不断地叩击着她的心弦。她那俊俏的瓜子儿脸上现出一副深思的表情。一会儿嘴角上露出一丝微笑;一会儿面色严肃,眉宇间罩上一层阴影。她不知不觉地把点心吃完了,为了拖延时间,又喝了一会儿茶,走出小吃店时,街上已恢复了交通。她这才上了电车,来到宣武门里,下车后向绒线胡同慢步走去。

满洒丽心绪很乱。王德是她的未婚夫,已经五年没有见面了。今年一月初,解放军围城时,在德胜门外曾经偶尔相遇,当时只觉得面熟,但并没认出来。后来才想起来,那是王德。从那以后,一直想再见到他。可是,今天见了面,却竟是这样欲行又止、犹豫不决。想来想去,就是因为王德现在是共产党、解放军;她自己呢,今非昔比,和王德之间已有一条不可逾越的鸿沟,所以,她才不敢大胆地毫无拘束地和自己离别多年的未婚夫相认。她很后悔在清河镇侦察解放军炮兵阵地,遇见那两个小解放军(小李和二宝)时,过早地把她和王德的关系暴露出来,还把自己住的街道门牌告诉了人家;而且还托他们捎信给王德,请他进城后去找她。现在,他果然进城了,要真的找来当然再理想不过了,那就按原定计划和他周旋。可是,结果将会如何?能否成功呢?她觉得心中无数。不理他?避开他?旧情难却。而且,这是上司交给的任务,也是自作聪明主动招揽的呀!不干能行吗?满洒丽越想越后悔,千不该万不该,不该过早暴露自己。如果王德对她的存在毫无察觉,而她的上司也不知此事,她就可以自由自在地周旋。那时,和他畅叙久别之情多有意思呀!成功了,就报告上司,一鸣惊人;不成功,就把他甩掉。反正，过去是过去，现在是现在，各走各的路，也无碍大局，那就主动多了。她自怨自恨，边走边想，一会儿恐慌不安，一会儿又自我安慰，"嘻，常言说得好，心静身自安。未婚妻，名正言顺。他找来也好，主动找他也好，都是人之常情，理所当然，干吗要自己吓唬自己呢？"满洒丽自嘲地笑了笑，把小旗子往路旁一丢，向胡同里走去。回到家，立即在电话上用暗语向王经堂报告了见到王德的情况。王经堂让她今晚到他家去，有要事商谈。

晚上，时钟敲过九点，满洒丽从家里出来，急急忙忙地进了六部口，经过耳朵胡同，然后故意拐弯抹角，穿过几条小胡同，最后，来到石碑胡同六十三号一个大院里。王经堂半个月前才从绒线胡同搬到这里。今晚，他就要和最后一批部队出城。他命令大家都来这个不大令人注目的地方，做最后一次会面。

王经堂的客厅里，灯火辉煌，烟雾弥漫，这混浊的空气，使人心闷。满洒丽一进门见屋里坐满了人，在座的除王经堂、鲁青、顾贞熊、朱明礼、王副官外，还有许多不认识的人，看样子像是些军官。但是都穿着便衣。不用问，可能是其他单位的负责人。这些人，有的矮胖秃顶大肚皮；有的高个体壮，满脸凶相；有的骨瘦如柴，面色发青；有的年轻秀气，装束考究，像是公子、少爷和城市里的浪荡游民之类的人物。在正面沙发上，和王经堂并肩坐着一个穿军装的陌生人。此人圆脸胖体、身矮脖短，面带笑容而又傲气逼人，目光里暗含一种骄横奸诈之气。他是谁呀？满洒丽正在猜测，王经堂已做介绍，说：

"这位是满洒丽小姐——我的秘书。"

"久仰，久仰。"陌生人欠身微微一笑，点了点头，并自我介绍说，"刘谊辉，刚从南京来……"

"对，"王经堂转脸面向人们说，"这位是刘谊辉少将，是奉命到这里来，和我们同舟共济、共谋大业的。今晚，趁此机会和诸位见见面。"说到这里，人们呼啦一声全都站了起来，用注目敬礼的姿势注视着刘谊辉。少将先生笑容可掬地向大家点头示意,然后把手一伸,说:"请挫,请挫。"他把坐字说成"挫"字,显然是个江南人。

大家落座。满洒丽也谦逊地点了点头,在身旁的沙发上坐下了。她这才想起,这可能就是美国顾问团在电话里提到的那位刘高参。她仔细地打量着这位少将先生,嘴里没说心里想:刚从南京来?长江以北,几乎全在共军控制之下,你是怎样来的?而且这位少将先生一口的江南口音,到北方来在哪里也是被盘问的对象……

刘谊辉已察觉到满洒丽正瞟着他。这目光,使他脑子里产生一些复杂的想法:这位漂亮的小姐,用一双荡人心魄的大眼睛如此地瞧着他,也许是敬慕、尊重和喜爱他的表示吧?因为,他认为自己是国防部的高级官员,自然会引起人们对他肃然起敬。于是,他泰然自若地吸着烟,十分矜持地开始陈述他的来历。他说他是前个星期随着接回南京军官的飞机到北平来的,一直在王经堂这里待着,谁也没见。他在言谈中处处表示他是王经堂的助手,并祝贺王经堂已晋升为华北工作组中将组长。

听到这里时,王经堂用得意的目光向众人扫视,并威风凛凛地咳嗽了一下。他的额头、鼻子和颧骨,这时显得特别光亮。当中将了,真是祖德不浅。这是王经堂梦寐以求、向往已久的大喜事。遗憾的是,由于目前的处境,他这中将头衔还是一张空头支票。因为,能真正听他指挥的部队只有一个特务团。其他各军的部队他根本掌握不了。如果说他还能掌握一点,也是通过他那支离破碎的特务系统去操纵的。至于其他人,更是人心隔肚皮,各有各的打算,谁还听他的?王经堂的手伸得再长,那也是力不从心。这一点他心里十分清楚。

"诸位,形势糟透了!"刘谊辉用长官的口吻接着说,"才三年的时间,东北、华北、华中,几百万军队丢得一干二净。虽然太原、归绥还在勉强支撑,看来寿命也不会太长。眼看这半壁河山成了共产党的天下,南京国府非常窘迫。现在,在军事上只靠长江天险和江南的几百万军队,如能守上半年,文章就好做了。在政治上,总统准备声明下台,由李宗仁出来支撑残局,以此作为条件,来和共产党讲和,争取时间,充实兵力。南京不久将派代表团和共产党谈判,力争划江而治。如能成功,当然是万幸之极。如谈不成,那只有依靠江南的几百万军队扼守长江天险了。估计共军既无飞机又无渡江舰船,光靠几百万不怕死的步兵,恐怕只能望江兴叹。"说到这里,刘谊辉不知是被一线希望所激励的,还是他对这种无把握的估计担心,面色发红,青筋暴涨。停了一会儿,他心事重重地长叹一声说:"三年来,我们在政治、军事上的惨败,这能说由于敌人强大之故吗? 不! 先生们,党国之最大不幸是我们一些高级将领,置前方将士生死疾苦于不顾,一味地尔虞我诈,争权夺利,贪污腐化,谄媚奉承,欺下瞒上,以致人心向背,众叛亲离,国体衰竭,造成如今这不堪收拾的局势。这些伤心的往事,我记得去年八月在南京的一次重要会议上,连我们总裁和何应钦部长都直言不讳……并以此来告诫我们……"刘谊辉这些坦率的论断,出自他对战局丧失了信心。目前,在败局面前再也不允许他造谣惑众,吹嘘什么赫赫战果了。这和一九四六年的形势是决然不同的。那时,国民党反动集团声嘶力竭地叫嚣,不出三个月就要扑灭爆发了二十多年的中国无产阶级革命。谁知,事与愿违,才三年时间,他们自己放起的这把内战之火,眼看就要把他们自己烧成灰烬了。他们的心情充满了沮丧、悔恨、悲观、绝望和怨天尤人。做梦也没想到,所谓训练有素、装备精良的堂堂国军,竟被他们瞧不起的穷八路打得一败涂地,而且,现在还要老老实实地听候整编。为此,刘谊辉闪动着凶恶的目光向屋里的人们扫视了一周,突然站了起来,带着重浊的嗓音,像宣誓一样,一字一顿地说:"先生们,蒋总统训导我们,只要我们效忠党国,克己奉公,同甘共苦,争取时间,光复失地是完全可能的。而且,国府还有更大的计划即将实施……望诸位坚定自信,奋发努力,最后胜利终属我党!"

"是不是盟国要出兵啦?!"王经堂急不可耐地问道。

"不,"刘谊辉好像心绪有所寄托似的,眼帘微垂,从眼角里瞧了一下王经堂,然后往沙发上一靠,说,"现在还不便说破,到时候自会明白。不过,华北能不能成为将来光复的潜伏力量,就看我们的了。我想,有王经堂中将亲自指挥,诸位先生同心协力地奋斗,达此目的不成问题。"接着,他向大家点头示意,表示他的话说完了。

刘谊辉这篇声音不高、内容举足轻重的演讲,使室内的听众——在他眼里是些井底之蛙——感到既新鲜又吃惊。新鲜的是,以前他们从来不敢公开谈论党国的败迹丑行,他竟敢在大庭广众直言不讳,而且引证了最高将领的言论。吃惊的是,他言谈之中,口气之大,知密之多,使他们觉得,与其说他是王经堂的助手,倒不如说南京给王经堂派来了一位盛气凌人的上司。他们觉得受宠若惊,因为这位国府大员最后还对他们寄予了莫大的期望。

王经堂穿着一套粗布军装,心绪不宁地吸着烟,静静地听着刘谊辉讲话,用冰珠似的眼睛瞧着窗户。刘谊辉的一字一句,勾起他许多心事。他全面地权衡了一下他今后任务的利弊条件。他和他的这些喽啰们今晚就要和特务团一起离开这座古城,开到指定的地点听候整编。这是一支最后开出城的国民党军队,其他大批军队早在三天前就走完了。"刘先生说得对呀,"他想,"华北能不能成为将来的潜伏力量就要看我们了。这是何等重大的信任啊!"军队整编,在王经堂的经历中并不陌生。从直奉战争军阀混战,到北伐成功,历来都是胜利者对失败者来一次整编。整编有什么了不起?无非是点名发饷,改番号,换军旗,改操典,换服装。其实,还不是换汤不换药?仍然是独立王国,各行其政。大不了一朝天子一朝臣。可是,共军能出多少军官把这十多万军队,从排长一直换到军长呢?他们办不到!既然办不到,人事问题就由不得他们了。

那么,王经堂和他的部下就可能以合法军人的身份存在下去,赢得时间,争取胜利。那时,王经堂就是从里及表堂堂正正名副其实的中将了。

"……那就走着瞧吧!"不知谁在角落里交头接耳地议论,最后说了这么一句。王经堂不禁打了个寒颤,忽然一种否定的念头在他脑子里闪过:啊,共产党的整编兴许另有花样哩。至于什么花样,他暂时还想不到。不过,有一点可以肯定,那是不好对付的。这些想法是在刘谊辉讲话中形成的。

鲁青听了老半天,根据那位刘少将的讲话,他怀着鬼胎瞧着自己的脚尖,正在为他这营副职务犯愁。随王经堂一块去整编,和解放军面对面地打交道,多危险……

"噢,对。"王经堂咳嗽了一声,"看来,我们以前拟定的计划有非常危险的漏洞。比如,鲁青老弟的使用问题,叫他也随部队一块去整编,很不妥当。他两次和共军直接打过交道。一次是在沙土城和共军面对面地谈判,一次是在西直门又和共军见过面。这就是说,共军中起码有两个人已认识他。尤其在沙土城,公开以我的代表身份出现,与共军谈判。如果在整编中万一碰上他们,被认出来,那么我陈一民的化名也就不揭自露了。"

鲁青听到这里,乐得浑身都轻了。

"嗯,太好了。"他心里想,"他要开脱我了。"

"所以,鲁青老弟还是换个职务好。"王经堂接着面对鲁青说,"你以一般市民的身份在城里住下,和满小姐住一块,把你太太也带上。不过,你要很好地化装一下,改个名字。今晚,噢,明天也可以,到派出所登记个户口,就说那座房子你买了,职业嘛……可以填写廊房头条汇丰钱庄的经理,至于任务,嗯……"王经堂想了想,"你是我们在城里的联络员。"说着,他看了看顾贞熊和副官王兆祥,说,"至于营副之缺,由王兆祥上尉接替。"

"是!"两人同时立正答道。

鲁青心里高兴极了。这任务虽说有些困难，毕竟比和共军面对面地打交道保险。既不用担生命风险，又可以安闲地住着那样阔气的公馆，而且，和满小姐住在一块倒也开心。至于应付城里的八路以及和各军的特工人员联络，这都好办。照转照办嘛，那就要看风使舵了。不过，只要满洒丽和那个姓王的恢复了关系，就不用自己去冒什么风险，多合算！鲁青正在想入非非，自得其乐，忽听王经堂说："不过，你要注意，鲁上尉，除去掩护满小姐工作和友邻部队经常取得联系外，必要时，还要和共产党面对面地打交道。和共产党打交道，要处处小心，时时留神。要是你在城里出了乱子走了风，我就先杀了你！"说到这里，那些穿便衣的军官，都用异样的目光注视着鲁青。

"是！"鲁青站起一躬到底，"请问……啊……陈先生，卑职和满小姐的关系如何定？"

"你说呢？笨蛋！"王经堂的目光针一样地瞟了鲁青一眼，"我问你，今天下午是谁在北海向旃坛寺投手榴弹？又是谁今晚在宣内大街投了一枚炸弹？嗯？！"王经堂面带杀气，凶恶的目光，向屋里扫视一周，掠过刘谊辉的两个随从和顾贞熊，最后停在鲁青脸上。

"卑职不知……"鲁青低声下气地，好不容易才从牙缝里吐出了四个字。

室内气氛非常紧张。

所有的人都低着头，一声不吭。惟有刘谊辉轻松地靠在沙发上吸着烟，脸上堆满了平静的冷笑，瞧了瞧他那两个少爷般的随从人员。王经堂接着说："先生们，我们和共军之间有不共戴天之仇，这种心情是可以理解的。可是，你们在此时此刻，投几个手榴弹，即便炸死他几个，又能解决什么问题？简直是老虎头上打苍蝇——成心惹祸。我奉劝诸位，下次不可……"说着，王经堂又向室内扫视一周，威风凛凛地咳嗽一声，然后转向刘谊辉，很不自然地笑了笑,问道:"少将先生有何高见?"

"噢,完全赞成。"刘谊辉欠身微笑,"不过……关于人事问题我还有个建议,不知中将先生意下如何?"

"不必客气,请讲无妨。"王经堂对人事问题特别敏感。刘谊辉问得突然,他有点紧张,立即侧耳静听。

"我想,满小姐责任重大,一个人留在城里,恐怕忙不过来。是不是把朱明礼留下来做个副手,更妥当一些呢?"

"这……"王经堂面色严肃,正在考虑如何回答。满洒丽却抢先开口了。

"好嘛,"她霎时面色苍白,但又装出一副镇静的样子,顺手在茶几上取烟吸着,不慌不忙地说,"少将先生如此关心,我不胜感谢。不过,我得先请示一下南京美国顾问团才能执行。必要的话,我可以让位。"

王经堂满意地点点头,没吭声,而心里却洞悉其意。他要听听刘谊辉的下文。

刘谊辉赶紧解释说:

"请不要误会,小姐,刘某决无此意。我是想……啊,恕我冒昧,满小姐,听说在共军之中你有位未婚夫。这件事你要拿出大量的精力和他周旋。比如说,在完成你的主要任务之余,你还要去找一找他,找着后还要陪他逛公园,蹓马路,看电影,谈谈久别之情。这些,都需要充分的时间。朱明礼和你在一起,无论在报务工作上,或是你的终身大事上,都能给你很大的帮助。再说,这也是党国对你的信任。一旦成功,功劳不小啊。你说是吧,哎?"说完,刘谊辉手摸下巴,瞪眼瞧着满洒丽。

满洒丽乜斜着眼瞟了刘谊辉一下,没做任何回答。然后一口一口地吐着烟圈,那些一连串飘动着的烟圈,轻轻地飘向天花板,逐个消散了。她脸上露出轻蔑的笑容,嘴唇紧闭。心想,这位少将先生,野心不小哩! 在这种场合提这件事,简直是个笨蛋。要不是南京来电介绍过你,我真怀疑你是不是国防部的高级参谋。看来,你们这些高级人物,只能讲讲空头大道理,真的身临实践时,都是些愚昧无知的可怜虫!难怪失败得如此惊人!

室内又是一阵难堪的沉默。大家都用惊异的目光瞧着满洒丽,看她如何打破这个僵局。

"不妥当!"满洒丽终于开口了,"事关大局,开不得玩笑。"

"那么,你那未婚夫呢,还找不找他?"

"那是我的事,我知道如何去做……"满洒丽没说下去,把半截烟头往痰盂里一丢,两手抱在胸前舒适地仰在沙发上,不理他了。

刘谊辉恼火极啦!脸涨得像个紫茄子,翻起眼来瞧了瞧王经堂,紧闭嘴唇,没说什么,心想,这位小姐好大的脾气,哼!然后气急败坏地喘了一口粗气。

王经堂觉得该是他说话的时候了。他直了直身子,不慌不忙地拿起杯子喝了一口茶,说:"嗯……关于这件事,我考虑再三。从利弊关系衡量,朱明礼上尉,还是在一营当教导员重要。将来在整编过程中,可以帮助顾少校出谋划策,做很多工作。这一点,我是寄予莫大希望的。留在城里嘛……当然也不无好处。但毕竟不如在一营的作用大,量材而用嘛。咹?你说呢?朱上尉。"

"遵命!"朱明礼起立,腰板挺得溜直,一副标准的军人姿态,把头一点应了一声。他这利落爽快的动作,引来不少人的注目,连满洒丽也瞧了他一眼。

"请坐。"王经堂满脸笑容地把手一伸,接着说,"再说,刘少将来到这里只带你们三个人,两个随从为了帮助鲁上尉在城里办事,已经以我妻弟的名义住在这里。如果把你再留下,未免大材小用了。你说是吧——刘少将?"

"谢谢!"刘谊辉苦笑着点了点头,但心里却骂道:老滑头!

僵局就这样缓解了,大家这才松了一口气。

王经堂看了看表,已是凌晨一点,离出发时间还有半个小时。

他觉得今晚的会议主要是介绍刘谊辉和大家见面,不料想刘谊辉节外生枝,弄得大家心情都很紧张。现在已经介绍完了,应该收场了。于是,他急忙从沙发上站起来。

"诸位,时间不早了,应该是行动的时候了。"他接着喊道,"顾少校!"

"有!"顾贞熊站得笔直,"听您吩咐,中将先生。"

"出城的部队都准备好了吧?"

"准备好了,请您下令。"

"现在,你和朱上尉、王营副带着部队马上出发。我和刘少将随后就到。执行吧!"

"是!"顾贞熊、朱明礼和王兆祥敬礼后,转身走了。

鲁青刚想跟他们一块走,被王经堂留住了。他来到王经堂跟前小心翼翼地鞠了一躬,说:"有何吩咐,先生?"

"王兆祥的老爷子,你处理得可靠吧?!"

王经堂忽然提起这个问题,鲁青不禁打了个冷战。他想了想去年他们从镇边城经过王兆祥的家逃回北平的第二天晚上,奉命送王兆祥的父亲出城的事。他清楚地记得,那天晚上下着大雪,他领着老头子出了西直门,来到西郊公园的旁边,过了警戒线又走了一百多米,瞧了瞧四周,除了黑森森的树林外,空无一人。于是,他对着老头子后背开了一枪。就在这时,前面有人喊道:"干什么的?站下!"接着,就是一阵脚步声。鲁青惊慌失措地摸着黑跑了回来。现在,王经堂突然问起此事,不知何意。说良心话,老头子是否真的打死了,自己也没有把握。不过,他亲眼看见老头子倒下了,而且一动也没动。因此,他回答说:"没错,先生,现在恐怕早进了狗肚子棺材了。"

"嗯,去吧。"

"是!"鲁青鞠了一躬,然后颠着溜轻的屁股滚蛋了。

鲁青走后,王经堂和那些穿便衣的军官一一握手告别说:"祝诸位工作顺利。希望平时多和鲁青上尉联系。有关南京方面的指示,满小姐会通过鲁上尉随时告诉你们。没有重大事情,我们暂时只好各自作战了。兄弟我和刘少将当全力协助。"

"卑职尽力而为。"大家齐声应道,然后各自散去。

凌晨三点,一辆黑色小卧车在绒线胡同四十二号门前停下了。车门开处,一个女人下了车,随即砰的一声关上车门,把手一扬,柔声喊道:"咕得拜!"轻步蹬上门楼的台阶……

车子呜的一声向大街上开去。车子里坐的是王经堂和刘谊辉,两个人躺在座椅上,眯缝着眼,面色苍白,各想各的心事。

刘谊辉对今晚的会议比较满意,那些敬慕奉承的眼光给他增添了不小的信心。卑鄙的人同样有自尊心,妖魔鬼怪也爱听恭维的话。可是,那位文雅标致的小姐,眉宇间那种凌厉傲气的神色却使他非常恼火。

"喂,老兄,"停了一会儿,刘谊辉终于开口了,"这位满小姐怎么样?"

"什么怎么样?"王经堂没睁眼,也没动。

"我是说,我们把最机密的东西交给她掌握,是否妥当?"

"怎么,你对她有什么怀疑?"

"因为我对她还不太了解。"刘谊辉说。

王经堂直起身子向车外望了望,车子已经出了阜成门,在去门头沟的公路上行驶。他说:"她本来是美国顾问团的人。北平危在旦夕时,噢,记得是去年圣诞节的晚上,美国顾问团在北京饭店举行招待会——那时,我住在绒线胡同四十二号——顾问团团长史密斯上校为了表示对我们的友好,为准备应变后事,才通过陈老先生把她介绍给我当秘书。从那以后,她就带着电台和密本,由美国人亲自用车送到我家住下了。那时,学校正放寒假,不去学校也没有关系,对校方就说在她亲戚家里度假。但是,为了及时了解城外共军的情况,白天我还是叫她去学校。这姑娘也真够辛苦的,就这样经常冒着风险出出进进,及时报告了不少重要情报。这完全是美国朋友和陈老师对我的一番关怀和信任,才给我派了这样一位得力的助手。不然,这姑娘早就随美国人到美国留学去了。当时北平城不是有不少的所谓吉普小姐随美国人一块儿走了吗?可她却没有走。这也说明她胸有大志啊!噢,这些我记得曾跟你简要地谈过。"

"嗯,是我才来的那天晚上吧?"

"是的,"王经堂继续说,"此人虽然年轻,但颇有社交经验。以前在奉天大学读书,现在是燕京大学的学生。会两种外语——英语和日语。对报务工作比较熟练。我说老弟,"王经堂说到这里,拍了拍刘谊辉的肩膀,"放心好了,我保证不会出差错。将来此人对我们大有用处。她的后台是美国人。有朝一日,我们能直接和美国人打交道时,这可是个用得着的人啊。"

"唔……"刘谊辉这才舒适地躺在座椅的靠背上,任凭汽车对他那矮小的胖体随意颠簸。最后,他自言自语地说,"难怪这么傲气!不过,为什么提起她的未婚夫来,竟这样不耐烦?"

"这事还得从头说起。"王经堂向刘谊辉身旁靠了靠,压低声音说,"去年,啊,今年一月初吧,共军围城正紧时,满小姐和两位美国同学要进城来报告城外共军情况,走到德胜门外,就被她的未婚夫挡住了。交涉了好久,说什么也不让进。当时两人谁也没认出来。后来,她回想起来觉得此人很面熟,好像是她的未婚夫,但又不敢肯定。为这事,满小姐还单独又去跑了一趟,可是没碰着。最后,她到清河镇去侦察敌人的炮兵阵地,碰巧遇着两个小解放军,从他俩口里才证实了这个问题。这姑娘真也多情,当晚就打电话给我,要去找他。当时情况紧急,我急需城外共军部队的部署和调动情况,哪有心思叫她去干这些事。后来,这件事被顾问团情报人员知道了,人家可非常重视。要我们放长线,钓大鱼,利用这个关系把他拉过来。据说这是有战略意义的行动。但是,人家一再嘱咐要绝对保密,可是你——老弟,今晚竟在这么个场合提这件事,她能不恼火?我说你呀,老弟,聪明一世,糊涂一时。这就怪不得她啰。"王经堂拍了一下刘谊辉的肩膀,嘿嘿地笑了。

刘谊辉听罢王经堂的陈述,好长时间没说话。最后,瓮声瓮气地说:

"美国人想得也太天真了吧?!女人家水性杨花的,搞不好大鱼钓不着,反而把诱饵也丢了,那就大祸临头了!据我的经验,女人常常容易让感情战胜理智。当感情冲动时,即使爱的是敌人也在所不惜。一旦坠入情网,她会出卖一切。这就是我对她不放心的理由。"

"放心吧,老弟。这姑娘被共产党搞得家破人亡,仇深似海。现在得到美国人的器重,本人长得又漂亮,凭她的社交经验,拉不过来才怪呢。"

刘谊辉没再说什么,心里想,那就走着瞧吧。必要时,不等她失败,我就收拾了她。一来省得泄密,二来把电台掌握过来。

马达声在旷野里轰鸣,汽车向黑暗的夜幕里驰去,颠簸得更厉害了。

第二天早饭后,满洒丽又来到了西直门。见一个解放军战士持枪站在马道口的门旁,枪上装着锋利的刺刀。她心里有点恐惧,但还是壮着胆子上去了。

"干啥!"哨兵的声音粗壮、严肃,脸上一丝笑容也没有,把步枪一横挡住去路,问道。

满洒丽不禁一愣,一颗恐慌的心几乎从胸膛里跳了出来。她定了定神,嫣然一笑说:"我来找个人。"

"找谁?"

"嗯……找王德。"

"这里没有……"

"昨天我还看见他在上边站着的,怎么会没有呢?"

"昨天是昨天,今天是今天……你走吧!"

满洒丽见哨兵态度挺横,再问下去准没好话说。她回身下了马道口,心里又怕又不是滋味。说不定王德已经变心,有意不见她。今后再不找他了,免得操之过急,发生意外。她心灰意懒地向大街上走去。

二

晚霞渐逝,夜幕降临,古城的万家灯火,放射出绚丽多彩的光芒。王德把西直门上的警戒,奉命交给友邻部队后,带着一排的同志,经过西直门大街,来到新街口,拐弯往南,直奔宣武门。

这一天的任务,大家都觉得完成得不错。尤其当战士们想到自己能够参加警备文化古城北平这一具有历史意义的任务时,心里都产生了一种自豪感。这种难以用语言表达的心情,在人民战士之间早已心照不宣了。路上,他们服装整齐,姿态端庄,用急行军的速度,目不斜视,挺胸阔步,沿着喧闹的大街走去。

一排长赵文江,黑脸庞、高个子,威武严肃,使人望而生畏。如果这时有人被他的肩膀碰一下,准被撞出两三步远去。战士们和排长赵文江一样,个个紧绷着脸,没有说话的,更没有东张西望的,神情专注地迈着大步,仿佛要告诉古城的人民:"我们是中国人民解放军,是世界上第一流的军队。"王德心里想,战士们第一次在这么个大城市的马路上行军,而且马路上众目睽睽,都在关注着他们,难免有点紧张。同志们在战场上拼拼打打,那是家常便饭,满不在乎。可是,在这种场合,就有点像大姑娘出嫁,喜中含羞了。王德心里很高兴。他觉得战士们遵守纪律,服从命令的觉悟程度高,今后在完成北平的警备任务中,第四连又能名列前茅了!王德正想得高兴,忽然路旁跑出一群学生,有男有女,呼啦一声,迎头向他们围拢来,七嘴八舌地嚷道:

"解放军同志,给签个字,好吗?"

"解放军同志,您们到哪儿去?我们给您领路好吗?"说话间,七八只拿着笔记本的手早已伸了过来。

赵文江一看这情形,心想,糟糕!部队在这里被群众围住走不了,战士们又不会应付,非出洋相不可。霎时,他那黑脸膛上,像大冬天挂了一层油。正在着急,忽见王德站出队列,对他一挥手,示意叫他带队伍先走,这里由他王德来应付。

赵文江这才松了口气,带着队伍大踏步地走了。

王德出了队列,把每一个学生的本子接过来,在上面写了这么两句话:

"打到南京去,解放全中国!"

"军民一家,天下无敌!"

王德不仅词儿写得生动、简练,那笔字也相当流利别致,不禁引来学生们的鼓掌欢呼,连在旁边看热闹的人也议论开了。

"嗬,这是一支文武双全的军队!"

"文明的军队,必然是由有知识的人组成的!"

"难怪打胜仗!"

王德给学生们签完了字,顺便问道:"喂,同学们,从这往南都是到什么地方去?"王德问得奇怪,学生们一时愣住了,莫名其妙地互相瞧了瞧。这时,一个十五六岁的男生欣然答道:"噢,我知道,同志。从这往南经过西四牌楼南大街,直到西单大街,经过西单牌楼再到宣武门大街,出了宣武门就是宣外大街,走菜市口拐弯往东,经过骡马市大街、虎坊桥,在这里不停直往东走,经过西珠市口,再拐弯往南,就是天桥大街,然后过去天桥,就是永定门,出了永定门就是郊区了。"他一口气说完,把手一摊,好像下边再也没什么好说的,感到十分遗憾似的。

"好,一百分。"同学们一阵哄笑,"问得奥妙,答得神奇。"

王德只是微微一笑,然后把手一招,说:"谢谢,再见。"说完转身就走,他的身后传来一片赞许声。

"嗬,解放军的军官,既年轻又老练,彬彬有礼。"

王德问路为什么这样奇怪呢?这是长期生活在战争环境养成的保密习惯。行军问路时,从不把宿营地告诉对方,以免泄露军事机密。碰巧又遇着这么个爱多嘴的学生,他也不问王德要到哪里,就像背书一样把这些地名、街道,滚瓜烂熟地背了出来。王德从中知道了到目的地宣武门该怎么走。

王德迈着大步,顺着宽敞而喧闹的马路走去。他举目远望,赵文江带着部队已经走远了,但在辉煌的街灯照耀下,战士们身上武器的反光,尚能闪烁可见。王德加快了步伐,急追猛赶,直到西四牌楼南大街,沙锅居门口才追上部队。同志们大冬天走得满头是汗。赵文江个子高,步子大,走得快,在头里像个火车头。后面的战士紧跟猛赶,还是拉大了距离。王德疾走几步,赶上赵文江,说:"老赵,慢点走,你看后边快掉队了。"

赵文江回头看了看,果然部队拉长了距离,队形显得不太整齐了,这才放慢了步伐。

"真是个大城市,一条街走了一个多小时,还不知宣武门在哪里。要是在野外行军,早就该休息了。这鬼……好家伙……"赵文江本想说"这鬼地方",扭头看了看王德,又改口说,"嗯,看来再走一个小时也到不了。"

"不用慌,同志,快到了,你看。"王德面露微笑,用手向正南一指,"那不是嘛!"

赵文江举目望去,在大街的尽头,一座黑兀的城楼屹立在夜空之中。

"嗯,起码还有五六里路。"

王德、赵文江并肩走着,后面一排的战士一个紧跟一个,都上来了。于是,王德把刚才一群学生要求签字,以及他向学生问路的事说了一遍。最后他说:"老赵,假如我们是住永定门,据那学生和我说的那条路线估计,明天早晨我们也到不了。现在呢,我们是住宣武门。所以,你就安心地走吧。即便还有五六里路也不算远,反正误不了你休息。"

　　"我说副连长,我的意思不是休息不休息的问题。"赵文江回头看了看战士们,然后低声说,"原先我听说警备北平,觉得这任务挺光荣。可是,现在看真不如在乡下好。查岗查哨,一小时能转好几遍,多便利,也没这顾虑那顾虑的。这呢,可倒好,我们算是钻进是非窝了。一围一大群,好家伙,还叫你签字。签个啥字哟!我们又不欠他们的,哼!我看这任务困难不小。"

　　"好啊,"王德仰面笑了笑,说,"我看你这想法很有意思,明知光荣又觉困难。这困难比起行军作战,算得了什么!可你这么大的块头,竟能说困难不小。应该说责任不轻!等找个时间你和战士们讨论讨论,看你这大排长怎么说得出口。我看你应当这样想:要给战士们讲清楚,一个革命战士应如何去适应各种不同的环境,出色地完成党的战斗任务,这才是我们领导者应有的责任呢。"

　　赵文江默然了,低着头迈着稳实的步伐向宣武门大街走去。这里灯暗人静,行人稀少。

　　王德说是这么说,可他心里也在嘀咕。不过,他没有赵文江想得那么简单。就说今天上午吧,他忽然发现城楼下站着个拿小红旗的女学生。其实,当时他并没有完全看清那就是他的未婚妻满洒丽。可是,就在那以后,他考虑了很多问题:远在部队进驻冀东靠山镇时,他见二宝和秀珍那样相亲相爱,不由得就想起了他的未婚妻满洒丽。他曾打算将来解放了北平,就去找她。那时,阔别了五六年的未婚夫妻,一旦见了面,将是多么幸福啊!可是,自从他在德胜门外见到那个女翻译,尔后又听小李说,他和二宝在炮兵阵地上曾遇见过她,他心里就产生了不少的疑虑。这是因为王德经过长期战争生活的磨炼、严格的政治熏陶,思想深处产生一种政治上的警惕性。找她?还是不找她?王德犹豫了。因为,他不知道满洒丽这五六年在敌占区生活,政治上究竟如何?感情上有无变化?如果她是进步的学生,生活上仍是那么纯洁,那最好不过了。假使她有什么问题,而自己不做调查就贸然地去找她,那后果……是不堪设想的!那样的话,我对党对组织对同志们怎么交代?那算个什么共产党员?我这副连长还有口去说别人吗?王德由于想到这些,才毅然决然地嘱咐哨兵温明顺说:"有人找我,就说不知道。"

王德回想着这一切,不时地向灯暗人稀的大街两侧观察着。刚过了长安街十字路口,快到绒线胡同口时,忽然面前咕咚一声,一件沉重的东西凌空落在马路边上。王德定睛一看,见那东西冒着火星子就地乱滚。"手榴弹……卧倒!"王德高喊一声,纵身跳过去,运足力气,一脚把那东西踢出有四十多米远,接着火光一闪,轰的一声爆炸了。好险!差一点伤着人。不过,街道两侧住户的门上、墙上却被弹片炸了不少的小洞,连路灯也崩灭了。这里本来灯暗人稀,这一下,更加街黑人静了。王德急忙回头看战士是否有伤亡。幸好,赵文江和战士们早已散开卧倒在马路两边,并做好射击准备。其动作之迅速,几乎和王德的喊声是同时的。

"我说副连长,"赵文江来到王德跟前说,"咱们派人到两边搜索一下,行不行?"

"到哪去搜索?"

"到胡同里和老百姓家里。"

"算了!"王德略加思考说,"早跑得没影了。再说,我们刚进城,老百姓对我们还不了解,为了这点小事就挨门挨户地搜索,反而会被敌人借口造谣惑众,对今后的工作不利……不管它,走!他妈的,卑鄙!"

队伍悄悄地集合了。

王德和赵文江带起部队又前进了。这里,像是从未发生过任何事一样。可是,那些躲在门洞黑影里的少数市民,却惊魂未定地用呆滞的眼睛望着这支纪律严明、动作神速、勇敢沉着的队伍,不禁发出耳语般的赞叹声:"……好家伙……这队伍……真叫棒!"

半小时以后,王德和一排的同志来到宣武门城楼上。这里和西直门差不多,以前也住过国民党的部队。经过整理,里面铺草铺陈得很整齐,连部和其他排的同志早已布置好了宿营,各种武器放得整整齐齐,光等一排回来了。同志们坐在铺草上,有的擦枪,有的看书,有的在一块坐着聊天。大家见王德和一排的同志回来了,呼啦一声都来迎接,帮着拿背包的,拿枪的,连说带笑,像是几天没见面似的。

小李赶紧迎过来接下王德的背包,放到他休息的位置。王德转动着身子,举目向屋内扫视一周,并和同志们打招呼。

"小李,连长和指导员呢?"王德问道。

"到营部开会去了。"

"营部住在哪里?"

"喏。"小李隔着窗户向东面城下指了指,"看见那个钟楼吗?那是天主教堂。教堂的礼拜堂、办公室,所有的房子都被我们营部和连队住满了,就我们连住在这'高楼大厦'里。"

"人家让他们住吗?"

"干吗不让?营长说,国民党在那里住过,有现成的铺草,锅灶。那个外国人据说是个神甫,高兴得不得了。他说国民党在这里把教堂给糟践坏啦。他欢迎我们在那里住。"

"唔!"王德没说什么。这时,只听一排的战士和二三排的战士,围在一块高谈阔论地讲述刚才在街上发生的事情:

"……我们副连长可真行,一家伙就把手榴弹踢出一百多米……"

"谁说的？只有四十多米,我亲眼见的。我们副连长连腰都没弯一下,瞪着眼看着那家伙爆炸了!"

"好家伙,没炸着人哪?"

"没有。只把墙上崩了几个小洞洞,再有,就是把路灯炸灭了。那时,我心里想,来吧,兔崽子! 我这机关枪也不是吃素的。谁知道连个鬼影也没见,白等了半天。他妈的……"

"没去追呀?"

"没有。副连长不同意。敌人早他妈钻到老鼠洞里去了,连猫也没办法……"

战士们一阵哄笑。

这天夜里十点多钟,连长乔震山和指导员郝平从营部回来时,连里除去哨兵和几个聊天谈心的战士外,都已睡了。

副连长王德把完成任务的情况,以及街上发生敌人投手榴弹的事,都详细地汇报了。

乔震山和郝平把王德和一排的战士鼓励了一番,然后悄悄地叫醒各排的排长,还有司务长等支部委员,开了个支委会,传达讨论上级党委分配的警备任务。为了不影响战士们休息,他们到城楼东面一个避风的地方,围成一圈坐在背包上。

"同志们,"郝平压低声音说,"情况是这样的:北平的和平解放,给北平人民带来了无限的希望、狂热的欢乐,连那些鬓发皆霜的老教授都和学生们一块扭着秧歌在大街上游行。因为,他们长期渴望的日子终于来到了。他们要尽情享受这幸福。他们意识到北平的和平解放,将把这个文化古城带进一个崭新的时代,它将记入中国历史的史册。因此,大家为这划时代的日子到来而高兴得热泪盈眶。见到我们解放军从心眼里亲。因为他们亲眼目睹中国有了一支强大的人民军队。"郝平说到这里停了一停,接着说,"但是,上级党委要求我们,在这一片欢呼声中,必须保持冷静的头脑。这是因为:第一,人民越是信任我们,我们就越应更好地完成对北平的警备任务。第二,北平长期在反动派统治之下,社会情况相当复杂,各种风俗习惯,社会制度还是旧的一套。尤其是,据军管会和北平地方同志说,在我们进城的前一天,一夜的工夫一个宪兵团就无影无踪了。这些人,有的走了,有的逃了,有的分散到别的单位去了,有的在城里潜伏下来,成了散兵游勇。据说,敌人有一整套的潜伏计划,这就给我们的警备工作和整编工作,提出了新的课题——要准备和敌人进行一场复杂的斗争。因此,上级要求我们,在执行任务中,要坚决执行三大纪律八项注意;一丝不苟地贯彻城市政策;在地方党的帮助下,战胜敌人的破坏、挑衅和捣乱!"

郝平用手掌在胸前劈了三下,结束了他的讲话。然后转向乔震山说:"你把我们连的任务传达一下,好请大家讨论。"

乔震山从大衣口袋里掏出一张地图,展开在地上。但是,由于春节才过三天,没有月亮,天空漆黑,缀着微弱的星光,大家看不清地图。所以,都拢向地图,取出手电筒照着。还没等乔震山开口,王德说话了:"连长,我们好不好到屋里去讲?"

"为什么?"乔震山问。

"到屋里,一来暖和,二来保密。"说着,王德向城墙下指了指。正在这时,城墙下传来了行人的脚步声和低语声。这声音由近而远,渐渐地消逝在幽静的胡同里。

"说得对。走吧,到屋里去。"乔震山立即同意了。

大家提着背包来到屋里。小李正在值夜班,见大家进来了,赶紧把煤油灯拿过来放在连长身前,然后悄悄地走开了。小李来到门外觉得寒气逼人,冷风刺骨。他两手拢在袖筒里,胳膊上挎着马枪,在檐下的台阶上来回溜达着。屋内静静的,只听乔震山说:

"同志们,我和指导员从营部接受任务回来时,在路上拟定一个方案,请大伙儿讨论一下。如果同意,就这么定了。如果有意见,我们就重新考虑。我们的任务是这样:一排到中南海担任警戒,部队可以住怀仁堂旁边的小房里。那里有铺草和锅灶,比较方便。每天二十四小时,除去新华门和中南海西门派卫兵外,还要派一个组的游动哨,在中山公园和府右街、皇城根巡逻。再派一个班到西长安街广播电台和市政府担任警卫。"

"这些地方都在哪里?"一排长的声音。

"现在我也不知道。"乔震山说,"执行任务的头一天,军管会派人给我们带路。要记着中南海、广播电台,还有市政府,没有军管会和警备司令部发的通行证,谁也不准进。其他地方主要是防止坏人捣乱,维持社会治安。"

"要是碰着坏人破坏捣乱,可不可以开枪?"赵文江说着把冲锋枪往身前移了移。

"不准!"乔震山的声音很肯定,"这是大城市,不是在野外。人口这样密,开枪只会打着好人,坏人一个也打不着。像今天晚上,你们在路上遇见坏人向你们扔手榴弹,要是你们去搜索,见人逃避你就开枪,那不就糟了?这一点副连长做得很对。要记着,同志们,千万不能开枪!更不能随便往群众家里乱闯。"

"要是碰见学生们要求签字,怎么办?"

"嘻,我说老赵,"王德说,"你也太死心眼了,起码你自己的名字还会写吧。不然,你就从今天晚上起,想个词儿练熟它,到时候一点也不用客气,拿起来给他们写就是了。总之,要大方有礼貌。那么大的个子还怕青年学生?瞧你,鼻子尖上又出汗了。"

王德话音刚落,大家哄的一声笑了。

"喂,静点!"乔震山指了指酣睡的战士们继续说,"二排明天早饭后,进驻和平门。派一个班警戒中国银行,并在西交民巷、司法部街派出巡逻哨;三排住宣武门不动,在宣内大街、石驸马大街、头发胡同一带派出巡逻哨。连部带小炮排,为总预备队。为了指挥便利,准备到绒线胡同找房子。以上是上级指定的任务。其次,我想为了应付临时情况,各排要准备一至两个班作预备队。"

绒线胡同?小李心里一愣,不就是在清河镇炮兵阵地上那个女学生说的那个胡同吗?对啦,我对副连长说成是绒花胡同了。糟糕!要是明天去找房子,碰着她怎么办?小李又一转念,碰着就碰着呗,老乡亲嘛,又有什么关系呢?即便是坏人也不要紧,反正我们副连长会对付她的。小李又回忆起在清河镇和二宝碰着的那个女学生。她说她是东北抚顺人,在家里时叫满丽英,现在叫满洒丽,和我们副连长很要好……看她那模样,谁知道她是哪里人?小李现在什么都想起来了,就是把门牌号码记错了——明明是四十二号,他说成是二十四号——到现在他也没想起来。小李的思路被屋里的笑声打断了。他掂了掂胳膊上的马步枪,侧起耳朵听着。屋里讨论得十分热烈,大家提出了各种各样的问题。这些问题不外乎:战士们大多数在战争环境和农村生活惯了,乍进了这么个大城市,要接触各种各样从来没有接触过的人和事,而且进城以前上级又要求得那么严格,如果做错了一点,说错了一句,军纪不容且不说,堂堂的解放军战士,在这种场合出了笑话,即使对个人的自尊心来说,那也是不好交代的。所以,都有一些程度不同的思想负担。要说怕,那倒不是。怕什么?革命军人,吃尽辛苦,受尽了累,枪林弹雨,炮火连天,从来没说半个怕字,何况在这里站站岗、放放哨?像指导员说的那样,只要坚决执行上级的指示,一丝不苟地遵守三大纪律八项注意,天大的困难也能克服。所以,在讨论中大家提的问题都得到圆满的答案。连小李心里也觉得亮堂多了。不过,小李可不是第一次进大城市,他和王德一样,都是从小在城市里长大的。所以,城市里一些日常生活,社会习俗,对他来说还不太陌生。

秉烛夜深,第四连的支委会开到午夜两点才结束。散会时,郝平提供了个情况要大家注意。今天部队进城,友邻部队在旃坛寺宿营时——这里曾住过国民党宪兵团——从北海公园方向也扔进一枚手榴弹,当场有三四个战士受伤。这说明,我们进城不只是站站岗放放哨,而是一场战斗!

"对,"乔震山说,"我们要准备和敌人打游击战呢!"

散会后,大家很快入睡了。

王德躺在地铺上,开始睡意颇浓,后来脑子里有许多事像穿梭似的交错翻腾。那就是手榴弹的爆炸和支委会上连长与指导员传达的任务。这些问题有时清晰井然,有时错综模糊,使他不但不能很快入睡,反而越来越难以合眼。甚至下意识地紧闭双目,强制入眠,也毫无效果。再加上全连同志正在甜睡之中,有的鼾声如雷,有的咬牙吃语,弄得他出了一身躁汗。后来,他干脆悄悄地起来,踮着脚尖走了出去。

王德出得门来,见小李挎着枪,拢着袖筒,放着帽耳朵,来回地溜达着。

"小李,你冷不冷?"王德低声问道。

"一点也不冷,副连长。"

"不冷为什么拢着袖筒?"

"嘿嘿,"小李憨笑了笑,"别处都不冷,就是手冷点。"

王德笑眯眯地把小李上下端详了一会儿,又问道:"刚才我们开会,你都听见了吧?"

"我放着帽耳朵呢,什么也没听见。"小李立正答道。

"听到也不算犯法,将来指导员会给你们传达的。"

"真的没听见,副连长。"

"哼,你小李鬼心眼真多,要提高警惕呢。"

"是。"小李把两脚一靠,身子挺得溜直,"没错,副连长,你放心去睡吧。"

王德转身走去,踱着方步来到城楼后面,两手扶着小墙举目向这灯光闪烁、漫无边际的古城望去:这大海似的城市,这密如蛛网的大街小胡同,在这里面打游击可不那么容易。敌人在暗处,我们在明处。加之,地形不熟,社会情况又复杂,困难不会小啊!想到这里,王德又联想起今天上午在西直门的事。如果,她真是满丽英

25

的话,那么,她肯定住在城里。可是,这绒花胡同二十四号在哪里呢?王德虽然对此事顾虑重重,但还是希望能再见到她。起码了解一些情况也是好的啊。此时,一阵阴森森的西北风拂面掠过,不禁使他打了个寒战。他刚想转身回去,忽见小李不知什么时候已站在他的身后。

"你在这干啥?"

"我给你警卫呢。"

"哼,调皮鬼,小心别把你冻成冰棍!"说着,王德又迈着方步向屋里走去。

三

和平解放了的北平,虽然很快恢复了正常秩序,但是,那些国民党散兵游勇和隐蔽起来的宪兵特务,白天搞投机倒把,扰乱市场,晚上则敲诈抢劫,进行破坏活动,有的竟在偏僻的胡同里鸣枪行凶、蓄意捣乱。部队初次执行这种任务,既陌生,又无经验,不免有些棘手。北平城街道复杂,人口稠密,比不得山地平原,小村小庄,站到高处望去,一目了然。现在呢,有个什么地方发生了情况,等群众跑来报告后,部队再赶到现场,早已贼去财被劫,桌翻椅仰、箱柜已空。剩下的全是女哭男惊,一片凄凉之景!而且部队对地形不熟,即使发现了迹象,紧紧追捕,穿胡同过小巷,追来追去,常常追到死胡同里一无所获。

有一天晚上,大约九点钟左右,乔震山、郝平和王德正在召集各排干部研究对策。忽然通讯员小李领着一个十五六岁的学生进来了。小李一本正经地报告说:"报告连长,这个学生说,他邻居家发生事了!"

"什么事?"乔震山问那青年学生,"你叫什么名字?"

"我叫于文明……是这么一回事,同志,"那学生口齿伶俐地说,"我今晚在同学家补习功课,回来晚了,一进胡同口,见有五六个人,鬼鬼祟祟地在我们邻居门外不知说些什么。后来,我听他们叫门,并说是查户口的。我看不像,准是些坏蛋。所以,我来报告你们。"

"你在哪里住?"乔震山问。

"南所胡同。"

"这地方在哪里?"

"不远。下了城墙往东走,进松树胡同,拐弯往北,再拐两个弯就到了。这样吧,同志,我给您领路,保证没错。"

王德听他说话的声音,有点耳熟,仔细一看,就是前天晚上在大街上给介绍行军路线的那个学生。

王德非常惊讶,问道:"你怎么知道我们在这儿住?"

于文明把头低下笑了笑,然后抬头看了看王德说:"您忘了您给我签字时写的'军民一家,天下无敌'了?当时,我还真认为您要去永定门呢。觉得您挺好玩,我就偷偷地在后头跟着您,一直看着你们上了城墙……"

"好,明白了。"王德把手一挥,转向连长说,"连长,我看事不宜迟。我和赵文江带上一排三个战士马上去吧。"

乔震山立即同意了。临走时他嘱咐王德说:"老王,千万不能随便开枪!"

"知道了。"王德答应了一声,带着赵文江和三个战士,由那学生带路向城墙下跑去。他们跟着于文明,拐弯抹角跑步前进,最后来到一个小胡同的拐角上停下了。王德向后一挥手,战士们都悄悄地靠墙根隐蔽起来。王德、赵文江和学生来到拐角前面,在黑影里伏身向前看去。这胡同很窄,只能跑开来往的自行车,胡同两侧大都是顺墙的瓦门楼,街灯很少,只在远远的胡同口上有一盏半明不暗的路灯。路灯底下好像蹲着个人。

"路灯底下是不是有人蹲着?"王德伏在学生耳朵上问道。

"不是,那是块石头。"学生用手一指,"你看,在路北挨排着两个门楼,西边那个是我家,东边那个就是……你看!你看!门楼底下有个人在探头往这里看了!快去吧,同志,保证在里边。"

"怎么办?"赵文江瞧了瞧王德说。

"不要慌。"王德把手一伸,说,"你顺着北墙根悄悄地摸过去,把那家伙先逮住。如果被他发现跑了,你就猛追,空拉枪栓吓唬他。我呢,就立即带上队伍跑上去把门一堵,出来一个捉一个,出来一群捉一堆。保证他一个也跑不了。懂吧?"

"懂啦!"

赵文江人大腿长个子高,纵身一跳,嗖的一下跨过了胡同口,沿着胡同北边向前摸去。别看他体重个子大,行动起来却像猫一样矫捷灵活。他时而轻步前进,时而大步跳跃,时而停步窥视,渐渐地接近目标了。忽见躲在门洞里的那个家伙,跳出来撒腿向西跑去。赵文江大喊一声:"站住!我开枪啦!"他把枪栓一拉,嘎的一声,同时放开大步追了上去……

这里,王德瞧得准看得清,立即高喊一声:"跟我来!"他带着三个战士和学生,向目标冲去。不一会儿来到门楼前,把个小门楼围了个猫狗难逃,三把刺刀对着门口。于文明紧挨着王德站着,一点也不害怕。等了有一分多钟却悄无人声,一个人也没出来。

"嗯,咋的?"王德自言自语地说,"是不是……"

"我进去看看……"于文明没等王德说完,冒冒失失地要去叫门。

王德一把将于文明拉住,说:"你别去!"然后向战士一挥手,"上去叫门!"

一名战士两手端枪,刺刀尖对着门口,一步一步地向前跨去。他准备只要大门一开,歹徒出现,就来一个先发制人,给他一刺刀!

忽听,门闩响了,大门慢慢地开了。一个小姑娘出现在门缝之间,年龄大约有十五六岁。

"啊,解放军叔叔!"她惊叫一声,然后高兴地对着于文明喊,"小明,是你领他们来的?"

王德和三个战士全愣了。于文明问那小姑娘:"你们院儿怎么样?小萍!"

"甭提啦,"小萍跨出门口,"坏蛋们把全院翻腾得乱七八糟,有的拿枪,有的拿刀子,真吓人!后来——后来,他们听见街上有动静,就惊慌失措地跑了。"

"没丢东西?"于文明问。

"没,什么也没丢。他们把东西扔了一地,吓得全都跑了。"

"从哪儿跑的?"王德问,"有多长时间?"

"不大一会儿。从我们屋后跑的。"

"我们进去看看行吗?"

"行,我领你们去。"

小姑娘回头向院里跑去,边跑边喊:"妈妈,解放军叔叔来了,解放军叔叔来了!"

王德留下一个战士在门口放哨,带着两个战士跟着小姑娘和于文明,进了大门转过影壁墙,来到一个四合大院。见屋里灯光通明,窗口、门上隔着玻璃站着男女老少,全是老百姓。有的窃窃私语,有的指手画脚,有的在哄着哭嚎的小孩,一片惊魂未定的气氛。王德跟着小姑娘和于文明,径直进了北屋西头的通道。出了通道,拐弯向东,顺着后夹道,来到一堵墙跟前,站下了。

"就从这里跑的。"小姑娘往旁边一站,指着墙说。

王德借着屋里射出的灯光,对着墙仔细看去。这墙有四米高。墙上原先有个便门,后来又用砖砌上了。当时,这砖砌得不太牢固,现在被推倒了一大半,露出一个方形的大洞,人从这洞里钻出去是很容易的。王德两手扶着墙探出头去,见外面是一条小胡同,往南不通,往北延伸下去黑咕隆咚的什么也看不见。

"小同学,从这往北通哪里?"

"通新席胡同。拐弯往西就是南所胡同北口,再往北,过两道胡同就是绒线胡同了。"

王德才想带着两个战士去搜索,忽听西北方向,啪、啪、响了两枪,接着,哒、哒、哒,又响了一阵冲锋枪的连射声。他急忙喊:"一排长那里发生情况了!去,把哨兵撤回来,快!"

不一会儿哨兵来了。

王德带着三个战士刚跳出墙外,听见后面有一个女人说话的声音:

"哎呀——你这死丫头,像个野小子。不要去!"

"嗯,我要去嘛……"

"叫她去吧,大婶。"于文明的声音。

"不去!你也不要去,去玩命啊?!"

赵文江追着那个歹徒往西跑去。本来按速度,那个家伙是会很快被追上的。可是,他仿佛看透了赵文江不会开枪,想捉他活的。所以,他看自己快被追上时,就回身一扬手扔了一块石块。赵文江误认为他是扔手榴弹,急忙闪身在胡同旁边。就在他往街旁隐蔽时,那个家伙就跑出好远去了。赵文江一看是石块,就重新起步猛追。由于这一段胡同拐弯抹角,所以,他老追不上那个家伙。赵文江心里十分着急,生怕他跑了。最后他追到一条南北笔直的胡同里,才发现那家伙就在前面。赵文江大喊一声:"站下!不站下我开枪啦!"

正在这时,前面——胡同口上向赵文江突然开了两枪。子弹的哨音从赵文江头顶上飞过去。赵文江知道前面有人接应了。他急了,什么也不顾了。举起冲锋枪向开枪的方向勾动了枪机。打了三发连射。忽见那个逃跑的家伙随着他的枪声一头栽倒在地,再也不动了。

"嗯,怎么打到他身上了?"赵文江站下了。他看看前面,前面黑糊糊的,什么动静也没有。于是,他向那个倒下的家伙慢慢地警惕地端着冲锋枪走了过去,走到跟前用脚踢了一下,还是一动也不动。他想,真的打死了?糟糕!

他一手提枪,一手取出手电筒对着那个死家伙从头到脚照了一遍,哪里也没有血。然后又用脚把他翻了个身,再照,还是一点伤也没有。他又伏身仔细观察了一下,见那个家伙还在微微地喘气。赵文江明白了,这家伙不是装死,就是吓昏了。

"好,既然你死了,我就给你再穿上几个窟窿,送你回老家算了。"说着,他把枪栓哗啦一拉。这方法果然很灵。那家伙突然把双手一伸说:"哎!不,不,不要开枪。我是吓昏了。"

"起来!"

"不,我……我浑身都麻木了,起不来了。你饶了我吧!"

"你起不起来?"赵文江把枪向他胸口上一顶说。

"啊,我起,起来,我这不是坐起来了嘛。"

赵文江刚想用手拉他,忽听从北面传来一阵急促的脚步声。他抬头向北看去,并端起冲锋枪准备射击。

坐在地上的那个歹徒,认为是他的伙伴们来救他了,爬起来就往北跑去。不料,跑了没几步,迎面一支驳壳枪对准了他的当胸。接着,三把刺刀亮在他的左右两侧。

"举起手来!"王德的声音。

"啊!我,我……"那家伙举起双手,两腿打颤,转动着两只牛眼,看着刺刀和枪口……

"你是干啥的?"王德收起枪来问。

"宪兵团的……解散了……"

"跑了的那些呢?"

"也是。"

"你们半宿半夜的,来这干啥?"赵文江问。

"你们不是知道了嘛,——想弄点路费回家,没法子。"

"老实跟我们走,再跑非崩了你不可!到那时你就有法子了。走!"

"是!"

王德、赵文江这才把俘虏交给三个战士押着。两人在前头跨着大步往回走。

十点钟左右,他们回到了宣武门。一上城墙,乔震山和各排的排长都站在马道口上,等着他们。见他们一上来,大家高兴地迎上去。

"怎么样,有收获吧?"乔震山抢先问道。

"他妈的!"王德说,"这些鬼家伙真滑头,费了九牛二虎之力才捉了一个,其他的五六个全跑了!"

"俘虏呢?"郝平问。

"那不是?"赵文江向站在身后的那个俘虏一指说,"这家伙滑头极了,拿石头当手榴弹,还趴在地上装死耍赖。当时,我真想崩了他……"

"枪毙他算了。"小李在后面说了一句。

"长官饶命!"那个俘虏扑通一声跪下了,"我是吓昏了,不是耍赖,真的。"

乔震山上前用电筒一照,这家伙面黄肌瘦,瞪着一对惊慌失措的眼睛,咧着个大嘴,活像个瘦猴子。乔震山把手一挥说:"把他押到团部去。路上再跑就毙了他!"

"走!"两个战士把枪一掂,押着俘虏向城下走去。

乔震山、郝平和各排的排长,回到城楼里。郝平看着表说:"现在才十点,会还开不开?"

"开!"王德说,"得研究个办法。这样下去,我们添点麻烦倒没什么,老百姓可受不了。我们解放军进城来就是执行警备任务,维持治安的,结果尽发生这号事,尤其在我们防区——我们辜负了群众对我们的希望。"

大家听王德这样说,也异口同声地赞成。

于是,大家按原来的位置坐下继续开会。郝平说:"这次,如果没有那个学生来报告,那大院的老百姓就苦了。我想,还是要发动群众。在乡村发动群众,我们是有一套办法的,可在大城市里发动群众该怎样做呢?请大家发言吧。"

宣武门的城楼上四面透风,西北风吹来,发出阵阵的啸音。煤油灯的火焰忽明忽暗地闪动着,人们的眼睛放射着深思的光芒,直勾勾地瞧着这暗淡的灯影。时间一分一秒地过去了,谁也没有说话。忽然,王德哧的一声笑了。

"我们真够笨的。"他说,"连部本来计划要搬到民房去住,老没搬。连里大部分兵力都分散了,我们还在这'高楼大厦'里,又是临时架的军用电话,老百姓用不上。如果我们搬下去,找个有自动电话的住户,我们可以和老百姓用民用电话联系。有了事,群众或我们的巡逻人员,就可以在电话上神不知鬼不觉地报告我们,那不就便利多了?"

"对!"乔震山大腿一拍,"还可以设埋伏,包围迂回。在城市里和敌人打一场游击战。"

"对,这办法很好。"郝平说,"不过,要想法把我们管辖区域内的电话户工作做好,并把我们的号码告诉他们。这要做一番细致的工作。只要这工作做好,做得周到,就能制服敌人。至少不会像现在这样被动。"

"不过,要告诉群众注意保密,不然,会被敌人利用来指挥我们。"王德说。

第二天吃过早饭,乔震山、王德和通讯员小李,由派出所的人领着,到绒线胡同找房子,准备搬家。

这条胡同向西跨过宣内大街就是石驸马大街,向东跨过司法部大街可以到正阳门车站,也可以到天安门。这条胡同东西总长约有两公里,宽窄可以跑开小汽车,向北向南都有大大小小的胡同通向各排、营和团部。可以说是四通八达,指挥便利。胡同里所有的房子,都是百年以上的古式建筑物。在大清帝国时代,都是些官宦府邸,现在不少是国民党官员的公馆。有的年久失修,有的已经大加维修、改建,把那些古老的木格花棂,修饰成现代的玻璃窗门,室内的摆设,点缀上不少欧化气味的家具。尽管如此,在整体建筑和院落的布局上却仍然保持着封建王朝的建筑风格。

乔震山、王德和通讯员小李,正在这条恬静的胡同里挨家挨户地听取派出所的人介绍住户的情况。走了很长一段路,介绍了二三十家,都没有合适的。因为,他们找房子的条件是:人口少,房子多,部队住在里面对房东的日常生活影响不大,还得有电话。这条件在人口稠密的大城市是相当苛刻的。但在古城北平,要找这样的房子,不是不可能的。他们终于在一个新维修的红漆高门楼前停下了。此门楼,上去五层台阶,门洞的两侧还有一对汉白玉的石鼓。右侧的门框上,标着门牌号码二十四号。

啊,二十四号?小李伸着脖子一瞧,心想,糟了!和我们副连长的老乡亲住到一个院里了,多别扭!他偷偷地扯了一下王德的衣襟,低声说:"副连长,我们可不能在这儿住。"

"咋的?"

"你忘了我在德胜门外马家甸子,和你说的那事儿了?"

王德嘴里没说,心里想道:你这个小李呀,平时满精乖,这会儿你却糊涂了。这是绒线胡同不是绒花胡同。不管怎么说,不住这也好。他转身上了台阶,对乔震山说:"连长,根据这大门看,里面住的不是国民党的官员,就是资本家。我们住在这种地方不大合适。勉强住上,房东不方便,我们也别扭,搞不好还会妨碍工作。再往前找找看,好不好?"

王德的意见立即被乔震山采纳了。大家下了台阶,继续向东走去。

王德落后几步,悄声问小李:"我记得你说的是绒花胡同,这是绒线胡同啊!"

"那是我记错了。是绒线胡同二十四号,一点也不错!"

小李整错了一半。要是把两个号码颠倒过来,才是一点不错呢。可是,现在他硬是颠倒不过来。这一错不要紧,以后的故事可就热闹了。

"哼,你呀,人不大,忘性可不小!"

王德丢下小李向前走去,霎时间脑子里觉得沉甸甸的。这条胡同是上级指定的,谁也不能改动。否则,他真想另找个胡同住。现在只好在这里找个人家住下再说了。不过,她为什么能住在这样阔气的人家呢?准是小李弄错了。

他们来到一个顺墙筑成的门楼外停下了。王德举目望去,这个门楼不大,而且相当陈旧。上去三级台阶,门上号码是四十二号。门框上的油漆有不少地方已经脱落了,有的斑斑驳驳露出木头的本色。门两旁的砖墙,也有不少地方已经风化了。这是一堵坐北朝南的院墙,看样子这院子里的主人不会是什么派头十足的人。可是派出所的人介绍说,这里面的院子挺大,房子不少,只住四口人,有电话。原先这里面住的是国民党的一个军官,此人在解放前一个星期就坐飞机跑了。现在房主是个商人。不久前才把这座房子买下来。别看这院子外表不好看,里面的房屋、院落可相当不错。

乔震山和王德商议了一下,条件符合,决定进去看看再说。

于是,他们上前叫门。不一会儿门开了,出来一个五十岁左右穿长袍的老头,留着两撇黑胡子。

"您有事吗?先生。"老头满脸堆笑,对着派出所的人把腰一哈说。

派出所的人说明来意后,他说:"您先请里边坐。房子是有,我

35

得和太太说一声。"

老头说着把他们让进去,回头关上门,领着他们向里面走去。

这院子,进了大门向左一斜,跨过一个长方形的横院,就是一排开有小天窗的房子。通过这房子的过道,这才进了大院。这大院确是别有洞天:分南北两院。北院是一正两厢,都是飞檐走廊,玻璃门窗,朱槛翠梁。和南院相隔一道砖砌花墙。花墙中央,开了一个磨砖雕花的月圆门,门外就是南院。这是一个宽敞秀丽、幽静清雅的大花园。花园的西面,有亭子、假山、鱼池、小桥、松柏、翠竹和不少的四季常绿树。花园的东面,除去树木,有五间东厢房。现在门扉紧闭、静无生气。这个院子在春暖花开的时候,奇花异草,浓香四溢,幽雅非常。现在经过严寒的摧残,已凋零不堪、毫无生气了。

乔震山、王德和派出所的人由老头领着出了过道,向左一拐,顺着屋檐下的走廊向西走了几步,进了屋门。这是坐南朝北的四大间,里面花砖铺地,天花板上有五组梅花式的大吊灯。迎门一张靠墙的八仙桌上放着一部自动电话。看来很长时间没人用了。王德问道:"先生,这部电话还能用吗?"

"能用。"

"号码多少?"

"4局7683。"

王德没说什么,继续向里看去。这屋里除去几张陈旧的桌椅床铺而外,别无他物。可是,从墙上和地上的印痕来看,以前曾是字画满墙,沙发盈屋。西头是一间卧室,和客厅之间,隔着一道紫檀雕花透孔的隔墙,隔墙中央是一个月圆门。如果这雕花隔壁再挂上一副像样的帐幔,那真是大有古色古香的风味。这雕花隔壁,雕刻得相当细致精巧。它是中国雕刻家的精华,看来足有两百多年了。因为上面雕刻的人物、建筑、家禽、花卉,全是明末清初时代的生活习俗。这客厅的外面有一条九曲回栏的小桥,通向花园鱼池中心的小亭。总之,如果有那么两三个人,在这院里读书习字写文章,确实是个最理想不过的所在了。反之,如果东厢屋里住上几十个大兵,家将,这院子就是一个相当威武逼人、戒备森严的官邸王府。

看完了。老头拉过几把椅子客气地说:"请坐,先生。这屋里就是太脏,我去一下就来。"说着朝他们一哈腰走了出去。他顺着走廊一直向北走去,在走廊的尽头,进了月圆门就不见了。

乔震山和王德并没有在屋里坐,他们走出门口,站在走廊里用手扶着朱红栏杆,观察着这幽雅的大院。

"住在这里倒也不错,很清静,对房东影响也不大,又有电话,挺合适。"王德转脸和乔震山议论着。

"嗯,错是不错。恐怕人家不让住。看样子,这老头是这家的雇用人员。"乔震山说。

正在这时,那老头出来了。后面跟着一个胖女人,看上去有四十多岁,穿一身青色旗袍,鸭蛋脸,月牙眉,杏核眼,翘鼻子,元宝嘴,黑头发梳得溜光净亮,后脑勺上挽起一个燕尾篡儿,两只胳膊抱在胸前,挺挺着身子,一摇三摆地跟着老头儿走了出来。她的后面紧跟着一个戴礼帽、穿长袍、外面套着一件大氅的老头。鼻子下面留着一横小胡,眼睛盖在帽檐底下,挡开人们的视线,他可白着眼睛看别人,别人却看不清他。但是,奇怪的是,他抬头看了一下乔震山和王德,就突然捂着肚子对胖女人说:"哎呀,我肚子痛得很,你先去吧,我回去休息了。"说着,转身走了,连头也没回。

"谁叫你来的?讨厌!"胖女人边走边嘟囔,然后把头一扭,走了过来。

老头对乔震山和王德介绍说:"这就是我们太太。你们有什么事跟她说吧。"

派出所的人又把来意对她说了一遍。开始,她把那张鸭蛋脸板得铁紧,后来,仔细地把乔震山和王德打量了一下,马上眉飞色舞地转动着目光,笑眯眯地说:"行嘛。解放军要来住,我们欢迎。就是房子不好,里边又脏又冷,你们可要多包涵点儿。"说话时,她那双杏核眼不停地从眼角里朝着乔震山的脸上瞟。乔震山心里一阵厌恶。心想,这个女人怎么这样一副恶心人的形象!他有心另找房子吧,又觉得这个地方不错。离房东远,不住一个院,省去许多麻烦。再说,大概旧社会城市那些"改组派"的太太们都是这样的。他想起在东北时,见到的那些地主婆也是这么个酸样。不过,这位太太手里只缺个长烟袋而已。否则,管哪都像。所以,他把两手往裤兜里一插,转过脸去,装着观赏院子里的风景,让王德和她打交道。

王德领会连长的意思,只好接过来和房东说两句。但是,他刚想开口,又被称呼难住了。称她老大娘吧,实在不像,也怕她不高兴;称她大嫂吧,又觉得不妥当。"太太"这个称呼无论如何也叫不出口来。如果在五年前,王德可能叫着很自然,因为那时他们还是伪满的学生。可是现在,他在革命的大熔炉里生活了四年之久,那些封建残余的风俗习气,早已被陶冶得一干二净了。最后,他想了一个比较折中的称呼。他说:"女房东啊,既然你不怕我们来麻烦,那么,我们就搬来了。"

"好嘛,你甭客气,搬来吧。你们需要什么,尽管和我们看门的徐先生说。我们家什么都有,挺方便。"

房子就这么说妥了。乔震山、王德和派出所的人辞别房东走了出来。女房东看样子很好客,一直送到大门外。再三鞠躬行礼,生怕人家不回来似的。

王德和乔震山辞别了房东和派出所的人,出了绒线胡同,来到宣内大街。王德看跟前没有什么人,低声和乔震山说:"这房东还不错呢,没想到她会这样热情。"

"有什么不错的!"乔震山愤愤地说,"看她那个酸样,真能把人恶心死。我看,我们来往可要注意,谁知她是个什么东西。"

"嗯,我看这房东挺和气,将来借个扫把什么的,准不费事。"小李自言自语地插了一句。

"什么你都插嘴!"乔震山回头瞪了他一眼,"城市政策教育时,规定你向房东借东西的?你小李想犯错误是不是?"

"那么扫地怎么办?"小李心里在想,嘴里可没敢说出来,只是低着头闷走。

乔震山忽然想起,女房东出来时,后面那个老头为什么突然又回去了呢?可惜没看清他的模样。要能看清他的脸,最低限度也可以估计一下他的身份。乔震山正在回想这件事,大街上传来了人群的喧哗声:

"卖啦,买啦,买一块,卖两块。"

"减价啦,卖啦,三十元一袋,'绿兵船'面粉。"

"哎——卖啦,解放啦,不愁吃,不愁穿,男女都一样,十万一床,上海花被单……"

原来,这里——宣内大街,头发胡同口上,有各种各样的人,肩上、胳膊上搭着有:毛巾、被单、花布、毛料、大衣、大褂,手里拿着几块洋钱,叮叮当当地边敲边话不对题地乱喊。其中不少是投机倒把分子,说不定就是夜晚抢劫作案的歹徒。他们东城抢了西城卖,北城抢了南城卖。他们不一定有什么政治目的,无非是趁时局改变,新旧交替,政府机关无暇管理时,浑水摸鱼趁机发财而已。但是,他们扰乱社会治安,搞得人心惶惶,给别有用心之人起了掩护作用。

乔震山、王德和小李回到连部时,指导员郝平和团部政治处的组织干事梁群在安闲地谈着话。他们一进门,梁干事和郝平问道:"房子找到了吧?"

"找到了,比较理想。"王德喜洋洋地答道。

"无事不下乡,下乡必有勾当。"乔震山和梁群握手,开玩笑说,"你来准没好事,不是调人,就是搞什么政治运动。"

"猜对了一半,也可以说是全猜对了。"梁群用手正了正眼镜,眼睛眯成一线,咧开大嘴笑了笑,嘴和鼻子两边的皱褶显得更深了。

"啥事?"乔震山又问。

"坐下再说吧。"梁群说,"你这急性子看来是没法改了。"

大家坐下,喝着水,郝平望了望梁群,说:"你把上级的指示说一说吧,省得叫他俩着急。"

梁群又扶了一下眼镜,说:"是这样。接师部指示,为了改编国民党军队,我们军抽调一批军政干部组成工作组,到国民党军队去整编,限期两个月。我们团抽调二十名团、营、连三级干部参加,明天到军部集合。你们连抽调你和指导员去。到军部学习几天再出发。这里,由我和王德同志掌握全连的工作。这件事郝平同志已经知道了,就看你和王德同志还有什么意见。"梁群说完,瞪着眼睛审视地瞧着乔震山。

乔震山刚想说话,王德先开口了,"你说的这些,是命令呢,还是征求意见?"

"这……嘿嘿。"梁群干笑了笑,说,"你有意见就说吧。"

"是命令,我坚决执行。如果是征求意见,我的意见是让我去,叫连长在家。一个连把两个主要干部都抽走,不合适。整编固然重要,可这里也不轻松。"

"老乔,你看呢?"郝平面色平和地问道。

"我看就这么办吧。上级既然这样决定,一定是经过仔细考虑的。你说对吧,老王?"

王德没吱声,低着头在抚弄他那匣子枪上的保险带。

"啥时走?"乔震山见王德不说话,回头问郝平。

"咱们今天到各排去看看,告告别,然后再召集各排干部来开个会。安排好了,明天一早就出发。"郝平说着看了看梁群,"你看这样好不好?"

梁群点头赞成,并从眼角里瞧了一下王德。

"房子已经找好,连部还搬不搬?"王德站起来拍拍身上的灰尘说。

"搬!"乔震山说,"马上搬!"

这天晚上第四连开完了支委会,已经十一点多了。大家睡觉的睡觉,值勤的值勤。王德翻来覆去的睡不着,身上像是生了刺。最后,他翻身爬起来,背上枪,向门外走去。他出了绒线胡同来到宣武门上,见三排的战士们除去哨兵而外都已酣睡了。他到城楼的东边,背南面北,叉开两腿,双手往身后一背,站在城墙上,望着这光怪陆离的万家灯火发呆。

王德今天一整天心里不高兴。开会他很少发言,搬家时虽干得很起劲,但也很少说话。不用问,有两件事使他不愉快。第一,他对连长和指导员调离连队很有意见。他在连长、指导员的领导下,作战行军搞训练,心里总是高高兴兴、无忧无虑的。进城以后,他决心和连长、指导员把警卫北平的任务完成好。他觉得能和连长、指导员在一块工作是一种幸福。没想到连长和指导员一块给调走了。虽说是暂时的,但毕竟出乎意料。王德觉得在工作上和生活上,失去了依靠。霎时间有一种不可思议的感觉冲击着他的心,使他控制不了自己的感情。这也许是舍不得离开他们的一种自然的精神反应。第二,他对梁群的到来,如同梁群见到他一样,并不是很愉快的。原因还得追溯到一九四八年十月。那时,辽沈战役还没结束,部队就奉命从锦州地区向关里进军了。连里领导干部,乔震山受伤住医院,郝平去锦州领俘虏兵还没回来,只有王德一个人在。他刚提升副连长,工作还不熟练。因此,上级派梁群来帮助工作。王德很高兴,对梁群也比较尊重。开始,两人的工作配合得还不错。后来,由于王德好胜要强,作风干脆爽利,朝气蓬勃,凡事决心大,要求严。按梁群的话说,有点独断专行,好表现自己,小资产阶级意识浓厚。梁群渐渐地对他有了看法,矛盾也就从此开始了。

行军中,王德发现有不少锦州战役被释放的老弱俘虏,离部队不远跟着行军。王德感到很奇怪,找了个挂拐棍的俘虏兵盘问后才知道,原来他们怕老百姓报复,所以,跟着部队走。这样安全。不然,不等他们走到关里,可能命就丢到关外了。为了保守军队行动的机密,王德建议上级派人把这些俘虏收容起来,等部队走远了,再放他们走。这建议立即被上级机关采纳了。

有一天,部队正在部署宿营,有一个吊着胳膊的俘虏来到连部要求参军。他自称是六〇炮手,千米左右百发百中。因为他左臂受了点伤,锦州俘虏训练团不要他,发给他释放证,并给了路费叫他回家。他还说自己是湖南人,路途遥远,回家不易,不如参加解放军一块打到江南去,为人民立了功再回家。王德用猜疑的目光打量了他一番。此人三十岁上下,个子不大,但挺精干,言谈神气不大像一般的士兵。心想,谁知你是干什么的?万一收下了你,说不定走到关里靠近敌人时,你溜走了,甚至把我们的军事行动报告敌人,那才麻烦呢!因此,他斩钉截铁地说:"不行,你到后面找收容所去吧!"

可是,梁群不这样想。他认为放下武器的敌人就不能当敌人对待。人家诚心诚意地要求参军,是件好事。多一个人多一份战斗力嘛。你王德竟然不要人家,而且不和我商议就擅自决定,不像话!于是,他没有理睬王德的意见,就把这个俘虏留下了。并命令一排长赵文江领他去找卫生员换药,然后放到一排当战士。

赵文江愣了,两个人的意见不一致,执行谁的指示对呢?

王德刚要说话,梁群又严肃地对赵文江说:"愣着干什么?还不带着走!"

王德心里很纳闷,因为才当副连长不久,不大知道组织干事有多大的权力。本想跟梁群说明情况,但看他那样严肃,估计说也没有用。从此,王德在工作中有些缩手缩脚了。用梁群的话说,王德老实多了。

后来,部队到达长城附近时,这个家伙果然带枪逃跑了。这时,郝平回来了,梁群也回机关去了。这件事就这样不了了之。王德至今记忆犹新,非常气愤。

够呛啊,王德想,任务如此艰巨,部队这样分散,这担子多重啊!我王德才四年多的军龄,三年多的党龄,究竟有多大的能力把这副担子挑起来?当然,还有梁群。他呀,比起郝平来,可就差得远了。尤其是连长,他对我的帮助多大呀。他走了,有了事连个商议的人都没有。王德的心啊,像是压上一块石头。气闷、发胀、苦恼、委屈,不知是个什么滋味,连他自己也说不上来。总而言之,不高兴!想到这里,他长长地叹了一口气。

忽然,一只大手抓住了他的肩膀。回头看,原来是连长乔震山。

"怎么,闹情绪了?"他笑嘻嘻地说。

"革命军人,只有革命情绪。"王德自言自语地说,"敢于服从命令。"

"你这知识分子,说话真艺术!"乔震山开玩笑地说,"你是讽刺我呢,还是对上级有意见?"

"上级……净上级!还不是组织部门出的鬼点子。谁知他们脑子里刮的什么风?!"

"走,咱们下去走走,别在这里喝西北风。"

乔震山和王德肩并肩地走下宣武门,向绒线胡同走去。

夜深人静,胡同里悄无行人,只有街旁的路灯,放射出暗淡的光芒,窥探着这宁静的街道。两人边走边低声地说着话。乔震山像兄长般地鼓励他,劝说他,并讲了不少关于领导经验方面的故事给他听,两人谈得很热乎。不知不觉,来到了六部口,刚要拐弯向北走,忽见从路东出来两个人,身影一闪进了路西的新平路口就不见了。乔震山一挥手,王德纵身来到路东。两个人一个路东一个路西,跟着黑影急步向前追去。乔震山走到新平路口,提着枪进了新平路继续前进。这时,王德也跟了上来。忽听右前方啪的一声响了一枪。两人立即跑步前进。大约跑了一百多米,听见前面有人说话:

"我看得很清楚,往西跑了。"

"不,我看见两人一块进了前面的胡同,一点不错。"

"谁,干什么的?"王德问说话的人。

"我。副连长吗?"对方来人说,"我们是三排的巡逻哨。"

乔震山、王德来到跟前一看,三排长带着两个战士,后面一个还背着个大包袱。

"谁打枪?"乔震山问。

"我打的。"战士立正说,"我喊,他们也不站下。所以,我开了一枪,他们才把这包袱丢下,跑得没影了。"

"以后不要轻易打枪。"乔震山边把枪装进盒内边说,"只要发现情况就猛追,追急了他自然就把东西丢了。带着东西他跑得不利落嘛。"

"现在这包东西怎么办?"三排长问。

"这样吧,"王德接过来说,"你们从这往东,出了胡同到对面那个胡同去转一下,那里可能有失主出来找。"

于是,大家各奔东西。乔震山和王德顺着安福胡同向宣内大街走去。

"怎么样,还有意见没有?"乔震山扭头瞧瞧王德。

王德无可奈何地说:"你看这情况,我一个人留在家里能行吗?既然上级这样决定了,也只有硬着头皮干呗。干好干坏……那就凭党性了。"

"我看这样吧。你叫三个排长轮流到连部值班,每人一星期,不就有助手了?"

"对,这办法好。还有四个通讯员、文书、司号员和全连一百多号人呢。"

"别发牢骚了。说正经的,要组织群众,不要唱独角戏嘛。"

胡同里除去两人的脚步声外,一切都是寂静的。

半小时后,他们回到连部。同志们都已睡着。两人便躺下了。不久,乔震山也睡了,而王德还是睡不着。他和乔震山、郝平是患难相处、生死与共的战友,一旦要离别,哪怕是暂时的,也舍不得分开。

郝平本来早已睡了,由于王德和乔震山进来把他惊醒了,但是,他没吱声。后来,他听王德老是翻身喘粗气。不用问,这小伙子准是为了他和乔震山的调动在闹情绪。自己是政治指导员,明天就要离开连队,临走之前,应该和副连长谈谈心,交换一下意见。于是,郝平翻身起来,悄悄地来到王德身边,紧挨着他的身旁躺下了。

"你不睡觉躺到我这儿干啥?"王德模糊不清地说。

"小点声!"郝平喊喊地笑了笑,"老王同志,有什么心事把你愁得睡不着觉?"

"是啊,你们要走了,剩下我自己在家高兴的!"

"别光发牢骚。说真的,是不是工作有困难?"

"困难?干革命哪儿没困难?要都犯愁,早该愁死了。"

"那你为什么不睡觉?"

"……"王德没吱声,只是轻轻地哼了一声。

王德从来谈话干脆爽快,今天却有点吞吞吐吐了。为什么?他心里矛盾啊!工作,他没说的。乔震山已经给他谈过了,拼着命去干呗。他相信没有过不去的火焰山。可是,这次却被那个满丽英给难住了。真是无巧不成书,偏偏她就住在这绒线胡同里(其实他就住在她家里,他还蒙在鼓里)。将来,一旦碰了面或者找了来,该说什么?同志们会怎么看他?"王副连长进城后就和女学生混上了……"多丢人!跳到黄河也洗不清!是啊,未婚妻老同学嘛,来找她的老相识有什么奇怪的。可是,警备北平的纪律,部队的制度,此时此刻都是不允许的。到那时,即使你满身都是嘴也难以说清,反正,优秀干部没有干这号事的。王德考虑再三,最后他决定,还是跟指导员说。指导员水平高,为人厚道,他会给他想个妥善的办法的。于是,王德贴近郝平的耳朵,把他和满丽英(满洒丽)在家乡认识的过程,来到北平在德胜门外见到她的情形,小李和二宝在清河镇炮兵阵地上的所见所闻,进城时在西直门城楼上的相遇,以及他自己这几天的想法,说了个清清楚楚。

郝平听完了王德的陈述,没有立即发表意见。他想,这件事看来是件小事,但影响挺大,搞不好会毁了一个干部的威信,甚至使他没法工作。这个女学生不同于一般军人家属和老百姓,出身又不好。再说,又不知道她这五六年内有了些什么变化。根据她所处的环境,接触的人,王德的疑虑是有道理的。由此可见,王德同志在政治上逐渐成熟了。他一个人在家里工作完全可以使人放心。可是,这件事应该怎么处理呢?郝平思忖着。不一会儿,他暗暗地点了点头,胸有成竹地说:"老王同志,我看你是不是可以这样办……"

王德抬起头,两眼瞪得溜圆望着郝平。

郝平说:"第一,你千万不能去找她。因为小李和二宝都知道这件事。你要是去找她,首先会影响他俩对你的看法。第二,假使碰上面,你就视若路人,装没看见,扭头就走。如果她主动打招呼,你就搭讪几句走开了事。这样做的目的,一是避免别人说闲话;二是有意识地考验她一下,看她是真心还是假意。第三,我把这件事向组织汇报,看看组织上什么态度,立个案,一旦有个三差四错组织会负责的。至于一些具体细节,我想你是会随机应变的。你看,这样好不好?"

"行。指导员同志!"王德高兴得捶了郝平一下,"说真的,要是你和我在家里,我们连的工作准能干得挺棒。"

"有梁干事和你一块干,还不是一样?"郝平说,"梁群是个老同志,老机关了。做政治工作有一定的经验。你要好好尊重他。好了,别胡思乱想了,睡觉吧。咹?"

"他呀,我还不了解他?——主观主义。"

"老王同志,我又要批评你了。共产党员首先要学会团结人。梁群同志虽然有些毛病,但他毕竟比你军龄长,经验多。他来是帮助工作的。你作为本连的副连长,要主动团结他,尊敬他。这对工作有百益而无一害,你说对吧?好了,老王同志,我说一百句也不如你心里应一声。我相信你会想通的。好了,睡吧,只要你睡着了,我就知道你准想通了。我走了,咹?"说完,郝平拍了一下王德的肩头起身走了。

王德被郝平的一番话说得心里暖烘烘的,仿佛吃了催眠药,一翻身就睡着了。

其实,乔震山并没睡着。郝平和王德在谈话,他也在想自己的心事。他很想留下来和王德一块工作。王德自小在城市里长大,对城市的风俗习惯很熟悉,文化水平高,工作作风爽快麻利,人又聪明,办法多着呢!他准能帮助我解决许多不能解决的问题。说不定他还能帮我找到王经堂,给惨死的父亲报仇呢。只要找到王经堂,就能找到姐姐。但是,搞整编工作是组织决定,怎能不去呢?找姐姐的事明天找二宝谈谈,叫他在城里多加留神。

乔震山想着想着,无可奈何地叹了一口气。夜已深,光想也无济于事,而且明天还要起早动身,于是,他强制自己赶快入睡。

四

第四连搬进绒线胡同的当天,傍黑时,满洒丽从学校回来了。

进了胡同口走了有二百多米,举目望去,只见她家的门口台阶上,站着一个解放军,挎着冲锋枪,挺胸昂首目不斜视。满洒丽顿觉一股寒流从头顶流到脚跟,腿都软了!坏了,准是鲁青被捕了,解放军正在抄家。她有心返身走开,又觉得那个哨兵似乎看见了她;继续往前走吧,岂不自投罗网!在这犹豫的刹那间,她见那哨兵安闲地在台阶上溜达着,不像是发生了什么紧急事情,而且门里门外静悄悄的,门前来往的过路人,也没有异样的表现。城市里人口多,只要哪里发生了什么事,很快便围满了人,现在这些都不存在。满洒丽急速地分析了这一切后,惊慌的心稍微平静下来。她慢慢地走着,经过自己家门时,装作过路人扭头向里看了看,什么动静也没有,而那个哨兵连看都没看她一眼。她这才放下心来,直向东面走去,在油房胡同口停了停,转身进了胡同,经过糖房胡同,又回到了宣内大街。过了马路在头发胡同北面,进了一家饭店,要了一碗鸡丝面吃着。

看来又是一场虚惊,她边吃边想。不过,为什么偏偏在我家住上解放军呢?她决心壮着胆子回去看个究竟。于是,她付了面钱,出了饭店,过了马路,迈着闲散的步伐来到家门口,才要上台阶,听到一声喝问。

"找谁?"哨兵问道。

"我就在这里面住。"

"请进吧。"哨兵的语气蛮客气。

满洒丽轻步上了台阶,进了大门,通过外院的走廊时,向客厅里瞧了瞧。客厅里灯火辉煌,人影憧憧,看样子,有不少人在里面低声地说话。她又回头向东厢房看去,那里也开着灯,门窗紧闭,看不出有多少人。她进了月圆门来到屋里,把手提包往沙发上一扔,脱了大衣挂在衣帽架上,然后怒气不消地坐在沙发上。

鲁青见满洒丽回来了,赶紧颠着屁股从屋里跑出来。

"小姐回来了,还没吃饭吧?"他奴颜婢膝地躬身问道。

"吃过了。"满洒丽向门外指着说,"我问你,是谁答应他们到这里来住的?"

"啊……这,这是,是他们。不,是派出所领他们来的。"

"派出所领着来的,你就让他们住?"

"说的是嘛,小姐,"鲁青把手一摊,无可奈何地说,"当时,我也不同意。可我太太,是她答应他们的……"

"你干什么去了?"满洒丽接过来问,"为什么你不去应付呢?"

"我倒是和我太太一块出去了,可是,走到外面我老远一看,嗐……把我吓了一跳!里面有两个人我都认得。一个是在沙土城谈判时见过的,一个是在西直门上见到的那个姓王的……所以,我就没敢出去。"

"哎?!"满洒丽听到这里,差一点没跳起来。不知是气的,还是被吓的,直瞪着眼睛瞧着鲁青。待了一会儿,然后一字一顿地说,"你——干得——真漂亮!上尉先生。陈先生把你留下来的意思,你是明白的。你把我置身于这样一个极端危险的环境之中,叫我今后怎么工作!嗯?!"说完,她紧闭着小嘴,怒不可遏地盯着鲁青。

"是啊,小姐,"鲁青躬身道,显出一副可怜相,"我何尝不是这样想?所以,我太太回来一说,我就把她狠狠地揍了一顿。现在躺在床上起不来了。"

他撒谎,其实连一个指头也没敢碰她,只是埋怨了几句,还被太太骂了个狗血喷头。

"你想法把他们赶走!不然,我去报告陈先生,这工作我干不了啦!"

"不,不,小姐,你听我说。"鲁青赶紧向前靠了一步,"赶他们走,我倒是想过。可是,谁去和他们说?你,我,还是我太太?都不合适。而且怎么说,用什么理由说?即使硬着头皮去说,我想人家不但不会走,反而引来他们的怀疑。我想不如来个顺水推舟。你不是和那个姓王的是老相识嘛?不如借此机会和他挂上钩。只要

49

把这条鱼钓上了,你的工作不但没有危险,反而更加安全了。再说,不是以前说定了的——这也是你的工作吗?"

"不,起码现在不能干。"满洒丽想起上次在西直门碰壁的事,摇摇头说。

"噢,对了,"鲁青眼珠一转,想给她一个思考的机会,于是,将身一躬说,"你大概渴了吧,我去端茶。"说着,转身回到屋里。

不一会儿,他端出一个茶盘,上面放着一杯茶一盒烟,轻轻地放在茶几上,然后,恭而敬之地站在一旁,偷眼瞧着这位小姐的脸色。

满洒丽气鼓鼓地两手抱在胸前,待了一会儿,尔后,顺手拿烟吸着,又喝了两口茶,喝完了说:"李先生——"她突然喊了一声,鲁青现已改名李振财。

"有!"鲁青胁肩诌笑地跑了过来,"你吩咐吧,小姐。"

"你想过没有,今后你怎么进出这大门?"

"这……想过,想过。"鲁青笑了笑,"不知尊意如何?我想我们后院的东墙外面,是条无名的死胡同,往北通长安街,往南就到我们后院,再哪里也不通了。如果在后面的东墙开个小门,我们从那里走就方便多了。至于买油盐酱醋,叫我太太和徐先生从前门走。其实,你也可以随便出入嘛。要是那姓王的共军看见你,他很可能主动和你打招呼,这不是正中下怀嘛?你看怎么样?"

满洒丽气色缓和了,微微点头表示同意。因为,这办法虽不太完善,暂时应付一下还可以。

"这件事明天就办,越快越好。"至于和王德打不打交道,如何挂钩,满洒丽却一字没提。

满洒丽感到情况严重,准备叫鲁青明天到王经堂那里去请示对策,但又一转念,不行。鲁青一旦被他们认出来就全完了。最后,她决定亲自走一趟。

第二天,时钟敲过九点,满洒丽用围巾连头带脖子一块围着,还带了个大口罩,低着头快步走出了大门,向通往郊区的公共汽车站走去。十点左右,满洒丽在离北平大约四十华里的一个汽车站下了车。她向同路下车的人打听后才知道,太平庄在公路西南面,离汽车站有七八里的路程。满洒丽向四周看了看,这里是一片荒芜寥廓的平原。平原的西北方,天际间展开一片山峦,那是北平的西山。眼前向太平庄去的路上,除几棵稀稀拉拉的柳树外,就是庄北面路旁有一簇不小的松林坟地,其他别无树木。远近行人很少,西北风吹着沙土,老往人脸上扑,逼着人侧着身子走路。

深邃莫测的大森林会使人心悸,这渺无人烟的旷野同样使人惴惴不安。满洒丽过惯了闹市生活,乍到这偏乡僻野,颇感恐惧。要冒着风沙步行七八里路,这可真够她受的! 她咬紧牙根,吃尽辛苦,终于在两小时之后找到了王经堂的住处。她一进门,就发起脾气来,也许是撒娇吧。

"累死人了! 到这么个鬼地方来……"她把围巾、口罩取下来往椅子上一扔,咕嘟着嘴,用手帕拍打着身上的尘土,很不高兴。

满洒丽的到来,使王经堂感到十分不安。他猜想可能城里发生了什么不测之事,或者南京方面有什么重要指示,才使这位小姐不辞辛苦地跑到这荒村僻野里来。不然,她能吃这种苦头?

"真是一日不见,胜似三秋。"王经堂假作镇静,倒了一杯水,送给满洒丽,"家里还好吧?"

正在这时风门开了,刘谊辉走了进来。他那皮笑肉不笑的脸闪着亮光,两眉之间却是阴沉沉的。

"啊,满小姐,见到你非常高兴,什么时候到的?"

"刚到。"满洒丽站起来勉强和他握了握手。

"挫,挫(坐)!"刘谊辉伸手让座,"南京方面有什么消息吗?"

满洒丽从手提包里抽出一张纸,送给王经堂。王经堂边看边皱眉头。看完了,他面色苍白,长叹一声又递给了刘谊辉。然后,把手一背在地上来回地踱着。原来,那是南京美国顾问团拍来的

电报。全是英文,下面的中文是满洒丽译的。上面写道:

> 归绥陷落,太原被围,共军庞大兵团,已向宜昌、武汉、安庆、南京、江阴一带挺进。南京当局,指挥紊乱,士气不振,江防危在旦夕。顾问团即将转移台湾。今后万一联系中断,请由英国领事馆转。祝工作顺利。

"他妈的!"刘谊辉把电报往桌上一扔,"国防部连个屁都不放。这是美国人的看法。难道江南那么多的军队,全是些窝囊废?!"

王经堂心情沉重,不愿再提此事。他把话题岔开,问道:"城里情况如何?"

"别提了,"满洒丽气急败坏地说,"鲁青是个笨蛋!他把共军弄到我们家外客厅里住上啦!这且不说,其中两个解放军恰恰都是过去和鲁青见过面的。你以前不是怕在整编中遇上这两个人,才把鲁青留在城里的吗?这会儿你也不用怕了,和鲁青住到一个院儿里了!你看怎么办呢?时间长了,一旦鲁青被认出来,那就糟了!……"

"这个混蛋!"王经堂骂了一声把手一背,就地转了一圈。

"还有,"满洒丽继续说,"也不知哪来的那么些混蛋,晚上到处抢劫,弄得共军白天黑夜戒备森严,到处巡逻。害得我们出去办点事总是提心吊胆,一不小心就会大祸临头,坐在家里还觉得踏实些。可是,现在连这点踏实也不保险了。你们说,该怎么办才好啊?"

王经堂刚想说话,刘谊辉先开口了:"好,城里的情况对我们非常有利。捣乱也好,抢劫也罢,都对我们起掩护作用。至于家里住上共军嘛……"刘谊辉摸了摸下巴,意味深长地笑了笑,望着王经堂说,"老兄尊意如何?"

"满小姐,鲁青说得对,"王经堂背着手在地上来回踱着,深思地说,"既然送上门来了,再不下手,岂不自找麻烦?因为,在清河镇你是那样热情地托人捎信给他,请他进城后去找你。用你的话说叫做'已经暴露了自己'。请问你暴露了什么,小姐?五年前,你不就是他的未婚妻了吗?可现在住在一个院里,你又躲躲闪闪的,哪有这样的未婚妻?依我说,你大大方方地主动去找他,才是正理。不然,反而会使他们产生怀疑。你以为只有他先找你,将来拉他下水就容易些,而你先找他,就会使他产生怀疑;甚至,你的政治背景就有被识破的危险。这纯系妇人之见,我的小姐,要知道,凡事违背了常态,就会使人产生怀疑。只要你沉着冷静,按正常习惯去找他,平时接触又能随机应变,再加上你住的我那所房子。我相信,一个吃尽战争动荡之苦的穷小子,只要这关系一拉上,那,他是不会放过你这位小姐的。说不定他现在正找你哪。至于鲁青,这也不能怪他。解放军去住,他是明知危险而又无力拒绝。只好开个后门暂时苟安,以后再慢慢地想办法解决这一危机吧。"

"要是他不肯见我,像在西直门那样,甚至矢口否认这份关系呢?"

王经堂仰面大笑了,"天底下哪有这样不通人情的人?未婚妻找上门来,竟然拒而不见?"王经堂笑着摇摇头,"不会的。"

"那样太好了,小姐。"刘谊辉接口说,"如果他不承认这个关系,我们就写文章登报纸,说共产主义是六亲不认,忘恩负义,当了官连自己的未婚妻都不肯认了。抓住这点,借题发挥,给他个大做文章!这叫一箭双雕。既打击了共产党,又搞臭了姓王的……"

"对,对!"王经堂高兴得把手一伸,"刘先生说得对呀,要是出现这种情况,北平城是个文人集中之地,有的是人出来说闲话。而且,那些外国记者们也不用犯愁闲着没事干了。这样,首先给共产党在声誉上来一个当头一棒。"

"我想共产党是不会招惹这种不名誉的事的。"王经堂接着说,"他们是最讲究什么群众关系,群众影响的。要是这种问题被他的上级知道了,不逼他承认这个关系才怪哩。共产党有时也会犯只顾一点不及其余的错误。说不定这小子会受到严厉的责备。如果出现这种情况,这就要看你的做法啰!"

"对,"刘谊辉兴高采烈地说,"这小子受到组织上的责难,情绪一定不高。你就可以乘机而入包围迂回。你不要忘了,你是个女人,而且是个既漂亮又高贵、既大方又文雅的小姐。"

说着,刘谊辉嘿嘿地笑了,笑声里充满了庸俗、奸诈和阴险的气味。

满洒丽用愤怒的目光,恶狠狠地瞟了刘谊辉一眼。她对这位矮而胖的少将先生产生了一种莫名其妙的厌恶之感。这些粗庸之辈,都是些自轻自贱的家伙!哪有美国人那样文明、礼貌呢?难怪人家瞧不起!因此,她不由得想起过去,又看看现在,想到将来还要和王德提心吊胆地打交道……脑子里像是一锅鼎沸之水,低垂着头,既不说话也没有任何表示。她的沉默,使其上司很难堪。究竟她是同意还是不同意,很难猜测。

刘谊辉觉得这位小姐,除去骄傲而外,还相当倔犟。

"怎么样,满小姐,就这样说定了吧?祝你成功。"王经堂刚想和满洒丽握手,说几句鼓励的话,团部副官进来了,一本正经地行了个举手礼,"报告团座,城里通知,明天上午,共军整编人员到达本团,对我团进行和平改编。命令我们很好接待。"

"知道了!"王经堂不耐烦地把手一挥,"去吧。"

"是!"团副官敬礼后,转身走了。

听到这消息,王经堂的脑海里顿时罩上一层阴影。

"哼,我们这里的斗争也要开始了。"他眸子里闪着疑虑的神色,凝视着门外的天空。那苍穹之上,布满了冰冷的阴云,使他身上每一根汗毛都不寒而栗。

"我该走了。"满洒丽拿起手提包说。

刘谊辉没等王经堂说话,就抢着说:

"别走,别走,满小姐。天已不早了,我请客,吃过午饭再走。你为党国大业,不辞劳苦,到这偏乡僻野来看我们,叫你就这么走了,未免太不讲交情了。"

"好嘛,既然刘先生如此盛情,那就吃了饭再走吧。请我太太作陪。"

不由分说,刘谊辉转身对着门外喊道:"来人哪,开饭!"

进来两三个带盒子枪的士兵,拉桌子,搬凳子,刚把桌子抹好,又有四五个士兵端菜提酒一拥而进,霎时酒菜碗筷,玻璃器皿,摆了满满一桌子。

王经堂携着他那位妖艳袅娜的小太太,从屋里姗姗而来。

"老相识了,不用再介绍了吧。"王经堂打招呼说。

"哟,王太太,真对不起。"满洒丽笑脸相迎,"我们光顾说话了,也没进去看你,请你原谅。"

"你甭客气,我听你们说得怪紧张的,所以也没敢来打扰。"这位王太太拉着满洒丽的手,亲热地抱着她的肩膀,"快请坐,请坐。"她把满洒丽按在正位上坐下,自己紧挨着她也坐了。王经堂坐在太太左面。

"对,挫,挫。"刘谊辉坐在满洒丽的右面,和王经堂面对面地坐着。没等大家说话,他先以主人的身份起来敬酒碰杯。他右手持杯,对满洒丽说:"满小姐今天不畏气候恶劣,排除风沙之苦,不顾长途劳累,来到这穷乡僻野的地方,纯系对党国一片耿耿忠心。鄙人除衷心敬佩之外,特敬此杯以示敬意。啊,望小姐赏脸,同干一杯。"

满洒丽觉得刘谊辉话里带着讽刺意味,揣测他可能对上次在王经堂家里碰了一鼻子灰,尚怀恨在心。她担心他今天请她吃饭不怀好意,不禁有所提防。因此,她说:"过奖了,少将先生,实在不敢当。既然如此赏脸,那么就请陈先生、王太太咱们一块先干一杯。"

"噢……呵呵呵。"刘谊辉也觉得先请满洒丽和他干杯,在王经堂面前有点失礼。随即改口说,"好,好,对,大家一块干。"

四个人一饮而尽,然后互相让着吃了一点菜。刘谊辉接着又举杯说:"嗯……满小姐,我们是第二次见面了。这是党国大业把我们连到一块儿了。我——刘某能和你同舟共济真是不胜荣幸之至,咱俩单独干一杯,可以吧?"

"谢谢!"满洒丽起身举杯,"少将先生太客气了,礼当奉陪,好吧,请!"满洒丽还真有两下子,这六十度的老白干,一仰脖子来了个杯底朝天。

就这样推杯换盏喝了一阵。这位刘少将,眯着喜悦而又暗含敌意的笑眼,注视着满洒丽。见她如此慷慨畅饮,暗暗高兴。他打算今天把她灌醉了,走得晚一点,然后叫朱明礼趁天黑在路上把她杀掉,电台就稳稳当当地拿到手了。这个计划从今天一见到满洒丽,他就拟定了。因此,他除了鼓动王经堂和他太太给她敬酒外,自己千方百计地献殷勤、表热情纠缠不休。

王经堂也有他的想法。他觉得刘谊辉这样热情地对待他的部下,无疑是对他的一种尊敬。可是,他又怕满洒丽喝醉了,今天走不了,明天被共军整编人员碰着,引起注意,带来不必要的麻烦。有心不让她喝吧,又碍着刘谊辉的面子。于是,他想了一个巧妙的办法:暗示他太太,当刘谊辉仰面干杯时,把满洒丽的酒杯用空杯换过来。由于动作迅速,刘谊辉一点也没发觉。满洒丽立即领会了太太的意思,她赶紧拿起空杯往嘴里仰面一倒,然后咧开小嘴,露出一排碎玉般的白牙,微笑着睒视了刘谊辉一眼。这瞬间的秋波,再加上喝了几杯酒,满洒丽的面色如春天盛开的桃花,不禁使刘谊辉心荡神昏了。色情扣心,醉意更浓。但是这位心狠手辣的少将先生,再次举杯时,却口是心非地说:"满小姐,为了祝你和你的未婚夫会面成功,并祝你们未来的幸福,咱俩再干一杯,可以吧?"

"谢谢少将先生的好意。"满洒丽躬身行礼说,"我已经过量了,实在不敢奉陪,请您原谅。"说着,她假意晃动了一下身子,然后笑了笑,醉意洋洋地坐下了。

刘谊辉见她已有八成醉意,更加步步相逼,非干杯不可。

满洒丽心里想,你这个政治流氓,看来不给你点厉害的话,你是不会善罢甘休的。于是,她站起来,伸手搭在刘谊辉的肩膀上,娇声柔气地说:"少将先生,我一个女流之辈,哪能和您这位党国英雄相比呀!您知道吧,我已经醉了啊!……不过,嗯……为了感谢您的盛情,我愿舍命陪君子。但是,我有个要求……"

刘谊辉飘飘然了。满洒丽说一句,他"嗯、噢、啊"地应一声。最后,满洒丽的要求还没说出口,他就说:"噢?你说吧,小姐,你还有什么要求啊?"

"我喝一杯,你得干两杯。咱们连干三次,我想,少将先生——您不会拒绝吧,哎?"说着,把刘谊辉的膀子摇晃了两下。

"好,我们赞成!"王经堂和小太太拍手叫好。王太太又加油添醋地说:"少将先生素称海量。我想这点要求是会答应的。来,我给你们斟酒。"说着,就拿起酒瓶站了起来。

刘谊辉虽然狡猾奸诈,但他有个最大的缺点:吃软不吃硬,经不起奉承。此时,他一来酒到八成,醉意方兴;二来被满洒丽的柔声媚语这么一纠缠,他已经忘乎所以了,再加上王经堂和太太的加油奉承,他慨然答应,举杯在手说:"好,恭敬不如从命。来,咱们干!"

"你先干第一杯,我陪第二杯,好吗?"满洒丽笑眯眯地把头一歪说。

"可——以!"刘谊辉仰起脖子咕嘟咕嘟地一口气干了第一杯,到干第二杯时,满洒丽早把空杯从太太手里接了过来,也仰着脖子做了一个干杯的姿势。然后,把杯子向刘谊辉一伸,格格地笑着说:"怎么样,还够朋友吧?"

"好,痛快！干！"

就这么着,一连三次之后,刘谊辉六杯下肚,已酩酊大醉。霎时间,眼皮绷紧,舌根发硬,天旋地转,四肢无力。仿佛这屋里有上千张满洒丽的脸对着他狞笑。他晃动着身子,嘴里前言不搭后语地说:"我说满小姐——咱俩是……天赋之怨(缘)——咱们一醉方休啊。不醉不散……我一定……一定把你送回北平,去和你那位王先生结……婚。我还要喝……你的喜酒哪……"说着,身子猛然晃动了一下,啪啷一声酒杯落地,打得粉碎。他一屁股墩在椅子上,两拳捶胸面目狰狞地哈哈大笑起来。

"哟！"王太太惊讶地说,"您喝醉了！刘先生。"

"我没有醉。嗯……再喝三……杯也……他娘卖×的……"

"来人哪！"王经堂厌恶地喊道,"把刘副团长扶回去休息！"

喊声之后跑进两个勤务兵,搀起刘谊辉向门外走去。王经堂回头瞧着满洒丽,向走去的刘谊辉一努嘴,意思是叫她去送一送刘谊辉。

满洒丽这才随刘谊辉之后,向少将先生的宿舍走去。刚进屋门,见朱明礼在屋里站着。他见刘谊辉那副狼狈相,赶紧迎上来扶他上床,并想和满洒丽打招呼。满洒丽悄悄地摆摆手,并向床上指了指,没放声。

刘谊辉没发觉满洒丽跟在他的后面。他在蒙眬中见到了朱明礼,立即吼道:"去！把那个小狐狸给我宰了！嗯……"说完大声哼了一下,便像猪一样呼呼地睡了。朱明礼没听清他说的什么,还以为他在说梦话呢。满洒丽可听得真切,她一声没吭,转身就走,疾步回到王经堂的宿舍,见太太已经不在了,就把刘谊辉说的话告诉了他。

"嗯?！"王经堂心里一怔,抬眼看着满洒丽那苍白的脸,说,"他竟有这种心？这个混蛋！你不用怕。现在,你可以走了,路上多加小心。不,我派车子送你回去。至于朱明礼我马上找他来。"说着,他立即把勤务兵喊来,并命令他先把汽车叫来,尔后再去刘谊辉宿舍找朱明礼。

"不,陈先生,此事无论如何不能告诉朱先生。"

"当然,当然。"王经堂说,"我找他是为了应付明天共军整编人员来的问题。你去吧,一切照今天商定的办。再见。"

满洒丽围上围巾,戴上口罩,向王经堂一招手,告辞了。

满洒丽走了不久,朱明礼就兴冲冲地来了。他规规矩矩地行了个军礼,"报告团座,一营教导员朱明礼奉召来见。"

"请坐。"王经堂指了指桌子对面的凳子说,"明天共军整编人员就要来了,你知道了吧?"

"知道了,听团副官说的。据说来的政工人员不少。"

"是啊,你有何打算?"

"听您吩咐,中将先生!"他估计这回该派他去城里和满洒丽一块工作了。

王经堂沉默了一会儿,和颜悦色地说:"我想,顾少校粗莽寡智,王上尉阅历浅,你完全离开一营,这个营就会被共军掌握。为了发挥你的政治专长,不如到一连,以士兵的身份隐蔽起来,掌握一连指挥全营。在暗处工作比明处好,目标小作用大,进可攻退可守,自由呼吸,活动自如。不过,暂时委屈一下,将来共军走了,你到团部来当少校团副,你看如何?"

"遵命!"朱明礼立起,站得笔直,"为党国大业,赴汤蹈火在所不辞!"

"很好。噢,至于刘少将那里,由我和他商议。我想他会同意的。"对刘谊辉酒醉失言和满洒丽的情况,王经堂一字没提。

朱明礼大失所望地走出门来。他有心去见见刘谊辉,他现在睡得像个死猪,又不便打扰。万般无奈,只好向营部走去。

五

满洒丽来到公共汽车站,就把王经堂的汽车打发回去了。她何尝不愿坐着小卧车回到家里呢?过去的年月里,长官们用卧车送她是常有的事。可是,她现在心里明白,那个时代已经过去了!

她回到家时,已是日落西山暮色茫茫了。屋内黑洞洞的,她打开电灯,灯光仿佛没有以前那么亮堂。客厅里静悄悄的,不免使她那空虚的心,增加了一层恐怖感。是的,一切都过去了。从去年圣诞节以后,满洒丽和王经堂就住在这所房子里,每逢酒宴舞会回来,里里外外灯火辉煌,一呼百诺。那时,这位尊贵的小姐,怀着愉快娇娆的心情,洗个舒适的澡,换上可身的睡衣,往松软的沙发床里一睡,满脑子全是花一样的回忆,仙景似的梦幻。今天呢,她长途跋涉,劳累了一天,却带着烦恼的心情,回到这个随时都会发生危险的家。

满洒丽懒洋洋地坐在沙发上,脑海里翻腾着恓惶的思潮:刘谊辉那狰狞的笑容;不怀好意的劝酒;讽刺的言语凶恶的心,全带着令人心悸的杀气!"天赋之怨……不醉不散……去,把那个小狐狸给我宰了!……"多么可怕啊!她永远不想再见着他,而且,还要随时提防着来自暗中出现的匕首。

王经堂要求她尽快和王德见面、挂钩、重叙旧情。她得冒着极大的风险去完成这项任务。这需要绞尽脑汁,想方设法和他打交道,一不小心就会堕入陷阱!与其说这是一件谈情说爱的乐事,不如说这是一场生命攸关的斗争……但是,不管多么危险,满洒丽觉得能和王德久别重逢,哪怕是一场戏剧性的恋爱,也是惬意的。

"满小姐回来了,您累了吧?"这突如其来的声音,不禁使她全身一紧！不知什么时候鲁青已经站在她的身旁,她竟毫无察觉。

"噢,才回来。"满洒丽定了定神说,"今天前院的人有没有到里面来过?"言下之意是:王德来找过她没有。鲁青一时没有反应过来,答道:"没有。看来纪律挺严。人家连往这里看都不看一眼,规矩得很呢。"鲁青说着,仰面想了想,"噢,对啦,今天上午接到你们学校通知说,寒假期间所有在北平的同学,明天都要到学校开会,说要组织什么慰问活动。"

满洒丽没吭声,拎起手提包进了卧室。然后,照例把房门插上。

时间过得飞快,转眼过了三天。

古城的早晨,大街上传来了叮叮当当的电车声,显得特别清冷。通讯员小李和连部的同志们天不亮就起床了,把室内外打扫得干干净净。屋里的桌子、板凳、背包,摆得整整齐齐。小李里里外外检查了一遍,觉得很满意。只有一件事使他为难,这就是通讯员的步马枪没有地方搁。竖到墙上,怕给房东的墙碰坏;挂到衣帽架上,那挂钩又经不起压,再说枪和衣服挂到一块也不好看。他在屋里端详了好久,也没想出个好办法。和同志们商议了一阵子,有的说,各人拿各人的,放在背包旁边,有什么事拿着也方便;有的说,干脆在墙上钉上钉子挂起来。这些意见都不好,尤其后面这条意见,小李把头摇得像货郎鼓,一百个不赞成。竖到墙上都怕碰坏,钉钉子那还了得!

"有了!"小李想了想,"记得看门的徐先生屋里有个木头架子,一米多高两米来长,当枪架正好。"

小李撒腿就跑,生怕别人抢了去。一出门口,忽见副连长从外面走了进来。他见小李慌里慌张地跑出来,伸手拉住问道:"干啥去?"

"向徐先生借个木头架。"

"借木头架干啥?"

"当枪架。"

"不要去!"王德说完,就进屋里去了。

小李心里有点莫名其妙,借个木头架怕什么?他想,这也犯了什么大法?副连长也真是。太不了解我们的心情了。他站在门外,身子依在朱红栏杆上发呆。忽听屋里副连长喊道:"小李,进来!"

小李慢吞吞地进了屋,紧挨着门站下了。

"你宁肯在外面挨冻也不进来啊?瞧你冻的!违犯了纪律还闹情绪。"王德停了一会儿又说,"我告诉你,小李,连长、指导员都去参加改编国民党军队了,要一个多月才能回来。我们大家在家里一定要把各项工作干好,起码不出乱子,不犯错误。进城时,上级要求我们进城后要做到'秋毫无犯',秋毫无犯你懂不懂?"

"懂。"小李低声答道。

"懂?懂你还向人家借这借那的?还想借木头架。没有木头架你日子就不能过了?要记住,一定要一丝不苟地执行上级规定的城市政策,丝毫不能马虎,听见没有?"

"听见了。"小李用手抚弄着胸前的纽扣,心里想,差一点又违犯了纪律,真糟糕。因此他说:"副连长,你放心,我今后一定严格遵守纪律。"

"嗯,先别说得这么好听,要看实际行动呢!"王德笑了笑,顺手拿起桌子上的铁壶,"去,到伙房打点水来喝。"

小李接过水壶,走出门来。他一路走一路寻思。自从搬到这里来,为什么老碰钉子?他自省往事,反复琢磨。副连长说得对,纪律规定入城以后要做到秋毫无犯,不动老百姓一针一线,可我还在借这借那的,找钉子碰。活该!怨谁去?算了,以后再不干这事了。他低着头走着,把路上一块小石头狠狠踢了一脚。不行,光不干就算了?根本问题是纪律观念不强。指导员临走时曾一再嘱咐,连长还专门找我谈了一次话。可我……哼!他又把那块石头使劲踢了一脚。这一脚不要紧,小石头正踢在前面走路人的身上。忽听哎呀一声,小李猛抬头,见一个姑娘,正弯下腰在抚摩自己的脚。

"碰痛了吧?对不起。"小李赶紧跑过去道歉。

"没关系。"那姑娘直起腰,用惊异的目光瞧了瞧小李,"哟,是你呀!你还认识我吗?小同志。"

小李一时没反应过来,仔细看了看,这才认出她就是在清河镇东面,炮兵阵地上遇着的那个女学生。还托小李捎信给王德,叫他进城后去找她。小李假装不认识,摇摇头说:"不认识。"

"哟,你这小同志,真是贵人多忘事。"姑娘格格地笑了,"你忘了,去年你们围城时在清河镇,我还请你捎信给你们王连长了?"

"我们连长不姓王。"

"那么是你们副连长。"姑娘纵声地笑了,单刀直入地说,"别开玩笑啦,小同志。你们连部就住在我们家外院里,我还是你们的女房东呢。这几天真想去找他,可总是没时间。我们学校正在排练节目,准备和解放军联欢。我现在就去找几个同学回来,一块到你们连部去。副连长在家吗?"

小李被她说得无话可答了。啊?她是我们的女房东?这么说她就在北院住了?……糟糕!想了半天,小李才避开前面的不提,只回答了后面的:"不知道。早上起来他可不在。现在不知回来没有。"

"请你告诉他,我回来一定去找他。"满洒丽说着一招手,"回头见,小同志。"

小李一边点头一边想,我才不替你去告诉他呢。干吗你自己不去?又不缺腿少胳膊。再说,还不知道副连长愿不愿意见你呢。弄错了,倒霉的还不是我小李!真糟糕,上次把门牌号码记错了。明明是四十二号,我老想着是二十四号。这事儿被副连长知道了,

63

不说我存心骗他才怪呢！他准得生我的气。怎么办呢？小李摸摸脑袋。副连长问起来再做检讨呗。他自怨自恨地想：小李呀小李，你不仅纪律性不强，还说假话骗领导！他又一转念，不过，我可不是存心说假话，我是记错了。记错了不等于说假话。可是，我说没说空话呢？小李想了又想……哎呀，说了，说了。在城外入城教育中，我下的决心比谁都大，都坚决，可是结果怎么样呢？向老百姓借东西的首先是我。刚才还在副连长面前表了决心，可倒好，一出门又把石头踢到人家脚上了。见鬼！自找麻烦。这下好了，连部住到她家里了，好戏还在后头呢。小李用拳头捶了一下脑袋，又捶了一下腿。就是这里，就是这里不老实！

"嗬，小李犯精神病了。"一排长赵文江笑呵呵地说，"小家伙准是又挨剋了，不然,为什么朝自己的脑袋发脾气?！"

小李抬头，见一排长赵文江来了。他知道这个星期连部值班员是一排长。

"别瞎说，"小李的脸一红，"早上起来捶捶脑袋清醒。"

"嘿嘿，你啊，鬼心眼真多。"赵文江指了指小李的鼻子，"好啦，快打水去吧。否则，回来晚了还得刮鼻子。"赵文江说完，大步向连部走去。

吃过早饭，小李老端详着王德的表情，猜测着王德是否已见到了那个女学生。他刚想把今天早上遇着满洒丽的事告诉副连长，忽听外面由远而近传来一阵女人的说笑声：

"就在这里住，进去吧。"

"你先进去，你是主人嘛。"

"谁先进不是一样？真是的。格格……"

小李和连部同志赶紧从窗上向外面看去，见三个女学生在门外互相推让，谁也不肯先进来。其中一个是副连长的乡亲。小李想，真的来了。看她见到副连长，到底说些什么！

副连长王德没出来，组织干事梁群却从里间房里出来了。来到客厅门口问道:"谁呀?"他顺手推开风门,见门前站着三个女学生,都在二十岁上下,"你们有事吗?"

"同志,我们是燕京大学的。"其中一个方圆脸的姑娘说,"我们都是同学。想和你商议个事。"说着,她们互相瞧了瞧,随之而来的又是一阵天真的笑声。

"行,好,请进,快进来。"梁群满脸堆着笑容,一个劲地往里让,生怕人家不进来。

小李见为首的那个就是副连长的乡亲。可是,副连长老在屋里忙着往本子上写东西,没出来。

"小张,快给客人拿水。"梁群边招呼边忙着给客人让座,"请坐,请坐。"

"甭客气,我们一会儿就走,不喝水。"

满洒丽很快地向屋里扫视一周,见客厅里没有王德,又向里间瞟了一眼。里边光线很暗,模模糊糊地见有人面朝里伏在桌子上写字,是不是王德,她不敢肯定。

通讯员小张给她们每人倒了一碗水。梁群兴致勃勃地问道:"你们都是北平人吧?"

"我们俩是。她是东北人。"那个方圆脸的姑娘,操一口标准的北平口音说,"我们俩住在头发胡同八十一号,她姓胡,我姓周。"

"这位呢?"梁群转向满洒丽问道。

"她呀,"姓胡的姑娘没等满洒丽回答,就插口说,"她是你们的房东,就在北院里住。"说着格格地又笑了。

"唔……"梁群点了点头,他这才发现在他对面坐着的那位默不作声的房东——大约二十四五岁的姑娘——有点出乎寻常的美,不禁使他非常惊讶!乌黑发亮的头发,淡雅的装束更突出了漂亮的脸庞。当她嫣然一笑时,两腮现出一对迷人的酒窝。她那修长的手指,皮肤白嫩;衣着朴素的身材,匀称而丰满,身上散发出淡淡的清香。她羞怯地低着头,抿着个小嘴,活像个初到婆家的新娘子……

满洒丽到连部来的目的,主要是执行王经堂的指示,来找王德。这一行动,事先她也是费尽心机的。找什么借口呢?真巧,前天鲁青告诉她学校通知叫她去开会,原来是为了要排练节目,准备和解放军在中山公园音乐堂联欢。她欣然参加了。因为,她还是个不错的提琴手呢。其实,这件事校方已经和师政治部联系好了。她今天再来联系,当然是多此一举。尽管如此,对她来说这是个和王德见面的好借口。一方面来得自然合理,另一方面让王德知道她能参加此类活动,表示她是一个进步学生,免得王德对她产生怀疑。原先她想一个人来,又觉得不大妥当。所以,她私下约了两个比较要好的同学,说她家里住了解放军,她想请他们参加联欢会,一个人去怪不好意思的,三个人做伴去,既礼貌又大方。

今天早晨起来,满洒丽照着镜子精心地打扮了一番,觉着很满意,然后急急忙忙去找那两个同学。碰巧遇着通讯员小李,无意中把石头踢到她脚上了,虽然有点痛,但抬头见是小李,心里一阵高兴。借机把她要找王德的事给小李讲了,想探听一下王德是否在家,以免扑空。

现在第一步计划算是实现了。而且,不但没有碰钉子,反而受到热情的接待。下一步只盼望能见到王德了。想到这里,满洒丽的心又怦怦地跳开了!甚至连梁群和两个同学说的什么话都没听清。

就在这时,王德从屋里出来了,两人的目光立即相遇。满洒丽心里一阵紧张,刷的一下面色绯红,慢慢地站了起来。没等她开口,对方先呓语般地叫了一声:"满丽英?!"这声音虽然不高,却引起了所有人的注意。

"不……"满洒丽不自然地笑了笑,努力控制着自己激动的心情,斯文而慎重地说,"我现在叫满洒丽……没想到……"说到这儿,她眼圈一红,赶紧把头低下了。这表情,既像是被久别重逢的感情所触动,心里有千言万语而难以开口,又像是心虚理缺而自觉惭愧。

王德面色平静,眨动着眼睛瞧着她,足有三四秒钟。最后,终于露出一对虎牙笑了笑,笑得那么自然、俊美、潇洒。他很快向屋里扫视一周,然后跨前一步,把手一伸,往下一按说:

"好,你请坐。我还有点事出去一下,咱们回头再谈。"说完,一招手转身向门外走去。

小李见副连长只说了这么两句不冷不热的话就走了,他也赶紧背起马枪,随王德出去了。

屋里的人全都愣了,脑子里还没反应过来是怎么回事,两个人的会面就结束了。

梁群刚想给她们介绍一下,王德早已出去了。他扶了扶眼镜,莫名其妙地转头瞧着满洒丽说:"怎么,你们俩认识?"

"嗯!"满洒丽点点头,应了一声。

"你们在哪认识的?"梁群进一步问道。

"我们是老乡亲,从小的同学,已经五年没见面了。"满洒丽现在已经恢复了常态,闪着清泉似的眼睛微微一笑,颇有感慨地说,"没想到他现在是光荣的解放军了!"

"他是我们的副连长。"梁群说,"既然这样,刚才这两位同学要求我们参加你们的联欢会,他一定会高兴参加的,就这么定了吧。我们全连都参加。时间是后天晚上七点吧?"

"是的。"

事情谈妥了,姑娘们起身告辞。

梁群送到门外,边招手告别,边对满洒丽说:"你是房东,和我们副连长又是乡亲,可以常来聊聊嘛。"

"谢谢,有时间一定来。不会打扰你们吧?"

"不——会!"

"那么再见!"满洒丽领着两个同学向北院走去,一进月亮门,

她们闹嚷嚷地又说又笑,声音忽高忽低:

"……又年轻又漂亮……小伙子真帅!"

"保证是……不然为什么脸红……还……格格……"

"哟!二十多岁的人了,还害臊哪……"

梁群背着手站在门口,隔着花墙目送她们进了东厢房,才转身回屋。她和王德是什么关系?他回想着两个人见面时的情形。老乡亲,从小的同学,五年没见面了。就这些吗?此事引起他的极大兴趣。他准备等王德回来问个明白。

王德出了连部,迈着方步,沿着恬静的胡同向六部口走去。他忽而抬头看着远方蔚蓝的天空,忽而低头沉思。这次,他总算对满洒丽解除了不少的疑虑:她还是那么标致、文雅而惹人喜爱,还参加了学生的进步活动,将来有机会再仔细和她谈谈。如果她没多大问题,帮她参了军,那才有意思呢。王德的嘴角浮现一丝笑容。

王德正想得高兴,忽然另一个女人的形象在脑子里闪现出来。那就是在德胜门外遇到的那个女翻译。她不就是今天见的满洒丽吗?为什么那时和现在的风度神色迥然不同呢?兴许那时认错了?但愿如此。王德继而追忆到他们少年时代,在一块读书时的情景。那时,她叫满丽英,虽然天真朴实,才貌双全,温柔高雅,但用现在的眼光来看,她却是个贪图享受、羡慕西方资产阶级生活方式的姑娘。难道这五年的大学生活,又处在敌占区,她能那么纯洁坚强一尘不染吗?战争这个复杂而残酷的怪物,使多少青年由于自身的幼稚而误入歧途;又使多少青年经受了血与火的考验。他们身处白色恐怖之中,犹能主持正义、坚持真理,和反动者做不懈的斗争,甚至献出了宝贵的生命!王德由于对他的未婚妻满丽英尚有潜在的爱情,多么希望她是后者而不是前者,多么希望她这五年的历史,比她的外表更美三倍啊!

小李背着马枪,跟着王德走着,边走边扭头看看王德的脸。王德的脸,和往常一样,很平静,没有什么异样的变化。真怪!小李心想,那个女学生既然是副连长的老乡亲,而且心急火燎地说要找他,副连长出来时,她怎么不多说两句?也不大热乎,还羞答答的呢。更奇怪的是副连长竟不冷不热地说了两句,把人家扔在那里就走了。他们究竟玩的什么把戏?真有意思!不过,副连长有点像连长,平时就不大喜欢和女人打交道。也许,守着那么多的人,有点不好意思吧?

小李这次可猜对了。王德不仅如此,也是根据指导员郝平的指示才这样做的,效果很好。心里很高兴。他迈着方步,安闲地走了一会儿,然后向小李问道:"小李,你和二宝在清河镇炮兵阵地上碰见的那个女学生,叫什么名字?"

"她说从前叫满丽英,现在改名叫满洒丽。就是刚才在连部,你和她说话的那个。"小李说完,接着又把今天早上碰着满洒丽的事和王德说了一遍。

"在德胜门外见到的那个女翻译呢?"

"也是她,一点不错。"

王德听小李这么一说,心里便沉重了。他把脸一沉,说:"哼,这个你倒记得清楚了。可胡同名字、门牌号码你就瞎诌乱编。"

"不,副连长,我敢拿党性保证。"小李着急了,"我的的确确是记错了。我怎么能存心骗你?真的,撒谎不是人!我想你这个乡亲也怪,火烧火燎地说要找你,可她见了你又像热炕头上的猫儿一样,那么老实。在背后可不是这样。就拿今天早上讲吧,见了我满脸都是精神,还说:'小同志别开玩笑啦,你们连部就住在我们前院……'还格格地笑了笑。当时弄得我可别扭啦。副连长,我说句不中听的话,你可别见怪。你这个老乡有点不大地道。说真的,副连长,你到底和她什么关系?"

"老乡亲加老同学,还有点老交情。"王德的口气很肯定。

"那么你和她挺熟了?"

"过去熟,现在不熟了,因为我们几年没见了。"

小李眨巴着眼,瞧着王德,不吭声了。

"怎么,你不信是不是?"王德站下了,两手向后一背,脸上现出甜蜜的微笑,一本正经地说,"小李同志,我是个解放军的副连长,置城市政策、组织纪律于不顾,和一个离别多年的姑娘、女学生论亲交友,你说好不好?传播出去全连都知道了,你们的副连长,放着工作不干,净干这号事,这影响该有多坏!"王德停了停又说,"而且,我这个老乡亲离别这么多年了,谁知她变没变?我还想考验考验她呢。"

小李第一次听到副连长和他倾吐肺腑之言,心里一阵激动,觉得王德的话,既诚恳又亲切。兴许这事儿是由小李引起来的,所以,副连长才对他这样耐心地谈问题。否则,这些话他怎么和一个小通讯员讲呢?不,小李很快否定了自己的想法。我们副连长自从进关以来,进步可快啦。都是共产党员,还在一个小组里过组织生活,有什么话不能说呢!这是党员的高尚品质,有什么奇怪的!

"副连长,那么您准备怎么办?"

"怎么办?先观察一个时期再说。不过,你得给我保密。"

"行!"小李高兴地说,"这回你可把我的闷葫芦揭开了。对,考验考验她!这办法好。"

"这事儿还有二宝知道。你最近见到他没有?"

"老没见。咋的?"

"你知道头发胡同八十一号住没住部队?"

"住的。我们团司令部住在那里。干啥?"

"好,等你见到二宝,叫他也帮个忙,到八十一号去了解一下那两个姑娘的家庭情况。"

"了解这干啥?"

"看看她们接近的都是些什么人嘛。"

"我现在就去吧?"

"不要急。"王德看了看表说,"现在我们先到长安街广播电台去看看。一排有三个战士在那里警卫。回头你再去吧。"

王德和小李来到长安街。老远就听到广播电台门前那个高音喇叭在播送《新民主主义论》,不少人都站在那里听。

广播电台的大院,也是旧房屋改造的,有一小部分是新建的。所谓新建,起码也有三十多年了。其他都还是古老的建筑物。不过,为了适应广播工作的需要,内部用玻璃隔子隔开,这就是各种不同的播音室和工作间。闻名全国的北平广播电台,工作条件之差,设备之陈旧,秩序之紊乱,简直使人难以置信。在三年的战争中,它一直被国民党用来欺骗人民,欺骗他的士兵。什么国军乘胜前进,士气旺盛所向无敌啦……其实,就在他们播送战绩的时候,他们的所谓国军,正整师整军地被人民解放军消灭。那些所谓壮烈殉国的将领们,一个个地成了人民的阶下囚。现在这一切都销声匿迹了。它——这个陈旧的广播电台——也在为人民服务了。

王德和小李来到了播音室外面的工作间里,里面堆满了唱片、留声机、播音器和乱七八糟的电气器材。一位四十多岁的职员,从里面走出来,见了王德就哈腰说:"同志,里面坐。"

"不客气,随便看看。"王德边看边说,"我们的战士在这里不妨碍你们工作吧?"

"不,不。解放军纪律严明,真是名不虚传。他们有时还帮我们干不少的活呢。"

小李回头隔着玻璃向那些播音室看了看,见每个屋里坐着人,女播音员正在播音。小李忽然想起在德胜门外听广播的事。于是,他趁王德正在看那部唱片灌音设备时,低声向那人问道:"同志,以前你们这个广播电台,干吗老撒谎?国民党的兵,明明士气不振,你们却说士气旺盛。在围城时,我们只围不打,你们就说击退我们数次进攻,阵地屹立无恙。这玩意好随便乱说啊?"

"嘿嘿,"那人笑了笑说,"看来,你是不懂这门工作。你听我说,小同志,世界上没有不撒谎的广播电台。这与当局的统治者有密切的可以说不可分割的关系。因为国民党靠撒谎吃饭,他统治的广播电台非撒谎不可。"

"我们的电台永远不会撒谎!"小李理直气壮地说。

"但愿如此!嘿嘿。"那人笑了笑,一哈腰走开了。

满洒丽的心,今天一直都是快活的。她仿佛完成了一件伟大的任务似的轻松、愉快,充满了希望。和王德相见的瞬间,虽然说话不多,但含意颇深。"咱们回头再谈",这话多么亲切而又含情脉脉啊!不用说,联欢会上他会和我找个僻静的地方倾吐衷肠、重叙旧情的。这一成功使她喜出望外。在平时,她是从不把同学们领到她家里做客的。可是,今天她却打破常规,把两位同学领到她家里玩,嬉戏玩笑。

夜晚,万籁俱静。真是晚霞彩云飞,又是夜沉沉,万物皆入寐,尚有不眠人。满洒丽穿着可身的睡衣,在昏暗的灯光下,进了卫生间,把嵌在墙壁上的穿衣镜轻轻地打开,便是一个小圆门。她挨身跨了进去,回身又把镜子关上。她在这个像坟墓似的地下室里,用小巧而功率很高的收发报机,工作了半个小时,才回到卧室里。尔后伏在写字台上写了一封信。其内容如下:

  1. 南京电,和谈代表团已组成,不久即将赴平谈判。成员名单将在广播电台公布,请注意收听。

  2. 和姓王的接头,已初步取得成功,前途颇为乐观。下次准备在联欢会上相见。

  3. 其政工干部梁某,颇觉可取。将来再利用他从中斡旋,定能取得更大进展。

满洒丽写完,用密封信封装好,准备明天派徐先生送往太平庄。

满洒丽忙完了这一切,时钟正敲十一点。她伸了个懒腰,和着壁钟的滴答声,细声细气地悄悄地哼道:"今日相逢,勾起我回忆。诗情画意虽然美丽,我心里只有你……"然后上床,带着美滋滋的快意进入了梦乡。

六

王德和通讯员小李从广播电台出来,路经西长安街,走到长安大戏院门前,小李忽然喊道:"副连长,你看那是谁?"

王德举目顺着小李指的方向看去,眼睛突然一亮,那不是李秀珍和言素华吗?于是,立即和小李急急地走了过去。

"秀珍!"王德喊道。

"哟,王副连长,您好!"秀珍和素华身穿军装,风纪整齐,正站在长安大戏院门前看戏报,听到有人叫她,忙转过身。见是王德和小李,亲切地和他们握手,问好。问他们住在哪里,住得好不好,生活如何,身体怎样……总之,秀珍见了王德和小李,觉得特别亲热。从王德离开医院,算来将近一个多月没见面了,姑娘的脸上迸发着诚挚的感情。一个多月按说不算长,可是,在这战火纷飞的年月里,一个月以后能见到,总觉得像离别了多少年似的。王德受重伤住在医院里,秀珍专门看护他,给他血一把、脓一把,洗伤口换药,喂饭喂水,照顾得无微不至;亲姐妹也不过如此。此时此刻见了面,性格傲慢的王德,也不免觉得心里热乎乎的。小李呢,和二宝是好朋友,秀珍是二宝的未婚妻,觉得秀珍和自己也不是外人。

言素华呢,毕竟是个新兵,再加上她很文静,不爱说话,只好呆站在一旁,听秀珍和王德滔滔不绝地说着话。

"喔,你也来了。"王德也和她握了握手。

"今天请假来的。"素华满脸绯红,羞答答地和王德说了一句。

秀珍说:"对了,她呀,一来想到天桥老家看看,二来帮二宝打听他姐姐的下落。"

"你们去过了吗?"

"还没去呢!二宝也找不着。谁知他跑到哪儿去了?素华只有两天的假,真叫人着急。可是,乔连长又不在家……"秀珍说到这里,素华在后面把她的衣襟悄悄地扯了两下,不让她提乔连长。秀珍对素华的暗示早就心领神会了。她本想说,要是他在家和素华见见面多好。接着她把话意拐了个弯,"要是他在家,准得帮着一块去找。"

王德见秀珍说话有些慌张,而素华在秀珍身后又是那样羞答答的,连头也不敢抬,觉得其中必有缘故。为了不耽误她们的事情,王德和秀珍握手告别。秀珍又想起一件事,对王德说:"副连长,我告诉你件好事。前天,有几个学校的学生,约定明天晚上,在中山公园和我们联欢。师宣传队和政治部全都参加,其他各团派代表,你们参加不?"

"我还不知道呢,"王德说,"即使参加,也得听营部的指示。"

"不过,我希望你去。去看看热闹嘛。"

"好,到时候再说吧。有空请到连部去玩。再见!"王德一招手走了。

小李见副连长走了,赶紧和秀珍说:"秀珍,你真的没见着二宝?"

"真的,谁还骗你?"

"素华啥时回去?"

"明儿下午。"

"好,你等着。我去给你找二宝。找着,我叫他今天下午去找你。晚上,你们就到素华老家去,打听一下二宝姐姐的下落。二宝从进城以来,老念叨这事,这次你和素华来得正好。"

"晚上黑灯瞎火的,队里领导不让出来。再说,那么老远的就我们两个女的,也不敢去。"

"嘿,怕什么?有二宝给你当警卫员还不行吗?"

"去你的吧,说着说着就瞎叨了!"

"好,你等着,我这就去。再见!"小李挤眼弄鼻地笑着,一招手就跑了。

小李追上王德,走到宣内大街时,请示王德说,他要去团部找二宝,嘱咐他调查那两个姑娘的家庭情况,以及和满洒丽的关系问题。王德表示同意。小李撒腿就向头发胡同跑去。

王德回到连部时,梁群正在写部队政治教育计划。他见王德回来了,把笔一放,喜洋洋地说:"好事情啊,同志。今天早上,啊——你知道嘛,有三个女学生,其中一个还是我们的房东呢,来约我们去参加军民联欢晚会。时间是明天晚上,在中山公园音乐堂。我已答应她们了。你看怎样?我的意思,我们连除去站岗放哨和值勤的,都参加。"

"老梁同志,约我们联欢的是哪个学校?"

"嗯……这个,我没有问。她们也没说,怎么?"

王德笑了笑,心里想,你这个同志啊,人家在门口一见面就告诉是燕京大学的,你却忘了。他又问道:"这件事请示过营部没有?"

"没有。"

王德把脸一沉,"这么大的事,不请示上级就擅自答应,不合适。我们全连每个排都有任务,哪有人参加?再说,社会情况又这样复杂,假定坏人乘机捣乱,我们都去参加联欢,发生事情谁负责任?"

"嗬!"梁群满不在乎地说,"你说得太严重了吧,同志。北平解放了,你知道北平的人民对我们党和军队抱着多大的热情!人家主动提出和我们联欢,这种心意是多么可贵呀!据说,这次联欢,大中小学都有,连老教授都来参加。你想想,王德同志,这种深情厚意,里面蕴藏着多大的政治意义啊。人家登门来请我们,我们难道可以冷三热四地说不参加,这像话吗？你把北平社会的复杂性,看得未免太过分了吧？同志,好人还是占多数,有个把坏人,在群众的监督下,谅他们也掀不起多大的浪头来。别那么半夜说鬼,自己吓自己吧。"

王德越听心里越不高兴,甚至有点气愤了。心想,亏你是个政治干部,思想如此麻痹。好吧,你去抱着你那深情厚意和伟大的政治意义睡大觉去吧。和平解放了,就意味着高枕无忧,万事大吉了？岂有此理！王德这些话没有说出来。他只是说:"好吧,我们请示一下营部再说。"

"请示也是白费,营部准能同意。"

王德走向电话机,"请营长说话。哎？喔,教导员也可以。"王德用手捂住电话机,瞄了瞄梁群,"哎？我是王德。我请示个问题。有几个学校,请我们全连,明天晚上在中山公园参加他们组织的军民联欢晚会。梁干事已答应他们了。您看行还是不行？"

梁群赶紧走过来,伏在耳机旁边听着。

"不要全连都去。中山公园不是你们一排的警备范围吗？叫一排派一个班去参加,并担任警戒。叫梁群同志去参加,你去把警戒布置好就回来,加强外围的巡逻,以防万一,听清了吧？"

"听清了。"王德放下耳机子,和梁群说,"你听见没有？叫你带一排一个班去担任警戒。我在家加强外围巡逻,以防万一。"

"你看,你看,又要赖账了。"梁群说,"我听得清清楚楚,叫你去布置警戒,我带一个班参加联欢。去吧,同志,别想歪点子了。布置完警戒,接着参加联欢,有什么不好？不要紧,天塌不了,同志。"

"那么教导员的指示,我还执不执行？"

梁群无言以对了。他那眼镜后面的两只神秘的眼睛,瞄着王德。心里想,好你个王德,鬼心眼真多。你是不是想趁这机会,悄悄地去找你的老乡亲?还说得那么一本正经。要是真的这样,我倒是赞成的。可是,在我跟前不准说假话。你骗别人可以,骗我梁群可就有点儿班门弄斧了。

"我问你,老王同志,"他说,"你和房东姑娘什么关系?"

"老乡亲,老同学,还有一段罗曼史。"王德毫不掩饰地说。

"骡马屎?"梁群没听明白,"什么骡屎马屎的,你们俩……是不是有点老交情?其实,这有什么不好意思的,借这机会找她谈谈,有什么不可以?去吧,一切由我负责。唉?"

王德用惊异的目光,瞧了瞧梁群,心想,你这组织干事啊,党的规定、军队的纪律全忘了!

"梁群同志,"王德把脸一沉,"在适当的时机,我是要和她谈的,但是,决不在联欢会上。公私要分开,要坚决执行教导员的指示!"

"我可是一番好意呀。"

"谢谢。"

王德不想再和他辩论了,背上驳壳枪,转身出了连部。他来到一排,带着赵文江和一班长刘吉瑞到中山公园去看地形,布置明天晚上的警戒。他把岗哨位置,发生意外情况时的行动,都交代得清清楚楚。最后,问赵文江和刘吉瑞有什么意见。

"我说副连长,"赵文江说,"明天晚上叫刘吉瑞在这儿就行了。我还是和你一块去穿胡同搞外围勤务好。"

"不行!"王德说,"我把你留在这里,是为了万一发生情况,有你和刘吉瑞两个掌握稳妥些。我带上两个战士和别的部队加强外围警戒。我是怕敌人搞调虎离山计,你懂吧?"

"什么调虎离山计?"刘吉瑞问。

"组织这么个热闹的晚会,假使我们都来联欢了,那些坏蛋就可以乘机在别处胡作非为。到那时,只好干瞪眼。前天不就是这样?人家打电话来报告了,我们带着队伍跑到现场,坏蛋抢了东西已跑得没影了,这就叫调虎离山计。这会儿,我们就来个将计就计。打一场城市里的游击战,像上次在南所胡同那样。不过,这次规模要大些。"

"这样,我就更应该和你在一块了。"赵文江说。

"你怎么老不想在这里?"

"副连长,说心里话,我真怕和那些学生打交道。好家伙一围一大群,七嘴八舌。我口笨,识字也不多,那不尽出洋相?"

"你呀,老赵同志,"王德哧的一声笑了,"我和你说过好几遍了,要锻炼锻炼嘛。进城快一个星期了,还是这么个样子。好吧,明天晚上我离开这儿时,叫着你就是了。"

赵文江高兴了,马上请王德到中南海和战士们一块吃午饭。因为他们今天午饭是吃饺子。

小李到团部去找二宝,来到警卫排一问,才知道二宝这几天跟着作战股长,带一个步兵连在阜成门外,排除地雷和铁丝网。

怪不得这几天老不见面,怎么办呢?小李想,去现场找他吧,天已不早了,跑断了腿也回不来吃午饭;不去找他吧,在秀珍面前说了大话,还答应叫二宝下午去找她呢。真糟糕!小李从来不会骗人,答应人家办的事就一定得给人家办到。这次呢?眼看办不到了,受埋怨倒是小事,可多么对不起二宝。二宝没进城前,每天盼着进城找他姐姐,现在进了城了,人家素华专为这事请假两天,来帮他找。这下完了,二宝不回来,她们两个女同志晚上又不敢去。明天素华又要回去了,错过这机会,谁领她去?等二宝晚上回来再和他说?不行。据说,他晚上得七八点钟才回来,那就耽误事了。

小李摸摸脑袋,忽然一抬头,嘿,真笨,我小李真是吃干饭的?他撒腿往连部跑去。进了连部,一看副连长不在家,问别的同志都说不知道,真把小李急坏了。幸亏通讯员小张从外面回来说副连长到一排去了。小李二话没说,跳起来就跑,别人还以为他有多大的急事呢。

小李背着马步枪跑到一排时,已汗流浃背,上气不接下气了,在门口稍微定了定神,然后大模大样地进去了。一进门见副连长正在和一排的同志一面吃饺子,一面聊天。大家一见小李来了,七嘴八舌的,有的赶快请他吃饭。

"嘿,来得早不如来得巧,小李腿长口福大。"一排长赵文江说,"来,一块吃。"

小李正饿得肚子咕咕响,又是吃饺子,早已口水满嘴滚了,一点也不客气,把枪一放,拿了碗筷,蹲下就狼吞虎咽地吃起来。

"你来干啥,找我有事吗?"王德问道。

"没啥事,我不知你到哪里去了,出来找你回去吃饭。"小李说着,瞧了瞧一排长。

王德见小李说话的神气有点不对头,再看他大冷的天,满头冒汗,心里就猜着个八九分:准是撒谎。王德再没问下去。

吃过午饭,王德和小李在大街上走着,王德把脸一沉,说:"小李,你刚才又想什么鬼点子骗我?"

"这……嘿嘿,"小李憨笑了笑,"我去找二宝,二宝这几天正和杨股长在阜成门外排地雷,拆铁丝网,晚上七八点才回来。"

"啊,那又怎么样?"

"秀珍下午还等着他和素华一块到天桥去,打听二宝姐姐的下落呢。"

"她两个去嘛,为什么要等二宝?"

"她俩晚上不敢去。"

"不敢,以后再去嘛。"

"素华明天下午就得回医院,以后再没机会了。"

王德没吭声。停了一会儿,小李继续说:"到天桥素华又熟,说不定还能打听着王经堂的下落。知道了王经堂,鲁青的下落也就找到了。只要找到这两个坏蛋,那么,二宝和连长的仇也就报了。"

王德看看小李，抿着嘴笑了笑。心想，你小李的鬼名堂真多，明是你想一块去玩，你偏不说。好，我看你还有什么点子。王德仍然不吭声。

"副连长，我已经答应秀珍，今天下午叫二宝去找她。可是，我没找到二宝。秀珍要是等不着二宝，她准得着急。多对不起人家啊。副连长，你说我该怎么办啊？"

"好办。"王德说，"你现在就去告诉秀珍和素华，叫她俩今天下午就到天桥去。坐电车不到天黑就回来了。再说，天桥和天坛都住着我们的队伍，怕什么？去吧，就这样说。告诉完了你马上回来，不准在外面玩。"王德说完就迈开大步走了。

小李这才泄气地走了，到武定侯胡同师宣传队去找秀珍和素华。他边走边想，副连长心眼可真多，他怎么会看透我要去呢？嘴皮都要磨破了，他还是不让去，而且还挺严肃。是的，我去干啥，还不是想看看天桥什么样？人家都说天桥挺热闹。这下可去不成了。

小李不知不觉已来到太平桥。他怕秀珍等得着急，赶紧向锦什坊街师宣传队驻地跑去。进了宣传队，找到秀珍，把没找到二宝的原因，和副连长的意见告诉了她。说完，转身就走。秀珍请小李陪她们去。小李一口拒绝了，说："秀珍同志，我不能去。要是去了，回来副连长不刮我的鼻子才怪呢！"

言素华这次来找秀珍，到天桥看老家，找她的干姐姐，都不是主要的，主要的是想来看看乔震山。这件事她犹豫了很长时间，也想了许多，总是一会儿勇气百倍，一会儿又信心不足。素华自从乔震山出院后，接着秀珍也走了，白天虽觉得有点孤单，毕竟有许多同志和她在一块工作，说说笑笑，和睦相处，心情倒也不太寂寞，一切伤心的往事都也自然淡薄了。可是，到了晚上，尤其一个人值夜班，伤病员都睡了，素华在这漫长的冬夜里，觉得形单影只，孤单凄凉。一幕幕悲惨的往事，像潮水一样涌上了心头。父母都死了，房屋也烧了,家在哪里?亲人在哪里?素华想起这些悲惨的往事,不禁心酸暗泣。那一颗颗珍珠似的泪珠,流到腮上,滴到衣襟,眼前的一切都模糊不清了。在这悲伤的时刻,她想起秀珍和二宝,两个人多幸福啊!乔震山那英武魁伟的形象,立即展现在她的眼前:爽利而坚定的言谈,笑起来那惹人喜爱的脸……就是他,给了我第二次生命。她长这么大,除去父母小时候抱过她,就是乔震山从死亡里把她抱出来了。从那以后,乔震山在她心目中是世界上最好的人。好人哪,他是惟一的亲人了。言素华恨不得像神话里的天使那样,生出一双天蓝色的翅膀,飞到乔震山的身旁,用热泪来倾诉对他的思慕之心。想到这里,她面色绯红,嘴角上露出一丝羞涩的笑容,那该多么幸福啊!

言素华继又想起,乔震山住院时,他那冷冰冰的脸,说起话来那种严肃劲。她曾多次对他表示一些意味深邃的爱意,可是,他像个木头人一样。难道他嫌我没有家?不,乔连长不是那种人!他是很同情我的。再说,秀珍有好几次对我的态度,简直拿我当成她的什么亲人似的,可能乔连长对她有所暗示吧?素华想到这些,才下定决心来找秀珍,并把自己的心意拐弯抹角地流露给秀珍。秀珍是个绝顶聪明的人,对素华的心情早已猜个八九分。说:"素华,你看,真不凑巧。乔连长改编国民党军队去了,要一个多月才能回来。"说到这里,秀珍偷眼瞧了瞧素华,见她低着头抿着嘴,可眼圈有点发红。于是,她又说:"不要紧,素华,等乔连长回来,我去跟他说。说不定他心里也早想着你呢!"

"别瞎说,我才不是那个意思呢。"素华把绯红的脸扭到一边去,而且,把指头伸到嘴里咬着。

"哟,老大不小了,还害臊呢。和我说怕什么?干吗还拐弯抹角的?其实,告诉你吧,素华,我也早有这个想法,将来我们俩在一起,该多好。"秀珍看着素华低着头笑眯眯的脸更红了,拉着她的手说,"好吧,咱们不谈这些了。走吧,既然二宝不来了,我们自己去也行。天还早,早去早回。"

秀珍和素华从天桥回来时,已经很晚了。因为素华父亲原来的那些邻居朋友见了素华,真是悲喜交集。多年不见了,素华的爹妈又都不在了,剩下这个孤苦的女孩,大家不免伤心悲叹。有些老大娘还难过得哭了,为这苦命的姑娘落泪。但又见到素华当了解放军,大家觉得既光荣又亲热。因此,这家请吃饭,那家请去玩,还请她们到天桥剧场看了戏。这样,不知不觉耽误了时间。她们到达正阳门里下车时,已经九点多了。秀珍想从这里去团部,看二宝回来了没有。当他们经过大四眼井进入绒线胡同时,忽然发现后面有两个人跟着。她们快走,那两人快跟;慢走慢跟,一步不放。素华拉了一下秀珍的衣襟,紧张而悄声地说:"后面有人跟踪。准不是好东西!"

秀珍没放声,但加快了步伐。她后悔没有带手枪。后面两个人也加快了步伐。而且,老沿着黑影走。当走到街灯跟前时,就一闪而过,渐渐地接近了她们。

秀珍胆子还大一点,毕竟是上过战场,打过仗的人。但手里没枪,心里也有点慌张。素华呢,这时吓得腿都软了,迈步也很困难。她紧紧地抱着秀珍的胳膊,全身都在打颤。秀珍悄声地给她壮胆说:"不要怕,快走。过了六部口就不怕了,那里住着四连的人。"

两人走得更快了。回头瞧瞧那两个人,一个穿着皮夹克,戴礼帽;一个穿棉大衣,戴鸭舌帽。这胡同里除去这四个人外,其他连个人影也没有。秀珍想,后面这两个人要是追上来,动手和他们打是不可能的。现在惟一的办法是跑。但是,素华肯定跑不快。因为她平时没有这种锻炼。但总比束手待毙好,兴许还能跑出去。

秀珍想到这里,对素华使了个眼神,拉起素华撒腿就跑。后面那两个家伙,大概没料到她们会跑。在这迟疑的刹那间,秀珍和素华已经跑出一百多米了。这两个家伙才起步追去。追到六部口附近,忽然秀珍和素华不见了。这两个家伙在胡同口上停了一会儿,悄悄地说了几句话,然后向西走了。

秀珍和素华跑进一个小胡同,钻到一个门楼洞里,蹲在墙角下,一动也不敢动。两个人紧紧地偎在一块,只觉得心脏咚咚地跳动。秀珍是打过游击战的人,这一招确实管用。她们仔细地听着两个坏蛋的脚步声,后来渐渐地听不见了。秀珍胆子大一点,先走出胡同朝两面瞧了瞧,连个人影也没有,然后用手势招呼素华,两个人才放心地继续走了。

"真险!晚上再不出来了,吓死人了。"素华说。

"出来也不走胡同,走大街,保险没事儿。要不就带上枪。"

胡同里的街灯,不但距离远,光度也小,非常暗淡,十步以外就看不清路。有人在路旁躲起来,很难发现。秀珍利用这个条件,骗过了敌人。而她却没想到敌人也会利用这个条件,截击了她们。

"这回看你们往哪儿跑!"

秀珍一抬头,见两个歹徒站在当面,像是一堵黑糊糊的墙,心里一惊,全身的汗毛都竖了起来。素华赶紧躲到秀珍身后,全身战栗,不知怎么办才好。

"你要干什么?滚开!"秀珍把腰一叉,声色俱厉地喊道,"你要胡闹,后面就是我们的巡逻队,谅你也跑不了!"秀珍以为这一下会把他们吓跑,不料那个穿皮夹克的笑了笑说:"你们的巡逻队十点才来,现在是九点半,姑娘。有钱拿出来孝敬老子,不然,别怪老子不客气!"说完,那家伙还挽袖子,捋胳膊,准备动手。

秀珍真急了。把皮带往下一解,拿在手里。还没等那家伙靠近,就抡起皮带,正抽在那人的脸上,然后拉着素华回头就跑。边跑边放开嗓子喊:"来人哪,抓坏蛋……"

正在这时,从六部口传来急促的脚步声,并喊道:"干什么的?站下!"接着就是哗啦一声——步枪子弹的上膛声。

秀珍回头一看,那两个坏蛋早已无影无踪了。站在身前的是王德和一班长刘吉瑞,另外,还有一排的两个战士。

秀珍和素华见了王德和刘吉瑞,高兴得差点没哭了。秀珍把如何回来晚了,如何路上遇险的经过,向王德说了一遍。

王德听着秀珍和素华的叙述,默默地点头。心里暗暗地想,这个情况很重要。"巡逻队十点才来,现在是九点半。"看来这些家伙已经摸到我们的行动规律了。他看看手表,可不是吗,现在十点刚过十分,一点不错。"好吧。"王德说,"刘吉瑞,你们继续巡逻。我带她俩回连部。"说完,各奔东西。

他们回到连部时,已经十一点了。王德赶紧打了个电话给师部宣传队,说秀珍和素华因为路上遇到坏人,回来晚了,今晚就在连部宿了,明天一早回去。宣传队的领导立即同意了,并对他们表示感谢。

然而,两个女同志到哪里睡呢?

小李心眼来得快,他提议到房东北院东厢房里去睡。

梁群和王德也都同意,立即派小李和徐先生商量。

小李来到徐先生屋里,说明来意,不料徐先生不愿去叫满洒丽。理由是房东已经睡了,恐怕不好叫。另一方面,他自己也睡下了,再穿衣服起床,怪冷的,坚决不干。小李无奈,只好回来说徐先生不愿去。

王德很着急。他想了想,说:"走,我去和他说。"他和小李又来到徐先生屋里时,见徐先生正在穿衣服。王德趁机说:"那么,麻烦你了,徐先生。"

"啊,不麻烦,王副连长。不是我不愿动,只是老头子和他太太都有病,满小姐夜里又不允许任何人去打扰她。否则,她会发脾气的。"

"你就说我找她有事。"

"是,我这就去。"徐先生蹒跚着向北院走去。

王德回来和秀珍、素华谈话等着。他们谈话的内容多半是在医院里养伤时的事,还有去天桥打听乔震山姐姐的下落而没有找到的事。梁群插不上口,坐在那里一声不响地听着。不一会儿徐先生回来说:"满小姐已经起床了,一会儿就来。有什么事您就和她说吧。"说完,徐先生走了。他们继续谈着活。不知不觉半个小时过去了,仍不见满洒丽出来。王德又派小李去问徐先生。徐先生被小李催得没办法,这才不耐烦地喘了口粗气又走了。

满洒丽由于晚上心情十分愉快,睡得正香。矇眬中听见窗户上发出轻轻的叩击声:一下,两下,三下,"满小姐,有人找您。"

"啊,谁呀?"满洒丽模糊地问道。

"解放军王先生找您。"

"啊?!"满洒丽几乎惊叫起来,"什么?谁找我?"没有回声。她又问了一声,还是没人答应。她掀开窗帘瞧了瞧,外面黑糊糊的什么人也没有。她坐了一会儿,想了想,"不,不可能,半宿半夜的他不会来找我。俗话说'白天有所思,夜里梦相见',大概是做梦吧……"于是,她又躺下了。但是却睡不着了。

半小时之后,窗上又敲起来了。这回可是千真万确,决不是做梦。是徐先生的声音,说的和刚才一样。她想,奇怪呀!半夜三更的他来找我干什么?莫非他已经知道了我的底细,要逮捕我?不可能,完全不可能。那么,他要干什么?噢,对了。兴许白天他没空,又是人多眼杂,趁这夜深人静来履行诺言吧。嗯,八成是。今天早上他是这样说的:"……咱们回头再谈。"这六个字含有多么亲切的内容啊!说不定这次见了面,还会像过去在家乡热恋时那样爱我吧。她想起了当年,在寂静的河边柳荫之下,他的亲吻……他的嘴唇多么热烈而多情啊……要是他真的不忘旧情,这次,我就趁此机会使他更上一层楼!到那时,你王德就是有七十二变的本领,也逃不出二郎神的手去,从今后,你就是我的人了。想到这里,她隔着窗户对徐先生说:"你告诉他,在东厢房里坐,我一会儿就来。"

满洒丽怀着一颗狂跳的心,穿上一件紫红色的毛线紧身衣,外套一件橘黄色的睡衣,睡衣的腰带打了一个蝴蝶结,并在头上身上洒些香水,转动着纤细的身段,在镜子前把自己欣赏了一番。然后,穿一双蓝缎子绣花小拖鞋向门外走去……

徐先生听满小姐答应了,赶紧回头领着王德、秀珍、素华和小李来到东厢房。打开电灯,一哈腰把大家让进去,回身走了。

这厢房总共三大间,外两间看样子是学习室。有书架、写字台、沙发、转椅;墙上字画应有尽有。南头屋间是起居室,里面靠东墙是一张沙发床,上面铺设着比较考究的卧具;靠西边窗下有两张单人沙发。其他,还有衣柜、梳妆台等。看来,这是专门招待客人用的地方。

王德、秀珍、素华正在欣赏墙上的字画,秀珍转头看见王德肩上不知什么时候擦了一层土,她边给他拍打边说:"瞧你,这衣服脏的!明儿脱下来我给你洗洗吧。"

正在这时,满洒丽进来了。这屋里的场面、情景使她的脸色刷的一下发白了!她原先那些胡思乱想,一下子烟消云散了。剩下的全是惊奇、愤恨、嫉妒。她恨极了,恨徐先生没跟她说明详情,恨王德有意捉弄她,更嫉妒他和秀珍那么亲近……

王德一回头,见满洒丽站在门里发愣,赶紧拉着秀珍,招呼着素华,迎上去说:"啊,老乡亲,真对不起,半宿半夜的打扰你。我们这两位女同志,在你这儿借住一宿,明天就走。"又指着秀珍和素华介绍说,"她叫李秀珍,她叫言素华。你们认识一下,就休息吧。天不早了,再见。"说完,就和小李扬长而去。

王德这样做也并非毫无目的。但决不是有意捉弄满洒丽。他想借秀珍和素华来影响满洒丽,为今后争取她自动要求参军打个基础,使她能和自己共同走向革命的征途。王德对满洒丽抱着一线希望。

满洒丽乜斜着眼瞧了瞧走去的王德,尔后对着秀珍和素华勉强地笑了笑,庄重而矜持地说:"请坐吧,房子不大好,也太冷,请两位多包涵。"

"甭客气。我们哪里都能睡,什么牛棚、驴圈,我们都睡过。"秀珍对这位房东已观察多时了,见她俊秀的脸蛋上那对迷人的眼睛暗含着傲气,笑起来一口整齐的白牙,两腮上那两个酒窝有点妖气。所以,秀珍言词比较尖利。

素华一声不响,一面听她俩说话,一面欣赏墙上的字画。

满洒丽听秀珍话里带刺,不禁仔细端详一下秀珍:这姑娘面皮微黑而细腻,两道柳眉下面一对漂亮的大眼睛,有点寒气逼人,使人望之生畏。与那位文静的言素华相比恰成鲜明的对照。由于她心情不好,真是话不投机半句多,本想起身告辞,但她想借此机会,探测一下秀珍和王德的关系,只好耐着性子坐着。

"李同志,"她说,"看样子你今年也不过十八九岁,你是多咱参军的?"

"你真会猜!"秀珍仰面笑了,那笑声像一串碰击的铜铃,清脆爽利,非常悦耳,"要说参军嘛,我十五岁就和日本鬼子、国民党反动派打仗了。去年才正式穿上军装,今年整十九。"

"你是个女孩子,打仗不害怕?"满洒丽问道。

"害怕有什么用呀。国民党的军队、特务,把我们老百姓糟蹋苦了!没法子,只好拿起枪来和他们拼命。不拼命哪有我们的活路?就说今晚吧,两个坏蛋老缠着我俩不放。可惜我没带枪,要是带着枪啊,叫他们一个也跑不了,非捉活的不行!后来,幸亏碰着王副连长,才给我们解了围。"秀珍说到这儿顿了顿,"女孩子怎么着?只要有枪什么都不怕。和男人一样,子弹打出去照样死人!"

"你和王副连长认识有多久了?"

"不长,才三个来月。因为他受伤住医院差一点没死了,我专门护理他。所以,虽然相处时间不长,但是我们挺熟识。"

"那么,他是……他是你的朋友了?"

"哎,朋友?哈哈哈……"秀珍大声地笑了,"你说得多难听呀,我们是叫同志。"

素华把嘴一捂,哧的一声笑了。两个人的笑声不同,但都带着轻蔑、讥笑的含意。

满洒丽不敢再问下去了,心里想,朋友和同志是两回事,傻丫头连这都不懂。于是,她看了看表,整十二点半。她起身告辞说:"啊,天不早了,你们也该休息了,明儿见。"她心灰意懒地回到屋里,坐在椅子上发了一会儿呆,然后把准备送走的那封信拆开来,把第二个问题改成:"和姓王的接头已初步取得成功,但很不理想。准备下次在联欢会上再打交道。"

秀珍和素华把灯关上,也没脱衣服就盖着被子睡下了。

第二天早晨,秀珍和素华早早地起床了。她们来到连部,洗了洗脸,然后来到里屋,只有王德一个人在,梁干事到宣武门上散步去了。秀珍把昨天夜里和房东谈话的情形,边说边笑地和王德说了一遍。

"唔,这误会可不小呢!"王德心里一惊,然后假作镇静地说,"你们在这里吃早饭吧。"

秀珍说:"不啦,我们要赶快回去。一来组织不放心,二来今晚要参加联欢晚会,还得准备准备。再见,副连长。"

秀珍和素华携着手,迈着快步走出第四连的连部。

七

满洒丽起床时,已经是早上八点了。她见东厢房门窗紧闭,还以为秀珍和素华没起床呢。推门一看,屋里静悄悄的,空无一人。卧具摆设,好像没人动过一样。满洒丽觉得这两个女解放军,来得突然去得神秘。她疑神疑鬼地想了许多。尤其是那个黑牡丹似的姑娘,说话带刺,神情异样。她们是不是王德有意派来的侦察人员?不然,为什么今早又走得这样突然?想到这里她一阵发慌。她后悔昨晚接待了她们。可是,不接待行吗?当然不行。不管怎么说接待还是对的,对今后和王德打交道有利。不过,那个姑娘和王德到底什么关系?昨晚问她,回答得既不否定也不肯定,只是傻笑。这里面定有缘故。

满洒丽刚出厢房门,在走廊里遇着徐先生。他说昨晚两位女客因为有事起得很早,又不便打扰,所以要我向小姐转达她们的谢意。满洒丽没说什么,回身又进了厢房。徐先生看看这位小姐没有任何表示就往屋里走,知道小姐有事,所以尾随跟进。进到屋里,满洒丽往沙发上一坐,说:"徐先生。"

"有!"徐先生躬身答应。

"昨天晚上你为什么只说王先生找我,而不说有两个女人要住宿呢?"

"这是王先生亲自和我说的。他说他有事要找你。"至于小李开始和他说的话,却一字没提,怕挨骂。

满洒丽默默点头,继又问道:"自从他们在外面院里住,有没有向你了解我们家的情况?"

"没有。"徐先生仰面想了想,"从来没问过,连打电话也没提到过。不过,昨天我听他们打电话要全连都参加联欢会。"

"嗯。"满洒丽又点了点头,心里这才踏实了,"你最近手头还宽裕吧?"

"不,不太宽裕,小姐。"徐先生躬身答道,"自从王先生离开这个房子,再没发饷给我。前天我家还从张北来信,说家里过年时没有钱,欠了债。"

满洒丽从皮夹里抽出五张一百元的钞票,说:"给,你拿这些先去银行兑换一下,捎到家去还债,以后不够再给你。"

"谢谢小姐,"徐先生接钱在手,一躬到底,"不过小姐,市面上'绿兵船'面粉是六百五十元一袋,大米十八元一斤,玉米十二元一斤,这些钱……"

"好啦,再给你两张够了吧。"

"感激不尽,小姐。"

"我问你,徐先生。"

"是,小姐,听你吩咐。"

"我不在家时,鲁青都干些什么?你要如实地告诉我。"

"他经常从后院出去,不知他到哪去。有时有两个客人在后院厨房里吃喝,不知他们干什么。"

"你以后知道他们在干些什么,及时告诉我。"满洒丽从手提包里拿出一封信,交给徐先生说,"麻烦你今天跑一趟太平庄,把这封信亲手交给中将先生。完了马上回来报告我。"

"是,小姐。"

徐先生退出后,满洒丽来到自己屋里,照旧把门锁上。站在穿衣镜前,把自己上上下下又仔细端详了一番,觉得自己是个漂亮、朴实、大方的女学生,比那个黑牡丹姑娘漂亮多了。那么,为什么王德对自己竟那么不冷不热、像有什么顾虑似的?难道真的另有新欢,已经变了心?想到这里,满洒丽脑子里又浮现出王德和秀珍昨晚那使她烦恼的动作,一股忌妒的烈火在她心里熊熊燃烧,使她怒不可遏!她准备今晚在联欢会上,一方面大显身手,以赢得王德的信任,然后乘机和他攀谈,来一个单刀直入,问个明白。如果王德不见她,就在姓梁的身上打主意,通过他去责问王德。嗯,就这么办。

满洒丽吃过早点,信步来到后院,忽听西厢房有人说话,她不禁轻步来到窗外。只听里面说:"今晚满小姐给我们制造了一个好机会。她把前面那一连人全都弄到中山公园去了。弟兄们可放手干了!今晚派三个组,多弄点,弄成了报告刘先生。说不定还会奖励一番呢。我的计划是耳朵胡同一个组,东拴马桩,西拴马桩各一个组。"这是鲁青的声音。

"依我说,干脆去西交民巷把中国银行干掉算了。既发财,又给共产党一个沉重的打击。"

"不行,那里住着共军一个班,你活腻了。"

"西拴马桩也不行,离共军营部太近。"

"不要紧,那是灯下黑,越在他鼻子底下越保险。"

"就这么办吧,弟兄们。今晚八点动手,九点结束。记着,你们两位今晚不要参加,到中山公园去'望风'。万一出了岔子,共军也无处追根。"鲁青又说,"不是我埋怨你们两位,昨晚那事你们就不该干。吓得两个小姐儿在我们外院东厢房里住了一宿。要叫满小姐知道了,不到陈先生那里去告你们的状才怪呢。"

满洒丽听到这儿,心里既气愤又自慰。气愤的是,鲁青和刘谊辉两个随从竟背着她干这些勾当。自慰的是昨晚那两个女解放军来得并无任何目的。说明自己又是一场虚惊。忽听另一个人说:"逗着玩,开开心嘛。"两个人哧哧地笑了。

"你们光知道开心!现在是人家的天下啦,挑逗女八路,搞不好要丢脑袋的,简直是玩命!"

满洒丽一步闯了进来。她闪动着愤怒的目光,瞧着两个陌生人。

"满小姐,"鲁青起立躬身,并介绍说,"这两位是刘少将带来的人。住在石碑胡同六十三号陈先生公馆里。请你吩咐。"

"不认识,好像见过面,请坐。"满洒丽把手插在口袋里,然后自己坐在靠门的凳子上,"鲁青先生,你们刚才在计划什么伟大的行动?"

"嘿嘿,小姐不是都听到了吗?"鲁青干笑了笑说。

"你们干这些事情,难道不认为是妨碍我的工作?"

"这个……"鲁青瞧了瞧两个陌生人,"这件事本来我觉得应当报告您,可是刘少将指示不准和任何人说。我怕打扰你的工作,所以……"

提起刘少将,满洒丽的火气就大了。她强忍着怒火问道:"这样说,你到城外去过了?"

"不,不。是这两位先生转告我的。"

"如此说来,你是直接归刘先生指挥了?"

"不,不。"鲁青起来一躬到底,"小姐千万不要多疑,刘少将决无此意。主要是鄙人之过。"

"哼!"满洒丽站起来说,"你们的事情我管不着。但是,不能妨碍我的行动。再说,你们搞的这一套,纯属流氓行为。陈先生走时有言在先,你是知道的。一不小心,出了事,咱们一块完蛋!"

"哎——我说满小姐,"一个穿皮夹克的人说,"城里许多地方发生抢劫案件,都不是我们干的。这些事我们也控制不了。即使出了事,被共军逮住了,他们也透露不出我们任何问题。因为,这些人都是从外地流窜来的散兵,和我们毫无关系。这一点满小姐该放心了吧。"

"刘先生的事,我管不着。我是陈先生的秘书,随你们的便。"满洒丽说完,悻悻而去。忽然一股恐怖的寒流冲击她的全身,"既然刘谊辉能勾结鲁青在一起干坏事,那他完全可以指使他们随时随地对自己下毒手。这件事要尽快报告陈先生。但是徐先生已经走了,怎么办?"

"怎么样,还干不干?"满洒丽走后,鲁青来到门口瞧了瞧,回来问道。

"干!我们听刘少将的。她算老几?!"穿皮夹克的说。

满洒丽来到前院,到徐先生屋里看了看。徐先生不在,大概走了。她又向连部瞧了瞧,连部静悄悄的。她在走廊里站了一会儿,见连部没人出来,这才走出了大门,向大街上走去——到学校去了。

宣武门城楼上,第四连排以上干部正在开会。王德身前摆着北平城的地图,上面用红笔标着他们连的警备区域和巡逻路线。他们为什么在这里开会而不在连部?这也是王德的主意。因为,满洒丽家的情况还没弄清,那位徐先生又住在连部的旁边。因此,今天这个绝密的会议,决定在这里开。会议中,大家提出了各种各样的情况。有的说,友邻地区的坏人晚上除去抢劫外,还对着巡逻兵开枪射击,打伤了战士。有的说,有的地方从天黑到天亮,闹腾得一夜不得安宁。有的说,解放军南征北战,所向无敌,进了城连这么几个小土匪都镇不住,丢人!总而言之,大家都同意今晚借这机会,集中兵力来一个分进合击,先把本连地区的坏人肃清。当谈到行动方案时,大家就没词儿了。因为,这不比野外和对居民点的围攻。在这大城市,既不能惊动市民,又不能见人就捕。谁知道敌人什么时间、在哪条胡同出现?即便出现了,他们没作案,你怎么知道他是坏人?这一系列的问题,可把大家给难住了。大家会吸烟的一支接一支地吸,不会吸烟的身前掐了一堆碎草。

"你看怎么办好?"王德问梁群。

梁群没当过指挥员,对组织指挥这一套虽然不能说一窍不通,但是,具体办法也不多。现在王德征求他的意见,他只好摇摇头,笑了笑说:"不大好办。我看照常巡逻就行。再说,坏人也不是每天晚上都出来。如果说今天晚上特别重要,多增加几个巡逻哨就行了。"

"如果碰上像前天晚上那样,他见了我们把东西一扔就跑,是不是可以开枪?"一排长赵文江说。

"不,无论如何不能开枪,非捉活的不行。"王德说,"因为,我们一松口开枪,战士是不会掌握开枪时机的。我们领导也不好规定开枪时机。即便规定了,执行起来也很困难,搞不好弄得惊天动地。城市人口这样密,子弹飞出去就由不得你了。要是误伤或打死好人,我们就得吃不了兜着走。不行,不能开枪。"

"那就不好办了!"一排长赵文江把手里的草往地上一摔,接着又拾起来一掐两截说,"哎——这样好不好,多出点兵力,打埋伏行不行?"

"你说下去,老赵同志。"王德说。

"打埋伏。"赵文江接着说,"我认为我们进城以来,发生问题一般都是在六部口以东,和石碑胡同东西一带的小胡同里,再就是北新华街以西这一带,至于府右街以西从来没发生过问题。我们可不可以在这一带小胡同里都设上埋伏?一旦发生事,大家一吹哨子,都出来截击。像上次在南所胡同那样,准能捉活的。"

"嗬,把这些地方都设上埋伏,一个团的兵力也不够。"二排长说。

王德一直看着地图,他觉得赵文江的发言很有道理。打埋伏这是个很好的办法,但必须重点布置兵力,灵活地掌握时机,才能有成功的希望。他暗暗地计算了一下兵力。除去岗哨和执勤的以外,还有两个排零三个班的兵力可以机动使用。因此,他说:

"老赵的发言很有意思。打埋伏这是个很好的办法。我们有两个排零三个班的兵力可以使用,那就是小炮排、三排全部、二排两个班和一排一个班。三排的警备区域是团部和团直属队,再西面是三营的部队,那里的巡逻哨可以抽回来。二排除去中国银行那个班和其他两个班留下看门的外,都可以参加。地区划分,我想是这样。"王德用铅笔向地图上指着说,"以绒线胡同为界,六部口以东到石碑胡同由炮排负责,石碑胡同以东到司法部街以西由一排一个班负责。绒线胡同以南,从西拴马桩到北新华街由三排负责,从北新华街以东到西交民巷以北,由二排两个班负责。要求各单位尽量做到各条胡同口都设埋伏哨,胡同内设隐蔽游动哨。至于吹哨子只能在发现逃跑者时用,以便四面围堵。如果发现'望风'的,或哪家院里有不正常声音,立即集合人埋伏在门口,或者爬墙进去捉活的。在这种情况下,第一,要防止敌人动凶器或开枪。防止的办法大家把刺刀都带上,准备和敌人拼刺刀。这就是我的意见。大家说行还是不行？如果行,咱们就把计划报营部批准；如果不行,大家再另想办法。"

"噢,对了。"王德忽然又说,"还有行动时间问题。联欢会是晚上七点半开始,十点结束。我们八点准时隐蔽地进入埋伏起点,十点钟左右把兵力撤出,然后进入正常巡逻。因为根据我们的经验,敌人的活动时间大部分都在十点以前。我的意见完了,大家发言吧。"

会议开到十一点,王德的计划被通过了。他立即到营部向营长汇报。营长认为王德的计划,兵力太分散,命令把三排也调到六部口以东去。至于西拴马桩由营部另派部队担任。

王德兴高采烈地出了营部。这一下六部口以东,每一条胡同、每一条街道都有足够的兵力埋伏了。他的脑子里闪现出一个十分可观的胜利前景：起码也捉他十个八个的,那才扬眉吐气呢！王德把这情况又和梁群商议了一番,然后通知了各排,并把绒线胡同以北的兵力重新调整了一下。当王德从宣武门下来时,碰着二宝和小李到三排送文件。

"今天怎么有空出来？二宝。"

"今天休息。"

"没见到秀珍？"

"没……"

"去找她嘛。"

"……"

"小家伙,还害臊呢。"二宝脸通红,低着头不吭声,王德笑了笑就走了。

小李和二宝把报纸、文件送给三排后,又顺着城墙向和平门走去。

"我说二宝,你真是个傻瓜。"小李埋怨说,"没进城以前,你每天念叨着进城后一定找你姐姐,找王经堂报仇。现在进了城了,却不提找你姐姐了。人家素华和秀珍,还单为这事跑了一趟天桥,可你呢,连地桥都没去,好像没这回事似的。为了找你姐姐,秀珍和素华昨晚差一点没被坏人给害了,多危险!幸亏副连长碰上才脱了险。副连长气坏了,今天晚上准备认真地收拾那些坏蛋!你看,这些家伙多嚣张,闹来闹去,竟闹到我们解放军头上来了。"

二宝说:"你埋怨我有啥用?连长临走时还嘱咐过,叫我留点神找姐姐。可是,北平城那么大,我到哪去找啊?!我就不着急?再说,解放北平也不是单为了找我的姐姐,或者光捉一个王经堂。即便捉着王经堂,还有刘经堂、李经堂,不消灭蒋介石捉什么经堂也没用。所以,我想个人的事,毕竟是小事,能办就办,不能办也只好等等看。如果姐姐死不了,早晚能找到的。"说着,二宝紧皱眉头,向茫然无际的古城望去。

小李抬头看看二宝,觉得二宝的思想和过去不一样了,看问题既理智又深刻。言谈之中,内心充满了真挚的感情。"嗯,这倒是真的。"小李觉得二宝讲得很有道理。不一会儿,小李问二宝:"今晚你干啥?"

"啥事也不干。"二宝说,"可能和我们排,一块参加联欢会。"

"依我说,算了,别去参加了。咱们一块跟副连长去钻胡同,准带劲!要是逮着那些兔崽子,狠狠地揍他一顿。行不行,二宝?"

小李忽然一扭头,发现城墙下面的胡同里,有人走路。他拉了二宝一下,说:"坏了,我们泄密了!"

"你怎么知道?"二宝惊异地问。

"你看,我们从宣武门过来,一路上说的话,说不定都被下面的人听见了。"

"你别神经过敏。"二宝低声说,"凡有人都是坏人,我才不信呢。"

"你又来了!"小李也压低了声音说,"在清河镇,我们见的那个女学生,你不是也不信吗?现在我们副连长对她也有点怀疑。你看怎么样?我说的不会错吧?"

"其实,副连长也只是猜想,没有多大根据。就拿我们司令部的房东来说吧,那个姓胡的父亲是中学英文教员,姓周的父亲是个律师,什么问题都没有,他还调查人家呢。"

"算了,我们不谈这些了,免得泄密。"小李说,"你不去看看秀珍?"

"不去。"

"为什么?"

"嗐,你小李那么聪明,连这事儿都不懂。我是个通讯员,秀珍是宣传员,我去找她,人家不说闲话才怪呢。影响不好!"

"好家伙,嘴里说得冠冕堂皇,心里可想去找呢。其实,你呀……是不敢!"说着,小李仰头笑了。

小李和二宝到和平门送完文件,公文袋已空无一物了。两人沿北新华街来到绒线胡同,向西拐弯,迎面和满洒丽相遇。小李刚想拉二宝向北走,已来不及了。

"两位小同志,今天咱们又见面了。那位同志好久没见了,你在哪里住呀?"满洒丽的瓜子脸上,堆满了甜蜜的笑容。

小李微笑而不答,二宝那憨厚的脸上连笑容也没有。因为,他要接受上次在清河镇的教训。这一次,他下决心不开口了。

"哟,瞧你们,干吗不说话呀?!"满洒丽格格地笑了,笑得那么亲热,"怪不得同学们说,解放军不会笑,也不爱说话,老是那么板着脸。小同志,解放军管哪都好,就是这一点,大家有点意见。"

"有意见就提呗。"小李似笑非笑地说。

"这不是在提吗?"满洒丽又笑了笑,"多有意思,说真的小同志,我还有点事求你们呢。"说着,她打开手提包,拿出一张折叠得整整齐齐的三角形纸包,交给了小李说,"麻烦你,请把这条子交给你们王副连长。"

小李本能地把条子接在手里,忽然又想,干吗又给她带信呢,刚想说"你为什么不亲自交给他",满洒丽已移步走开,并回头招手说:"麻烦你啦,小同志,上面没有什么,你也可以看。"

二宝和小李见满洒丽走远了,小李把纸条子小心地打开一看,傻眼了! 上面写着两行字,全是日文,两个人谁也看不懂。

"这个家伙真刁! 她明知我们不懂,还说我们也可以看。"

"这回可不关我事。小李,我一句话也没说,也没接她的条子。这回出事儿我可不负责。"

"走吧,别埋怨了。人家是老乡亲。而且,前天人家两个还见了面、说过话。通个信有啥关系?赶快到连部把这条子交给副连长。他懂日文。"

走到连部门口,二宝回团部了。小李进了连部,见王德正伏在桌子上往本子上写什么。小李一声不响地站在王德身旁,想等他写完了再给他。

"你有事吗?"王德抬头问道。

"给。"小李把条子往桌子上一放,"这是你那老乡亲给你的。"

王德慢慢地拿在手里,小心翼翼地拆开,仿佛这纸条子里面藏着什么爆炸物似的。条子打开了,上面写着两行日文,翻译成中文是:

> 最恨多才情太浅,
> 等闲不念离人怨。

王德笑了笑,把条子重新折好,装到军服的口袋里,说:"去吧,没啥事儿。她是在吹妖风。"

"她写的什么?"

"说了你也不懂。去吧,以后再慢慢告诉你。一句话,还是要保密。"

小李眨巴着眼,用猜疑的目光瞧了瞧副连长,刚想走开,忽然想起关于了解团司令部房东的家庭情况的事,于是,他又把刚才二宝说的情况,报告了王德。

王德听罢小李的报告,笑了笑,立即在本子上也用日文写了几行字,撕下来,折叠好,交给小李,说:"你今晚到中山公园时,把它交给我那老乡,什么话也不要和她说。"小李接过纸条,往衣兜里一塞就走了。

下午,天空起了一阵大风,刮得天宇一片橙黄。这阵风,直到太阳西沉时,才平息下来。室内的桌子上、窗台上以及街道的人行路上,都铺上一层黄色尘土。晚上,天气晴朗,满天星斗,但寒冷不输严冬。这就是古城北平冬季将尽的特征。天气虽然这么冷,这天晚上中山公园里却熙熙攘攘地聚满了人。大多数是学生、军人,也有一部分商人和机关工作人员,杂乱人很少。因为,所有进口处都有学生和解放军站岗,没有介绍信和工作证一律不准进。这样,这里就安全多了。

联欢会分两部分。一部分是在音乐堂,这是大学联欢的露天舞台。舞台前面是阶梯式半圆形的露天看台,大约可坐两千多人。一部分在音乐堂的西北方向叫做社稷坛的地方,是中小学联欢的地方。这里除去一个很大的方形台子外,台下还可坐下两千多人。周围除去原有的灯光外,为了联欢,临时加上不少大光度的灯泡,照得周围犹如白昼。

小李跑到音乐堂后台,找到满洒丽,把王德的条子交给她,二话没说,转身就跑了。满洒丽把条子拆开,上面写道:

生命诚可贵,
爱情价更高,
若为自由故,
两者皆可抛!

她看完冷笑了笑,然后撕得粉碎,扔到地上就到前台去了。

王德和赵文江,在中山公园里转了一圈,觉得没多大问题,然后来到音乐堂,站在最后一排的背堤上。这里,背着灯光,向前看,清清楚楚,别处向这里看,却很困难。

王德见梁群和团部机关的同志一起坐在前二排,正在和同志们兴高采烈地说着话。

北平自从和平解放以来,除去部队进城那天的欢乐日子外,今天又是一个热闹的夜晚。真是人头攒动,欢声鼎沸,灯火辉煌,照耀如昼。

王德远望着露天舞台上,学生们出出进进,在忙着准备工作。忽见满洒丽也出出进进地忙着。她忙什么?她既不指挥别人,别人也不指挥她。既不拿东搬西,也不呼三唤四。却一会儿跑到舞台角上,向解放军的座位方向巡视一番,一会儿和梁群打打招呼。

七点钟,演出开始了。师部宣传队的乐队和大学的乐队来了一个大合奏。满洒丽在里面拉小提琴,她的眼睛不时地睇视着台下。她在找谁?找王德。找王德干什么?她爱他吗?爱。但只不过是政治上的伪装。第二场就是秀珍的独唱。她唱了三支歌:《白毛女》《刘胡兰》和《小二黑结婚》的插曲。唱得很成功,赢得观众长时间的热烈掌声。第三场就是满洒丽的小提琴独奏。她也奏了三支曲子:《舒伯特小夜曲》《天使小夜曲》和广东音乐《相见欢》。从弓法和指法看来,都还算过得去。尤其《小夜曲》从低八音滑到高八音时,把人的心情一下子就带进了明月良宵、碧空夜静的仙境之中,也赢得了观众热烈的掌声。正在这时,西北方向的社稷坛联欢场,响起了中小学生的童音歌声,配着节奏感极强的音乐和掌声,特别天真、活泼、欢快和动人心弦。

　　找呀,找呀,找呀找,找到一个朋友。
　　敬个礼来鞠个躬,笑嘻嘻来握握手。
　　doFa Mila, doFa Mila, doSo,

……………

赵文江拉了拉王德的袖子,问道:"副连长,几点了?"

"八点。走!"

王德、赵文江,后面还有小李和二宝,悄悄地挤出人群,出了大门直奔司法部街。他们来到大四眼井时,已经八点半了。在这里站了一会儿,胡同里连个人影也没有,静得像是断了气的死人,隐约能听到公园里传来喧闹的歌声。

"谁?"赵文江忽然问道。

"我——三排长。"

"有没有情况?"王德问道。

"没有。部队已进入埋伏点。我从六部口走到这里,看了一遍,大家隐蔽得很好。"说着,他向墙角黑影里一指,"你看,他俩在那里蹲着,你来了老半天也没有发现。"

王德和赵文江扭头一看,才发现那里果然有黑影。那黑影还哧哧地笑了呢。他俩继续向绒线胡同走去。他们走遍了埋伏区域,也没发现任何情况。看看表已九点五十分了,王德对自己的计划产生了怀疑。"莫非把情况估计错了?不然,就是我们的部队行动时,被敌人发现,临时改变了行动。否则,为什么大小胡同都平静无事呢?"王德边走边想,看看表十点过十分了。忽然想起他们出公园时,见一个穿皮夹克戴礼帽的人,闪身挤到人群里不见了,很可能是敌人"望风"的。

"几点了?副连长。"赵文江问。

"十点一刻了。"

"怎么样,撤不撤?"

"撤!"王德大声说。然后俯到赵文江耳朵上,悄悄地说了几句,两人又和小李、二宝,咬着耳朵嘱咐了一番。二宝和小李点了点头,各奔东西,一闪就不见了。

半点钟以后,两个人回来了,报告说:"都通知完了。"

"好,吹哨吧。"王德命令说。

赵文江把哨子吹得震天响,接着部队从四面八方哗哗地跑来集合了。

王德绕着部队看了一圈,然后命令说:"三排长把部队带回去吧。"

部队迈着整齐的步伐,沿着绒线胡同走去。走到连部门口,一部分人进了连部,那是小炮排。一部分继续向宣武门走去,这是三排。但是,赵文江和二宝却不在。

王德来到连部,背着手在地上转了两圈。他小声地和小李说:"小李,那条子你给了她没有? 她说什么?"

"给了,啥也没说。"

"好吧,你现在顺宣内大街去中山公园找梁干事,如果不在,你就在公园里多找一会儿。如果他还在那里联欢,你不要叫他。等他回来时,你陪他一块回来。路上要提高警惕,懂吧?"

"懂! 我去啦。"

"去吧。"

中山公园里,联欢会仍在热火朝天地进行着。音乐堂那面,节目快演完了。满洒丽和秀珍亲热地说了一会儿话,并且为昨晚没很好招待而道歉。然后,她又来到梁群跟前攀谈起来。她说:"你们王副连长怎么没来?"

"他有事,在家值班。"

"梁同志,"满洒丽向梁群跟前靠了一下,"我记得你们才来时,还有指导员、连长呢,他们怎么老不见面呀?"

"噢,他俩到郊区改编国民党的军队去了,在什么特务团里,不久就回来了。"

"唔……"满洒丽心里像触了电似的缩了一下,表面却非常平静,"梁同志,我想和您谈个问题。您愿听吗?"

"愿听,你有话尽管说。军民一家嘛,什么话都可以说。"

"谢谢您。那么,咱们到那边去谈,好吗?"满洒丽一面用纤细柔软的手拉着梁群的右手,一面用右手指着社稷坛方向说。

两人来到社稷坛西北面一棵大柏树下,正好这里有个露椅空着。满洒丽先让梁群坐,然后自己紧挨着梁群身旁坐下,向四下里瞧了瞧说:"梁同志,您知道我和你们王副连长是什么关系吗?"

"知道。我记得你告诉过我,我也问过王德同志。"

"他怎么说呀?"

"他说除去老乡亲老同学外,和你还有点什么骡马屎。"

"啊!"满洒丽把脸往旁边一扭,笑了,"他是这样说的吗?"

"是啊,我们副连长不但心眼多,歪词斜句也不少,一句话够你琢磨半天的。"

"是的……真够琢磨半天的……"满洒丽心事重重地叹了一口气,这才开始陈述她和王德的关系。她说她以前叫满丽英,来到北平后因为学英文,外国人叫着顺口才改名满洒丽。她还把和王德在家里如何定的婚,她又如何爱他,一九四四年春她考入奉天大学,以后来到北平,和他分离已有五年之久,上次在德胜门外见面后,又如何托小李和二宝捎口信等,详详细细地说了一遍。最后,她说:"梁同志,您想想,王德是个从小傲慢自大、目空一切的人,现在当上解放军的官了,更了不起了,连自己的未婚妻都不理了。前天早晨在连部,就算第一次见面吧,应该坐下来好好谈谈,可是一打招呼就走了,好像根本不认识似的。从那以后,我一直等他来找我,等了一天也不见个影!连同学们都说:'你这个未婚夫真没良心!'结果,到了晚上深更半夜的,叫徐先生去叫我。我还以为他要找我呢,谁知道他带着两个女同志,在那里又说又笑,可热乎啦!见我来了,还拉着两个姑娘的手给我介绍呢。连名字都不叫,只叫我老乡亲。这不是成心给我难堪吗?真……真气死……人了!"说到这里,满洒丽从口袋里拿出一块小手帕,捏着鼻子哭了。哭得可伤心了,连话也说不上来了。鼻涕一把,泪一把,爹妈死了也不过如此。

女人的眼泪比硫酸还厉害,它能腐蚀最硬的而又不耐酸的钢铁。

梁群看在眼里,软在心里,悲伤的共鸣感在他脑子里立即震荡起来。他同情她,怜悯她,称她为同志,只缺"亲爱"两字了。他情愿为这位"不幸的"姑娘抱不平。他想回去狠狠地把王德批评一番。他觉得王德这人,品质很坏。

"好吧。"他说,"我回去和他谈谈,王德同志这样做是错误的。"

联欢会十点多钟才结束,人们渐渐地散去。梁群辞别了满洒丽,出了公园大门,一回头见小李在后面跟着他。

"你什么时候来的?"

"我在大门口遇着你。"

"副连长呢?"

"他早回去了。"

梁群回到连部,已十一点多了。一进门见各排的排长,正和王德在大声谈论,又说又笑。原来王德为了欺骗敌人,他带着回来的队伍只有三分之一,其余三分之二仍然埋伏在原地没动。果然,敌人见王德带着队伍走了,他们就大胆地干开了:在东拴马桩和耳朵胡同,抢了两家,还用匕首捅伤一个人。这两组共八个人,除去跑掉一个外,全被一排长赵文江和二排长带的人逮捕了。西拴马桩那里,当晚上部队进入埋伏点时,敌人见那么多的部队开进了西拴马桩以东的各个胡同,所以,一直等到夜间两点也没敢动。后来,听说别的地方都失败了,这才知道中了计,只好泄气地溜了。

连部的人们吵吵嚷嚷地说:"嘿,副连长一看鱼不上钩,就来了个'金蝉脱壳计',一家伙逮了七八个。"

"真他妈可惜,不准开枪。大瞪着眼让那个坏蛋跑了,要不……"

"好了,同志们,"王德说,"天不早了,大家都回去休息吧。但是,三排长仍要带着部队巡逻,要提高警惕。"

"老王,没想到你还真有两下子呢。捉的人呢?"

"在东厢屋,由小炮排看押着。"

梁群二话没说,赶紧来到小炮排,见有七个人,穿戴还比较考究,倒背手捆着,低着头一声不吭。梁群非常惊讶!心想:假使这些人白天在大街上遇着,谁敢说他们是坏人!他逐个进行审问后,才知道全是些散兵游勇,地痞流氓。难怪闹腾得全城整夜惶惶不安。恐怕像这样的人还多着呢。要赶紧报告上级,不然不得了……

小李见梁群到厢房去了,就把他在中山公园见到梁群和满洒丽谈话的情形全部汇报了。王德笑了笑说:"这事你可不能乱说,这是纪律问题。要是乱说,要受纪律处分。知道吗?休息去吧。"

小李把舌头一伸,走了。

满洒丽回到家里时,已经半夜十二点了。她先到徐先生屋里看了一下,徐先生不在。部队的人,除去哨兵和坐班的而外,也都睡了,到处静悄悄的。然后,她来到北院,屋里会客室开着灯,但一个人也没有。她掀开窗帘向后院瞧了瞧,见后院北屋开着灯,估计徐先生一定在鲁青那里。她想了解一下他去太平庄的情况,赶紧来到后院,在北屋门外站下了,果然,听见里面鲁青和徐先生在低声地说着话。

"……捉了七个。其中有一个还到你这里来过的。"徐先生说。

"你看清了?没错吧?"鲁青惊讶地问道。

"没错。这事要被满小姐知道了可不得了!"

"你不和她说,她是不会知道的。"

"我不说,她早晚也会知道。"

满洒丽听到这里,本想进去把鲁青骂一顿。又一转念,事已至此,骂有什么用。于是,她抽身轻步回到前屋,用手扶着头额,在会客室的沙发上坐下了。她的心啊,像打鼓一样咚咚乱跳!鲁青不听她的话,到底背着她干了这些坏事,成心和她作对。现在,连刘谊辉的一个随从也被捕了,一旦泄了密,城里城外全得完蛋!而倒霉的首先是她和鲁青。说不定不久就得去坐牢!满洒丽头昏脑涨,眼前直冒黑花,全身仿佛像一只漂泊在海浪中的小船,一会儿腾至波峰浪顶,一会儿沉向波谷深渊。在昏晕中,她模糊地看到王德手里拿着闪光的镣铐,站在波涛之中向她招手!霎时间她全身冷汗淋漓。正在这时,一种嗡嗡之声,在她耳边轰鸣:"满小姐,您累了吧?"

满洒丽如梦方醒,猛一抬头,眼前站着的是徐先生。

"啊,还好。"她有气无力地说,"你什么时候回来的?见到陈先生了吧?"

"上午我就回来了。因为您不在家,所以也没向您报告。陈先生见到信很高兴,他向您问好。还让我转告您,家里一切由您决定。"

满洒丽心里想:哼!由我决定?我什么也决定不了!她有心问一下和鲁青谈话的内容,又一想,不必要了。反正她都知道了。徐先生见满洒丽瞧了瞧他又把头低下了,大概她想问鲁青的事。刚想把今晚发生的事向她报告,见她忽然站了起来说:"好吧,你辛苦了,休息吧。明天再请你跑一趟太平庄,好吗?"

"行。"徐先生躬身说,"有事您尽管吩咐,一定照办。"

八

满洒丽离开太平庄的那天下午,解放军整编人员要来的消息,像长了翅膀一样传遍了整个特务团。

那天,西北风卷着沙土刮得天昏地暗。国民党特务团的大兵们,碰着这号天气就算走了好运,既不用出操也不用打野外。闲着没事儿,当官的有的忙着出谋划策,准备对付和平改编;有的找朋友喝酒、聊天、发牢骚。当兵的没人管,躲在屋里,赌博的赌博,睡觉的睡觉。睡不着的仨一堆、俩一伙背着当官的瞎嘀咕:

"喂,兄弟,整编完了你干啥去?"

"回家做个小买卖,养活老婆孩子。"

"看看再说,说不定人家来了,把当官的都他妈一风吹了。那时,就该老子干了。"

"想得美!不等你当上八路的官,早就送你见阎王去了。"

"嘿,很难说。八路军官兵平等,不打不骂不扣军饷,对家里还有救济呢。"

"嘘——小点声,你不要命啦?!"

"怕什么?明天人家就来了。我就不信八路还能让他们胡作非为。"

"还有半天一夜哩,说不定今晚就给你个颜色看看。"

刘谊辉醉醺醺地睡了一下午,醒来时头昏目眩,但心里却明明白白。他回想了今天的午宴,满洒丽那媚人的模样,惊人的酒量,使他大为愤懑:"他妈的,看不透这小婊子竟如此棘手。总有一天你逃不出我的手。杀不了你,老子是婊子养的!"

王经堂进来了,站在炕沿下,两眼睥睨着他。刘谊辉装着没看见,闭着眼一动不动。他想,你姓王的和姓满的一个鼻孔喘气,狼狈为奸,欺负我外来人,把老子灌醉了。娘卖×的,咱们走着瞧吧。至于他酒后失言,叫朱明礼去杀满洒丽的话,却一点也记不起来了。

"老弟,"王经堂推了推刘谊辉,"好些了吧?"

刘谊辉翻身坐起,阴沉着脸,一手捂着发昏的前额,一手扶着被子。

勤务兵赶紧拧了一条热毛巾,抖了抖递给刘谊辉。他接过来擦了擦脸和那半个没有头发的脑袋,立即清醒了许多。

"挫,请挫。"他说,"真对不起,酒后失礼。惭愧,惭愧!"

"没关系,老弟不必介意。"王经堂说,"明天共军的整编人员就要来了。我准备今晚召集营长们来开个会,再布置检查一下准备的情况。老弟尊意如何?"

"悉听尊便。"刘谊辉低着头答道。

"那么晚上见啰。"

"晚上见。"他两只野兽般的眼,放射着凶恶的光,瞧着王经堂的背影,心里恨恨地骂道:老奸巨猾!

漆黑的夜幕,掩盖了一切,也掩盖了太平庄,到处都是空荡荡黑黢黢的。只有村中央那棵老槐树,在夜风里发出呼呼的苍老的呻吟声。庄里的房屋、街道、胡同,以及大槐树底下那座土地庙,都沉浸在夜幕中,像躺在野地里的僵尸,死气沉沉。

村东头,路北的大院里,正屋的窗纸上透射出昏暗的灯光,映出憧憧的光影,发出歇斯底里的咆哮声。

王经堂和刘谊辉为了接待明天即将到来的整编人员,正召集全团营以上的军官在开会。三个营的军官们都发了言。在发言中,有的说不干了;有的说拼了算;有的说,要取得反整编的成功,必须绥靖内部。这句话提醒了王经堂。

"一营情况如何?"他两眼凶光一闪,瞧了瞧顾秃子。

"卑职全营都是忠于党国的!"顾秃子挺胸起立说,"惟有三连长李贵堂曾被共军俘虏过一次。"

"此人什么资历?"刘谊辉问。

"保定军校学生。"顾秃子答道,"这家伙受赤化不浅!"

"揍他一顿,以儆效尤。"王经堂说。

"还有一个士兵,在城里就想去投共军,来到这里昨天又想逃跑,被逮住了。请你发落。"顾秃子又说。

"枪毙算了!"王经堂不耐烦地说,"凡此类事情你自己处理就行了。"

"不,不不。"刘谊辉把笨拙的手一挥,"鄙人认为这样处理未免太便宜了他。不如召集全营,还有特务连,当着士兵官佐之面,把他活埋了,叫大家看看,将来共军的人来了,谁要是接近他们就照此办理。这叫打一儆百,杀鸡给猴看。"说完,他满脸杀气地狞笑了。

此时,会场内的人们低着头,一声不吭,惟有顾贞熊把胸脯一挺,"是!卑职一定照办。"他那两只野牛似的眼睛,杀气腾腾地瞧着王经堂。后者对着他点了点头,没说什么。

会议开到深夜,室内响起一阵座凳的移动声。然后,从门里挤出黑压压的一群人,像从岩石错综的山洞里钻出一群凶神恶煞,向着各个方向散去。其中,有三个人低声粗鲁地骂着,沿着街道向北一拐弯,朝着那棵大槐树走去。

"他妈的,老子不听那一套!"走在中间的那个中等个子、秃头顶的军官,晃着脑袋说,"什么起义,解放,干脆说是投降叛变。老子干了二十多年军队还没听说过呢!实际上是把我们给卖了。他妈的!……"

"顾营长,你觉得今天晚上刘先生的演讲怎么样?他的计划你认为……"右边那个小个子意味深长地问道。

"刘先生是地道的中央军,那是正牌子,将来是有前程的。陈先生是我的老上级,没说的,为朋友两肋插刀,死活情愿。给他妈穷八路当三孙子,老子不干!"

"我们知道营长的为人。"左边那个高个儿,奉迎诌媚地说,"陈先生曾说过,将来我们如果成功了,首先把您官升三级。"

顾贞熊在黑暗里发出满意的狞笑。这笑声冲过黑色的房屋和兀立的大槐树,向满布星辰的夜空飞去。

他们来到槐树底下——在土地庙的广场上,向四周看了看。

"嗯,今晚就在这里把那小子教训一顿,然后到村西去,再把一连那个宝贝'种了地'。王营副,你去布置这一切!"

"是。"王营副刚要走,又被顾秃子叫了回来,"你知道你太太是怎么死的吧?"

"知道。鲁青告诉过我,是八路给整死的。我永远忘不了。"王营副说着有点哽咽,"还有我父亲,也被八路给打死了。"

"对!"顾秃子咬牙切齿地说,"这是我亲眼看见的。当时,要不是我们在你家里匿得严实,也和你太太一样,会被八路捉去枪毙了。至于你父亲,我虽没亲眼看见,可是鲁青送他出西直门不远,眼看着被八路一枪打倒了。这些,你都要记着。将来,我们会狠狠地报复他们的。去吧!"

王营副敬礼后,向黑暗中走去。

更深夜静的太平庄,突然被凄楚的哨音从梦中惊醒。这半夜的哨声,带着恐怖的不祥之兆,在夜空回荡,钻进了每一栋房子,惊醒了正在酣睡的人们,使他们心惊肉跳,惶恐不安!一声,二声,三声!哨音急促而深长。士兵们知道:半夜哨音响,没有好勾当,不是要杀人,就是上战场。不知哪位弟兄要倒霉了!

队伍从胡同里和黑洞洞的房子里,乱哄哄地拥了出来。到处是乱七八糟的脚步声,铁器声,枪托子的碰撞声,夹杂着军官们难以入耳的谩骂声,以及令人心悸的口令声。那些房屋上黑魆魆的窗户,仿佛惊呆了的眼睛,一动不动地瞧着眼前将要发生的事情。

全营集合了,特务连也来了,成营横队站在广场的一边。三百多人的队伍,站在土地庙前的广场上,好像空无一人,鸦雀无声。在这种可怕的寂静里,如果有人喘口粗气,也会像突然雷霆爆发一样,吓人一跳。

"值星连长!"顾贞熊见队伍已到齐了,而值星连长却没来报告集合人数,他声嘶力竭地喝了一声。

三连长李贵堂被这突如其来的夜间紧急集合弄呆了,竟忘了自己是值星连长。他正站在队伍里发愣,被顾贞熊的咆哮声惊醒了,本能地应了一声。

"有!"他跑步来到营长跟前,"啪"的一声,敬了个举手礼。"特务团第一营值星官李贵堂报告,本营官兵全部到齐!"

"多少人?"

"……"李贵堂答不上来。

"你是干什么的?说呀!"顾贞熊向前迈了一步,"你瞧不起我顾秃子,是不是?"

"报告营长,在黑影里我一时没听见;集合仓促,人数来不及统计。"

"放你妈的屁!"耳光子和骂声同时响起,"你有什么了不起?从八路那里放回来的臭俘虏,不宰了你就面子不小!卖什么老资格?你以为我是瞎子?咱们谁也骗不了谁!我早知道你瞧不起我,不给你点辣的尝尝,你不知道我顾秃子的厉害!"

顾贞熊喷着唾沫星子骂着,张开巴掌在三连长的脸上没头没脑地打起来。后来,他大概认为用手打还不能显示他的厉害,于是,从腰里解下了皮带,便在三连长的头上、脸上,咔哧咔哧地抽起来。这声音使全体士兵心惊胆裂,连那棵大槐树上栖窝的鸟儿,也吓得扑打着翅膀向夜空飞去。

三连长李贵堂,开始还想装出点老军人的所谓尚武精神,挺直腰板,仰着脸,硬着头皮挨他的耳光子,以讨长官的欢心而消气。谁知,后来换上了皮带,打得他满脸流血,心里冒火,面前金星乱飞。他用手捂着头,痉挛着,瘫了下去,双膝跪地,口里求饶说:"营长,开恩吧,您老积德,饶了我吧。下次再不敢了。"三连长跪在寒霜冰冷的地上,面前漆黑一团,一阵冷风吹过,不禁全身战栗。

后来,二连长带着本连和三连的全体士兵,呼啦一声全跪下了,惟有一连和特务连站着没动。

"营长高抬贵手,恩典这次……部属永不忘恩,效劳终生。"

顾秃子一看跪了一大片,如果再不住手,这些人要是反了,他姓顾的得用脑袋来讨情。顾贞熊住手了,他把皮带向腰里一扎,咆哮说:"都起来!他妈的,要不是大家求情,今晚非把你打个里子朝外不可。去!去!去!"

三连长起不来了,晕倒在地上。三连一排长带着两个士兵跑出来,架起他们的连长就走了。

顾贞熊见大家都起来了,三连长被架着——更准确点说是抬着走了。他往队列前一站,神气活现地喊道:"一连长,把开小差的拉出来!"

"是!"一连长带着三个士兵向胡同里跑去了。

这时,刘谊辉晃动着四尺多高的身子,机械地摆动着两只短胳膊,迈着小碎步走来了。他把手一背站到顾贞熊跟前问:"怎么样?"

"正在执行。少将先生!"顾贞熊挺胸敬礼。

不一会儿,从胡同里架出个五花大绑的士兵,连拖带跑来到顾贞熊跟前,然后,一连长在后面对着那个士兵的腿,蹬了一脚,那个士兵咕咚一声跪下了。

"你他妈想开小差,往北平跑,找共军去?很好!今晚上就叫你去。把你'种了地',请你到十八层地狱去找共军吧。"说着,把手一挥,"带着走!"

"营长,开恩吧,我家里有六十岁的老母,还有孩子和老婆。我是想回家,不是去找共军。你可怜我吧……"说着,泣不成声。

"不行啊,我的穷宝贝儿!"顾秃子把腰一哈,狰狞地笑着说,"这是……啊,这是刘副团长的命令。这次受点委屈,下辈子再来吧。"

那个判了死刑的士兵,刚想转过来向刘副团长求饶。刘谊辉什么话也没说,厌恶而冷漠地把手一挥。

队伍押着无辜的士兵,向村外走去。来到村西北不远的一块野地里,在一个早已挖好的长方形的土坑旁边停下了。

捆着五花大绑的士兵,跪在坑沿,周围站满了队伍,但都低着头,像隆重的殉丧典礼一样。在萧萧的夜风中,似乎有人在暗暗地叹息,也许是无声地哭泣!

"大家看见了吧?"刘谊辉站在土坑的头上,向部队和拿着铁锹的人,笑呵呵地说,"明天共军的人就要来了,要是谁敢私下里接近他们,听他们的瞎宣传,就叫他和这位弟兄一样,到那时就不要怨我不讲交情啰。"话音未落,部队呼啦一声跪下了。但是,没有说话的。这是求饶吗?不,倒不如说这是一种无声的抗议。

"怎么?"刘谊辉向周围看了看,除去连以上军官没跪外,其他都跪下了。"很好,很好,弟兄们有情意,兄弟我呢,和大家备有同感。可是,自古军内无戏言,军法无情。请弟兄们原谅。"他说完,朝着顾秃子一噘嘴。秃子飞起右脚向那个士兵背上踢了一下,士兵一头栽了下去,一阵气闷,连一声也没吭。霎时间他又醒了,转身爬起来向坑沿上伸着满脸是血的头,苦苦地求饶说:"老爷,我的老母,我的妻子,还在家里挨饿。您行好积德吧,饶了我吧。我给你们拼过命,打过仗啊,老爷……"

"你站着干什么?!"刘谊辉说着给了顾贞熊一记耳光。

顾贞熊赶紧从士兵手里夺过一把铁锹,对着求饶者砍去。求饶者躺倒在坑里了。接着,顾贞熊对周围正在用手捂着脸的士兵骂道:"快埋!他妈的,停着干吗?!"

霎时间,土已将人埋没。但是,这人的呼吸量很大,连土都鼓得一起一落。也许大家不忍向他头上扔土,使他不能立即气绝。

顾贞熊夺过一把带刺刀的步枪,朝着坑内戳了一刀,接着跳下坑去。当他的脚落到那呼吸急促的"土"上时,一股鲜血透过土层,喷出有一尺多高,然后呼吸停止了。

一会儿,土坑变成了一个长长的不高的土丘。可怜的人啊,就这样地安息了!

队伍——所有的士兵们,排着队,低垂着头一声不响地向村里走去。夜风在野地里打着旋儿掠过;野草发出萧瑟的悲泣声;兀立在夜空的那棵枯老的大槐树,仿佛为人世之不平而不可抑制地发出愤怒的吼声。

暴戾的惩罚,可以吓昏弱者,但不能使他驯服。一旦觉醒就会由战栗变成愤怒,愤怒之后便是复仇。这天夜里,特务团的士兵们睡在冰冷的地铺上,没有说话声,更没有鼾声,有的只是悲叹和无声的眼泪。这叹息、眼泪孕育着愤怒和仇恨,"他娘的!弟兄们拼过命,打过仗,最后落个这样下场!……"

"共产党解放军来了,有什么不好?人家无非是反对你们这些伤天害理的败类!碍当兵的啥事?……""唉!……这年头,老天爷睁睁眼吧,叫这些婊子养的早去见阎王……"这一夜,他们上思父母,下念妻子儿女,无限的悲痛,揪心的仇恨,成千遍的冥想,彻夜难眠。

拂晓前,特务团第一营营部,桌子上那盏煤油灯的玻璃罩,已经熏得乌黑,屋里光线特别暗淡。油灯的火焰缺乏氧气,冒着黑色的生烟,直冲出玻璃罩的上口,和人们喷出的烟气混在一起,更显得乌烟瘴气,昏暗失色。把那些狰狞的面孔,熏照得视之可怕、闻之心悸。

少校营长顾贞熊、高个子营副王兆祥、教导员朱明礼,在紧张地开着会。他们为了破坏和平改编,杀人,开黑会,整整忙了一夜。天快亮了,顾贞熊露出一口沾满污秽的金牙,狞笑着说:"放心吧,小朱。我姓顾的干了二十多年军队,什么没见过?穷八路那一套玩不出我的手去。他们来了要是乖乖地待几天就滚蛋,老子给他们点面子;要是动手动脚地不老实,咱们就白刀子进去,红刀子出来,给他个老实不客气。"

"对,都把他们'种了地'!"王营副附和着说。

营教导员朱明礼低着头,慢条斯理地说:"不要把事情看得那么简单。刘先生一再嘱咐,和共产党打交道可不那么容易,必须随机应变,见机行事。否则,一不小心露出一点破绽,那就全盘皆输。"

顾秃子瞪着一对充满血丝的眼,把嘴一撇,哼了一声,用手摸了摸脸。大概刘谊辉那一记耳光,使他有点恼火,至今尚怀恨在心。再说,朱明礼是刘谊辉带来的人,在他面前当然不便多说了。

"好吧。"朱明礼起身说,"从今天起,我就是你的士兵了。有事请随时吩咐。"

"不用客气,事情过去后,咱们还要喝两杯呢。"

朱明礼换了一套士兵服装走了出去。

第二天早晨,东方像大火烘烤似的映红了半边天空。人们照常又开始了一天的生活。

士兵们已开过早饭。顾贞熊和他的营副王兆祥,睡得正香,被团部副官给推醒了。

"顾营长,他们来了。"

"谁?"

"解放军整编人员。"

"多少人?"

"二十来个。团长请你和王营副去参加欢迎仪式。"

"不去,他妈的!还要欢迎?他们来的目的是要吃掉我们。等他们来吃好了,不去!"

"哎,你呀,俗话说得好:心中恨之入骨,表面亲如兄弟,当面赔着笑脸,回头报以匕首。抬得高也是摔得重嘛。走吧,走吧。"王营副劝说道。

特务团团部戒备森严,岗哨林立。哨兵们荷枪实弹如临大敌。

顾贞熊和王兆祥来到团部,一进门给王经堂、刘谊辉行了个举手礼。然后,找了个空位置坐下,直腰挺胸,双手放在两条大腿上,

115

闪动着仇恨的目光,扫视了满屋坐着的人们。见特务团连以上的军官,个个都和他们一样,恶狠狠地瞪着两眼注视着那些沉着、冷静、严肃、庄重、穿戴整齐的解放军。和王经堂、刘谊辉面对面坐着的那位长方脸、大高个、穿深绿色军装的解放军,大概官职不小。他在这满屋如临大敌的紧张空气里,竟是那样谈笑风生,泰然自若地和王经堂谈古论今。当顾贞熊和王兆祥进来时,他只是点了点头,连看也没看他们。直到王经堂给他介绍时,他才把手一伸笑了笑,请他们坐下。王兆祥以为要和他握手,刚想伸手,那位解放军已把手收回了。

王经堂看看人都来齐了,便挨个做了介绍。团政委李治中也把解放军的干部做了介绍,并宣布了每个人要去的单位和职务。当宣布乔震山和郝平为一营的副营长和教导员时,有一个军官突然站起来解下手枪,往桌子上一扔,傲慢地说:"我不干了。这是出卖,是投降!"

全屋的人一阵紧张,有的也要交枪,但没敢动;有的坐着发呆。刘谊辉站起来,装模作样地把桌子一拍,"干吗!想捣乱?"转头对外面喊了一声,"来人哪!"

门外答应了一声。进来两个剽悍士兵,立正站在门口说:"听你吩咐,团长先生!"

"把他拉出去,揍四十军棍!"他说此话时,侧目睇视了一下李治中。

李治中面色平静,若无其事地往本子上写着什么,一动没动。刘谊辉蛮指望他会出来说情,在说情不允的情况下,把那个交枪的家伙揍一顿,岂不威风。谁知,李治中竟置若罔闻。霎时间急得他冷汗直冒,心如火焚。幸亏这时王经堂看出了刘谊辉的窘态。

"慢来!"他对着进来的两个士兵一挥手,"出去!"

"是!"士兵躬身敬礼,唯唯诺诺地退了出去。王经堂慢吞吞地说:"诸位先生,弟兄们,兄弟我,已和共军……啊,请原谅——和解放军李政委先生谈过多时。我们虽然素不相识,但是一见如故。因为,李先生为人和蔼,直爽,见多识广。兄弟我是望尘莫及啊。"说着向李治中点了点头,他接着说,"至于有的人不想干了嘛……当然,内心之苦衷,是不言而喻的。我们以前是两个敌对军队,打过仗,现在突然要合为一家,未免心有余愤,这是可以理解的。弟兄们放心,李政委先生,带来了上级命令,任命兄弟我为正式的解放军,暂编特务团团长的职务,兄弟我不胜荣幸之至。今后,我陈一民不会亏待你们的,望诸位部属先生们,顾大局、识大体,有什么困难尽管和我讲,兄弟我尽力而为,尽力而为……"

刘谊辉听着王经堂的讲话,时而满面春风,时而阴霾可惧,时而面红耳赤。不用说,此时此刻他的心情变化是相当复杂的。当王经堂讲完了,他站起来声色俱厉地说:"陈先生的讲话,很有意义,望弟兄们严格遵守。我们是国家的正规军,军纪严明。如果有人不识抬举,有意捣乱,必当军法从事,严惩不贷!"说完,他也向李治中点了点头。

这两位头头的讲话,一唱一和,像演戏一样。尤其是刘谊辉的讲话,用了不少双关语,充满了威胁的口气,为今后他们的恶作剧,准备了理由。

李治中、乔震山、郝平等,已洞悉其不良含意。可是,那些国民党的军官们,却有点莫名其妙了:从对那个交枪不干者的处理,和两位长官讲话的语气,再看解放军的神色,他们心里就凉了半截。"他妈的,真的投降了?!"但是又都敢怒而不敢言,气鼓鼓地在那里一声不吭。

"政委先生,是不是讲一讲吧。"王经堂虚情假意地说。

"你们两位讲得很好嘛。"李治中不紧不慢的,但又严肃地说,"既然改编成人民解放军了,就一丝不苟地按照人民解放军的条令教令办事。比如官兵平等、不打不骂、三大民主等。如有违者应按解放军的纪律条令办事。这首先要求军官起模范带头作用。俗话说得好,'兵不良必咎其官',还有,'良将出勇兵',就是这个意思。刚才刘先生说得很对,违者军法从事。但是,这个法是解放军的军法,而不是别的军法。我们是人民解放军,是人民的军队,它必须在共产党的绝对领导之下,一心一意地为人民服务,为人民而作战。因此,要严格遵守三大纪律八项注意,绝对不准违犯。我建议今天就教唱这支歌。好不好?"

"好好——好——"下面七零八落地在喉咙里回答了几声。

"陈团长,刘副团长,你们看这样好不好?"

"嗯,好,好好。"

"好,大家通过了。我的话完了。"李治中坐下,对着王经堂低声说,"陈团长,如果没事了,就请同志们回去吧,也好互相认识一下,怎么样?"

"嗯,好,好好。"

"散会啦!"王经堂把手一挥,喊道。喊声里满含着对解放军的深刻仇恨。

军官们迈着沉重的步伐,低着头一声不响地走出了团部会议室。李治中的讲话,语词不多,分量挺重,每一句话都像一把锋利的刀子,使他们心惊肉跳。

乔震山、郝平和顾贞熊、王兆祥向一营营部走去。

九

乔震山、郝平和顾贞熊、王兆祥来到营部。这是一个拥有五间正房和三间东厢房的院子。西、南两面是临街的院墙,大约有一米七八高。乔震山正在观察院子的形状,忽然发现正屋西头窗上的半截窗帘动了一下。这动作非常轻巧迅速。乔震山猜测不是当兵的就是老百姓。很大可能是老百姓,而且是女人。因为,当兵的或男人的动作,都没有这样轻巧、迅速。从而,他确定这正屋西面住的是老百姓,东间才是营部。果不出所料,顾贞熊领着他们径直进了正屋来到东间里。

"请坐吧,先生们,房子不太好。在这穷地方,算是不错的了。"顾贞熊一面让座,一面告诉王营副,"叫勤务兵备茶!"

乔震山和郝平把背包放到炕上,然后大家围着桌子坐下。

顾贞熊见这两个人,不过二十六七岁,一米七八的身材,都挺棒实。满脸黝黑而有光泽,一副憨厚相。但眉间和目光里却现出一股严肃、敏锐的神色,使人觉得有威武逼人之感。尤其是乔震山,浓眉大眼,膀宽腰圆,不仅威严可惧,看样子力气不小。真有气壮河山人不凡、声震苍穹冲霄汉的感觉。

"郝平奉命来你营任教导员,请多帮助。"郝平和顾贞熊、王兆祥一一握手,"他是……"郝平的话没说完,乔震山抢着也和两人握手,并自我介绍。说:"我叫乔震山,到你营来任副营长。今后请多多指教。"

在握手中王兆祥觉得乔震山那只大手起码有二十公斤的握力。但他的脸上,却是那样一副漫不经心的表情。而自己的手倒像是被铁钳子夹了一下似的彻骨疼痛。幸亏只握了那么一下,要再握上两分钟,他真的要疼得龇牙咧嘴了。于是,他斜着眼,恶狠狠地瞟了乔震山一下。

"哪里,哪里,谈不上帮助。"顾贞熊咧着大嘴,干笑着说,"兄弟久混行伍,知识浅陋,遗憾,遗憾!"他说着把王兆祥介绍了一下。当介绍他自己时,他说,"我叫顾贞熊,人家都叫我顾秃子。嘿,他妈的,秃子又怎么样?我又不想娶小太太,秃子就秃子吧。我这个人啊,两位老弟,别看我外表难看,咱们心里,讲义气有交情,谁和我交上朋友,要脑袋都给。要把老子得罪了,哼!老子翻脸不认人,动刀子也不在乎。"

"看得出顾营长是个心直口快的人。"郝平说。

"嗯,你算说对了。"顾贞熊兴高采烈地说,"老弟不愧是教导员,政治家。像你这样年轻有为的军官,真是难得啊。"他仰面朝天若有所思地说,"是呀——谁不说我顾秃子是个'胡同里拉驴',直来直去的人?从来不会拐弯抹角的!我看老弟也很讲交情,够朋友,够朋友。"顾贞熊仰面大笑了。

"勤务兵!"他忽然放开公鸭嗓子喊了一声,"他妈的,今天是个好日子,我请客。"

勤务兵不在,营副官应声走了进来。

"听您吩咐,少校先生。"

"告诉我的伙夫,今天午饭这里有客,叫他给我增加几个菜。"

"不要了吧,吃一般的饭就行。"郝平说,"今后我们在一块的日子还长呢。"

"不!"秃子把手一扬,"这是我的事,不用老弟操心。你们初来乍到,咱们得喝两杯,交个朋友。"

顾贞熊把手朝营副官一挥,"去,马上办!"

"是!"营副官鞠了一躬回身走了。

"顾营长,"郝平见副官走了,说,"我们初来乍到,什么情况都不了解,今后得请你多帮助。"

"行!"

"李政委今天指示,要部队学唱《三大纪律八项注意》歌,你同意吧?"

"同意。"顾贞熊无所谓地答道,"唱唱歌开开心嘛,有什么不同意的?省得那些穷当兵的闲着没事干。不是他妈的赌钱,就是嫖女人。"

郝平差一点笑了,没想到这个凶恶的草包竟是如此粗鲁可笑。他说:"顾营长,《三大纪律八项注意》的第一条是一切行动听指挥。我们干部要首先带头做到,一点也不能含糊。咱们得互相帮助啊。"

"那当然。军人以服从为天职。违抗命令的要军法从事呢。哼!"

"顾营长真不愧为老军人出身,见识多,经历广。改编成中国人民解放军后,营长一定是个称职的干部。"

"过奖,过奖,哈哈哈。"顾贞熊满意地笑了。可是,忽然他的笑声停了。他想,嗯?当解放军的干部,还称职?岂有此理!

此时,营副官进来了。

"报告营长,饭好了。"

"好,吃饭。我们不谈这些,请。"顾贞熊先起身走了出去。

他们出了正屋来到东厢房。这厢房除去做厨房外,还住着两个勤务兵,一个炊事员,一个副官。

饭间,郝平仔细地端详了一下顾贞熊那光溜溜的秃头顶。他忽然想起在德胜门外遇到的那两个投降的士兵。不禁心里一动:大概这就是那个杀人不眨眼的顾秃子吧?那么,那个放他们逃跑的哨兵卞路修现在一定也在这里。嗯,这是个很好的线索。郝平想开口问他,忽一转念,不行,不能问,问了也许就找不着了。

看来,顾秃子特别兴奋,而王兆祥却铁板着面孔,一声不吭。同时,用愤怒的目光不时地瞧瞧顾秃子。这目光,表明他对顾贞熊这样客气地对待乔震山和郝平甚为不悦。

在举杯敬酒时,顾贞熊不管人家干不干杯,自己却一仰脖子来个杯底朝天。三杯黄水下肚,他早已昏昏然了。

"老弟呀!"他喷着满嘴的酒气说,"不是兄弟我吹牛,我顾秃子过了二十多年的军界生涯,我算是看透了。人生在世惟一宗旨是升官发财。要发财就得升官,升官不发财谁干?去他妈的!要升官就得第一要奉迎好顶头上司,这一条最重要。什么叫学识才干?奉迎好上司就是最大的才干。上司放个屁,你就得赶快说香。上面说他需要你爬着走,你就得赶快学王八爬。只要上司笑了,喜欢你了就行。因为这是上司的'需要','需要'就是天经地义的真理。你懂吧,老弟?噢,干杯!干杯!"又是两杯下肚,"第二,嗯,说到哪里了?"

"天经地义的真理。"王兆祥说。

"去他妈的真理。上司叫你杀人放火,你就得六亲不认,给他个家破人亡,鸡犬不留。因为上司需要!我呢?也需要,需要升官。升官必发财。他妈的,只要升官,当龟孙子也干。只要升官发财,管他什么天理良心。天理良心值多少钱一斤?干——干杯!干杯!"又是三杯底朝天。"你懂吗?你不懂,老弟。你们共产党,怕的什么群众关系,什么群众舆论,群众影响。在我们这里算什么?狗屁都不是,只要上司需要,王八蛋也可以当少将!你不信?老子现在是少校营长了,嘿嘿,他妈的少校啊!一个豆儿两道杠子。嘿嘿……哈哈……来,他娘的干!干杯!祝我顾秃子指日高升。"

顾秃子颇有酒量,连干九杯,还是没忘了他那升官发财的诀窍。他接着说:"第二,对,我说到第二了。老子是青红帮,也是国民党,走遍天下有饭吃,有钱花,享用不尽。为什么?你知道吗?嘿嘿,这你就不懂啦。别忘了,要拉帮结派,垒山头。没这个,你想升官?休想!中央军说他们不讲帮派,见他娘的鬼去吧!……连老蒋……算了,他妈的,没有帮派的帮派,没有山头的山头,三岁孩子都知道。"

"我说营长先生,你喝多了吧?"王兆祥沉不住气了,想劝顾秃子去休息,生怕他酒后失言泄了密,被刘谊辉知道了不得了。

"怕什么,我说得不对?当官就能操纵一切,要什么有什么,愿怎么干就怎么干。你不信?谁要不顺我顾秃子的眼,我就对不起他!他……妈……的。"

酒醉饭饱,王兆祥扶着晃着身子的顾秃子。后者嘴里不三不四地念叨着升官诀窍。回到屋里往炕上一躺,呼呼地睡过去了。

乔震山和郝平互相瞧了瞧,彼此会意地笑了。顾秃子虽然凶恶,只不过是一个莽夫兵痞。这位王营副,不言不语,面色阴沉,不知肚子里装的什么货。

"王营副,"郝平见顾秃子睡着了,想探测一下此人的观点。"我们来到这里工作,什么情况都不了解,请你把部队情况给我们介绍一下好不好?"

"这个嘛……"王兆祥回头看了看鼾声如雷的顾秃子,"这很简单,部队听说要整编成解放军,大家都不想干了。不瞒你说,教导员,他们对解放军有很大成见,一时转不过弯来。要慢慢来,嗯,慢慢来。"

"没关系。"郝平心平气和地说,"当然,我们过去是两个敌对阶级的军队,在战场上打过仗,受过不同的教育。但是,只要把道理讲清,他们会知道:改编成人民的军队,被称为人民解放军,是很光荣的,他们会高兴的。想不开的毕竟是个别人。我想不久他们就会改变这种成见的。"

"教导员,不想干的确实是多数,这,我比你知道得清楚。"王兆祥辩白说。

"今天上午在会上,交枪不干的只有一人,还惹得刘副团长生气……那么,你是不是也……"乔震山是想说,是不是非打四十大板才干。但是他没说。

"我?"王兆祥张口结舌了,伸了脖子呆了一会儿,瞧了瞧顾贞熊,"我是当官的,绝对服从长官的命令。"

"这就对了嘛。"郝平说着哈哈大笑了,"咱们营部里,我们没来以前,就你和营长。现在营长命令你一定要干解放军,这不就全都干了吗?何况战士们。俗话说得好,'兵随将转'嘛。你说是不是?"

"我的意思是这样。"王营副觉得下不来台了,他站起来说,"我们这队伍不尽是穷小子出身。这里地主出身的人多,差不多都是。

所以,他们大部分不愿干。"他估计这一下郝平无言可答了,因此,得意地坐下了。

"王营副,这话你可说错了,"乔震山抢着说,"地主在全国人口的比例上,毕竟是少数。要是没有'穷小子们'给他当兵,他的军队就组织不起来。不信,咱们调查调查。"

"不用调查,反正我们这个营都是地主。"

"那么,你也是地主出身了?"

"我是行伍出身。当解放军不习惯……"

这时顾贞熊醒了。他睡眼惺忪地看了看地下坐着的人们,打了个哈欠,伸了伸懒腰,说:"对不起,失礼了,多贪了几杯,就睡着了。失陪,失陪。"

顾贞熊跳下炕来。勤务兵赶紧端着脸盆进来给顾贞熊送洗脸水。他一边洗脸一边问郝平:"教导员,你们刚才议论些什么天经地义的真理啊?"他把擦完脸的手巾,丢到脸盆里,"从这次吃饭,我就看出你们两位有学问,有知识,还真有点儿讲交情。不像有些人那样一口吞了个土地庙,满肚子是鬼。"

"报告营长,他们说要调查一下部队,有多少地主出身的。我说我们营都是地主,不用调查。他们不信。"

"不信怎么样?"顾贞熊把眼一瞪,"管他地主还是穷小子,都得给我当兵。没有兵我给谁当营长?"

"对,顾营长说得对!"郝平乘机进一步说,"要都是地主,我看这个营的兵早就跑光了,哪能维持到现在?"

"跑?哼!"顾秃子咬牙切齿地说,"不管他是什么人,谁要是开小差,老子就把他……嗯,就对他不客气!"顾贞熊刚想说"把他种了地",忽然想起昨晚活埋那个士兵的事,连忙改口。

顾贞熊是个外表粗鲁而内心残忍的恶棍,他有一套处世哲学。他和王经堂的想法是一样的:千方百计地保住这支武装力量。一来可以合法地存在下去,长期潜伏。没有队伍,他顾贞熊罪恶累累,哪有他的藏身之地?这一点他是非常清楚的。因此,他觉得郝平最后这句话是很有分量的。二来——这也是最最重要的,拖延时间,等解放军人员一走,大军南下,华北空虚,他们就可以带着这个换汤不换药的所谓解放军,心安理得地等待时机,东山再起。所以,他对郝平和乔震山的那些顺耳之言,采取顺水推舟,大发牢骚,回敬良言的办法,以麻痹对方。但是,言语之间带着不少的威胁口吻。

王兆祥呢,他认为他的太太和老爷子,是被解放军弄死的。因此,他和共产党结下了不共戴天之仇。他把仇恨倾泻在郝平和乔震山身上。限制郝平和乔震山对部队进行调查,也是从仇恨出发的。其实,他算个什么地主出身?只不过是一个老兵混子,后来当了宪兵队的副官。即便他太太在西山住的那所房子,也是租用别人的。除此而外,他一无所有。说到底,他是个封建势力的奴才,比鲁青还窝囊的奴才。

王兆祥对顾贞熊今天的一反常态,有点莫名其妙。他本想再辩白几句,一方面守着郝平、乔震山的面不便开口,另一方面也怕顾秃子翻脸不认人,闹翻了对他也没有好处。所以,他没再说什么。

这时,进来一个人,中等个儿,短眉小眼,胖圆脸,面孔表情挺斯文,穿着整齐,彬彬有礼。一进门规规矩矩地行了个举手礼。但对乔震山、郝平却连看也没看。他报告说:"顾少校,今天下午进行什么科目?"

"嗯,来来来,我给你介绍一下。"顾贞熊还礼后,笑呵呵地说,"这是新来的郝教导员,那是乔副营长。"又拍着来人的肩膀说,"这是本营的一连长韩国栋,优秀军官,忠实可靠,很有前途。以后,请教导员和副营长多多关照。"

郝平、乔震山微笑着点了点头,指着对面的凳子说:"请坐,请坐。"

"下午的科目……"

郝平抢着说:"下午我看开个全营大会,一方面我们和战士们见见面,另一方面我把《三大纪律八项注意》这首歌教一遍,作为见面礼。您看好不好?"

韩国栋和王兆祥怒容满面,大有拒绝之意。

顾秃子用手抓了抓秃脑袋,犹豫了一下,说:"行,就这么办。一连长去集合队伍吧。"

一连长刚想说什么,顾贞熊把手一挥,"去吧,去吧!"

半小时以后,一连长韩国栋回来了。他报告说:"报告营长,今天下午本来是'连行军中疏开队形教练',我怕营长另有指示,所以来请示您。果然您命令全营集合。因为我在这里的时间耽误得长了一点,结果部队都按原计划到野外去了。现在集合不起来了。"说完,韩国栋还表现出慌张不安的样子。

乔震山两眼盯着一连长的表情,心想,你这鬼把戏只能骗小孩子。他说:"既然这样,我们去看看部队的野外动作也好。"

"算啦,"顾贞熊站起来说,"既然部队已经出村了,你们两位新来乍到,挺辛苦,今天就在家休息吧。好不好,教导员?"

"很好,"郝平说,"营长这样体贴我们,只好从命了。休息一下也好,我们在家里借这机会和顾营长谈谈部队情况。这个,营长不会反对吧?"

一连长韩国栋听到这里,转身出去了。王营副也悄悄地溜走了。

"可以,可以。"顾贞熊满口答应,"不过兄弟我是个大老粗,不像你们共产党,口若悬河,说起来滔滔不绝。至于部队情况……嗯……很简单,弟兄们听说要改编成解放军,不少人确是不想干了。为了这件事,我还捉了几个无故闹事的揍了一顿,这才算老实了。不然,你们来了,哼!大兵们都很粗野,不大讲理,三句话讲不通就要打架。不瞒你说,老弟,讲带兵我是内行。俗话说得好,'带兵如带虎',稍一疏忽,这些穷兵比土匪还凶。所以奉劝两位,平时少和他们打交道。有了难办的事找我,老子来对付他们。"

郝平听罢顾秃子这篇连小孩也不信的胡说八道,不禁大声地笑了。这笑声不免使顾秃子丈二和尚摸不着头脑。他说:"怎么,你不信?"

"信。不信我们来干什么?"

"什么意思?"

"意思很清楚。"郝平说,"你这种对士兵的看法,带兵的方法,都是十八世纪的一套了。你别见怪,顾营长,你想想,你把士兵看成是老虎,是土匪,距离官兵平等、亲如手足的带兵方法,有多远啊。像你这样的带兵方法,部队还有什么战斗力?我们中国人民解放军,官兵平等,不打不骂,士兵对军官有了意见,还可以批评。这样,上下级关系融洽,士兵才能自觉地服从命令听指挥。所以,解放军才能战无不胜、攻无不克。顾营长,如果我们把你这个营按解放军的带兵方法改编,使它也成为能打善战的部队,难道你不高兴?"

"嗯,什么人说什么话,什么爹娘养什么娃。我们带的兵照样能打仗。"

"照样打败仗!"乔震山讽刺地插了一句。

"啥?"顾秃子把眼一瞪,就想发作。

"难道不是吗?"郝平接着说,"沙土城以南,十八家之战,营长先生该不会忘记吧?其实,那一次真正接火交战的部队,我们只有两个连。"

提起沙土城战斗,那惊心动魄的惨败,不禁使顾贞熊全身刷的一家伙凉了半截。"两个连?"他抬起一双惊奇的眼睛,瞧了瞧眼前这两个解放军。两人合起来也不过才五十来岁,顾贞熊今年已经四十多岁了。两人如此年轻,说出话来,可真够分量的。此时此刻他才感到遇着了劲敌。他那张蛮横的脸上隐隐带有一种平日很少见的神情:胆怯和狐疑。真是"谈笑冰雪飞,目睹莫测人"。顾贞熊脑子里产生了不少的问号:他们俩是连级,营级,还是团级军官?是战斗部队的,还是机关的?是否就是沙土城战斗的指挥者?这些问号,他一个答案也找不着。不禁秃头顶上冒冷汗。他迫不得已只好把话题扯开说:"改编成解放军,兄弟我早已赞成。不过,不能操之过急。"

乔震山有心想单刀直入地问他,今天下午为什么不集合队伍,以及对部队的基本情况为何避而不谈。又一转念,对这个家伙确实不能逼之过甚。因此,他只是默默地点了点头,没有说什么。

正在这时,营副官进来请吃晚饭了。

晚上,太平庄的夜空布满了亮晶晶寒森森的星星。靠近元宵节的夜间,正好缺月将圆,月亮七点钟就从东方升了起来。尖溜溜的西北风,虽然不大,吹到人的脸上,却像锋利的小刀子,冰凉生疼!大约九点多钟的时候,部队已经吹过了熄灯号,街道上悄无人行,只有路旁的草丛,发出萧瑟的声音。刘谊辉放着帽耳朵,竖着大衣领,两手插在大衣口袋里,迈着小碎步,摇晃着橄榄形的矮胖身体走来。这位大人物,黑灯瞎火的,天这么冷,要到哪去?——每一个哨兵都有这样的猜测。

他拐弯抹角来到一营三连的连部。一进门,见士兵们赌钱的赌钱,闲聊的闲聊。大家见刘副团长深夜光临,不禁惊讶,呼啦一声,全都站了起来。

"挫,挫,大家都请挫。"这位刘大人今晚特别和蔼可亲。对陈藉在铺上的牌九、纸牌、钞票……仿佛没有看见似的。他摘帽子、脱大衣,连那有意讨好的士兵给他帮忙,他都不肯。

"你们连长呢?"

"在里面躺着,他病了。"一个士兵恭而敬之地立正答道。

刘谊辉直向卧室里走去,当进门时,脚步特别轻。

有几个士兵跟到门口站下了。他们要看一看这位大人物对他们的连长什么态度。

"啊！怎么打成这个样子？"刘谊辉气急败坏地在地上转了一圈，"找医官治了没有？"

"治过了。"卞路修站在旁边答道。

"老弟,你觉得怎么样？"刘谊辉坐在炕沿上,握着三连长李贵堂的手。

李贵堂没回答,也没看他。

"老弟,都是兄弟之过。"刘谊辉说,"昨天晚上,我一步来迟,顾少校就如此无礼。要是我早来一步,老弟也不会受此莫大委屈。现在,共军整编人员已来到本团,若被他们知道,岂不耻笑我们？再说,他们正想找理由撤换我们的军官。如果被他们知道了,连老弟也在所难免啊！此事,我已背地里惩罚了顾少校,总算给老弟出了点气。唉,算啦！——咱们毕竟是患难相处啊！古语说得好,'官打民不羞,父打子不恨'嘛。事情已经过去了,君子不计小节,好好注意身体,养好了病,我们还要共同对敌嘛。"说着,他从口袋里掏了三块银洋,往李贵堂手里一塞,"拿着,小意思,老弟买点东西补养补养。"

李贵堂把手一张,三块银洋当啷一声,掉在地上。

"怎么,不要？！"刘谊辉弯腰把钱拾起来,"好吧,这几个钱也太寒酸。可是,兄弟我也很困难,请你原谅。噢,天不早了,不耽误你休息,我该回去了。祝你保重,千万注意身体。"他想和李贵堂握手告别,可是,李贵堂始终没说一句话,也没动一动,脸像木头刻的一样,没有任何表情,当然也没和刘谊辉握手。

刘谊辉没讨着好,反而碰了一鼻子灰,垂头丧气地离开了第三连。他今晚的来意,并非像他说的是关怀部属,而是想探测一下李贵堂的态度,听听他的口气,稳定一下人心。他怕李贵堂吃了苦头,怀恨在心,向解放军的整编人员告密。现在,他没有达到目的,反而受到冷落。他觉得应尽快除掉这个祸根。否则,他将是一个隐患。但是,共军的人员已经来了,众目睽睽,要随便把个连长杀掉,可不那么容易。搞不好,走了风,后果不堪设想……

刘谊辉心神不安地向四周看了看,四周全是黑影幢幢,那是些路边房角的几棵小柏树,被风吹得乱晃荡,夜深人静里看去,怪吓人的。

"用什么办法比较妥当呢?"刘谊辉继续想他的坏主意,"嘿,他妈的!回去和王经堂商议一下再说。"他加快了步伐,向王经堂宿舍走去。

刘谊辉来到王经堂宿舍时,已经是十点多钟了。据王经堂的勤务兵戚逢春报告说,团长和太太早已睡了。刘谊辉有心上前叩门,又觉得太不礼貌。迫不得已只好回到自己的宿舍里,洗了洗脸,躺到床上睡觉。但是,怎么也睡不着,翻来覆去,辗转不宁。无奈,披衣坐起,擦火吸烟,背靠着床头想他的心事。

刘谊辉想来想去,不仅没想出妥善的办法来,反而越想越怕,不禁埋怨起顾秃子来了。这个混蛋!他想,叫你揍他两下达到恐吓目的就算了,你竟把他打成这个样子。要不,干脆就把他揍死,和那个兵一块埋了,一了百了,也就算了。现在弄得他不死不活的,看那样子他很气愤。和他说话待理不理,一声不响,像没听见。给他钱,他竟丢到地上。走的时候,送都不送。他妈的,不是反抗是什么?刘谊辉还是生平第一次受到部属的冷遇,觉得伤了他的尊严,心里又气又怕。气的是,一个小小的连长,竟敢对他如此无理;怕的是,他既然敢如此狂妄,内心里一定有他狂妄的依托。他恨不得今晚就去亲手把他干掉。可是不行,他那三个排长和士兵也不是好惹的。再说,王经堂是否能同意呢?刘谊辉把烟头丢到地上,冥思苦想,搜破脑袋也想不出个十全十美的办法来。他不知不觉地迷糊过去。醒来时,天已大亮。他因失眠而感到头昏脑涨,胡乱地吃了早饭,就去找王经堂。

一进门见解放军政委的警卫员小赵在院子里站着。

"谁在屋里?"

"政委和团长在谈话。"小赵故意提高声音答道。

刘谊辉转身想走,却被李治中叫住了。

"刘副团长,来,里面坐。我们这里三缺一,光等你来了。"李治中笑呵呵地说。

"噢,政委先生,你和团长有要事相谈,我不便打扰吧。"

"正想找你,你来得正好。"

刘谊辉来到屋里,见王经堂面色平静地坐在桌子后面。一本排以上军官名册摊在桌子上。刘谊辉心里一惊,怎么把军官名册拿出来了?忽听李治中说:"刘副团长昨晚失眠了吧?真是为工作鞠躬尽瘁啊!"

"哪里,哪里。睡得很好,政委先生。"刘谊辉更觉得奇怪,脑子里又开始了不安的胡思乱想,"难道三连长的事,他知道了?"

"是这么回事,刘副团长。"李治中说,"我和团长商议好了,给我弄一份全体军官名册,再造一份上士以下的士兵名册给我。你有什么意见?"

"理当遵命。"刘谊辉心神不安地说,"不过,政委先生再等两天为好。因为,目前这两份册子都不太准确。"

"军官名册我已答应把这份给政委先生。这是上个星期统计的。我已看过,没有什么差错。"王经堂说,"至于士兵名册等两天也可以,你说是吧,政委先生?"

"可以。"李治中欣然答道,并把桌上那份军官名册拿在手里,接着又说,"不过,这份名单一定要与现有人数相符。否则,将来上面发装备发钱,就会弄错。"

"那是一定。"王经堂答道。而刘谊辉不仅没吭声,两眼看着李治中手里那份军官名册,心里急得像猫抓的一样。因为上面有他想除掉的三连长的名字。被李治中拿到手里,就更不好办了。

李治中拿着军官名册,扬长而去。

"唉,我的老兄啊,你怎么搞的?!"刘谊辉见李治中已出了大门,回头埋怨说,"你怎么把军官名册给了他呀!"

"怎么,给他有什么关系?"

"你知道吧,上面有三连长的名字。李贵堂现在被顾贞熊这个混蛋打得起不来了,那个脸肿得像个烂南瓜,情绪很坏。我去看他,他理都不理。我给他钱也不要,还给我丢到地上。你想想老兄,这样留着他,要多危险有多危险!我的意思是想办法把他收拾了。你又把名册给了他。你看,你看,怎么办啊?我的中将先生!"刘谊辉说这些话时,声音压得很低。并且,不时地跑到门口瞧瞧。

王经堂一听刘谊辉的陈述,也觉得事情严重。说:

"你怎么不早说?"

"你还得叫我来得及嘛!"

"你说怎么办呢?"

"我?对不起,我昨晚想了一夜,也毫无头绪。你看这个李政委多精!我昨晚上失眠他都看出来了,你能瞒得过他?!说不定他早已知道了。"

"不会的,从昨天他们来了,我就派人盯着他。他哪里也没去,一营的那两个家伙也没去任何地方。他怎么会知道?"

"嗯,这还好办点。"刘谊辉心里轻松了不少,说,"要赶快想个办法,除掉他。"

两个人默默不语,垂头沉思,在地上来回踱着。刘谊辉提出种种办法。一会儿说晚上把他偷偷拉出去枪毙算了;一会儿又说等打野外时,派人把他打死,就说枪走火,误伤而死;一会儿说晚上派人把他吊死,就说他自己想不开,自杀了……刘谊辉想出不少恶毒措施,但都被王经堂否定了。王经堂认为这些办法都很难保密,一旦走漏了风声,和三连长活着给解放军泄密同样危险。不妥,不妥。

两人沉默了好一阵子,不时地抬起一双深思的眼睛,望着门外的天空。

"有了!"刘谊辉忽然说,"他现在不是卧床不起吗?就叫医官给他看病。然后,给他打一针致死的药,把他弄死。反正是医官嘛,治死人也不用偿命。况且,这种办法一般人是很难察觉的。"

"如果医官不肯干呢?"

"我看有一百块现大洋足够了。不然,就威胁他一下,不怕他不干。"

"一百块?好贵的人命!五十块就不少了。"王经堂考虑了一阵后才同意了,并说由他亲自跟医官讲,"今晚上就把医官请到这里来,给我太太看病。但是,这种事只能是你,我,他知道。其他任何人不得参与。"

"当然,当然。"刘谊辉这才告辞走了。

王经堂背着手站在屋门口,眯缝着一对深思的眼睛,目送着消失在门外的刘谊辉,自言自语地说:"哼!鬼——东——西!前天设午宴招待满小姐,企图把她灌醉后杀掉,她碍着你什么事?无非想叫你的人取而代之,弄我的电台。用心何其狠毒!今天,又想暗杀李贵堂。当然,李贵堂是个危险人物,杀了也不可惜。可是,你刘谊辉未免也太过分了吧?现在,共军整编人员已经来了,你不同心协力一致对敌,而急于干这种事,恐怕有点太轻率了,搞不好我们都得跟着倒霉。他究竟打的什么主意?……"

王经堂回身坐在椅子上吸着烟,不禁又惦着满洒丽的安全问题。因为,刘谊辉还有两个随从在城里。他会不会暗地里示意那两个流氓对满洒丽下毒手呢?王经堂思忖了一会儿,缓慢地摇了摇头。不,不会的。起码现在不会。有鲁青在那里,姓刘的会顾忌到这一点。再说,她家里住着共军,如果满小姐和她的未婚夫接上关系,那恐怕更保险一些吧。她回去已经快两天了,究竟情况如何?王经堂现在多么想知道满洒丽的情况啊。

一〇

　　自从解放军整编人员来到特务团,王经堂从来没像今天这样高兴过。因为,他昨天接到满洒丽的来信,说她已经和王德见了面谈过话,尽管她说还不够理想。但其行动之迅速,却出乎他意料之外。而且,还有个姓梁的政工干部可以利用。他更感到他的女秘书是很能干的。他觉得城里万无一失,可以放心地腾出手来对付整编了。前几天,他曾答应过刘谊辉除掉三连长这个危险分子,而且,由他亲自和医官商量。当时,由于他的心情不好,事情就拖了下来。今天,为应付刘谊辉的再三催促,他派人把医官叫来了。

　　少校医官大高个,但不魁梧,有点驼背;呆板的长瓜脸上,戴着一副旧眼镜,显现出一副书呆子气。他行了个不大准确的军礼,说:"团座,身体不舒服吗?"

　　"不,我很好。你请坐。有件事和你商量。"

　　"请你吩咐,先生。"医官用猜疑的目光瞧着王经堂。

　　于是,王经堂拐弯抹角、极为谨慎地把他的意图和医官说了一遍。

　　少校医官一听要他杀人,吓得全身都打冷战。他提出种种理由婉言推辞。第一,他推托没有这种药。第二,即便有这种药,走了风,被人知道了,在法律上也是不允许的。第三,医生的天职是治病救人,干这种事是不道德的,说什么也不干。

　　正在这时,勤务兵戚逢春进来报告说,城里徐先生有事求见。

　　王经堂心里一怔。心想,昨天才来过,今天怎么又来了?可能满小姐在联欢会上取得可喜的成功了,也可能发生了什么不测之事。总之,一定有急事。不然,为什么不顾危险,叫徐先生接二连三地往这里跑?王经堂站起来在地上踱了几步,决定先把医官打发走,并立即命令徐先生进来。

徐先生进来了,双手把满洒丽的信呈上。

王经堂接过信,赶紧拆开,信的内容如下:

王先生钧鉴:

请原谅我打扰你,我是迫不得已才写这封使你不高兴的信的。鲁上尉昨晚趁我参加联欢会之际,与刘少将两个随从,伙同散兵游勇、地痞流氓,抢劫居民财物,被共军逮捕七人。其中,有刘少将的随从一名。此事,我于事前曾对其严词警告。据云,系奉刘少将之命而为,故终未能制止。其后果将严重破坏我和王德之会面;危及我等事业之安全,事关重大,望速回城,共谋良策,以解危机。否则,卑职为安全计,将请示南京顾问团,疏通英国领事馆,暂避风险。至于这里,请刘少将派人经管,以免内外为患! 诚恐诚惶,切切此禀。

顺颂台绥。

满洒丽即日

王经堂看完信,不知是吓的,还是气的,两手发抖,脸色发白,赶紧擦根火柴把信烧掉,坐在椅子上老半天没说话。

"我可以走了吧,先生?"徐先生躬身问道。

"噢,"王经堂这才站起来说,"你回去和满小姐说,我一定回去看她,叫她放心好了。关于鲁青上尉的事,由我亲自回去处理。她自己的事,请她见机行事,不要搞得太过分了。另外,要加强和南京的联系。去吧。"

"是!"徐先生躬身要走,又被王经堂叫住,"你吃过午饭再走吧。"

"不必了。我得及早赶回去,免得满小姐不放心。"

"也好。徐先生,你还有钱花吧?"

"这……不瞒您说,先生。从年前我就没往家寄钱。现在,年已过完了,家里又来信要钱,可是我……"说着,他指了指他那双破得不像样的棉鞋,"连双鞋都买不起。"

王经堂掏出皮夹子,从里面抽出三张一百元的钞票递给徐先生,"先拿去用着,只要你忠于职守,亏待不了你。"

"谢先生恩赐。不过,现在……'绿兵船'面粉六百五十元一袋,大米十八元一斤,玉米十二元一斤,猪肉二百四十元一斤。这点钱……嘿嘿……"徐先生苦笑了笑。

"好了,好了,再给你两张。走吧!"

"是。"徐先生接钱在手,一躬到底,退出门外。长长地吁了一口气,向外走去。一出大门,见刘谊辉迎面走来。他把礼帽往下一拉,刚想躲开,被刘谊辉叫住了,"徐先生,什么时候来的?"

"啊!"徐先生赶快脱帽哈腰,神色慌张地答道,"刚来,给满小姐送信来着。"

"嗯,家里还好吧?"

"好……好……都很太平。"

"嗯,去吧。"

"是。"徐先生又一哈腰,转身走了。

"哼!"刘谊辉用猜疑的目光送走了徐先生,转身向王经堂院里走去。

王经堂看了满洒丽写来的信,对刘谊辉十分恼火。他觉得刘谊辉不跟他合作,尽出坏点子。三连长李贵堂固然不好,可他毕竟是我们西北军的人,打狗也要看主人,他竟想把他弄死。差一点没上他的当。尤其可恶的是,他背着我在城里把鲁青拉到他的势力范围里去,挖我的墙脚!搞得满小姐没法工作,目的无非是想弄我的电台。这个老混蛋,要是这样干,咱们就走着瞧吧!

风门开了。刘谊辉咧着个月牙嘴,笑嘻嘻地走了进来,回头把风门关上,向屋里扫视一周。说:"怎么样,老兄,城里有什么消息吧?"

"没有!"王经堂背着手向门外看着,冷冷地答道。

刘谊辉瞧瞧王经堂,脸涨得通红,冷漠地笑了笑,知道再问下去也没什么好话说。于是,转变话题问道:"你和医官谈好了吧?"

"没谈好!"王经堂压抑着满心的怒火,说,"行医的人,讲的是人道主义。既然他不愿意干,我看就不要勉强了。再说这件事,看样子一营那两个改编人员似乎已有所察觉,以后再说吧。奉劝老弟千万不要操之过急,因小失大!"

"人道主义……因小失大"这两个词,王经堂是用的双关语。意思是不要在城里城外搞乱了自己,应该一致对外。刘谊辉当时没听出来。

噢?刘谊辉惊奇地斜视了一下王经堂,口里没说心里想,变卦了?这件事共军怎么会察觉的呢?

后面这个问题,刘谊辉虽觉突然,可是,王经堂却确有根据。这是五天前的事了。

乔震山、郝平来的当天下午,想和部队见见面,教唱《三大纪律八项注意》歌,由于一连长的捣乱,没成。第二天上午,顾秃子和王营副都借口有事出去了。

乔震山和郝平在营部谈论初来的感想和今后的工作。

忽然,郝平想起在德胜门外,那两个逃兵的供词。放他们逃跑的是卞路修。对,一定要找到此人打开缺口,了解情况,团结士兵,开展工作。

正在这时,乔震山一歪头见房东老大娘在门外向屋里看了看又走了。他警惕地出来看看,见老大娘正向房间里走去,走得很慢,仿佛有什么心事要找他们,而又犹豫不决似的。

"老大娘,您有事吗?"

老大娘回身来到屋门口,向外瞧了瞧,转脸低声说:"同志啊,咱们不是外人。我的儿子也在咱们部队里工作,出去好多年了。

这不是吗,"老大娘指了指站在大门口那个二十多岁的女人说,"媳妇在家等了多年啦,前天才来了信,说在张家口……"

郝平也从屋里出来了。老大娘看着他,接着说:"你是教导员?"

"是啊,老大娘,有啥事您说吧。"

"你们只来了两个人啊?那怎么行!这些东西可凶啦。你们来的头一天晚上,他们闹腾了一夜。就在这门外槐树底下,打得鬼哭狼嚎的,听说还活埋了一个。他们说,等你们来了,要是老不走,就把你们也活埋了。你们可千万要小心哪。唉!就两个人,真叫人担心啊。"

"老大娘,您放心吧。他们不敢!"乔震山说。

"唔,年轻轻的,别那么大大咧咧的,出了事可不是玩的。"说完,就匆匆地回屋里去了。儿媳妇也从门外回来了。

老大娘反映的情况引起了他们极大的注意。乔震山和郝平用感激的目光,向老大娘的门帘望着。心想,有这么个房东,对今后开展工作,有利多了。两个人回到屋里,很快地把第一步的工作计划拟好,郝平立即回到团部找政委汇报去了。

乔震山一个人在屋里待了一会儿,觉得很无聊,想和房东老大娘再谈一会儿,又怕被发现,对老大娘不利。于是,他信步向门外走去,想去村外,看看部队在哪里出操,是个什么样子。

乔震山走出村外,见在北边野地里,部队成讲话队形站着。队形中央,顾秃子正在咬牙切齿地训话,说得准确点,是在骂丘八。

"……谁他妈的,要是不听,老子就给他个不客气……"

正说到这里,王营副快步走到顾秃子跟前,俯在耳朵上说了几句话。顾秃子立即说:"请副营长训话!"

王营副跑步来到乔震山跟前,报告说:"报告副营长,营长口谕,请你给部队训话。"

乔震山还了礼,大步向部队走去,来到顾贞熊跟前,给他敬了个礼。

"请你给部队训话。"顾秃子装模作样地说。

乔震山面对队列,两手一背,叉开两腿,面色平静,目光严肃,从第一连一直看到第三连,没说话。见这部队:歪戴帽子的,不扣风纪扣的,弯腰歪腿的,低着头翻着白眼的,总之,什么怪姿态都有。这哪是一支武装部队?活像刚从战场上败下来的残兵败将。

乔震山看过一周后还是没说话,像一尊铁铸的人一样,用严厉的目光死盯着王营副。王营副被这锐利的目光所逼,把头低下了。而顾贞熊却沉不住气了,放开公鸭嗓子,大声喊道:

"王营副,向乔副营长报告人数!"这并不是他对乔震山的尊重,而是像物理学上的惯性一样,老军人习惯的自然流露。

王营副这才按操典的规定,向乔震山报告,应到操人数,实到操人数,病号多少,勤务几名。报告完毕,乔震山说:"全营实到操人数是二百七十八名,你为什么报告二百八十一名?再去数数看!"

王营副对顾贞熊命令他报告人数,事先一点准备也没有,不免有点紧张,只好根据平时的大概数字,把应到操人数,实到操人数,瞎编了个数字,反正只能多报不能少报。因为,旧军队都有个"吃空额"的坏作风,多说几名,将来发钱时,他们好多捞几个。这是司空见惯的、根本不算一回事。再说,乔震山初来乍到,全营有多少人,应到多少,病号多少,执勤多少,他确实也不知道。至于实到操人数,也就是在现场队列里站着的人数,王兆祥认为乔震山一时也数不过来,报告错了没关系。谁知,乔震山从排头到排尾早已数了一遍。对此,王营副非常吃惊,他不得不佩服乔震山这过人的智慧。于是,他迫不得已跑到队列中央喊道:

"各连——!向右看——齐!向前——看,报数!"

报数完毕,各连都大声报告说:

"第一连官兵九十二名。第二连官兵九十三名。第三连官兵九十三名。"报告完毕,加起来正好二百七十八名。全营官兵,无不感到惊奇。这位乔副营长竟能在一两分钟内就把全营的人数,数了个清清楚楚。真是古今少见。当王营副终于向他报了全营实到操二百七十八名后,乔震山嘴角露出一丝微笑。但目光仍然是严厉的,而且,他还是不说话。眼睛老是上下打量王营副的服装。

"他妈的,饭桶!"顾秃子也觉得王兆祥给他丢了脸,狠狠地骂了一句。

王营副更慌了,从帽子到衣服摸了摸,哪里也没有毛病。

"请你回头看看部队的风纪。"乔震山用沉重、缓慢的声音说。

"全营,整理服装!"王营副喊完口令,气呼呼地盯着部队,部队一阵好忙:正帽子、扣风纪扣、整理子弹带,然后整整齐齐地昂头平视地站着,一动不动了。

乔震山这才向王营副立正还礼,请他走开了。他向前跨了一步,主动给全体官兵敬了个礼。部队也行立正注目礼,动作比较整齐。他说:"同志们,稍息!我和郝教导员,奉命来这里工作。主要是和大家一块工作,一块学习,一块生活,有什么事大家商议着办。这就是说,今后我和大家,都要在工作、学习和生活中,树立起三大民主、官兵平等的作风。军事上要振作精神、严肃军纪、风纪;政治上要生动活泼,绝对听从党的领导。

"我们过去,是为两个阶级——就是无产阶级和资产阶级——服务的军队,在战场上打过仗。现在呢,你们已经改编成中国人民解放军,同样享受着中国人民解放军的荣誉称号。既然成了中国人民解放军,那就标志着是一支为人民服务的军队,就必须按照三大纪律八项注意办事。也就是按照解放军的制度和要求办事。"

说到这里,忽见战士们都向营长方向看去。乔震山回头一看,见郝平和团副官从村里走来,正和顾贞熊打招呼,低声说着话。

乔震山没理会,继续说:

"都是些什么要求呢?说来也很简单。比如,干部不准打骂士兵,上级不准欺压下级,而且,干部有了缺点和错误,在一定的会议上,士兵可以提出意见进行批评。干部呢,不准为受到批评就借故报复士兵,要是报复,就要以违犯军纪论处……"

乔震山讲到这里,郝平忽然听到站在身旁的顾秃子,呼吸突然粗了起来。他转脸一看,见王营副、团副官,还有站在队列里的一连长,面色非常难看。但士兵们却聚精会神、侧耳细听、目不转睛地看着乔震山。乔震山的声音洪亮、清晰,随着轻溜溜的微风,回荡在明净如洗的碧空。

他讲完话,来到顾贞熊跟前,笑了笑说:"我不会讲话。不对的地方请你批评。"

"不。"顾贞熊皮笑肉不笑地说,"老弟真不愧为军人,兄弟我,佩服,佩服。"

"那么,趁大家都在,是不是把各连连长请来认识一下,可以吧?"

"噢,可以。"顾秃子边答应边命令王营副,"命令各连连长到这里集合!"

一言既出,驷马难追。他没有想到,三连长李贵堂被他打得瘫在床上。连长们的集合,必定会引起乔震山的怀疑。

王营副可意识到这一点了,心里像猫爪子抓的一样,但却有口难开。最后,犹豫了一下才把哨子一吹,提高嗓门喊道:"各连连长到营长这里集合!"

随即从队伍里跑出三个人,来到他们跟前。敬礼后,王营副开始介绍。一连长,已经见过。二连长像木头刻的一样,脸上什么表情也没有。介绍到三连长时,王营副顿了顿说:

"这是三连的一排长。连长挂病号了。"

"唔……"乔震山没说什么,心想,三连长是真病,还是装病?是他不愿来,还是别人不让他来?这个问题要弄个明白。

这天晚上,部队吹过熄灯号,王营副查铺查哨没回来,顾秃子坐在炕上自己玩了一会儿扑克牌,然后伸了个懒腰,打了个哈欠,说:"睡吧,两位老弟,看书不能当饭吃。嗯……"他说完,像猪一样躺下,不一会儿就鼾声大作了。

乔震山和郝平边看书边往笔记本上写着什么。写完了,乔震山把本子和郝平的换过来。郝平本子上写道:"操场上多数士兵的表现是好的,反对的是少数。争取工作颇有希望。"乔震山本子上写道:"三连长挂病号,定有缘故!必须查明。我去设法完成。"

看完,两人会意地互相点了点头。他们就用这个办法,不声不响地把工作讨论完了。

时间过得很快,乔震山和郝平到这里转眼三四天了。在这几天里,白天打野外、出操,晚上顾秃子弄了一帮人来营部,缠着他俩争论问题,胡搅蛮缠,不给他们一点时间进行工作。为此,乔震山非常着急。后来,他们想了个脱身的办法。

有一天晚上,营部渐渐又聚满了人,大家七嘴八舌地说着俏皮话。有的指桑骂槐,有的直截了当地质问,想挑逗乔震山发火。乔震山却装着没听见,不理他们,和郝平使了个眼色,便凑到王营副身边,轻轻地扯了他一下,回身就走。王兆祥以为有事和他说,跟着乔震山走了出来。

"副营长,有何吩咐?"

"没啥事。出来散散步,不比在屋里闷着强?"

"噢,是。"王兆祥见乔震山一直向三连走去,他站下了,"副营长要到三连吗?"

"去看看他们晚上在干啥?"

王兆祥有心不让他去,又说不出理由;要去吧,三连长李贵堂的问题,必然暴露。正在犹豫,他的手被乔震山一把抓住,说:"走吧,走吧,深入连队关心士兵们的生活,这是官长的恩赐嘛!"

王兆祥听乔震山的话里带着讽刺意味,而且,他的手又被乔震山抓住,看来不去是不行了,只好说:"去——就——去吧。"

他们再没说什么话,一直来到三连连部的院子里。一进门,听见屋里低声喊道:

"粗!粗!他妈的,歪脖子九,给钱啦!"

"嘿!二板凳,扛长三!他妈的见鬼!"

"看庄上的,有种的亮开看看!"

"粗!粗!加个点!奶——奶!天子九,他妈的都杀了!"

乔震山听到这里,转脸看了看王兆祥。王兆祥假正经地说:"这些混蛋!不叫他们赌钱,偏要赌,天生的贱骨头!"

乔震山没理他就往屋里走去。王兆祥抢先进了屋,装模作样地对着围在一块赌钱的士兵吆喝道:"谁叫你们赌钱的?他妈的,都给我站开!"

士兵们不约而同地哆嗦了一下,呼啦一声站开了。铺上闪出牌九、钞票、烟盒、烟灰和烟头,秩序紊乱,内务狼藉。与其说这是军人宿舍,不如说是乌烟瘴气的赌场。士兵们望了望站在门口、面色平静而又严肃的乔震山,都惭愧地低下了头。

王兆祥向铺前走去,连钱带牌九,一把一把地抓起来往口袋里塞,连香烟也难逃魔掌。他边抓边骂道:

"他妈的,穷小子还赌钱,都没收!"

士兵们哭丧着脸,眼看着他们的钱被营副塞到兜里去了,心里暗暗叫苦。

乔震山觉得应当出头干涉了。但是,他想,不允许他没收,显然是纵容了赌博的坏风气;如允许他没收,就支持了他这种乘机敲诈。两种做法都会引起士兵的误解,都会影响解放军的威信和党的政策。于是,他想了一个妥当的处理办法。他说:"王营副,钱还给他们,把牌九没收。行不行?"

王兆祥犹豫了半天,他看看乔震山那对盯着他不放的眼睛,才把钱从兜里掏出来,往铺上一丢。说:"给,再赌非没收不可!"

"还有香烟呢?"

143

"对,都给,他妈的!"

士兵们仍然站着不动,谁也不敢去拿。

乔震山走过来,平静而严肃地说:"都把钱收起来吧。谁的钱还给谁,不准赖账、敲竹杠。以后,不许再赌博了,既然编成解放军,就要处处向老解放军学习。现在,大家把钱收起来,都坐下。"

士兵们这才把钱收起来,然后坐到各人的位置上。这时,站在乔震山身后的王兆祥,气呼呼地转身走了。

乔震山没理他,向屋里扫视一周,见屋子东头的一个房间里点着灯,里面仿佛有人在低声呻吟。他走了进去,看见一个人用手巾蒙着脸躺在炕上。地下站着一个士兵,年龄不过二十二三岁,瘦瘦的身材,中等个儿,朴实、憨厚,两只眼睛放射着聪明机灵却又警惕恐惧的光亮。

见乔震山进来,他立正站着一动不动。

"你是干什么的?"

"三连的士兵。"

"啥时入伍?"

"四五年被捉入伍。"

"你是哪里人,叫什么名字?"

"察哈尔人,小名叫铁柱,大名叫卞路修。"

"卞路修?"乔震山不禁心中一动,"我们进城前,你在德胜门住吧?"

"是的,长官。"卞路修把胸脯一挺,答道。

"他是谁?"乔震山向炕上一指,问道。

"我们连长。他有病。"

乔震山听说是三连长,心中不禁一怔,伸手轻轻地把毛巾掀开一看,那张脸肿得像个熟透了的甜瓜。上面青一块、紫一块,伤痕累累。再看脖子上,肩膀上,全是一溜两行的伤痕。这显然是毒打造成的伤痕。乔震山终于明白了三连长这几天老没出操的原因。

而顾秃子、王兆祥一提起三连长,就脸色发白、语无伦次,其原因就在这里!乔震山心里不由翻起一股由于同情而产生的怒火。他强忍着内心的愤怒,平静而亲切地轻声问道:"李连长,你觉得怎么样?"

三连长对解放军的到来,以及乔震山在操场上的讲话,已听士兵们说过。他用力地睁了一下他那肿得像桃子一样的眼睛,看看乔震山,没说什么又闭上了。

"找医生看过没有?"

"没有。"卞路修答应,"他说他……他说不用看。"

"你们营长来过没有?"

"没有。前天——也就是你们来的那天晚上,我们刘副团长来过。"

"他经常来吗?"

"不,就是你们来的那天晚上来的。以前从没来过。"

"唔。"乔震山点点头。这个问题不禁引起他的深思。因为,他们来了虽只两天,但刘谊辉的颐指气使、老谋深算,已给他们留下了深刻印象。他想,这个老狐狸突然来看他,很可能是黄鼠狼给鸡拜年,没安好心。

"李连长,你的家属来看过你没有?"

他摇了摇头,没说话,但眼角上流出了晶莹的泪珠,顺着脸颊流了下来。这眼泪充满了无限的哀怨和无声的控诉!

"如果你同意,"乔震山说,"把你家属接来看看你,好不好?她们现在哪里?"

李贵堂又摇了摇头,仍然没说话,眼泪流得更多了。

乔震山觉得三连长这个对象很重要,可能对今后打开局面有用处,必须保证他的安全。于是,他回头把手搭在卞路修的肩上,用诚挚而亲切的口气说:"卞路修同志,你既然有胆量在德胜门外搭救了两个即将被枪毙的人,就应该有勇气保护你们连长的安全。

我的话你懂吗？"

卞路修愣了。他用惊异的目光看着乔震山，心想，他怎么知道的？同时，三连长转过脸来用感激而猜疑的神色瞧了瞧乔震山。就在这时，忽听村北啪！啪！啪！一连响了三枪，不一会儿街道上响起杂乱的脚步声，由南向北跑了过去。接着，又是一阵步枪射击声。

外屋三连的士兵们，取枪在手，一阵骚动。

乔震山立即离开卞路修站在房门口，面色严肃地说："都休息吧，几声枪响，用不着大惊小怪的。"

士兵们这才把枪又放回原处。

乔震山背着手在地上走了两趟。他这出奇的沉着、冷静，使三连长和士兵们无不钦佩惊讶！

无论如何也要回去看看。他们是搞兵变，还是故意捣乱？乔震山想了想，嗯，八成是王营副干的，为了制止我和三连长交谈。哼！用这一套来吓小孩，可能有点作用；对付我们，你算是白费心机。他又回到屋里对卞路修嘱咐道："你们副团长，或者别的什么人再来看你们连长，你敢不敢马上告诉我？"

卞路修皱着眉头，脸上现出为难的表情，同时摇了摇头。

乔震山明白他的意思。心想，是啊，这个要求太早了。现在他怎么敢呢？继而又问道："是谁把你们连长打成这个样子的？"

"……"卞路修还是不说话。他瞧瞧连长，又用手把帽子脱下来，把脑袋向后使劲地摸了两把。意思是说"秃子干的"。

"为什么？"

卞路修只是摇头，没做任何表示。

"好，咱们以后再谈。"乔震山意识到这问题比较复杂，一时难以了解清楚，心里又惦着打枪的事，所以，没有再问下去。他和卞路修、三连长握过手，回身稳步走出连部。

乔震山在三连门口站了一会儿，四周静悄悄的，连个人影也没有。他取出驳壳枪,检查了一下保险装置,然后向胡同口走去。当他来到胡同口向左拐弯时,忽见前面走来一群人,模模糊糊看不清有多少人。他心里一动,转身跳进一堵小墙隐蔽起来。

脚步声渐渐近了,随后又走远了。但是,有两个人在胡同口站下了,他们低声说话:"你先到三连去看看,那小子还在不?要是在,你就回到这里等着他。等他走到这里,你就要口令。对着上空开一枪,吓这小子一下。要是不在,你就回去算了。"

听声音,说话的像是王营副。

"干脆把他干掉算了!"

"不,还不到时候。"

两人说完就各自走去。

乔震山心里想,好小子!原来你们安的是这号心。真狠毒!他站起来看了看,歹徒们已经走远了。他悄悄地跳出小墙,快步向营部走去。他在营部的窗上,偷眼看了看屋里,见郝平正在和顾秃子闲谈,安然无恙。王营副也不在,他这才将一颗悬着的心放下了。但是,他眼珠一转,又轻步走出营部门口,在左面的一个墙角里隐蔽起来,专等王营副的到来。

过了半个钟头,忽听营部的房门开了,郝平走了出来,站在门口看了看又回去了。看来,郝平在惦记着乔震山。

乔震山仍然蹲在黑影里没动。他觉得他隐蔽得很好,连郝平都没发现他。但又使他产生了一个不安的念头:假使那些家伙要下毒手,就像我这样隐蔽在这里,岂不危险了?!

这时,远远地传来了脚步声。乔震山仔细看去,从体形和走路姿态,他认定是王营副。于是,他把驳壳枪盒拿在手里。来人靠近了,他突然把枪盒碰得乒乓乱响,用力抽出了驳壳枪。同时,大喊一声:"干什么的?举起手来!"

"啊!……啊,我,我是王营副,不要开枪。"他双手高举,两腿打颤。

乔震山快步走过去,看他那姿势,差一点笑了。说:"是你呀!对不起。我还以为是土匪进村了呢,把我吓一跳!"

王营副扫兴地放下手,觉得自己太丢丑,甚感没趣。什么话也没说,就往营部走去。

这天晚上,乔震山虽然冒了很大危险,但收获不小。他基本摸清了三连长的情况,尤其是无意中遇到卞路修,更是喜出望外。

夜深人静,特务团第一营的营部里,坐着两个不知疲倦的人。这两个人就是乔震山和郝平。他们读书到半夜,谁会想到他们是用读书写笔记的办法,在紧张地交换意见、讨论问题哩。讨论的结果是:缺口既已打开,就应向纵深发展,进一步了解三连长被毒打的原因。为今后全面争取三连,取得整编成功,创造良好条件。

刘谊辉听了王经堂的讲述,心神不宁地回到自己宿舍,一抬腿把自己扔到床上,擦火吸烟。他觉得三连长的事被乔震山发现,后果是严重的。城里的活动可能搞得也不妙。这两件事使他心烦意乱。想到后果,使他不禁心悸!他从床上跳起来,想派人去把医官请来。他要亲自再和他谈一次。但是,王经堂的态度是明确的,他不同意干掉三连长。原因何在呢?一方面怕共军知道了不好交代;另一方面是他祖护西北军的人,有点不忍心。但可能这些都不是主要原因。王经堂的态度改变,可能同徐先生今天送来的信有关。可能城里鲁青和他的人合作,被那个小婊子秘书发现了,在王经堂面前告了他的状。否则,姓王的今天的态度为何如此冷淡?而且,明明城里有信来,他竟矢口否认。刘谊辉为此而伤脑筋,他在屋里来回地踱着。一会儿坐下,一会儿起来,坐立不安。他恨王经堂,恨三连长,恨满洒丽,更恨解放军。总之,除去自己,他谁都恨。有时,他后悔自己不该千里迢迢地来到这里,受这份窝囊气。可是,不来能行吗?违抗命令要杀头的!好不容易混上个少将军衔,杀头岂不可惜?!以前,他认为自己是个派来的京都大员,到这里当然是太上皇。没想到这个地头蛇王经堂,竟是如此厉害。他的部下竟敢那样的狗仗人势,连碰都不能碰。老子偏要碰,给他来个先斩后奏,看他将我怎样?对,还有那个小婊子。早晚我得把她收拾了,叫小朱取而代之。这样,城里城外我就一把抓了。他对这空泛渺茫的计划竟是如此满意,脸上立即显出得意的神采。于是,他派勤务兵去把医官叫来。

十分钟以后,医官来了。医官一进门,警惕地敬了个礼,说:"请您吩咐,少将先生。"

"请挫,请挫。"刘谊辉喜形于色,殷勤地握握医官的手,"咦,你的手像冰一样冷,快烤火。"

"不,不冷。"医官坐下说,"少将先生,有何吩咐,请讲吧。"

"其实没多大的事。就是陈先生给你的那个任务,听说你……"

"不,少将先生,我从来没干过这事。陈先生提出来,我吓得连饭都吃不下。我……我实在难以从命。"医官手脚打战,脸色苍白,"不,请原谅,少将先生,这是不道德的。"

"嘿嘿……"刘谊辉的笑声里藏着阴险的杀气,他的脸一直红到脖子,像被谁掐住了脖子似的。他的脸红,决不是表示惭愧,而是发怒的标志。"道德?哼!去你妈的道德。这年头要讲道德,你就别想活下去。什么叫道德?我,我就是道德。道德就是我姓刘的。除我之外,都是缺德。你懂吗?说痛快的,你干不干?"

"请让我考虑考虑。"医官的脸色更苍白了。

"考虑什么?干就是了。不会亏待你的。如果你不干,我会让你知道什么叫道德的!"刘谊辉在屋里转了一圈,问道,"用什么办法可以既能致其死命,又不被人发现?"

医官低垂着头,全身打战。天哪,三连长只不过一时疏忽,竟把他打得死去活来,还要置他于死地。这是什么道德呢?怕人家倾向解放军,那么,将来都改编成解放军,是否都应该万死呢?你们为了反对解放军,反对整编,就残杀无辜,太残忍了啊! 我是医官呀,医生是救死扶伤的,怎能去杀人呢?! 不,坚决不能干这伤天害理的事。医官想到这儿,抬头看着站在身前的刘谊辉,他那蛮不讲理的凶相,使他全身都软了。要是坚决不服从,恐怕他今天就不能活着走出这个门。他想,好汉不吃眼前亏,不如暂时答应下来,以后再说。于是,他喘了一口粗气,然后吞吞吐吐地说:"用……用氯化钾,四十毫升,静脉注射,很快会死人。而且,亲眼目睹的人也察觉不了。不过,这太残忍,太不人道了。"

"好了,好了,别提你的什么人道主义了! 就这么办。什么时候干啊? 我的意见是越快越好。"

"这事我得找个卫生兵帮忙。时间请让我自己选择。"

"不,你亲自干! 找卫生兵帮忙可以,但其中秘密不能让任何人知道。如果走了风,我拿你是问! 好了,就这样,去吧。"

一二

自从乔震山那天晚上无意中遇到了卞路修,发现了三连长的情况后,这几天来,太平庄及其周围的村庄很不太平。每到夜间,零星的枪声此起彼伏,搅得人们通宵不得安宁。同时,部队里像瘟疫似的流传着各种谣言:某村的改编部队已拉到西山当土匪去了;解放军改编人员,晚上出来溜达,被人暗杀了;有的部队由于改编不成,解放军都撤走了……这些谣言由于团政委李治中的追查了解,以及各营积极分子的解释,很快就不再流传了。但太平庄周围的枪声仍然不断。这是什么缘故呢?

乔震山和郝平今天早上起得特别早,以散步为掩护到村外对情况又做了细致的分析。郝平深思地说:"自从那天晚上你去三连以后,这种夜间乱打枪的事情才发生的。这说明敌人对我们发现三连长的事非常敏感。我认为夜间打枪是一种威胁,是企图阻止我们晚上出去单独接触士兵、了解情况;邻村打枪是一种配合,也可能是在解决他们自己的问题;至于谣言既是一种威胁,也是一种配合。邻村打伤我们人的,也确有其事。这不能不使我们提高警惕。总的看来,这是一种有计划的全面配合行动。他们一面威胁我们,想把我们赶走,或者有更大的恶毒意图;一面警告他的部队,不准私下对我们吐露真情。这是他们费尽心机的主要目的,在一定程度上是有效果的。比如说,那天晚上你问卞路修,顾秃子为什么打三连长,他就不敢说。你又问他有什么事敢不敢向你报告时,他也表示不敢。现在他们到处打枪造谣,恐怕他就更不敢说了。"

乔震山沉思良久,默默点头。他觉得郝平的分析是正确的。然而他说:"不过,为了我去看个三连长,就兴师动众,未免有点杀鸡用牛刀。偷偷地把他弄死,在他们来说还不是轻而易举的事,何必弄得这样惊天动地的,岂不打草惊蛇,更会引起我们的注意?这一点我还不明白。"

"是啊,"郝平说,"这是你的想法。因为你的处境、地位、心情都和他们不同。假设这件事在我们没来以前,他杀十个连长也不在乎。可是,现在情况不同了。我们来了。他们是战争的失败者,还要老老实实地接受改编。这意味着被监督。他们现在若把三连长弄死,我们能不闻不问?估计目前他们还不敢这样做。不过,狗急跳墙,三连长的处境还是很危险的。所以,你提出叫卞路修保护三连长的安全,是完全正确的。现在必须先弄清楚,秃子为什么把他打成这个样子。"

"是的,这很重要。我今晚就去了解。问题弄清后,再进一步研究争取三连长的工作。"

"对!缺口打开了,必须很快向纵深发展,扩大战果。这任务还是交给你。我做秃子的工作;了解一、二连的情况,提高士兵的觉悟,孤立少数。"

"秃子?"乔震山摇摇头,"对他只能做到钳制,要争取他,那是白费脑筋。这个人滑头得很。"

"我根本没抱那么大的希望。"郝平说着豁然笑了。

启明星在东南方向闪着白光。东方天陲线上放射着火红的光芒,但一片乌云又把它遮上了,恰似镶上金黄色的边沿。

乔震山继续说:"想法深入调查情况、开展工作,是一方面,可是我们应该进行第二步计划。"

"什么?"

"那就是公开上政治课,对广大士兵进行阶级教育,启发士兵的阶级觉悟。我们上次只给全营讲了一次话,就起了不小的作用。这叫做全面教育和个别争取相结合。两路进攻,也许工作可以进展得更快。"

"上大课倒是个办法。但是,他们能不能老实地听,会不会想法捣乱破坏?"

"应该有这个思想准备。但是,听不听三点钟。一次不行,两次,时间长了,自然就会起作用。再说,把顾秃子的工作做好,利用他来放大炮,镇压捣乱破坏。我看准能行。"

"对,你这主意很好。咱们今天就干。"

郝平背着手,向东方望去。那一大片镶金边的乌云,仿佛经不起这曙光的烘烤,霎时间变成无数的碎块,布满了半个天空,变成绚丽夺目的红色彩云。把两人照得满面红光。

乔震山和郝平来到营部时,已开早饭。顾秃子正在对着王营副发脾气。王营副垂头丧气地不吭声。为什么?谁也不知道。当他看见乔震山和郝平进来时,马上凶态一变,笑脸相迎,说:"哎呀,两位老弟,刚才我还在说王营副,叫他去找你们回来吃饭。他哪里也没找到,真是个废物。好啦,咱们吃饭、吃饭!"

大家就座,勤务兵把饭端上来。

乔震山边吃边想问题:是王营副找我们吃饭没找到,还是盯梢盯丢了,才挨一顿臭骂?

"顾营长,咱们这个营每天老打野外,能行吗?"

"怎么,教导员有何高见?"顾贞熊怫然问道。

"我看,士兵这样每天拖来拖去,效果不好。时间长了,就皮了,只好应付应付。将来真正打起仗来,也这么应付,那不净打败仗?到那时,你这个当营长的对上面如何交代?"

"嗯,打起仗来,哪个耍滑头,我就枪毙他!"

乔震山哧的一声笑了。

"你笑什么?不枪毙能打胜仗?"

"我说营长先生,"郝平笑眯眯地说,"你这个人,是条好汉子。很有勇气,带兵很严格。作为一个军人,这是很难得的。可是,你知道有位古人叫楚霸王的吗?"

"知道,那是好样的。"

"对,是好样的。可是,为什么他兵多将广,骁勇无敌,最后却被刘邦、张良的军队杀得大败?"

"那是因为楚霸王有勇无谋。"

"对,你说得对极了,营长先生。"郝平先给他戴了个高帽,接着说,"古代冲锋陷阵靠将军,现在冲锋陷阵靠士兵。士兵们光有勇而无谋,行不行?当然不行。我们解放军的战士,不仅勇敢,而且每人都有谋略。你信不信?"

"嗯,有——点儿——信。"顾秃子把眼睛咕噜咕噜地转了转。

"应该信的。"郝平接着说,"东北蒋介石的军队,装备比你们好得多了吧?一家伙被我们给消灭了个净光;平津战役、淮海战役就不用说了,你都知道……"

"得,得,不用说啦。你说,你想干什么吧?"顾秃子被说得心烦了。

"没有别的想法,只是想提高你这个营的战斗力,将来好配合老解放军一块打仗。不然,打了败仗,你把士兵都枪毙了,剩下你这光杆子营长,谁来枪毙你啊?"郝平接着哈哈大笑了,"我们解放军可没有枪毙营长的规定。"

"我说老弟,你老这么拐弯抹角的,我可真受不了。快说,你想怎么办?"

"怎么办?今天上午你得集合全营,我来上政治课,讲一讲为谁打仗,为谁当兵!再学唱《三大纪律八项注意》歌,行不行?"

"学这个就能提高战斗力?"

"对,今后每三天上一课。时间长了,战斗力自然就提高了。这是我们解放军的老经验、老传统,不信你试试看。"

"行!"秃子把王兆祥的肩膀一拍,说,"马上通知各连,到槐树底下集合,都要来,少一个也不行。"

吃过早饭,果然部队在营部门前广场上集合了。土地庙前放了一张桌子,部队在桌子前成营方队站着。士兵们大概对这个地方有点神经过敏,每人脸上呈现着恐惧之色,肃然站着,没有一个说话的。

顾秃子、郝平、乔震山、王兆祥四个人从营部出来,二连长立即喊全营立正,向营长报告到课人数。尔后,四个人往桌子后面一站,面对全营。一会儿,顾贞熊站到桌子跟前,把手一背,说:"今天,郝教导员要讲课。要讲嗯……为谁打仗,为谁当兵,还有什么三民主义……"

"三大纪律八项注意。"郝平赶紧跑过来低声说。

"对,还有,还有……八项主义(注意)。"说着,他回头对郝平点了点头,"好,就请你讲吧。"

郝平面色平静地来到桌子跟前,把两手向前一伸,眼望着二连长,说:"请同志们坐下。"二连长立即出来喊口令,命令部队坐下。士兵的脸没有了恐惧,但也没有笑容,有的还低声叹了一口气,庆幸没把他们送进土地庙里。

"同志们,"郝平接着说,"在上课之前,我们先唱个歌吧。唱《三大纪律八项注意》。"

"唱这干啥?来点有趣的。"不知在哪个角落里低声地说了一声。

"教导员先来一个,给我们调调情绪。"在角落上又喊了一声。

于是,队伍里乱七八糟地说起俏皮话来,秩序很快就乱了。声音模糊不清,分不出谁在说什么,反正什么下流话都有。

"好啦,好啦!"郝平用手势制止士兵的吵闹。声音停了。郝平说,"我开个头,大家跟着唱。"郝平清了清嗓子开始唱:"……三大纪律八项要注意——唱!"

没唱上两句,乱唱起来:粗声粗气的,油腔滑调的,不和谐的,故意唱错词的……一片噪音,不堪入耳,中间还夹杂着口哨声、窃笑声。

这时,乔震山坐在郝平身后,挺胸抬头,怒目扫视着部队。他想看看是谁在带头起哄。

"停下,停!"郝平紧皱眉头,高声命令道,"不会唱以后再唱吧,现在来讲课。"

"讲什么课……"吵声的结尾又响了一声口哨,然后逐渐平静了。

"现在讲一讲'为谁当兵,为谁打仗'。在讲之前,先请大家发表意见。随便说吧。一个一个地说,谁先说?"郝平估计一定会有人起来发表谬论,没料到全场没一个人起来说话的。不少人偷眼看了看顾秃子又把头低下了。郝平明白了,这些兵哪有这种习惯!这种民主形式的讲话方法,他们有生以来也没见过。现在突然要他们在长官面前发表意见,谁也不敢!但是,唱歌捣乱为什么敢呢?这是因为,有人暗示,谁要是不随大流捣乱,回去是要挨耳光子的。这种情况郝平却没有料到。

"好吧,没人讲我来讲吧。"难堪的沉默,使郝平沉不住气了。

于是,他说:"我们中国人民解放军,为谁当兵?为谁打仗?为劳动人民、为穷人、为受苦的人,为解放全人类而当兵,而打仗。就是不为剥削阶级当兵、卖命。什么叫剥削阶级呢?就是那些地主、老财,专靠喝穷人的血汗过日子的人。他们成天不干活,把自己养得肥头大耳、细皮嫩肉,不知害臊还挺神气。这号人,对国家对人民是有罪的。还有那些政治上的糊涂虫,更准确点说,那些剥削阶级的帮凶,他们在主子跟前,像狗一样摇头摆尾,而对待穷人,却狐假虎威,仗势欺人。他们和剥削阶级一个鼻孔出气,是一流子货色。我们不能为这样的人当兵、打仗。而且,我们还要动员群众起来打倒他们,把他们消灭!"说到这里,顾秃子、王兆祥,还有一连长的脸,红一阵,白一阵,十分不自然。

"我们中国人民解放军,"郝平接着说,"从来就是遵循这个宗旨去当兵、去打仗的。所以,解放军是支新型的军队,官兵平等,不打骂士兵,不克扣军饷,讲究三大民主、军民一家,不欺负老百姓,不拿群众一针一线,老百姓拥护解放军。因此,解放军就能打胜仗。"

这时,忽然从街道上走来一个年轻的女人,手里提着个红包袱。有人在队伍里吹了一下口哨,士兵们的眼睛被那个女人引了过去。在一连的方向,有人低声嘀咕了两句,然后是喊喊的笑声。

"嘿,这小娘儿们,真美!"不知谁油腔油调地说了一句。

"这玩意儿,力气可大咧,能把龙脖子拉歪。"

"魔鬼都是变女人,没有变男人的。"

"女人的胆量最大,因为她是女人。"

"女人比老虎还凶。"

"所以坏女人,都叫母老虎。"

于是,全场怪声怪气地嘀咕起来。有的低着头在地上乱画,这画引逗着前后左右的士兵,互相扭戳着逗乐子。秩序又乱了。

"都坐好!"郝平生气了,把桌子拍了一下,"遵守课堂纪律!"

"嗬,教导员还会发脾气。"在一连里,发出一声浓重的江浙口音。接着,吵闹声、喧笑声又开始了。

郝平气得脸色发白,紧紧地闭着嘴唇。他有心马上命令那个南方口音的人站起来,但是又觉得其结果可能更坏。于是,他对顾秃子正颜厉色地说:"营长,部队纪律不好,请你维持一下吧。"

顾秃子站起来了,瞪起两只满是红丝的眼,凶光一闪,对着部队扫视一周,然后放开公鸭嗓子喊道:"二连长,把部队带着跑步去! 围着村庄跑三十圈。哪个不能跑就给我狠揍,跑断腿算了! 他妈的,叫你看他妈娘儿们去! ——这个臭娘们也坏,没钱花跑到这儿来卖骚!"

二连长带起队伍,向村外跑去了。

政治课就这样被破坏了。王营副向村外走去。顾秃子陪着乔震山和郝平回营部。他说:"我说嘛,老弟,这些贱骨头不能叫他们闲着。上政治课? 他们太舒服了! 这些大老粗根本听不进这个去!"

郝平没说话。他回想着部队捣乱的情况。想起每次起哄捣乱,都是从一连开始的。而且,大部分都是一个江浙口音的人先领头。这是个什么人? 看来,一连的问题不小。进了营部,房东老大娘在喂鸡。郝平不禁想起老大娘曾经和他说过,这个营部当官的是三个,不是两个。有个教导员姓朱,从我们来后,不知哪去了。莫非这个教导员隐藏在一连?……

部队跑出村庄不远就停下了。王营副首先称赞了一连领头捣乱有功。尔后,嘱咐部队今后就照这样办。谁要怕事不敢干,就把他"种地"。最后,他说:"你们没听见吗? 我们是剥削阶级的帮凶啊,这意味着什么? 意味着将来像对待地主、老财那样地对待我们。整编,整编,整来整去,就是要把我们的脑袋整掉。"

士兵们低垂着头,听在耳里,想在心里:关我们啥事儿? 那是说你们当官的。哼!

吃过午饭,太阳照得太平庄暖洋洋的,人们都坐在背风的地方晒太阳。乔震山一个人出了营部,在街上和晒太阳的老乡们聊了一会儿天,向四下里看了看,见没人盯梢,就向村外走去。来到三连的哨位,正遇着卞路修放步哨,乔震山问:"小卞,你们连长好些了吗?"

"好些了。"卞路修向两侧瞧了瞧说。

"告诉你们连长,我今晚去看他。"

"是……"卞路修突然惊慌地说,"营副来了!"

乔震山装没看见,安闲地走了。

王营副来到卞路修跟前,两眼直盯着他,问道:"他和你说什么?"

"他问我姓啥?我说我姓王,叫王八。"

"混蛋!哪有叫王八的?"

"可我说了,他就信了呢。不信,您去问问他。"

"你要小心点。"王营副说着指了指地。意思是说,胡说八道,要活埋的。

"嘿嘿!"卞路修憨笑了笑,说,"那地儿早晚谁都得要去,不过……啊,祝您老人家长寿。"说完就是个立正,胸脯挺得溜直。

"哼!"王兆祥斜了卞路修一眼,才想张开巴掌打卞路修,忽听刷的一声,接着喀嚓又响了一下。王兆祥扭头一看,见从村里出来一个大个子士兵,正在往枪上装刺刀,然后用手提着枪,大步地走来。王兆祥心想,这是三连的一班长。如果我打了卞路修,他上来给我一刺刀,那不完了?好汉不吃眼前亏。于是,他放下手,往身后一背疾步走了。

卞路修和班长望着走去的王营副,偷偷地笑了。

太阳带着温暖的阳光,很快地藏到山峦后面去。夜幕展开,天空缀上了亮晶晶的星星。吃过晚饭,屋里点上了通亮的煤油灯。乔震山心里惦着三连长的事,刚想起身走开,可是来不及了。屋里进来一帮人：一连长领着三个排长，还有营副官，团副官，再加上王营副、顾贞熊。共八个人，把乔震山和郝平围了起来，气氛十分紧张。他们七嘴八舌地说："教导员你今天讲的政治课，我们没听明白。我们要请教几个问题。"

"你们说吧，一个一个地说。别乱吵。"郝平心平气和地说。

"嗬，这话儿，什么叫乱吵？不像话！"

"猪鼻子插葱，装象！"

"共产党挂羊头，卖狗肉！……"

郝平站起来，正颜厉色地说："你们是讨论问题，还是乱吵？如果是乱吵，你就吵到明天，我也不回答你们。有的是耐心听。如果是讨论问题，就坐下一个一个地来。怎么样？"

"好，好，我先说。"王营副怒气不息地说，"你们共产党的政策，不是不打人骂人吗？为什么在西郊我家里，抢了我家的东西，还把我太太给轮奸后掐死了?！我父亲回家，走到西直门外，被你们给毙了。"说到这里，咧开大嘴哭了。

"你是亲眼看见的，还是听人说的？"郝平更加心平气和地问道。

"唉？……"王兆祥不哭了，张口结舌地说不出话来。因为要说亲眼见的，自己没在家；要说鲁青和顾秃子说的，岂不把他俩出卖了，连累他们吗？尤其是鲁青，现在改名换姓，潜伏在北平，万万不能提到他。最后，他实在没话可答，只得说，"你不用问，反正是你们干的。"

"你看你，"郝平笑了笑说，"无根无据，凭空给共产党捏造罪名。要是把问题报到上面去，追查起来，我看你吃罪不起。"

"算啦！"顾秃子有点发慌了，"听别人说，不一定是真的嘛。教导员，你也不要太认真了。谁还有问题就说吧。"

"我说，"一连长把袖子挽了挽，"你们共产党的政策，不是不拿人民一针一线吗？"

"是啊,怎么样?"郝平面孔严肃,毫不含糊地问道。

"那么,为什么在解放区,许多地主的房子和地被分了不说,还得把人打死?"

"你说的是真事儿?"郝平说,"不过,我也要问你。你说被打死的人是谁?你与他是什么关系?你提出这个问题的目的是什么?只有把这三个问题弄明白了,才能说明问题。"

室内一片紧张的沉默,稍停,一连长说:"被打死的人,是谁?是我父亲!我要不是在外边当兵,也早被你们给报销了。我家的房子和地,本来都是我父亲费尽心血挣来的。穷人有什么理由分我们的?我问的目的是,为什么你们共产党说话不算话?!"

"不!"郝平冷笑了一声说,"你不要弄错了,你父亲不是我们打死的。那是人民对他的惩罚。如果你父亲是个好人,也没有什么罪恶,是不会被打死的。这一点你应该相信。人民之所以分你们的房子和田地,并且把你父亲打死,这就要研究一下你家是怎么富的?在致富过程中,你父亲都做了些什么事?用了些什么手段?现在,我再问你个问题,为什么同样都是人,却有穷有富?为什么穷人常年给你们干活,到头来却吃不饱穿不暖,还要挨打挨骂?甚至被打死?穷人死了连条狗都不如。而你们家的狗,吃的比给你们干活的人还好。这不是事实?到现在也是这样。杀个穷当兵的,比碾死个蚂蚁还随便。这样穷凶极恶的人,难道不该惩罚?"

"那是他们的命不好。天生的穷命!"一连长无词强辩地说。

"那么……"乔震山抢着说,"穷人命不好,这说明你们的命好。反过来,现在穷人的命好啦,你们的命又不好啦,是不是?既然是命,你就认了命算了,还发的什么牢骚?"

"所以,我的连长先生。"郝平接着说,"不是什么命不命的问题。还是我今天讲课时说的,应当从剥削与被剥削、压迫与被压迫的关系去研究这个问题。穷人为了不受剥削不受压迫,为了要活命,所以才起来打倒你们。这个道理很简单,就像你们要打倒我们一样。可是,现在看来我们是打不倒的,而被打倒的恰恰是你们。这就是历史,你们否定不了!"

"我是老粗,不懂这个!"一连长就地转了一圈,回头说,"我只知道我父亲是好人,从来没有欺负过老百姓。可是一样被打死。"

"好人坏人需要证实。起码有一点不用怀疑,你父亲是反对穷人翻身、反对共产党的!"

"不一定。"

"不一定?"郝平说,"也许可能。不过,我知道有些人,口头上说他拥护共产党,也学了几句共产党愿听的话,这是因为形势对他们不利。不伪装一下,要想逃脱他应得的惩罚是不可能的。可是,一旦有了机会他就会起来打共产党,杀共产党,翻脸不认人。这一点,我们共产党人是明白的。讲朋友,我们可以碰杯;翻脸不认人,我们有枪杆子;要动武,我们就把他消灭!现在谁胜谁败已成定局。可是,有的人还在那里开黑会,准备东山再起;挑动群众捣乱、起哄,企图把我们赶走,达到破坏和平整编的目的。这一点,我先把话说明白,最后失败的不是我们,而是那些捣乱分子!"

"我说教导员,不要把话扯得太远了吧。"顾贞熊装作与己无关的样子,漫不经心地说了一句。

"不,一点也不远。"郝平说,"有些事情,我们尽量让步,以达到团结的目的。但是,有些人竟把我们的这种让步看成是软弱可欺了!"

室内又是一阵难堪的沉默。周围的人,你看我,我看你,谁也不说话了。

乔震山忽然想起今晚他要去看三连长,进一步了解他被打的原因。他看看表快九点了,想借个理由走开。想来想去,他站起来对郝平说:"李政委叫我晚上到他那里去,现在我该去了。"

郝平点头同意。

乔震山走出门外,想:"我得隐蔽一下,看看再走。"果不出所料,他刚隐蔽好,王营副就出来了,站在门口向街道上黑暗的角落里看了看,自言自语地说:"这家伙好快的腿,刚出门就没影了。难道他会飞檐走壁?怎么连脚步声都听不见?"边念叨边向三连走去。

乔震山轻步紧跟王营副,形成了反盯梢。他见他进了三连连部,赶紧又跳进那垛小墙隐蔽起来。不一会儿,王营副出来了。大概还不放心,又在附近观察了一会儿,这才向营部走去。

乔震山来到连部,直接进了里屋,见三连长好多了,肿消了,脸上的伤痕也结了痂。三连长见乔震山进来,欠身坐起,面带笑容地说:"乔副营长,请坐。"这次三连长见了乔震山话也多了,敢说敢笑的。"副营长,我听小卞回来说,教导员讲政治课,被他们气得够呛,是吧?"

"是啊。你听说了?有什么反映?"

"听说啦。其实,多余生气。别听他们瞎诈唬,那是做给上面看的,弟兄们背后可高兴哩。教导员讲的全是他们的心里话。希望这号课多上两次。"

"唔……"乔震山点点头说,"那么,谁在领头起哄?"

"这个……不清楚。反正别管他就是了。"三连长又问卞路修,"小卞,你听特务连的人是怎么说的来着?"

"他说:'你们走运,能听政治课,我们特务连什么也听不到。'"

"特务连?……"乔震山刚想要问,忽见医官进来了,后面跟着个卫生兵,手里端着药盘子,上面盖着洁白的纱布。医官看见乔震山,先是一怔,然后脸色刷的一下白了。他勉强地笑了笑,立正说:"乔副营长什么时候来的?"说话时,喉咙有一点打颤。

"刚来,你来干啥?"

"给,给三连长,看病,还要给他打……针。"

"好,你给他打吧。"乔震山起身站在一旁,把手向后一背,看他打的什么针。乔震山负过伤住过医院,一般的治疗常识多少懂得一点。他见医官掀开盖布,取出消毒药瓶和止血带时,两手抖动得很厉害,再看他的脸更加苍白了。乔震山心里有点怀疑:这医官心里有病!他对他的动作更加注意了。

医官先给三连长消了毒,捆上止血带,然后拿起注射器,手抖得更厉害了,当往里进针时连身上和两腿也抖开了,费了好大的劲才把针头扎进去。但戳了两三下,针头也没戳进血管。

就在这千钧一发之际,乔震山把手一伸,大声喊道:"把针拔出来!快!给我拔出针来!"

"是,是。"医官把针拔了出来,惊慌失措地瞧着乔震山。

"你打的什么针?"

"葡萄糖。"

"多少?"

"四十毫升。"

"治什么病?"

"他……他身体虚弱,给他补一补。"

"四十毫升,就能起到补的作用?再说,他最近吃饭很好,为什么用这点东西给补?你是医官,连这起码常识都不懂,你算什么医官?!你说,你打的到底是什么针?!"

乔震山最后一句问话,像晴空霹雳,把这个草包医官吓得全身哆嗦,仿佛脚下发生了地震,哗啦一声针管落地,打得粉碎,药水流了一地。乔震山赶紧把破针管拿起来,把洒在地上的药水连泥带水一块刮起来,放在桌子上。说:"你看,挺好的一针药浪费了。"

"是,卑职之过。"医官一躬到底。

"好啦,回去另装吧。这一针的钱算我的,去吧。"

"是。"医官走出门外,掏出手帕擦了擦脸上的汗,长长地叹了一口气就走了。

医官这几天思想斗争非常激烈。时间一拖再拖,可是,刘谊辉一个劲儿地催,迫不得已,今天才下决心来了。正碰着乔震山在,本想走开,可是,已经来了,再走当然更不妥当,只好硬着头皮干!他认为乔震山不懂医,好蒙混,不料他做贼胆虚,自己露了相,被乔震山发觉了。现在,事已败露,他只得准备受惩罚了。可是,使他宽慰的是,乔震山没有追问下去,而且,那么和气地放他走了。要是放在其他军官身上,他今天就过不去了!

乔震山把拾起来的药用舌头舔了一下,这哪是什么葡萄糖?既苦又咸。他用力地吐在地上,说:

"这个混蛋,哪里是葡萄糖?不知是什么鬼药!"说着,他回头给三连长也尝了一点。三连长皱着眉头也吐了。乔震山说:"请你保重,以后给什么针也不要打,药也不要吃,很快就会好起来。有什么事尽管通知我。"

乔震山本想借这机会再和三连长聊一会儿,了解一下他被打的原因。可是,时间不早了,只好起身告辞。

三连长用感激的目光,瞧着乔震山,并对站在他身旁的卞路修说:"送送副营长。"

"不要,我一个人走便利。"

乔震山走后,三连长李贵堂长叹一声,躺下了。两眼一闭,琢磨起刚才发生的事来了。

"多险啊!……"他心有余悸地想,"要不是乔副营长发现,我这条命就算完了!这帮混蛋,竟能用这种方法来杀我。真狠毒!他妈的,看来他们不把我整死,是不会罢休的……可是,我现在是在他们手心里攥着的,防不胜防啊!"想到这里,他长长地又叹了一口气,"当年,我被俘后就不应该回来。要是不回来,即便在人家那里当个兵,也比回来当这个可耻而又危险的连长强。可是,现在……后悔也来不及了,有什么法子呢?"他把牙根一咬,"去他妈的,回家算了。"可是,他又一转念,"能行吗?他们千方百计地想整死我,能叫我就这么轻松地走了?……唉!"

卞路修在旁边站着,见连长一句话也不说,老是唉声叹气地发愁。

"连长。"他鼓了鼓勇气,上前说道,"您老人家总是这样发愁,弄得我们心里也怪难过的。看人家乔副营长和教导员,单枪匹马地来到这么个鬼地方,难道他们就不怕遭到不测?再说,难道那些王八蛋就不想杀他们?可人家却心情愉快,精神焕发,而且,自己的危险全不放在心上,还一心一意地安慰我们。舍己救人,人家是哪来的这股子勇敢劲?就凭这,你也应该振作起来,想想办法啊!"

"唉,我的好兄弟,"李贵堂慢慢睁开眼说,"有什么办法可想啊!"

卞路修没词可说了。他往外看看那些睡着了的士兵,又看看枪架上那些在黑暗中发着亮光的武器。他伸着脖子,俯在李贵堂的耳朵上,胆怯地说:"我说连长,您是不是趁这夜里,把排长们请来商议商议,看他们有什么办法?不然,光这么挺着也不是办法呀!"

一句话提醒了李贵堂,他翻身坐起,瞪着一对明亮的眼睛说:"好兄弟,你说得对。现在你就去请他们来。但是,要悄悄的……"

"是。"卞路修转身走了。

卞路修出去后,他边穿衣服边想:对,有难事要和大家商量,像人家解放军那样,何必憋在心里自己折磨自己呢。况且,他们都是我的把兄弟,怕什么。不一会儿,三个排长都来了,后面跟着卞路修。他急忙把手一伸说:"来,来,都上炕坐,炕上坐。"

有上炕的,也有在下面的。坐好后,光等听连长的吩咐了。

于是,李贵堂把这几天来发生的事情和他的苦闷,对大家一五一十地说了一遍。最后,他说:"弟兄们,我们这窝囊气受够了。你们说,我该怎么办才好?"

沉默了一会儿,三排长先发言了。他说:"我看没什么说的,既然他们不仁,就别怪我们不义。我们全连一百多号人,有枪,有炮,拉起队伍来和他干。先把姓刘的宰了,再收拾顾秃子那些王八蛋。

他妈的,掉脑袋也不过疤大个窟窿!"

二排长没说话,低着头,眨巴着眼一个劲地抽烟。

一排长咳嗽了一声,慢条斯理地说:"我看这个意见不太那个……要是那么干,不但干不成,反而给他们制造了个借口。说我们反对和平整编,搞兵变。这样,不但报不了仇,倒霉的首先是我们连长。我们当排长的也难免遭殃。到那时,乔副营长和郝教导员想救也救不了我们。岂不给他们惹下了更大的麻烦?……我看不行。"

李贵堂默默点头,问二排长说:"二排长,你看呢?"

"我……我看一排长说得对。"二排长瓮声瓮气地说了一句,再没词了。

"好吧,弟兄们,"李贵堂看看大家都齐了心,高兴地说,"咱们是结拜兄弟,有福同享,有难同当。共患难同生死,没说的。兄弟我谢谢大家啦!"他说着,伸开三个指头捂在胸前,欠身向排长们一躬到底,说,"今后我们连,夜间加强警戒,白天提高警惕。一排长,你不是和一连二排长是老乡老同学,平时又很要好吗?你敢不敢找个时间和他聊聊,了解点情况,供给乔副营长?"

"很危险。"一排长说,"上次我在路上碰着他,刚想和他说话,他直摇头,手掌还在身前劈了一下,意思是怕杀头,不敢说话。不过,以后我可以再找机会试试。"

"对,你想法再试试看。"李贵堂接着说,"平时,我们有事多和乔副营长联系。我们听他的。人家救了我的命,咱不能忘恩负义。这事由下路修小弟负责;对士兵们,我们也要学解放军那一套,和气相处,兄弟相待。把今天郝教导员讲的课,常和他们念叨着点。要是哪个不听,或者出去走了风,就给他个老实不客气!你们说这样行不行?"

"行!"三个排长同声答道。

"好,我们拍手!"李贵堂把手一伸说。

于是,四个人四只巴掌啪的一声,叠到一块。然后四个人"合十"低头,闭上双目,同声低语说:"愿兄弟们'航路顺风'!"这算是宣誓了。

一二

刘谊辉心情不安地在屋里踱着,专等医官归来。如果三连长死了,我们就去了一块心腹之患,而共产党却少了一条有力的线索。成败就在此举。刘谊辉既兴奋又焦虑。于是,他拿出酒来,自斟自饮地等着医官的到来。

医官狼狈不堪地回来了,一屁股坐在凳子上,两手捂着脑袋,一个劲儿地叹息喘气。从这狼狈相来看,刘谊辉知道失败了。而怎么会失败,失败到什么程度,得听听医官的陈述。

"怎么样,少校?"他问道,"成功了,还是失败了?你得说个明白啊。"

"完了,全完了。"医官有气无力地低头说道,"被一营那个副营长看破了。没干成!说不定明天就会逮捕我。你得想法救救我,少将先生。"

"我救你是肯定的,你得把详细情况告诉我啊。"

医官这才把头抬起,将详细经过说了一遍。尔后,又把头低下,光等着挨骂,甚至挨耳光。

"嗯,不要紧,少校。别那么害怕。还没有那么严重。这问题很好解决,让我想想看。"刘谊辉站在医官身前,摸着脑袋,想了许久,不禁默默地点了点头。他那既聪明又奸诈的脑子,闪现出一个阴险而狠毒的主意:你这个笨蛋医官,这么个任务,你都完不成。完不成不要紧,还给我惹下了灾祸。你要我救你,而谁又来救我们呢?好吧,我来想个安全之策,大家都得救吧。

这个糊涂的医官,竟向刘谊辉求救。真是痴人做梦,异想天开。刘谊辉是个毫无人性的恶棍。他马上就要"救"他了。刘谊辉转身来到桌子跟前,背对低着头的医官,迅速打开一个小瓶,将"白砂糖"倒在一个玻璃杯内,倒了满满的一杯酒。然后,端着来到医官跟前,说:

"少校先生,不必过虑,天塌不下来。来,干一杯,一切由我担待,你就放心吧。"

医官用感激的目光,抬头瞧了瞧刘谊辉。本来他想,回来之后一顿臭骂是免不了的。没想到不但没挨骂,反而给酒喝,真是莫大的宽待,心里十分感激。他对自己说:"少将先生如此宽厚待人,可我竟没有完成任务,惭愧,惭愧!"他接过酒杯,一口气喝了下去。医官本来酒量不大,喝下去后,立刻觉得头昏目眩。"啊——好酒,这酒劲真大!"他用手抹抹湿漉漉的嘴唇说。

"勤务兵!"刘谊辉高声大喊。

"有。"勤务兵、护兵,一块进来两个人。

"把医官扶回去休息。他喝醉了。"

"不……不用,少将先……生……我自己能……能回去,谢谢你。"

刘谊辉把手一挥,两个人架着医官走了。

王经堂心情十分烦躁。原先,他以为城里搞得蛮顺利,可以集中精力对付整编了,不料想鲁青给他惹下大祸,致使满洒丽没法工作下去。这里呢,一营三连长的事又被共军发现。一旦三连长被共军拉过去,将来为患不小。但两者比较起来,城里是燃眉之急。他决定今天以解放军整编团团长的身份进城一趟。

早晨起来,他就派勤务兵到团司令部开了一张通行证,然后,正想到团政委李治中那里去请假,团副官匆匆忙忙跑来,报告说:

团部少校医官今天早上死了!

"啊?!什么病死的?"王经堂愕然问道。

"还不清楚。据说,他昨晚在刘少将屋里喝了酒,犯了心脏病,上半夜就死了。现在尸体都冰凉了!"

嗯,怎么会突然死了?!王经堂手摸下巴想了想,莫非姓刘的搞了什么鬼名堂……嗯,这个恶棍,等我弄明白再说。

"要不要找个医官验一下尸?"

"嗯!"王经堂咬牙切齿地说,"验完马上报来!"

"是。"

团副官出去有一个小时回来了,他报告说:

"报告团座,尸体验过了。医官说是酗酒过多,心脏麻痹而死。"

"唔……"王经堂无可奈何地把手一挥说,"运出去埋掉算了。"

"是。"团副官转身走了。

这消息很快传遍了全团。当然也传到团政委李治中的耳朵里了。李治中在宿舍里,满脸沉思地踱着步。他根据昨晚郝平半夜来报告的情况推测,这个医官死的原因,有两个可能:一个可能是,他想杀死三连长,被乔震山看破,做贼心虚,畏罪自杀。另一个可能是,背后指挥他的人,见他行凶未成,又被看破,为了灭口而把他杀死。这两者都是可能的,而后者可能性更大。但这个幕后指挥者是谁呢?现在看,团里几个有权并可能干这种事的人,只有陈团长和刘副团长。其他营的军官,都只不过是些打手,主宰者还是他们两个。从李治中和同志们来到这里所有发生的事来看:军官的挑衅、鼓动士兵起哄捣乱、近来又发生晚上打枪——这无疑是恫吓威胁——这一切似乎是一整套有计划有准备的反整编行动。医官的死,与三连长事件有密切关系,这是他们在反整编中制造的惨案。

李治中的思考,不过是猜测,并无确凿的根据。但是,这个团内部很复杂,反对改编的情绪很强烈。必须提高警惕,而且一定要尽快把他们的内幕搞清楚。这是毫无疑义的。

李治中想到这里,刚想去找刘谊辉谈话,以探虚实,王经堂却进来了。

"政委先生,"他说,"我们医官今天早晨忽然死了,你知道吧?"

"没听说。怎么好端端地会死了呢?"

"你真的不知道?"

"真的。你不来告诉我,恐怕到天黑我也不会知道。"

"这些混蛋,死了个医官连报告都不报告,真正岂有此理!"

"陈团长,这位医官平时有什么病吗?"

"什么病?……不清楚。据我所知,他平时身体很好。听说昨晚在刘副团长那里喝酒喝多了,引起了心脏病致死的。"

"唔……"李治中没说什么,点了点头。心想,这是一个很重要的情况。那个姓刘的究竟是个什么人呢? 看来此人有背景。

"政委先生,"王经堂说,"我今天要进一趟城。我太太病了。可以吧?"

"可——以。"李治中乐呵呵地说,"团长何必这样客气,走就是了。通行证带上了吧?"

"带上了。请你检查一下,这样写可以吧?"他把通行证拿出来给李治中看看,并说,"不是客气。我们现在是解放军了,要按解放军的制度办事嘛。"说着仰面大笑了。他那光泽斯文的长方脸,充满了不自然的笑容。

"不用看了,我再打个电话给城里,请他们多多照顾。你进哪个门?"

"太谢谢了。进阜成门到石碑胡同六十三号。那么,这里的事请您多辛苦了。"

"好吧。见了尊夫人代问好。"

王经堂又说了声谢谢,转身走了出来。不一会儿,喇叭一响,一辆黑色小卧车向公路上开去,后面扬起一阵尘土,霎时消失在公路的远方。

李治中听着跑远了的汽车声,不禁想到,这位团长为什么有很多人称他陈先生?而且,这位陈先生只不过是个团长,为什么派头这么大?小卧车,两个太太,据说城里还有一所不错的公馆。即便他是国民党军队的一般军官,起码也是个刮地皮喝兵血最为突出的贪污犯,否则,这里面一定另有文章。

李治中信步走出大门,来到刘谊辉的院子里,才进门,从厢房里跑出一个护兵,大声说道:"政委来了?副团长屋里有客人。"护兵站在李治中身前,看样子,是不让他进去。

李治中把手往身后一背,嘴唇闭得铁紧,两眼闪着严厉的目光,一声不响地盯着那个护兵。护兵终于畏怯地往旁边一闪,立正站着。

正在这时,屋门开了。刘谊辉探出头来看了看,说:"喔,政委先生,快请进来。您别见怪,这小子什么也不懂。"

"没什么。"李治中稳步进了屋,见一个青年士兵长得挺秀气,站在那里一动不动。

"你姓什么?"李治中问道。

"姓祝……"青年士兵瞧了瞧刘谊辉,敬了个举手礼就走了。

"他来干什么?"

"唉,政委先生,真难办啊。"刘谊辉装模作样地说,"大家听说要改编成解放军,都不想干了。您说,弟兄们来找我,我能说些什么……"

"看来,刘副团长在这个团里颇有威信啊。那么,就请你多做些说服工作了。"

"是啊,我这不是在说服他们吗。要不是你进来,他还净在这找我的麻烦呢。"说到这里,他眼珠一转说,"喔,对了,有件事还要报告您,政委先生。昨晚,医官半夜三更来找我请长假,要求回家。我好说歹说,还请他喝了酒,才算答应暂时不走了。可是,没料到他回去就死了。你说奇不奇怪?是悲观失望自杀了呢,还是酒喝多了,犯了心脏病?搞不清。真他妈讨厌!越是事多越出问题。您看,政委先生……唉!这件事我还没向陈先生报告呢。"

"他去城里了。"李治中一直在盯着这位神态激动、面色苍白的副团长。

"啊?!"刘谊辉不禁诧异道,"什么时候走的?"

"今天早晨。"李治中说,"他说他太太有病,回城看他太太去了。怎么,他没告诉你?"

刘谊辉没吭声,他猜想王经堂准是回城了解鲁青和那两个随从的关系去了,心中十分气恼。他为了掩盖自己的激动情绪,避开李治中的窥探,把话题扯开说:"他是有家之人,像我形影相吊,要去也没地方去。唉,我说政委先生,军界这一行我算是吃够了辛酸之苦啰!我已是快五十岁的人了,无复他求,如果政委先生能让我解甲归田,我就千恩万谢了。"

李治中开朗地笑了,说:"刘先生,怎么忽然悲观起来了?一个人来到人世间从小长到大是不容易的。应当造福人类,有所贡献,才是正理。现在解放了,旧社会一去不复返了,新的社会即将到来。刘先生应当振作精神、鼓起勇气跟着共产党轰轰烈烈地干一场,医治旧中国遗留下来的创伤才是。将来,我们把国家治理得富强繁荣,就有刘先生的一份功劳,难道刘先生作为一个中国人不高兴?"

"高兴,当然高兴。感谢政委先生的指教。鄙人才疏学浅,确实没想到如此远大、宏伟,谢谢。"刘谊辉总算把话题拉远了,紧张的心情这才平静下来。

"好吧,不打扰你了,今天就谈到这里。以后有什么事多商量,再见。"

李治中从刘谊辉那里出来,边走边思量着陈、刘两人的表现。那位团长说医官平时没什么病,觉得他死得突然,但又不深究,并且匆匆地走了。这位副团长刘谊辉,却说医官或是悲观失望而自杀,或是酗酒引起心脏病而死亡,而且情绪恍惚不安。看来,两人各有各的心事。陈团长对刘副团长似有戒心。刘副团长对陈团长也有不满之意。李治中明白了两个问题。第一,刘谊辉在玩弄杀人灭口的把戏。第二,两人之间的关系是微妙的。关于刘谊辉的这种恶作剧,陈团长可能知道,也可能不知道。还有,陈团长今天忽然去城里到底干什么?必须尽快把情况搞明白。

李治中回到自己屋里,一边命令小赵请各营教导员来开会,一边打电话给周国华,把陈团长去城里的情况告诉他。

王经堂路上很顺利,没有碰到任何阻碍,回到城里,径直来到石碑胡同六十三号。一进门先打了个电话给鲁青和满洒丽,要他们晚上七点钟来见他。然后,又要找刘谊辉的两个随从。他准备狠狠地教训他们一顿。但是,听太太说,这两人除在这里住和吃而外,成天不在家。有时,夜间两人也是很晚才回来,不知他们在忙些什么,现在不在家。其实,两人就在东厢房匿着。刘谊辉有一个随从,在联欢会那天夜晚被解放军逮住,关押在兵营。他趁看守不严,跳窗跑了回来。所以,一直不敢出门。王经堂坐在沙发上吸了一会儿烟,突然想起有什么事要办,进屋换了一身便衣,便向外面匆匆走去,在门外不远的地方叫了一辆三轮车。

"到哪儿?先生。"

"地安门大街,拐棒胡同。"

三轮车过大街穿胡同。这北平古城像是进入了另一个世界。那种秩序紊乱、市面萧条的景象不见了。现在到处是生气勃勃、秩序井然,一片兴旺的景象。这使王经堂既惊讶又妒忌。惊讶的是,共产党进城还不到半个月的时间,就把城市恢复得井然有序。而最使他奇怪的是,那些商店,过去是空无几物,即便有点东西,也是一日三涨,贵得吓人。现在货架上的商品却琳琅满目。他明白了,那些狡猾的商人,过去故意把货物藏起来不卖,有意捣乱。现在为了讨好共产党,却倾仓而出,全都摆出来了。王经堂心里涌起无限的妒忌。他想,看来,刘谊辉指示他的随从,伙同散兵游勇,进行破坏捣乱是正确的。对,给他个神出鬼没,砸他个昏天黑地,叫他们到上帝那里去拥护共产党吧。但是,他不应该背地里挖我的墙脚,扰乱满小姐的工作。这全怪鲁青,今晚不整死他,也得给他点厉害尝尝,以儆效尤。他没有去拐棒胡同。三轮车来到地安门南大街时,他对车夫说:"我在这下车。"他下车付了钱,把礼帽向下一拉,直奔地安门车站,登上公共汽车,到了西四牌楼,下车后进了报子胡同,向一个红漆大门走去。

这里是他一位老同事的住宅。主人当过日本皇协军的旅长,在这里已经住了三年。当王经堂上前叩门时,出来一个四十多岁的人,一见王经堂,立即惊慌失色,悄悄地说了几句话,就急忙又把门关上了。原来这家昨晚被搜查,查出德国枪一支,匣枪两支,日式将校服一套,日本战刀一把,这些东西和主人一起被军管会当场带走,至今未回。

王经堂听后吓得脸色苍白,心惊胆裂。他把帽檐往下拉了拉,又把大衣领子竖起来,疾步向西四牌楼走去。

他回到家里已是下午一点了,午饭也顾不得吃,一头钻到屋里翻箱倒柜折腾了半天,才找出一架八倍的望远镜来。这是他当伪军时用的,除此,家里再无可疑之物了。他这才放心地坐到沙发上吸烟,一个劲地发愣,连太太叫他吃饭都没听见。

"哟,发生了什么事,把你吓成这个样子?"

"唉,"王经堂长叹一声说,"看来,共产党对过去给日本人干过事的人,是不客气的。现在开始逮捕了。上午我到报子胡同去找老李头,想从他那里了解点共军的情况。听他家看门的说,老李头昨晚被军管会抓走了,至今没回来,恐怕是进了看守所了。"

"瞧你,"太太说,"还是个男子汉呢,连这么个账儿都算不过来。他被捕是因为他当汉奸。日本人投降后,他既没给国民党干,也没起义立功,人家不抓他抓谁?你呢,过去是国军,现在又改编成解放军了。人家共产党可是说话算数的,连战犯都不咎了,何况你这么点芝麻官儿,人家还把你瞧在眼里?快吃饭吧,别胡思乱想了。"

太太这一番宽心丸似的话,果然把王经堂说得心神稍宁,吃起饭来。

"这几天城里还有什么消息?"

"没啥消息。快吃吧,吃饱了上床休息一会儿。晚上,你不是还要和鲁青、满小姐商议事吗?今晚就在家住下吧。哎,经堂……"这位太太四十多岁了,今天见王经堂回来,在那满是雀斑的脸上,涂脂抹粉,花了不少工夫。可是,雀斑加皱纹,活像干瘪了的苹果皮。再打扮也是个老婊子样!

王经堂以为太太对他很有情意,娇声柔气地留他住下,心里很高兴。其实,她巴不得他早点儿滚蛋,好和刘谊辉那两个年轻随从厮混呢。

晚饭后,大约五点多钟,鲁青轻手轻脚地拉开风门进来了。

"陈先生,辛苦了。"他奴颜婢膝地深深鞠了一躬,并抬眼偷瞧了一下王经堂的脸色。脸色是相当吓人的。鲁青感到十分不妙,连大气也不敢出。

"这些日子,你在城里对解放军的动向,和友邻部队的联系,情况了解得不错吧。为什么不请满小姐报南京请功呢?"王经堂以沉重、讽刺的口吻问道。

"这……"鲁青无言可答,支吾说,"卑职因病在身,再说,外院里住着解放军,行动不便,所以……"

"混蛋!"鲁青的话没说完,就被王经堂的骂声吓愣了。

"是,卑职该死。"鲁青弯腰躬身,一直不敢抬头,怕挨揍!

"廊房头条去过没有?"

"去过多次了。现在,他们都称我李经理,派出所也没问题。查过一次户口,也应付过去了。"

"你和刘谊辉少将什么关系?嗯!"

"啊!"鲁青全身一紧,一对猴子眼转动了一下,"没……没任何关系,先生。我永远为你效劳。只不过为了弄点零花,才和刘先生两个随从有点来往。自从满小姐骂了我以后,再没有来往。这是真的,先生。我要说一句假话,天诛地灭!"

"他俩现在哪里?叫他们来!"王经堂吼道。

"是!"鲁青转身出去了。两分钟以后,他身后跟着两个人进来了。一个穿西装留学生头;一个穿皮夹克戴鸭舌帽。进门后,鲁青在左,两人在右。穿西装的一躬身说:"中将先生,有何吩咐?"

王经堂怒目注视,心里不禁一怔。"两个都在?怎么搞的?难道满小姐搞错了,不会吧。"他瞪着一对杀气腾腾的眼,直盯着刘谊辉的两个随从,像眼镜蛇遇着劲敌,正在寻找机会突然扑过去,把它一口吞掉似的。这种无声的怒视,这种沉默的恐怖,吓得三个人全身战栗。最后,王经堂用沉重的语气问道:"前天是谁出的主意,趁联欢会之际在外面胡作非为?又是谁被共军捉去了?说!"

"是,是这样的,中将先生。"那个穿皮夹克戴鸭舌帽的说,"计划是鲁上尉订的,是我不小心被捉去了。"

"嗯,怎么回来的?"

"那天晚上我被捕后,押在绒线胡同四十二号,第二天就把我们用汽车押送到清河镇老兵营,那里有不少的俘虏。一个当官的问我是哪部分的,为什么抢劫?我说我是九十二军的逃兵,想弄两个钱回家。他没再问下去,就把我编到俘虏队里。当天夜里也没人看管,我就从二楼的窗上跳出来,跑回来了。这事已向鲁上尉和满小姐报告了。"

听到这里,王经堂转脸把目光盯在鲁青身上。鲁青把头耷拉到胸前,不时地斜着眼睛瞧瞧王经堂,上牙碰下牙,嘎嘎乱响,眼前一阵阵地冒黑星,一句话也说不上来了。

"你干得真漂亮,鲁上尉!"王经堂咬牙切齿地向前靠了一步,把手插进了衣袋里,"叫你在城里保证满小姐的工作,当好联络员,你就是这么个保法?!你就是这么个联络?!"王经堂说一句向前靠一步,最后,大声咆哮道,"向后转,跪下!"

鲁青可真听话,转身咕咚一声双膝跪下了。

王经堂掏出手枪对着鲁青的脑袋说:"你不是说天诛地灭吗?我现在就来履行你的诺言……"

鲁青全身仿佛通上了电,浑身发麻眼睛发黑,身子一个劲地向下沉,什么话也说不上来了。他知道王经堂的脾气,杀人像喝茶一样随便。现在,说什么也没用了,只得紧闭着眼睛,光等听枪响了。可是,枪声老不响,这比他躺在血泊里还可怕!是的,要是在过去,王经堂只要一举枪,就有人倒下,根本不算一回事。可是,现在他经过几次失败,变谨慎了。他也学会盛怒之下要三思了。他想:邻居听见枪声,定要报告解放军,这且不说。假使解放军的巡逻队正走到这里,听到枪声定要进来检查,到那时,他就是有一百张通行证也是白费;另一方面鲁青毕竟是他的亲信,过去给他当过随身副官,有过功劳。目前又正是用人的时候,把他枪毙了还有点儿不舍得。可是,他还是要狠狠地惩罚鲁青一下。一来,消消胸中怒火。同时,也警告警告刘谊辉的那两个随从。于是,他收起手枪,叉开双手,掐住鲁青那细而长的脖子,咬紧牙根,两手用劲一抓……

"啊!先生饶……"鲁青一阵气塞,用窒息的声音喊道,那个"命"字还没喊出口,就翻着白眼瘫倒了。

王经堂掏出手巾擦了擦手上的脏气,然后,坐到沙发上,回头瞧了瞧那两个随从说:"你们两位在我这里住着的任务是什么?"

"侦察共军的军情和行动,帮助鲁上尉办事。"

"侦察了没有？"

"……"两个人回答不出来。

"嗯？！"王经堂大吼一声，跳了起来。

"饶了这次吧，先生，下次不敢了。"两个人说着就跪下了。

少顷，王经堂说："好，暂且饶了你们。明天你们就向刘先生报告去吧。"

"卑职不敢。再说，我们干的事，刘先生一点也不知道。要是知道了，我们也活不成。请先生高抬贵手。"那个穿西服的随从说。

鲁青像是做了一场噩梦，慢慢地苏醒过来了。他呻吟了一声，翻身爬起来，两手扶地向王经堂跪着。

正在这时，风门开处，满洒丽走了进来。她向王经堂点头行礼，并用惊讶的目光瞧了瞧鲁青和那两个随从。她知道他们正在受惩罚。看他们那副哭丧着脸、如丧考妣的样子，她感到又好气又好笑。她斜着眼瞟了他们一下，嘴一抿悄悄地坐到沙发上。

王经堂怒容未敛，向满洒丽点了点头。对两个随从说："你们听着，今后这里归满小姐统一指挥。如果你们再胡闹，格杀勿论。去吧！"

"是！"那两个随从唯唯诺诺地鞠躬后退了出去。鲁青也站起来摸摸脖子，想跟着一块出去，被王经堂喊住了。站在一旁动也不敢动。

"怎么样，小姐，徐先生回来都告诉你了吧？"

"告诉了。我被他们弄得没办法了。要是你不回来，我真想发报请示南京了。"

"难为你了。我这不回来了？现在问题都解决了，请你安心地干吧。以后有什么事尽管告诉我，一切由我负责，你放心好了。我们城里城外的阵地，从目前看，尚可过得去。南京方面有什么消息吗？"

"昨晚接顾问团来电，共军最近有很大一批军队向太原运动。

看来,太原是朝不保夕了。共军其他部队,现正南下。有的向长江挺进,有的向河南洛阳、新乡包围。但北平附近的共军第四野战部队,似乎没有多大行动。不行动的原因,无非是监督和平改编,怕你们带着部队造反。这一点请你注意,先生。另外,国府那个缓兵之计、划江而治的想法,是自欺欺人之谈。人家共军早已看透了。所以,提出八项和谈条件。他们根本没有和谈诚意。渡江作战的准备已就绪。只要谈判桌上一声决裂,甚至不等决裂,渡江的炮声就会打响。这些都是顾问团提供的情况。

"南京方面秩序很乱,顾问团已有部分迁往台湾。军队也兵无斗志。只要解放军的大炮一响,他们就溃不成军了。"满洒丽说着,从手提包里取出一封信,递给王经堂。

王经堂看完,满面忧郁地点了点头,说:"那么,盟军到这时还在袖手旁观?未免太不够朋友了!只要他们一出兵,共军就不会这样嚣张了。"

"别提这些了!人家美国人说你们无能,武器装备以及物资给了你们多少?!还不是都送到共产党手里了?顾问团对这些十分恼火。现在人家不管了,也没法管了。蒋介石的口袋是填不满的无底洞!而且,有些无耻的高级将领,把军援物资换成黄金、美钞,送到外国银行存起来,为自己准备后路,还谈什么反共救国?谁知他们救的哪个国?眼看末日将临,还在争权夺利,乘机发财,真是昏聩到了极点!"满洒丽说完,气鼓鼓地一声不吭了。

"还说这些干什么,小姐?"王经堂长叹一声说,"我王经堂在北平经营了二三十年,眼看着二三十年的心血,即将付诸东流,我何尝不痛心呢?可是,我总觉得我们不会失败。有朝一日东山再起,少不了还要请满小姐在美国人面前多美言两句。到那时,我姓王的绝非无能之辈。目前,的确是困难多端,这需要忍耐,等待。我们会过得去的。你看,我现在是解放军特务团长。你呢,如果把那个姓王的解放军拉到手,今后的日子不就……"

"别提啦,"满洒丽没等王经堂说完,就接过来说,"那个王德真难捉摸!两次见面都是三言两语就走了。要说他不喜欢我吧,看样子也不完全是。但总觉得他有所保留,真把我气坏了。所以,在联欢会上,我就和那个姓梁的说啦。那姓梁的可是个老好人。他说王德是错误的,这事包在他身上啦。你瞧,姓王的刁头刁脑的不上钩,这个姓梁的倒上钩了,多有意思。"说到这儿,满洒丽笑了。"不过,我对他不抱多大希望,我看他不是姓王的对手。那个王德很有一套办法。联欢会那天晚上,他不去参加联欢,而去布置捉人。我还在那里傻等呢。最后,到底被他捉去了七个人。你看他多坏!自从这七个人交上去以后,就开始了全城大捉散兵游勇。不到四天的光景,全城就捉了三千多。大部分遣送出境,一部分关起来了。听说里面还有不少军官,都送到军官训练团去了。另外,自从这件事发生后,军管会才发出通知,凡是居住在北平的国民党的旧军官,要立即到军管会登记报到。如有隐匿不报者,一经查出,将按散兵游勇处理。你看,陈先生,共产党的办法多着呢。幸好,我们都应付过去了。"

"是的,我们都应付过去了,总算太平无事。"鲁青也讨好地插了一句。

王经堂频频点头,表示庆幸。

"看来,我那未婚夫甚受上级的赞赏,因为他聪明能干。恐怕那个姓梁的管不了他,他也不一定听他管。"满洒丽说。

"不要紧,慢慢来。共产党的干部都是这样,开始装正经,时间一长,准能上钩。要不,你就给他一箭双雕,把那个姓梁的也拉上。"王经堂说。

"不行!没有任何借口去对付姓梁的,弄不好还得犯勾引解放军干部之罪,反而惹来许多麻烦。我才不干呢。"满洒丽说到这里,忽然想起梁群那天晚上和她谈话时,使她十分注意的问题,说,"对啦,你那个团里的共军改编人员中,有没有叫乔震山和郝平的?"

"有……怎么?"

"这两个人就是王德的连长和指导员。这是姓梁的透露给我的。"

"唔……"王经堂恍然大悟地说,"原来是这样!这两个人的能力不小,很有些办法。"

"我,我听徐先生讲,那个姓乔的,就是当年那个佃户老孙的儿子。"鲁青插口说。

"他怎么知道?"王经堂急忙问道。

"徐先生说,他常听见连部通讯员小李,和一个叫二宝的,在一起谈论找他姐姐的事,还提起过您的名字。"

"啊?!"王经堂听了脸色苍白,十分惊慌,"他妈的,真是冤家路窄。原来是他呀!这可要想办法除掉。不然,早晚是祸根。"说到这里,王经堂的脊背像浇上了冰水,从头冷到脚跟。不由得使他回忆起抗日战争以前的事。他如何把乔震山的姐姐骗来北平,又如何把她卖到妓院,如何走到半路,那野姑娘跳车摔死了……这一切,他记得清清楚楚。尤其是,他依仗日本鬼子的势力,扫荡蓟东时,杀死了上千带万的平民百姓,杀死了乔震山的父亲。他知道他的手上沾满了鲜血,一旦人民把他抓到手里,是不会饶过他的。没想到,现在仇人就在眼前。当然,目前乔震山还没有认出他来。假使有朝一日,被他认出,王经堂就成了阶下囚。

"鲁青。"王经堂抑制着心慌意乱的情绪,叫了一声,因惊恐嗓音都变了。

"有。"

"你想想,那个姑娘后来哪去了?"

"听说疯了。后来谁也不知哪去了。"

满洒丽听了半天,也不知他们说的什么事。看来,准不是好事。于是,她用鄙视的目光,瞧了瞧王经堂和鲁青,站起来说:"陈先生还有何指示?我该回去了。"

"鲁青,送一送满小姐。"

"不用,这路我走熟了。而且,这几天夜里,街上也很安全,再见。"

一三

满洒丽从王经堂公馆里出来后,不知为什么总觉得身后有人跟踪。所以,她边走边不断回头观察,胡同里除她而外,连个人影也没有。照理说她出门后应该往南走到绒线胡同才是正路,可是,她却故意沿着石碑胡同往北走,到了西长安街,又坐了一站电车,在六部口下车,这才向绒线胡同走去。每到一个拐角处,总要站住向四下里看看,然后拐弯再走。刚拐进绒线胡同,迎面来了两个解放军,她刚想避开向小胡同里走——大概她这躲躲闪闪的行动引起了对方的注意,忽听前面喊道:"站住,干什么的?!"声音像打雷。

满洒丽全身一哆嗦,不得不站住,心里咚咚乱跳。她借着路灯的光亮看去,原来一个是王德,另一个彪形大个子不认识。再往远处看,一个人也没有了。满洒丽的心这才踏实了。她疾走几步,迎了上去,想和王德说话,王德却抢先开口了:"噢,原来是我们的房东。半夜三更的一个人走路不害怕?"

"在同学家里玩得晚了,怕也没办法。劳驾你送送我行吗?"

"照理说我应该送你。可是,我在执行任务,很对不起。反正不远了,你自己回去吧。再见!"说完,王德笑了笑,一招手和赵文江走了。

王德说的是真心话。自从联欢会以后,虽然为她的事曾和梁群吵过架,但对满洒丽的印象更深了。从那以后,他觉得她可能问题不大,想找个时间和她谈谈。可是工作实在太忙,一点空也没有。再说,必须找个没人在跟前的机会,可是这种机会太少了。每次出来不是和同志们一块,就是小李在跟前。在连部更不行。一来不方便;二来纪律不允许,影响不好;三来满洒丽究竟如何,心里还没有十分把握。想再观察一个时期再说。不过,今天晚上赵文江如果不在跟前,他还真想送一送她。两个人漫步夜谈,也颇有意思。

满洒丽心神不定地走着。她在琢磨着王德的态度和说话的内容。从今天晚上看,王德对她颇友好。看来,还是王经堂说得对,时间长了自然会成功的。如果今晚没有那个黑大个在跟前,他一定会陪她回家。那就把关系更拉近一步了。而且,也就不用担惊受怕了。满洒丽正想到这里,忽然又觉得身后有脚步声。她急转身望去,还是什么也没有。心想,怎么回事?自从出了王经堂的大门就有这种感觉,莫非刘谊辉那两个随从受到王经堂的责备不服气,想乘机报复?她又很快地否定了自己的想法。她认为他们不敢,至少现在不敢。王经堂说得很清楚,"如再胡闹,格杀勿论。"这话可不是说着玩的。但是,满洒丽虽然这样安慰自己,仍然有点胆怯。于是,她加快了步伐。

满洒丽进了家门,经过走廊时,听见连部有人说话。她放慢了脚步,边走边听,但听不清说什么话。正在这时,前面走廊的黑影里,哗啦响了一下,满洒丽吓了一跳。赶紧抬头看去,只见通讯员小李拎了枪走了过来,但没说话又走了过去。满洒丽进了月圆门回头瞧了瞧小李,心想,为什么今晚增加岗哨了呢?莫非这岗哨是为了我们设的?也可能是徐先生有什么不慎的行动,引起了他们的怀疑。看来,徐先生要不得了。而且,今后我们的行动也要倍加小心。

小李也回头瞧了瞧她,然后走到徐先生的门外,停下来,听了听。徐先生屋里没有什么动静。这才又回头向北,沿着走廊走去。

小李为什么夜间在这里站岗呢？因为有几件事情,确实使四连的同志对这位徐先生产生了怀疑。有一次,小李和二宝在连部闲谈,谈起二宝找他姐姐和找王经堂报仇的事,两个人争论起来了,说话声音很大。尤其是小李,他大声喊道:"你不信去问问派出所,人家都说王经堂就在这所房子里住过。我们进城前一个星期坐飞机跑到南京去了。你姐姐也没法找,都快二十年了,上哪找？"

"不一定。"二宝说,"我哥哥在家就能找到。他认识鲁青。只要把鲁青找到,就能知道我姐姐的下落。现在我们捉散兵游勇,还登记国民党的旧军官。只要我哥哥在家,说不定会碰上他的。"

"连长在家也是白费。鲁青还不跟王经堂一块跑了？你到南京去找他吧。"小李说到这里,忽见有个黑影映在风门的窗帘上。他赶紧开门出去一看,只见房东看门的徐先生,正不慌不忙地往他屋里走。小李这才感到徐先生外表老实,但行动可疑。心想,他不知偷听了我们多少机密去呢。

还有一次,晚上连部在开支委会,布置部队政治教育,徐先生也偷听过,被通讯员碰着把他赶走了。还有,每逢连部晚上打电话,他都站在门口听。所以,王德和梁干事商议,除去大门口一个卫兵外,晚上在走廊上也派一个哨兵。人员不足,连部的四个通讯员加司号员、文书,都轮流放哨。反正连部要值夜班,不过站在外面而已。今天正碰着小李放哨。小李见了满洒丽就有气。因为,为了她,副连长和梁干事还吵了一架呢。而且,到现在副连长的情绪也不高。

小李走到月圆门,又转回来往后溜达,脑子里不禁回忆起梁干事和副连长吵架的情形。

有一天晚上,也就是联欢会的第二天晚上,营部来电话表扬了四连。当然也表扬了王德的机动灵活。还说,由于他们这一行动,给上级提供了一个很好的维持社会治安和打击坏分子的办法。不由得使梁群想起在中山公园联欢会上满洒丽跟他谈话的内容。

梁群眯缝着眼,瞧着王德那沉思的脸,不禁笑了笑,问道:"老王同志,我问你一个问题。"

"什么问题?你说吧。"

"你和房东姑娘,到底是什么关系?"

"问得奇怪,"王德有点不耐烦了,"以前不是都和你说了吗?你还有完没完?"

"她是不是你的未婚妻?"

"是怎么样?不是又怎么样?"

"是,就应该找人家好好地谈谈,像个未婚夫的样子,把关系搞好,别那么冷三热四的,免得影响不好。"

王德明白了。他想起联欢会那天晚上,他叫小李去找梁群。梁群和小李回来后,去东厢房看俘虏时,小李报告了梁群和满洒丽谈话的情形。看来,梁群是被满洒丽在中山公园里流的眼泪哭昏了,真的来替她打抱不平了。他心想,你梁群真爱管闲事。连队有多少工作需要去管,你不闻不问,却对这号事如此认真,你叫我怎么说呢。王德没吭声,低着头面色平静,若无其事地往纸上乱画着字。

梁群见王德不理他,更不回答问题,以为是王德心虚,无词可答。他更感到理直气壮了。他说:"怎么不说话了?说出来大家听听嘛。都是自己同志,有什么不可以说的?"

王德把笔往桌子上一放,站起来,一本正经地说:"梁群同志,正是为了群众影响,我更不能去随便找她。再说,也没那么多的闲工夫。"

"为什么?"梁群的口气很严肃。

"我以前和你说过了。如果你不嫌啰嗦,我可以再说一遍。因为:第一,我和她已五年没见面了。在这期间,从沈阳到北平,她一直住在大城市、敌占区。据我所知,此人素来喜洋、爱漂亮、好交际、爱虚荣。谁知她这几年都和什么人打交道,有没有什么变化?

第二,进城前,上级一再嘱咐我们,要处理好政治、亲友、腐蚀这三道关。如果照你说的那样,我去和这么个情况不明的人,认亲交友,打得火热,其结果将如何?你知道吧梁群同志,战士们都在看着我们啊!我们当干部的行动稍有不慎,就会影响全局。弄不好,我们上对不起上级的教导,下对不起群众对我们的信任,非犯错误不可。第三,连级干部在战争时期一律不准谈恋爱、找对象。这是上级明确规定了的。难道你这组织干事不知道?为什么一次再次地问我?"

王德说到这里,把手一背,在地上踱了两圈。他的面容平静而斯文,看不出任何的激动情绪。他今天本来不想谈这么多,怎奈梁群非打破砂锅问到底,迫不得已,他才和他说了这些心里话。

梁群听完了王德的话,把嘴闭得铁紧,用揣测的目光瞧了瞧王德,没吭声。他想:你王德是真心话,还是有意夸大其词?如果是后者又是为什么?话不投机半句多。他不大理解王德这些话。他知道王德平时不大愿意和女人打交道。可是,那天晚上秀珍和素华到连部来,他又那么无微不至地接待,还亲密无间地谈笑,又该如何理解?难道他在通过秀珍和言素华?⋯⋯哼!是啊,否定的否定嘛。旧的不去,新的不来。想到这里,他把脸一沉,说:"她是你的未婚妻,不是恋爱对象。难道我们的军人家属找上门来,可以不接待?"

"她不是军人家属,因此也不用接待。"

"她是你的未婚妻呀!"

"未婚妻不等于家属。"王德一转身面对梁群说,"梁群同志,如果你感兴趣,你去接待她好了。"

"王德同志,"梁群有点激动了,"我告诉你,你的想法是错误的。你要是这样干你会犯错误!"

"这话什么意思?!"

"什么意思?那天晚上,秀珍和言素华来,你的表现我看得很清楚。下边就不用说了,你自己知道。"

王德已洞悉他的意思,显然他是受了满洒丽的影响。因此,他笑了。笑得那么风趣,那么潇洒。他讽刺地说:"梁群同志,你比曹操聪明多了。他可以误杀蔡瑁、张允;可惜,你没那么大的权力。因此,我也不怕杀头!没什么了不起!"

梁群被王德的话弄糊涂了,不知怎么说才好。正在这时,电话铃响了。王德赶紧拿起听筒,"是我,哎?……噢,在哪里?几点钟?啊,啊,好,我马上就来。"王德放下电话听筒说:"一排来电话,皇城根有人闹事,我去看看就来。"王德背上枪,带着小李,匆匆地走了。

王德走后,梁群被王德那些不顺心意的话堵得喘不过气来。心想,瞧他那目中无人样!好家伙,把我比成曹操了。好言相劝他竟一点也听不进去。连团政治处的干事都不看在眼里。幸亏现在才是个副连长,要叫他当了连长、营长,他会连团长也敢顶撞。这个王德,必须建议团党委把他调开连队。不过,他的工作还是不坏的。但是,就凭他那思想意识,继续在连队待下去是不合适的。他骄傲自满,目中无人,组织纪律性差,小资产阶级意识浓厚。够了,就这些,王德也要做深刻的检讨。

组织干事梁群吃过早饭,一摇三摆地向团部走去。他由于胃病的折磨,身体瘦弱单薄。瘦长的脸显得那张嘴特别大,笑起来有点善眉善眼的。可惜,那排不太整齐的大板牙,使他笑起来不太雅观。两道浓眉比一般人都高,好处是下雨湿不了眼。一头浓密的黑发,对他那瘦长的脸并没增加多少美感。梁群同志,年不过三十,可看来像是四十来岁了,有点老相。他是个好同志,办事认真,不管办什么事,都能认真思考办理。但胸襟不宽,而且主观。所以,分析问题就不免时有误断。他一九四四年入伍,老资格,到现在还是个连级干部,心里有点怨气。这种怨气有时会影响对人的看法。尤其对新干部,同样的级别,他会认为自己比别人高一着。所以,说话的语气,不免有点老声老气的,使人听了不舒服。

梁群来到头发胡同八号,进了大门,过了客厅侧面的通道,就是一个四合房的大院。这院子的房屋,样式是明清时代的,而窗门却是半封建半殖民地式的玻璃窗门。窗门的里面最底一格挂着带皱褶的洁白的窗帘。这家的主人,是明码实价的汉奸,伪军的少将,现在已被军管会管制起来,随时听候审判。

团长周国华住在东厢房。梁群没有报告就推门进去了。团长正在和作战股长研究城外起地雷拆工事的事。他敬了个举手礼。团长周国华指了指对面的椅子,请他坐下。不一会儿,作战股长就告辞走了。

"梁群同志,好久不见啦。"周国华吸着烟说,"四连搞得不错嘛。开始我担心乔震山、郝平都抽走了,这个连搞不好。看来,我保守了。你和王德同志配合得很好嘛。自从你们前天晚上捉了那些坏家伙后,上级才下决心全城捉散兵游勇。现在城里安静多啦。这是你们的功劳,成绩不小啊。"

"团长同志,我想向你汇报一下四连的工作。你现在有空吧?"梁群立正说。

"好啊,坐吧。"周国华兴高采烈地说,"很长时间没到你们连去了。老想去,就是没抽出时间来。正好现在没有事,你说吧。"

梁群坐下后,耸耸肩膀,扶了扶眼镜,刚想开口,又不知从哪里说起。因此,他犹豫了一下,然后从军装口袋里取出笔记本,翻了翻,又咳嗽了两声。

周国华从他的表情,和他这个磨蹭劲,看出梁群是有思想问题的。他皱了皱眉头,翻开记事本,准备记录他的汇报。

"我到四连已经快半个月了,"梁群又扶了一下眼镜说,"这个连队总的说还是不错的。在工作上、教育上、思想面貌上,还是保持了光荣传统的。但是,在克服骄傲情绪上,进步却不大……"

"你说的是全连,还是个别人呢?"

"全连还是不错的,个别人表现不太好。"梁群继续说,"就拿王德同志来说吧,骄傲自满,目中无人,好像这个连是他自己的一样。他想怎么干就怎么干,组织观念差,民主作风不够,不顾群众影响。我真不知乔震山、郝平在家时,是怎么和他相处的……"

周国华用严肃的目光瞧着梁群,没说话也没有任何表示。一直听到梁群把王德的情况,和对王德处理的想法说完,他也没吭一声。老是一会儿点头,一会儿微笑,一会儿严肃地盯着梁群。

"你说完了?"

"完了。"

"好,你先回去吧。"周国华站起来,两手插在口袋里,来回地在地上踱着,说,"回去很好地和王德同志交换交换意见,叫他把心里话都告诉你。机关干部下连队帮助工作,必须放下架子,虚心学习,严格要求自己。帮助人家解决困难问题,同甘共苦。不能以长者自居,到处去教训人。如果这样,你就什么东西也学不到。我们派你到这么好的连队去,是抱着很大希望的……"

"我觉得已经尽到最大的努力了,可他总是那样盛气凌人。说起话来,连讽刺带挖苦。我真拿他没办法。"

周国华笑了笑,摇了摇头说:"乱弹琴!"

团长这话是说他呢,还是说王德?梁群也没弄清楚。他还想坚持一下把王德调出连队,但又不敢。只是把嘴唇动了动,没再说下去。站起来敬了个礼,就出去了。

周国华把梁群送走,瞧着他那有点驼背的身影消逝在门口之后,他长长地叹了一口气。仿佛他憋在心里想说又没有说出来的话,都一下子吐了出来似的。他回味了梁群谈话的全过程,中心问题是为了王德对他未婚妻的态度问题。

其实,关于满洒丽的问题,上次郝平临走时已经向他汇报过了。当时,他也派人到燕京大学做了调查。所了解的情况都是些表面现象。从她过去接触的人,活动的场合来看,此人非常可疑。最近,又到军管会、警备司令部查了一下过去敌人留下的特务档案,也没查着。据反映,此人到现在还有些不正常的活动。由于没有掌握确凿证据,所以,目前还不能对任何人讲。因此,周国华对满洒丽的问题避而不谈,只是原则地启发梁群一下而已。

对王德同志,他有自己的看法。王德骄傲,说话尖刻,这是他的主要缺点。可自从进关作战以来,他在乔震山和郝平的影响下,有了很大的进步。作战机智勇敢,处事果断,为革命事业废寝忘食,阶级立场坚定。一个共产党员因公而忘私,不会阿谀奉承,这叫目中无人?甚至组织纪律性不强?笑话!

周国华想立即找王德谈谈,但一转念,又取消了这个念头。他想还是等把满洒丽的问题调查清楚了再说。

通讯员小李站岗到半夜十二点,既困又冷。他打了个呵欠,心里愤然想道:要是没有这个狐狸精,我们连部多快活。现在可倒不错,副连长和梁干事每天板着个脸,谁也不笑,也不说话,连我们当下级的也不自在。再说,梁干事也真是的,人家老乡亲,碍他啥事?正经事不干,老在这个问题上缠着不放,多管闲事!唉,我们连长和指导员,这时能回来就好了,回来一个也好啊!

一阵脚步声,副连长王德回来了。

"小李,你还没换班啊?"他悄声问道。

"没。"

"你去睡吧,我来替你站一会儿。"

"不,副连长你已经在外面跑了半夜了,该去休息了。"

"房东姑娘回来了没有?"

"回来了。她进门时在连部门口站了一会儿,大概想找你。后来见我在这里站岗,她才什么话也没说就到北院去了。你瞧,"小李指了指北院说,"还亮着灯,说不定还没睡呢。"

"找我?"王德心里想,"在街上才碰着我的呀。那么,她站在连部门口听什么?奇怪!再说,一个姑娘家半夜三更的,一个人在街上走也是少见的。她究竟到什么地方去了？……"

王德边想边走进了连部。连部的人早已酣睡了。

第二天，太阳从东方升起，把高大雄伟的城墙、箭楼衬托得清晰而美丽。古城的人们又开始了一天新的生活。

二宝背着文件包，来到连部，在门口立正站着，喊了一声："报告！"

"进来。"这声音像是小李，二宝心想。

二宝开门进去，见屋里除去几个通讯员和文书外，连部首长一个也不在。他把文件交给文书后，拉了小李一下，把嘴朝外一噘。意思是叫小李跟他出去。两个人一前一后来到走廊里，二宝刚要和小李说什么，小李用手势制止了他，并拉着他向门外走去。小李说："别在院子里说话。那个徐先生不是好东西，老偷听我们说话。早晚想法把他赶走。——你有啥事？"

"告诉你两个好消息。"二宝说，"一个呢，昨晚，我们排长忽然叫我到石碑胡同六十三号附近埋伏起来，看他家都有些什么人出入。据说，这是团长的指示。我就去了。走到六部口忽然看见你们房东的姑娘在前面。我看她走得挺慌张，就偷偷地在后面盯着她。后来，她拐弯抹角地进了石碑胡同一个大门里。……"

"你就回来了，是吧？"

"不，我想看个究竟。我看了看门牌果然是六十三号，我就找了个黑影躲起来。一等不出来，二等也不见她出来，也没见有人再进去。天又冷，把我冻得两只脚像猫儿咬的一样。大约有一个半小时的光景，她出来了。后面还有个男人送她。我可没看清是个啥模样。点头哈腰客气一番后，又进去关上门了。这个姑娘呢，她不往南走却往北走，我还是盯着她。你猜怎么样？她到了西长安街，上了电车。我也上了电车。才怪呢，只坐了一站，到六部口她又下车了。下车后，一直向六部口走去。"

"你呢？"

"我一直盯着她啊。后来,她刚到绒线胡同就碰着一排长和王副连长。"

"我们副连长和她说话啦?"

"说啦,说了几句就走了。"

"后来呢?"

"她也和副连长满不在乎地说了两句,还笑呢,后来也走了。我把一排长和副连长让过去,仍然跟着那个家伙,一直跟到你们连部。本想进去看看你,天太晚了,我就回团部了。你说有趣吧?!"

"第二个什么好消息?"

"你猜!"

小李七猜八猜都不对,急得他一蹦三尺,嚷着说:"你二宝成心捉弄我,猜了这么多都不是,你光笑也不告诉我。你快说,把我急死了,你可要负完全责任!"

"别急嘛,即便把你急死了,我一说你就会活了。告诉你吧,我们村里的李大叔,领着我妈妈,还有秀珍的妈妈,昨天都来了。昨晚住在师部,秀珍,噢,还有素华,领他们去看了故宫、景山、中山公园……"

"真的?嘿!"小李高兴得打了二宝一拳,说,"你小子可真来运,尽碰喜事儿。你也去了吧,干吗不告诉我?"

"去啦!"二宝说,"你别着急,今天他们都到团部来,大概现在快来了。咱们去看看,好吧?"

小李二话没说,拉起二宝向头发胡同跑去。一进团部就听见房东家的外客厅里,男男女女又说又笑。两个人一进门,二宝说:"妈,你看这是谁呀?"

小李向李大叔、秀珍妈、二宝妈敬了个举手礼。

"嗬,小李同志,你的伤好啦?"李大叔站起来和小李拉手,瞧着小李的耳朵说,"我从那次回家后,和乡亲们说起这事,大伙儿都夸你作战勇敢。尤其是孙老大娘,每天都惦着你们哪。"

"没事。"小李腼腆地摸摸耳朵说,"碰破点皮,早好了。"

"我说嘛,"孙老大娘满脸堆起喜爱的笑容说,"我们这些孩子都有出息。我的大宝、二宝、秀珍、小李、副连长,现在又加上个……"孙老大娘把素华拉到身前,摸摸她的头,笑得眼睛都眯到一块去了,说,"素华多俊呀,我大宝命可真好……"

"妈……"秀珍赶紧推了推孙老大娘,"别这么说,瞧你,素华又要哭了。"

"傻丫头,"孙老大娘说,"昨晚姑娘偎到我怀里,已经哭够了。现在该笑了,是吧,姑娘?"

素华羞得脸通红,活像一朵盛开的牡丹花。她笑了一声,把头埋到孙老大娘的肩膀后面,逗得全屋的人哄然大笑。

"瞧您,"秀珍说,"说得素华多不好意思!"

"怕啥!"孙老大娘是个直性子人,干脆来了个揭开锅盖说热的,"赶明儿,全国胜利了,你和二宝跟你妈过,素华和大宝就跟我过。你说亲家,这样好不好啊?"

"可以,就这么办。"秀珍妈答道。

这一来不要紧,秀珍和素华更受不了啦。秀珍躲在她妈的身后,素华把头埋在孙老大娘的肩上,用手晃动着孙老大娘,不知不觉地用恳求的口吻低声地喊了一声:"妈……"

全屋的人又是一阵哄堂大笑。

"别害臊,孩子,"孙老大娘摸摸素华的脑袋说,"咱们乡下人啊,就是烧火棍捅锅底,既热乎又爽直,是啥事就是啥事。谁要是不同意,咱娘俩和他讲理去。你说是吧,他大叔?"说到这儿,孙老大娘紧紧地抱了抱素华,生怕别人来抢去似的。

村支书李大叔吸着烟,喜眉笑眼地点了点头,连脸上的皱纹都在笑。

这会子,小李心里彻底明白了。准是秀珍昨晚把素华的情况给孙老大娘一点不漏地讲了个详细,不然,今天孙老大娘怎会对素华这样亲热。好家伙,比亲女儿还亲。可是,我们连长还蒙在鼓里呢。他那脾气能同意吗?难怪她老人家说:"谁要是不同意,咱娘俩和他讲理去。"看样,李支书也有这意思。好了,我们连长这下子不用装象了。

周国华进来了,全屋的人哗的一声都站了起来。只有李大娘、孙大娘,还有李大叔,年岁大了点,脑子没反应过来,坐着没动。

"乡亲们好啊!欢迎,欢迎,快都坐下。"周国华说着,转目扫视了屋里一周。看站的这个阵式,他心里已经明白了一大半。素华紧挨着孙大娘,秀珍和二宝靠着李大娘,小李站在李大叔身旁,其他团部的通讯员、参谋、干事,都在外圈站着。这真是:

> 军民一家心连心,
> 阶级弟兄情意真;
> 其中不掺半点假,
> 冲破苦难为亲人。

周国华和每个人握了手,当和孙老大娘握手时说:"老大娘,我没骗您吧,说是打开北平请您来玩。现在,您和李大娘这不都来了?到故宫去看皇帝的家了吧?"

"看啦,看啦。"孙老大娘握着周国华的手说,"这回啊,我老婆子算是开了眼了。可是,你还没给我抓着王经堂报仇呢。还有俺那闺女,还没个信呢。"老人家说到这儿,眼圈一红,抱着素华的肩膀说,"你要是给俺找不着闺女,俺就要她……"

"好啦,老大娘,就是找到你闺女,你要她,我也没意见。"说着,周国华仰面大笑。

"说的是,到底是团长,一说他就明白了。"孙老大娘说,"孩子们在这净惹你生气。要是哪个调皮,你就给我捶他的屁股。"

大家又是一阵大笑。

"笑啥呀?我说的是老实话,住一阵子还要去打南京呢。毛主席叫咱将革命进行到底,哪个不听话,都得打屁股。你说是吧,团长?"

"是啊,老大娘,我们这儿的人都听毛主席、党中央的话。您老人家放心吧。"

"就是嘛,我说的是。"孙老大娘瞧了瞧素华和秀珍,说,"你们南下后,别忘了给妈妈来信。"

"嗯。"素华细声细气地应了一声,然后用手把嘴一捂,似笑非笑地瞧了瞧团长。

一四

二宝遵照团长周国华的指示,陪着李大叔、李大娘和他妈妈等人去逛天坛。小李真想和他们一块去玩,可是又怕回来挨批,只好回连部。他回到连部,见了副连长王德,首先报告了李大叔等人来北平的事,然后又把二宝告诉他的关于满洒丽到石碑胡同六十三号的情况报告了副连长。

王德听完小李的报告,心里一怔:这家伙半夜三更的到那里去干啥?那是个什么地方?能引起团部的重视,还专派二宝去侦察,说明这个地方有问题。不然,团部不会这么重视。如果将来团部问起来,在本连防区内,自己还不知道,岂不等于失职?再说,这地方既然这样重要,满洒丽为什么也去了呢?正好是在六部口遇见她的那天夜里。据她自己说,是在同学家里玩晚了。是真话,还是假话?如是真话,那么,她的同学又是什么人?如是假话,她为什么要撒谎?王德想到这里,决定亲自去侦察。但怎么去,用什么名义去呢?必须做得既合理又合法,而且,不要让外人知道,是专为她而去的。王德想来想去,想了半天,才想出个绝妙的办法来。他告诉小李说:"小李,今天下午你去把二宝找来。"

"我现在就去找,好不好?"

王德瞧着小李,心想,你小李心眼真多呀,一公二私,贪玩。不过,早点告诉二宝也好,免得他下午有事来不了。王德笑着说:"好,你去吧,早去早回。"

"是!"小李心急脚痒,敬了个礼,撒腿就跑了。

下午一点半,小李和二宝回到连部。二宝向王德敬礼后问道:"副连长,找我有事吗?"

"小李没告诉你?"

"告诉我一部分。我不明白到那儿去干啥?"

"到时你就知道了,要你去领路放警戒。"

"明白了!"二宝立正答道。

"好,咱们走吧。"王德刚要带着二宝和小李往外走,梁群进来了。

"你们干啥去?"他问道。

"查户口去。你去不去?"王德怕他不愿去,试探着问。

"去!"梁群欣然答应,继而又问道,"查户口干啥?"

"你问二宝就知道了。去吧,保证挺有意思。"

二宝没等梁群问,就把满洒丽夜间到石碑胡同六十三号去的情况说了一遍。

梁群听二宝说完了,心里琢磨,看来王德对满洒丽还是挺关心的。瞧他那积极劲儿!因此,他说:"好,等一等。"梁群到屋里急忙把枪连皮带扎在腰里,走了出来,"走吧。"

梁群从来没和王德一块参加过这种活动。今天为什么欣然参加了呢?这与前天团长对他的启发有关。"到连队要和同志们同甘共苦,虚心学习,严格要求自己。只有共同劳动才有共同语言。有了共同语言,才能产生共同感情。以长者自居,你什么也学不到。"团长的嘱咐起了作用。今天梁群见他们三人那样热乎乎的,王德又那样热情地邀他参加,所以,他想和他们走一走,看看王德如何处理问题。

四个人两大两小,迈开大步,哼、哼、哼地在胡同里走着。王德穿一双硬底皮帮棉靴子,绑腿打得溜直,军装穿得整整齐齐,腰细肩宽,胸脯挺得适度,一副英俊的军人姿态,显得特别英武。

不到半个小时,他们来到了石碑胡同,一连查了三四家,最后才往路东一个小胡同里一拐,看到一个红漆大门,上去四级台阶。四个人在门洞里站下了。王德命令二宝上前叩门。二宝伸手在门框上方按了两下电铃。

"谁?"门里有人喊了一声,随着声音门也开了。一个三十岁上下的人,穿一身笔挺的黑色西装,打着浅绿色的领带,看样子,像是国民党军队用的军装领带。这人头上留着学生发,梳得像猫舌头舔的一样。

"找谁?先生。"开门的人问道。

"查户口的。"王德答道。

"噢,"开门人向旁边一闪,两腿并拢站得溜直,然后把手一伸说,"请进,先生。"他这个动作,使王德觉得此人像是受过正规军事训练的,不然,他那身材和两腿的动作,为什么那么符合操典的要求?

"头里带路。"王德面孔严肃,以命令的口吻说。

"是!"开门人两脚一靠又做了个立正动作,然后,一点头转身头里走了。

王德示意二宝,在门口放哨。尔后,他随开门人向里走去。转过影壁墙,来到一个大四合院。立即听到屋里在放唱片《桃花江上》。

"姐姐,查户口的来了!"开门人在院子里喊了一声。

"哎,请里面坐吧。"风门开后一个女人出来了。王德举目看去,吓了一跳。这个女人身穿蓝色黑花缎子旗袍,外罩一件黑色毛线外套,脚下穿一双红色高跟皮鞋。最奇怪的是,她那长及齐肩的卷发上还戴着一顶青绒布制成的帽子。这顶帽子之所以使人少见多怪,就是它的边沿有四公分宽,旁边还缀着一朵用青绒布簇成的玫瑰花,帽边的上面就是有褶的方圆顶的帽子了。这顶帽子是民国初年的式样,戴在这个女人的头上非常不协调。再加上,她那张长瓜脸,缺乏脂肪的皮肤,描眉,涂粉,口红,一脸雀斑,活像个从海里钻出来的母夜叉。

"噢,解放军同志来了,快请里面坐。瞧你们冻的,脸都红了。"女人说着,还不断地对着王德飞眼送秋波。屋里的唱片停了,但不到十秒钟,又唱开《蔷薇蔷薇处处开》了。

"不用了。你家有几口人?"王德拿出本子准备记录。

"四口人。"女人答道,同时两肘抱在胸前,歪着头死瞅着王德的脸。

"都出来看看,行不行?"王德端庄而严肃地说。

"有两个不在家,这是我弟弟。"女人说着指了指身旁那个开门的人。"还有两个,一个也是我弟弟,一个是我家先生。噢,不,按你们的话说是我爱人。"说完格格地笑了。

"你两个弟弟和你丈夫都是什么职业?"王德用厌恶的目光瞪了她一下,问道。

"两个弟弟上大学,我家先生是……"

"噢,"那个开门人又是一个立正,说,"我姐姐就是解放军陈团长陈一民的太太。不,原先是国民党特务团,现正在改编。我姐夫昨天回来过,今早晨刚走。"开门人哈腰答道。两腿还是立正站着,直到王德用猜测的目光上下打量他时,他才警觉地叉开双腿。但其动作恰像听到"稍息"口令一样。

"屋里再没人了?"

"没了。谁还骗你不成?"太太有点不耐烦了。

"那为什么里面还唱留声机?"

"噢,……那是自动留声机,能自动换唱片。不信你进去看看,开开眼嘛。"说着,这位太太也斜着眼笑了。笑声中带着十足轻佻、蔑视、奚落的意味。

"不看啦,麻烦你。"王德说完,转身和梁群带着小李出来了。出门前听到屋里的留声机又唱开《何日君再来》了。王德心里想,对我们来说,这唱片简直是一种污辱!

他们向来路走去,走得很慢,像散步一样。二宝和小李紧跟在后面,两人悄悄地说着话。

王德侦察过这位团长的公馆后,不禁使他产生了许多疑问。陈团长,那就是我们乔连长和郝指导员改编的那个国民党特务团的团长了。据说,昨天他回来过,而且就在他回来的这天晚上,满洒丽到他家待了一个多小时。这是二宝亲眼目睹的。她是个学生,怎么能和这些人有来往呢?据二宝说,满洒丽出来时还有点鬼鬼祟祟,这其中必有缘故。尤其是那位太太,她那装束和神色,显然不是个好东西!一个女学生能和她有来往,简直不可想像。至于和陈团长更无来往的理由。那么,是找那个穿西装的年轻人?这个穿西装的决不是个大学生,他的动作神气显然是个穿便衣的大兵。如果说王德对满洒丽原来就抱有戒心,那么,现在他对她更加怀疑了。难道真的物以类聚,人以群分?如果这是真的,那才糟透了呢。他想到这里,不禁叹了一口气,心里像是压上一块石头。

"二宝,我们那个房东姑娘,你知不知道她是否常来这里?"王德回头问道。

"过去不知道。就昨晚第一次见她来。"

"怎么,你对他家有什么看法?"梁群忽然问道。

"有点儿,但不敢肯定。"王德说,"满洒丽这么个大学生,怎么会半宿半夜地往这么个人家里跑呢?"

"那也许她和那个太太的弟弟是同学吧?"

"可是,昨晚陈团长也在家呀。"

"找同学玩嘛,与陈团长在不在家有啥关系?"

"你看那个出来开门的,像个大学生?"

"那还有什么怀疑的。一不像商人,二不像职员,三不像市民,不是大学生是什么?"

"你怎么知道他非是大学生不可?"

"那你怎么知道他不是大学生?"

王德用惊异的目光瞧了瞧梁群,不难理解,他是在为满洒丽开脱嫌疑。

"你没仔细观察他那表情动作。立正、稍息、挺胸、点头,活像个穿便衣的军人。大学生哪有这号习惯?"

梁群不再辩驳了。一阵抑郁的沉默,只听见四个人安闲的脚步声。

王德沉思地迈着方步走着,那个恶心人的太太,标准军人动作的开门人,不自然的表情,正在接受我们整编的陈团长……乔连长和郝指导员正在和这位陈团长所统率的那些歹徒们做斗争的情况……把这些活生生的现实联系起来,这位满洒丽小姐——他的老乡亲、未婚妻和他们有来往,而且是夜间,这些问题该怎么解释呢?……

王德没和梁群辩论下去。他想将继续侦察满洒丽和石碑胡同六十三号的任务,仍然交给二宝去完成,只要再捉住一点儿蛛丝马迹,王德就可以对满洒丽下最后判断了。

梁群虽没辩驳,但他想得可怪呢。那个叫人看了讨厌的太太,当然令人恶心,大城市里的官太太大多是这样的,有什么法子呢?要是都像我们部队的女同志一样,还叫什么太太?人家那个大学生的弟弟,可是彬彬有礼、俊美洒脱的,可老王偏说他是穿便衣的军人。团长的小舅子嘛,像个公子哥,又有点军人动作,这也不奇怪嘛。说不定房东姑娘到这里来就是找他哩。大学生找大学生,同学嘛,有共同语言,这也是可以理解的。至于那个陈团长,是我们团结改造争取的对象,将来争取改造过来,还不是我们的人?即便争取不过来,一条泥鳅也翻不起大浪来,怕什么?!可是,王德为什么对这问题特别敏感呢?噢,对了。他抿着嘴无声地笑了笑。这也难怪,他王德平时表面装得不愿意和满洒丽接近,那是有点小资产阶级,爱面子。其实呀,旧情难消,生怕她这几年在大学里另有意中人,这也是可以理解的。不过,未免多余担心了。社会上男女来往是常事,有什么奇怪的?要是人家有了外心,还会哭鼻子流泪地来找他。是啊,一个人少个心眼固然不好,可是,心眼多了,也不好啊。王德呀王德,你这小伙子未免聪明得过分了吧?还有点封建思想,醋味挺大呢……他想把这些心里话讲给王德听,可是在二宝和小李跟前又不好开口,想来想去只好算了。

王德、梁群、二宝、小李,四人来到连部,一进门通讯员小张报告说,团部通知,副连长回来时,立即到团长那里去。

王德转身出了连部,向团部走去。

梁群望着走去的王德,默默地点了点头,嘴里没说,心里想,这下不用你王德调皮了,够你喝一壶的。不禁幸灾乐祸地笑了。

王德来到团长的门外,先把服装从头到脚整理了一下,然后,立正喊了一声:"报告!"听到屋里回答"进来"时,他才推门进去,认真严肃地敬了举手礼。说:"报告团长同志,我来了!"

"坐吧,坐吧。"周国华指了指对面椅子说。

王德坐下,腰板挺直,两手放在膝盖上,双目瞧着团长,纹丝不动,光等团长说话了。

"怎么样?这阵子干得不坏吧?"团长满面喜悦地问道。

"干得不好,团长同志。"王德起立答道。

"坐下,坐下,别这么紧绷绷的,还是随便点好。"

"是!"王德虽然这么答道,但是两只手还是没地方搁,仍然挺着腰板,两手呆板地放在大腿上。

周国华喜爱地瞧着王德那副军人姿态。板着个面孔,与其说是严肃,倒不如说是心情紧张。为了缓和他的紧张情绪,周国华站起来,取烟出来吸着,然后把烟盒放到王德跟前,说:"吸烟吧?"

"报告团长,我不会。"

"连烟都不会吸,你会干什么?咄!"团长笑了笑,"听说你有个对象在北平上大学,怎么不报告我?"

"报告团长,我在家上学时倒有一个,听说她在这儿上大学。"

"听说?"周国华仰面笑了笑,"你见过她没有?"

"见过几次……"王德难为情地耸了耸肩膀。

"说话了没有?"

"说过几次,只是三言两语,没深谈。"

王德明白了,一定是梁群在团长面前告了他的状,所以,团长才这样认真地问他。现在看来,不把情况说明白是不行了。因此,王德从在家里订婚谈起,和来到北平见的几次面,一直讲到今天侦察陈团长公馆,把他对满洒丽的看法,详详细细地陈述了一遍。最后他说:"团长同志,我这些看法可能很不正确,也可能是错误的。如果把这些看法当成事实交到上级来,只能起个打扰首长工作的作用。所以,我想等把情况弄清后,或基本搞明白了,再向组织报告。因此,我……我迟迟没向上级报告,就是这个原因。我觉得,这件事看起来是我个人的事,实际上在复杂的军事斗争后面,还有我们防不胜防的其他斗争——这就是政治斗争。所以,我没有把这件事仅仅看成是我个人的问题。这个问题,郝平同志临走时,我都和他谈过了。"王德看了一眼团长,停了一会儿又说:"至于梁群同志,长处是心善、直爽、老实,工作认真,心里有什么说什么。可是,我万没想到他在这么个严肃的问题上,竟当起和事佬来了。梁群同志对自己的同志不信任,反而不加分析地相信一个他素不相识的女人。请您原谅,团长同志,我在您面前埋怨组织干事不大妥当。我愿意接受您严厉的批评。"王德一口气说完,然后把胸脯挺起,两眼瞧着团长。

团长用惊讶的目光,不时地端详着王德,觉得王德分析问题逻辑性很强很客观。与进关以前相比,他在各方面都有长足进步。可是,梁群去了这么多日子,竟没有发现这一点。于是,他说:"王德同志,你说得对呀。这件事郝平临走时确实向我报告过,我们也派人到地方机关和学校进行过调查。前天,又接到李政委的电话,说陈团长的太太病了,要求回来看看。李政委答应了他,并嘱咐我们给他关照。我们确实'关照'了,当即派侦察排长老林同志,带着二宝实行昼夜观察。据报告,这位陈团长形迹十分可疑。无意中又碰到你那位未婚妻也到他家去了。这是很值得注意的。满洒丽这个人确实有很大的可疑性。根据她以前的活动场合、生活方式、接触的人物,我们估计此人和美国人有不可告人的关系。但是,从敌人留下的档案里却查不着此人。刚才你也说,你到陈家查户口,引起你的怀疑,这是对的。那么,今后怎么办呢?我的意见是,你不要因此而不理她。要理她。从她的言谈和神色中探测她的性格和思想面貌,尤其重要的是,要从侧面侦察她的行动。你不是叫二宝继续监视她吗?很好嘛!就按你的计划进行,所不同的是,你要亲自出马。懂吗?"

"懂啦,团长同志。"王德站了起来,"这情况要不要告诉梁群同志?"

"暂时不要吧……"团长擦火点烟,想了想,然后慢吞吞地说,"这个同志心软口直,搞不好他会给你帮倒忙。"

"我可以走了吗?团长同志。"王德敬礼说。

"可以。"周国华说,"你在部队行政管理工作上,应和梁群同志配合好,不然,他跟你想不到一块,对工作不利。"

"是!"

"好吧,你可以走了。"团长和王德握了握手,看着他走出门去。他自言自语地说:"真是个好小伙子。"

天空阴森森的,西北风飘着零星雪花,直往人脸上扑,使人觉得冬季的余威,仍然砭人肌肤。

王德迈着懒散的步伐,在胡同里走着。团长那平静的神情,严肃的话语,潇洒的举止,在他脑海里回荡着。每一句话都叩击着他的心弦。他现在对满洒丽所抱的一线希望,感情上的余热,全都凉了。很明显,现在她已由他的未婚妻,变成他的侦察对象了。王德过去对满洒丽在接近上,虽然有点顾虑,但多半是考虑军队纪律和群众影响。至于他对她政治态度的怀疑完全是由于长期战争生活养成的习惯,所产生的假想和推断。当时,他多么希望自己的推断是错误的啊。可是,现在他不得不抛掉幻想,认真严肃地面对现实。

王德回到连部,梁群正往本子上写什么。见王德进来了,梁群故意问道:"怎么样?团长表扬你了吧?"

"不能算表扬,也不能算批评。团长叫你和我合作,叫我和你说说心里话。"

"嗯,是该说说心里话。不过合作嘛,我从来就是和你合作的嘛。"

"不过,合作得还不够。"

"啊,哪些地方合作得不够?王德同志。"

"比如讲,关于警备任务问题,对部队的管理问题,还有……一些别的问题吧。"王德刚想说还有满洒丽问题,立即又改了口,"梁群同志,其实这不怨你,主要是我和你联系不够。今后我一定加强和你的联系。咱们共同把这个连的工作做好。"

"这就对了,老王同志。"梁群高兴了,"以前我们两个确实配合得不够,今后大家多注意就是了。可是,团长没提你那未婚妻的事?"

"提了……"

"他怎么说的?"

王德笑了笑,笑得那么神秘而不自然。他说:"团长说,叫我和她很好地谈谈。但是,不能太过分,以免影响不好。"

"对嘛。以前我也是这个意思,你不听嘛。"梁群有点得意忘形了,"我说王德同志,我不是埋怨你,你这个人,素来就是这样,只要你认为对的事,谁说你都不听。这回你信了吧?"

王德再没说什么,默默地点了点头。他为了求大同存小异,决心暂时受点委屈让点步,不想和梁群再争论了。

就这样,两个人算是初步一致了。可是,三天的时间过去了,王德再没见到满洒丽的影子。派小李、二宝,甚至连门口哨兵,监视了三天三夜也没见她出入过一次。怎么搞的?王德对此很纳闷。难道有什么变化?莫非她见我不大理她,成心的……不理我了?王德正在猜想,二宝从外面进来了,把袋子里的文件倒在桌子上,就出去和小李说话了。除去报纸文件外,还有十几封信。王德忽然发现有他的一封家信。他高兴地赶紧拆开一看,不禁心里一怔。原来这封信是王德父母写来的,还有满洒丽的一张照片。信中写道:

德儿:

你们胜利地解放了北平,家乡人都为你们高兴。今年是胜利年,也是解放区的丰收年。你今年也老大不小了,应该想想你自己的事了。你的对象满丽英,现在北平读书,你不要不理她。她家里在土改期间划成中农成分,没有什么民愤。你丈人满金城已去世,家里只剩下个孤老婆子,搬在咱家里北炕住。你要听父母的话,不要像在家时那样任性……

王德翻来覆去地看了好几遍。这字是他父亲写的,一点也不错。信封的邮票钢印是东北抚顺,也不错。这相片是满洒丽的,千真万确。

王德手里拿着相片,端详了一会儿,越看心里越不是滋味。相片上的人像——眉毛、眼睛、鼻子、嘴巴、脸庞以及那嫣然的笑容,

205

两腮的酒窝,真是多娇花影露红颜,百媚秋波是婵娟。王德脑子里浮现出少年时代的满丽英,一会儿又被德胜门外那个女翻译所覆盖,一会儿现在的满洒丽的脸又浮现在照片上,什么满丽英、女翻译都不见了。

王德端详着这相片,有点头晕目眩。他闭上双目,静静地思考一会儿,然后把信又拿起来仔细地推敲了一番。

不,家里怎么会知道我不理她?她家是开当铺的,怎么会没有民愤?这必然是她给我家写了信。怪不得一连三天没见面,原来她在干这事。正如打架不赢找帮手一样,什么人都想利用。好吧,就像团长说的那样,我就试试看吧。

第二天,王德到一排去找赵文江,走到长安大戏院,正碰着散戏。王德无意中在人群里发现满洒丽从戏院里出来。他一隐身躲开了她的视线,转到她背后的人群里盯着她,见满洒丽上了电车,向东去了。王德估计她可能到六部口下车,从那里回家或者到别的什么地方去。不管她到哪里,今天非盯着她不可。看她究竟到什么地方去。

于是,王德放开大步穿胡同抄近路,用急行军的速度来到六部口大街,再转弯向北放慢步伐,搜索前进。结果,一直走到长安大街电车站也没碰到满洒丽。王德很遗憾。他估计错了。当时应该和她同时上车,在车上再约她到故宫或中山公园就好了。但是,这机会已经错过了。现在,只好到中山公园去看看,在那里再碰不上,就从那里去一排找赵文江。决心已定,正好第二趟电车来了,他乘上电车,到了中山公园,买了门票,进了大门,向公园里慢步走去。真是巧极了!他看见满洒丽正伏身在鱼缸边看那些奇形怪状的金鱼。王德悄悄地凑了过去。满洒丽忽然在鱼缸的水里发现一个军人的倒影,抬头一看,见是王德,不禁啊了一声,面色立即苍白了。

许多游客都为她的惊愕所触动,抬头看了她一眼。

王德用日语说:"你好!"

"啊!谢谢……"满洒丽定了定神,不自然地笑了笑,然后非常斯文礼貌地把两手放在身前,深深地鞠了一躬。这动作活像个善良的日本少女。她不慌不忙地说,"原来是你呀。怎么,怎么有时间出来?"

"今天没事儿,出来走一走。"

"啊,既然这样,咱俩一块走走,可以吗?"

"一定奉陪。"

"谢谢……"

两个人,一个是解放军,一个是女学生,用日语对着话,并肩走去。

"原来是一对日本人。"公园里的游客悄悄地议论开了。

"解放军里还有日本人?"

"这是东北来的解放军,当然有日本人,还有朝鲜人呢。"

"中国是多民族的国家,有啥奇怪的。"

总之,王德和满洒丽边走边用日语对话,引来不少人的注目。

世间什么离奇的事都有。明是两个互存戒心的人,外表却装得活像一对情侣。真是:谈笑樱花雨,心藏三尺水;口中称知心,目睹莫测人。

王德和满洒丽漫步在公园的柏树林里。

满洒丽这下可把王德看了个够。那薄薄的嘴唇一笑,露出一对虎牙,两只大眼睛闪动着,像是一汪清泉之水,白里透红的皮肤,两道秀气的眉毛。王德此时在她的眼里真像是潘安再世的美男子。这个小狐狸不禁心猿意马了。

王德也把满洒丽看了个清清楚楚。她的皮肤白而不细,红而不艳,已经失去了青春的风采。言谈之间,那故意做作的神情,想装出一副少女的丰姿,新女性的风度,可是,使人看了并不产生好感,跟五年前的满丽英相比逊色多了。

"你最近收到家信了没有？"满洒丽故意问道。

"收到了。还不是你去告的状?!"

满洒丽调皮地笑了笑，把头一歪说："谁叫你不理我呢？你知道不，自从去年在德胜门外见到你之后……"

"德胜门？"王德假装惊讶地说，"在德胜门外你见过我？"

"见过呀。不过当时还没认清，后来才想起来。从那以后，我是多么想再找到你，和你谈谈心事。你知道我这几年来受了多少折磨?! 我曾托你们两个小战士捎信给你，如果你们能进城，请你到我家去找我。现在果真进城了，而且还住到我家里，可你，真能气死人！几次见面你都那么冷三热四地说不上两句话就走了，好像从来不认识似的。没办法，我又写条子给你。可是，你又给了我那样一张冷冰冰的条子，真叫我伤心！我还和你们梁干事谈过，可人家毕竟是外人啊，说有啥用?! 结果，还是没有消息。我不写信回家告你的状，怎么办?!"满洒丽说到这里，眼圈红了，皱着眉头长叹一声，"唉，你们男人的心啊，也真够狠的了！其实，你不说我也知道，像我这样无依无靠的人，哪能比得上你们那些女同志呢。你的心早已和她们融化在一起了，哪里还有我……"说到这儿，满洒丽哭了。她瞧了瞧那些闲散的游人，赶紧掏出手帕擦擦眼。接着说，"不过今天，无意中碰到你，你竟能主动地和我说话，还陪我走一走，谈谈心，我无限感激。说明你还没有把我完全忘了，使我这五年来的思念之心也得到了一点安慰。"

王德背着手，迈着方步走着，一声不响地听着。他想，人啊真是万能的动物。根据二宝说的，那天晚上她的行动、神气，哪像今天的满洒丽啊！伪装得那么文雅、善良、多情，真不亚于聊斋上的画皮女鬼！他们出了中山公园的后门来到皇城根。这里人少僻静。满洒丽忽然停步说："你干吗不说话呀？"

"嗯？噢。"王德瞧瞧满洒丽，抿着嘴笑了笑，仍然没开口。他在考虑如何回答她这些虚情假意的陈述。

"是啊，"他无动于衷地点点头，又沉默了一会儿，说，"战争与和平是两种截然不同的环境。生活在和平环境里的人，是不会理解生活在战争环境中的人的心理的。虽然他也感受到战争的威胁，甚至恐怖，但毕竟不是亲临其境者。生活在战争环境中的人，那些伦理、亲族、血统的感情，如果有的话，也被那连天炮火、血肉横飞、艰难困苦和生死攸关的震撼情绪掩盖了。谁还去想到，也不应该去想那些伦理之情。即便想也是白费。久而久之，它就随着岁月的流逝而泯灭了。然而，人是有感情的动物，在战争环境中人的感情，成年累月地倾注在战争的胜利、革命的利益和同志间深厚的阶级感情之中。这种只能意会的感情是丰富、诚挚的，充满了纯正的爱，也就是阶级之爱、同志之爱。这种爱的深度，远非伦理之爱所能比拟的。这一点请你理解。"

"那么，你们都是些没有家乡观念的人了？"

"故土难忘嘛。怎么能说没有呢？但是，绝不允许超过战争的需要，绝不允许超过革命集团的利益，绝不允许超过对党对同志对革命事业的感情。这是一条非常严肃而自然存在的真理。在你们来说，当然是不可理解的了。"

"你不觉得这样太冷酷？"

"用封建主义的观点，可以这样说。"

满洒丽再没吭声，用惊异的目光瞧了瞧王德。

两个人默默地溜达着，不知不觉满洒丽用手挽住了王德的胳膊。王德心里一怔，镇静地看了看表，说："好吧，时间不早了，我该回去了。我们以后有机会再谈。"说完，拔腿要走。

"我们多会儿再见啊？"满洒丽恋恋不舍地说。

"见面的机会多着呢。但是，只许我找你，不许你找我，免得影响不好。"

"那么，我随时都等着你。"

"好吧，再见。"王德说完，一招手走了。

王德和满洒丽的第一次会谈,就这样结束了。

满洒丽望着走去的王德,心里怅然若失,恍惚间那些松柏的浓荫下,游人间,到处都是王德的形象,到处都是王德的说话声。有人这样说过:女人容易感情冲动,一旦坠入情网,即使她爱的是敌人,也在所不惜。恐怕满洒丽现在的表现已经近似这个论点了。但也不尽然。当她见到从她身旁走过的解放军时,她又清醒了,觉得王德离她很远很远。王德是她不可捉摸的猎取物。虽然如此,她仍觉得今天收获不小,对前途充满了希望,高兴地笑了。

满洒丽匆匆地回到家里,当晚写好一封信,第二天,就偷偷地派徐先生去送给王经堂。

第二天吃过早饭,王德见徐先生从北院里出来,手里好像拿着封信塞到口袋里。王德立即叫过小李,伏在耳朵上喳喳了半天,小李高兴地笑了笑,背上枪出去了。

一五

光阴似箭,王经堂回到太平庄转眼过了三四天。在城里,他把鲁青整了个灵魂出窍,差一点没把他掐死,达到了以儆效尤的目的,解除了暂时的危机。回来后,他察言观色,刘谊辉对他进城之行,也无异样表现。这场"内乱"算是平息了。但静下来想想,城里城外的形势还是使他忧心忡忡。共军捕捉散兵游勇;登记旧军官;乔震山的发现;满洒丽迟迟不能把王德勾到手;医官的突然死去;三连长李贵堂含冤愤懑。这一切,使部队的官佐士兵,人心涣散,大有被共军瓦解的危险!困难重重,前途未卜。王经堂伫立门前,仰望长空,挖空心思想尽办法,企图应付、改善这个局面。但是难啊!怎么办呢?

不管怎么说,他和刘谊辉是拴在一根线绳上的蚂蚱——难兄难弟,到时候谁也蹦跳不了。他虽然奸诈狡猾,野心不小,但毕竟是国防部的高参,足智多谋,见多识广。说不定他会有些办法,还是和他商议商议。于是,王经堂立即派勤务兵去请刘谊辉。

十分钟后,刘谊辉来了。他那小矮个、烧饼脸、短脖子,看上去既狂妄又阴狠,是个稳稳巴巴的恶棍。他一进门,咧开月牙嘴说:"老兄,有何见教?"

"请坐,吸支烟再说。"王经堂把最好的雪茄烟拿出来招待。

王经堂心事重重地吸着烟,把他的心事、想法和刘谊辉叙述了一番。至于城里鲁青和刘谊辉的两个随从如何勾结,他却一字未提。但他在言谈中暗示,城里的人必须安分守己,不能发生任何问题,要保证满小姐的工作安全。

"是啊。"刘谊辉听完了王经堂的陈述,考虑了一会儿,说,"情况是严重的。按鄙人的想法,确实应当采取点行动了。否则,这样下去只有坐以待毙。我想,要解除危机,有两条做法。不知是否可行。一是加强威胁活动,逼他们早点滚蛋;第二,把危险人物坚决除掉!这两条能完成哪一条,都能解除我们的危险处境。至于计划嘛,由我来拟定,行动由我指挥,不烦你老兄出头。干成了,你就对他们表示遗憾。说,对不起,怨兄弟我管教不严。干不成,你就出去当和事佬,或者大发脾气,找个倒霉的骂一顿,一了百了。你看好不好?还有那位满小姐,我看算了吧,别叫她烧香引鬼来家了。我早就说过,和共产党打交道,不是那么容易的。一个女人家,杨花水性的,如果在她身上出了乱子,我们就全盘垮台。我看不如把她也考虑……一下,城里还可安全点。接替的人嘛,我已给你物色好了,还是叫小朱干。"

王经堂听完刘谊辉的这些良计妙策,颇有感慨。如果照他刘谊辉的办法去做,他王经堂岂不成了名副其实的傀儡?尤其是把满洒丽也干掉,简直等于戳了他的命根子,心中大为不悦!他强忍着内心的恼怒说:"不,不能打她的主意。再说,小朱在一连作用很大,他如离开,一营就很难掌握。上次一营上政治课,要不是他起作用,那就糟了。今后很多事还要靠他去做。比如,干掉三连长和那个姓乔的,没有他不行。靠秃子和王兆祥,什么事也办不成。"

"那也行。"刘谊辉说,"只要把姓乔的干掉,后患铲除,三连长就无所谓了。除掉姓乔的,主要是为了你的安全。否则,一旦被他认出你来,那就完了。"

刘谊辉迎合了王经堂的心意,再没提对满洒丽的打算,重点提出对付乔震山。然后,两个人把整套计划的具体做法、进行的步骤,进行了详细的研究。尔后,刘谊辉告辞走了。

刘谊辉走了不久,勤务兵送来一封信。他拆开一看,问道:"谁送来的?"

"徐先生。他说不进来见你了,因为他来时,发现共军有人盯他梢。所以,他放下信就走了。"

"噢,去吧。"

信是满洒丽写来的,内容使王经堂非常高兴。她说和王德已经接上头了,结果比较理想。此人今非昔比,水平不低,将来对我们很有用处,等等。另外,她还报告,据南京估计,和谈正在筹备之中,望努力稳住局面,等待时局好转。

王经堂的心情现在轻松多了。他把满洒丽的来信看了又看,然后擦火烧掉;又把那张冒着火焰的纸,向空中一丢,火焰在空中渐渐熄灭了,剩下的灰烬,纷纷飘散。仿佛他原先的满腹忧愁,也随之烟消云散了。

李治中自从上次医官被害致死以后,立即召集了整编工作干部会议。会议上大家提出不少问题。有的说,那些兵痞、特务,夜间乱打枪,把我们工作人员打伤了;有的说,他们那里除了乱打枪以外,还把通讯员给杀掉了,把文件也抢了去;还有的说,他们那里有暴动的可能,等等。只有乔震山、郝平这个营,由于发现得早,还没出大问题。但是,团部死了个医官,三连长处境很危险,工作进展也不太顺利。乔震山在会上提了一个建议:在元宵节前,请团政委李治中,给全团连以上军官上一次课。目的有两个。第一,宣传一下党的政策,为教育争取多数军官打下基础;第二,观察一下军官的情绪,以便对症下药,决定今后工作的重点。建议被李治中采纳了。但是,由于情况紧张,到现在也未能实现。

总之,和平改编工作遇到了不少困难。国民党反动派为了破坏和平改编,千方百计地肆意捣乱,而且,气焰越来越嚣张,斗争也越来越尖锐了……

今天,李治中在屋里来回踱着,回忆着这一切。远近传来了零星的鞭炮声和居民、小孩的欢笑声。是啊,元宵节即将来临,那些反动家伙会不会乘此机会闹事呢?陈团长进城究竟干什么?回来销假时乐呵呵的,他究竟在变什么戏法?……

这时,警卫员小赵领着两个人进来了。李治中抬头看去,见是小李和二宝——两人同时给李治中敬礼。

"噢,你们两个小家伙来干什么?"

二宝和小李的到来,使这冰冷的小屋里,像生上了两个小火炉,人们立即觉得全身暖和和的。

"我来送信,他来和我做伴。"二宝说着把信呈上。

"送信还要人做伴,有——意——思。"李治中边看信边自言自语地说。

信是周国华写来的。上面写着陈团长回城发生的事,以及王德和满洒丽的情况。李治中看完信,默默地点了点头,什么话也没说,就把信装进公文包里。然后,对小李说:"你小李是负有特殊使命来的了?任务完成了没有?"

"完成了。"小李说,"那个房东看门的徐先生,果然是到这里来的。这证明,我们那个房东姑娘和这里是有联系的。还有……"小李正说到这里,进来一个国民党军官,立即住了口。

"啊,陈团长,里面坐。"李治中赶紧打招呼。

"不打扰您吧?"王经堂说,"这两位是城里来的?"

"对。"李治中答道,"这是我们的通讯员孙二宝和小李同志。他们来送信,没事。请坐,请坐。"

王经堂听到二宝这个名字,面色刷的一下白了,心神不定地瞧了瞧二宝,勉强笑了笑,坐下了。

二宝和小李敬礼后,和警卫员小赵一同出去了。

"有何见教?陈团长。"李治中坐下后问道。

"快过元宵节了,自从团部下了关于元宵节的指示,不准赌博,不准外出酗酒,要进行忆苦思甜教育,下面弟兄反应很强烈。我想今天开个连以上干部会,请政委先生讲讲话,动员动员。不然,弟兄们不习惯,搞不好会闹事的。你看……"

李治中想了想,正好这几天想给全团连以上军官上一次政治课,老没机会,现在既然主动找上门来了,不如顺水推舟,答应下来,借此机会观察动静,以便确定今后工作的重点。于是,他说:"好啊,陈团长想得真周到。快过节了,我们和连以上干部见见面,开个团圆会,很必要。不过,会场秩序还要请陈团长多负责啰。"

王经堂心里一怔,难道刘谊辉的计划,他知道了?不然,为什么提出秩序问题?并且还要我负责。于是他说:"当然,当然。那么,就这样定了。恭候光临。"

"一定按时到。几点开?"

"上午十点,再见。"

王经堂心里像揣着个小兔子,咚咚直跳。为什么?因为,一方面他觉得李治中似乎胸有成竹,这样,会议可能达不到目的;另一方面他见到了孙二宝。在他脑子里,看见孙二宝和看见孙大宝一样紧张。其实,二宝根本不认识他。因为,当年王经堂把他姐姐桢英骗到北平去的时候,二宝才四岁,只见过他一面,还是在晚上。

王经堂是个什么模样,他一点印象也没有。

上午十点,李治中在团长陈一民、副团长刘谊辉的陪同下走进了会场。三个人一进门,屋里已经坐满了人。但静得像死人一样,仿佛空气都凝固了。会场的中央摆着一长溜桌子,里面坐的是解放军的干部,他们面色平静,悠然自如。外面是特务团的原职军官,和里面的人面对面地坐着。有的人腰里亮着手枪,张着机头;还有的干脆把枪掂在手里,横眉竖眼,满脸杀气!看样子,只要有人稍微一动,就有发生一场恶战的可能。更引人注目的是,站在屋角的那些护兵、警卫,个个持枪肃立,如临大敌,目不转睛地盯着会议桌。

李治中在这警戒森严、极端紧张的情况下,虽然面色平静,沉着如常,但心里不得不想,干吗?难道他们真的敢借此机会,行凶造反?他不禁回头看了看陈团长和刘谊辉,见他们面色发白、血管暴涨。嗯,恐怕他们更珍惜自己的狗命。真的在这屋里打起来,子弹横飞,你陈一民和刘谊辉也不见得不担心。

三个人互相让了让,然后在会议桌的一头并肩落座。陈一民居中,李治中居左,刘谊辉在右面。大家谁也不说话,更没有一张笑脸,全是紧绷绷的,好像都要看看这个森严可惧的会场,究竟要发生什么事情。气氛紧张极啦!

李治中坐下后,转头向在座的人们扫视一周,见一营三连连长李贵堂也来了。他和特务连连长徐占奎并肩坐着,同样是挺胸直腰、面色严肃。不难看出,这屋里的人,表情是一样的,而其内心却各有各的想法。

"团座,人都到齐啦,开会吧?"团副官打破沉寂,低声下气地问道。

"政委先生,"陈团长欠身干笑笑,说,"您……先讲吧?"

"还是您先讲吧。"李治中泰然自若地说,"会议是以团长的名义召开的,应当是团长训话,尔后再请大家发表意见。您看好不好？"

"嗯,好吧,好吧。"陈团长转脸又向刘谊辉点了点头,然后慢慢地站起来轻咳一声,开始训话了,"诸位,这次会议,是改编以来第二次全体会议。兄弟我,遵照政委先生的意思,在开会前先发表些拙见。不当之处,请在座的多加指正。"他直了直身子,然后把戴着手套的双手,用力地握了握,说,"北平的和平解放,是共产党解放军宽大为怀、以民利为重的具体体现,是北平人民的幸福,也是广大士兵的幸福。我想,精明大义之人,无不为此而庆幸。本团——奉命改编成中国人民解放军,已有半月之久。兄弟我,实感荣幸,嗯,荣幸。改编以来,兄弟我,在政委先生的教导下,甚感受益不浅。我想在座诸位也必有同感。今后——只要解放军不嫌兄弟我学识浅陋,我当不求有功但求无过,甘为人民效劳终生。诸位随兄弟我共事多年,素来亲如手足,今后只要兄弟我问事一日,当与诸位分享其成,万望诸位通力合作。可是,这几天来,下面在改编的具体工作上,发生了一些小误会。兄弟我为一团之长,甚感遗憾。今天——为了消除误会,请大家来特做讨论。奉劝诸位以国计民生为重,从大局出发,应该倾吐肺腑,以达共同协作之目的,以达人民革命之胜利。目前,元宵将临,望诸位对部属遵照解放军的军纪法制,严加管教,违者必将严惩不贷!兄弟言尽如此,请诸位慷慨提议吧。嗯,完了。"他把头一点,躬身坐下,从衣袋里掏出手巾擦了擦嘴,转脸对李治中笑了笑,问道:"这样行吧？请多指教。"

"嗯,很好,听听大家的意见吧。"

屋里片刻沉寂,风吹窗纸沙沙作响。每个人在听着自己鼻子的呼吸,谁也没有说话。

乔震山和郝平咬着耳朵说话,笑嘻嘻的,不以这紧张局势为然。

"乔震山!"李治中喊道。

"到!"乔震山应声立起。

"你要遵守会场纪律。"

"是!"乔震山腰板挺得溜直,目不斜视,面孔严肃地坐下了。

陈团长随着李治中的喊声,那惊慌的目光,刷的一下射向了乔震山。就是他吗?!陈团长不禁全身打了个冷战,面色也立即由白变黄,由黄变青了。一时头晕眼眩,但是,他强忍着内心的恐惧,终于没有倒下去。

"我讲!"二营长把胸脯一挺,两眼平视,右手放在腰间,握着枪把,气呼呼地站了起来,"我当兵二十多年,也曾接受过数次改编,从来就没见过这样的改编。纯粹是骗人,挂羊头卖狗肉。过节定了一大堆清规戒律,这也不准,那也不准,还忆苦思甜。过节要讲究吉利,忆什么苦思什么甜?! 狗屁不通! 穷当兵的,有的是苦,哪有什么甜? 你们共产党给了我们什么甜? 这样干法,我对弟兄们没法说话。打开窗子说亮话,我们受不了。我不干了!"他把枪往桌子上砰的一摔,"当三孙子我不干! 缴枪!"说完,两肘往怀里一抱坐下了。

"妈的,就是这样!"一个细高个、瘦长脸的家伙站了起来。他咬牙切齿地说:"兵是我们的,他们得听我们指挥。八路有什么权利来说三道四地瞎宣传? 破坏军纪,挑拨官兵关系。瞎他妈的眼了! 要是这样下去,那就走着瞧吧,老子也不是好惹的……"

会场里的人,脸色更加严肃了。每个人的神经紧张得仿佛要崩断了。而刘谊辉却满面春风,得意洋洋地瞧着会场。

"对!"前者刚说完,一营副王兆祥凶头凶脑地站了起来,他左手叉腰,右手握刀,一只脚踩在凳子上,"要是逼人过甚,老子就不客气!"说着,一把雪亮的刀子通的一声插在桌子上,"老子的脑袋早挂在裤腰带上等着啦……"

话声未了,有不少人也跟着凶声凶气地哄开了:

"我们反对!"

"请他们滚蛋!"

"不滚蛋,就别怪我们不客气!"

三连长李贵堂把腰一挺,急速地眨巴着眼睛,两手紧握着驳壳枪,在喉咙里轻咳一声,看样子挺紧张。

陈团长瞪着两只凶恶逼人的眼,扫视了整个会场。他没想到,这些笨蛋,竟是如此愚蠢。原先,他打算在这个会上达到的目的是,像二营长那样缴枪不干了,摔个脸子给李治中他们看看,表示他的部下好像真的受到委屈干不下去似的。再则,通过军官们的口,说出士兵们对改编的不满。如不愿改编要开小差,甚至要聚众闹事,等等,以激起解放军干部的愤怒。在此同时,制造借口把几个敢于接近解放军的人,说成是要造反的首要分子,加以屠杀惩办。这样,他们就可以在士兵中,诬蔑解放军"口是心非""先甜后苦",使动摇者向反动派靠拢,使反动者更加反动。最后,孤立解放军的干部,使改编工作归于失败。可是,现在事与愿违,刘谊辉弄巧成拙。三连长一声没吭,而那些不识时务的竟给他演出这么一场丑剧,使他大伤脑筋。他恨不得掏出手枪,把这些笨蛋枪毙几个,但是,此时此刻这种做法,只能是想想而已。他举目瞧了瞧那些坐在里面、泰然无事的解放军干部。尤其见到了乔震山这个死对头,和身旁正在往本子上写字的李治中——他那平静的面色里含着严峻的冷笑。这一切,使王经堂浑身像浇上了一盆冷水,全凉了。

在下面,那些满脸青筋的恶徒,开始还想大闹一场,后来,大概看出了陈先生的神色不对,而逐渐平静了。

刘谊辉幸灾乐祸地看着王经堂的窘态,心里一阵高兴,抿着嘴笑了笑,没说什么。他那像变色鸡一样的脸,却像个紫茄子。这是他感情冲动时的特征。

室内又是一阵难堪的沉寂。

"嗯……"李治中把笔往本子上一放,嘴唇闭成一线,用敏锐的目光看了一下王经堂,"很好,您是不是再讲一讲啊?"

"我……我实在无能为力啊。"王经堂把手一摊,苦笑着说,"还是请政委先生多做指教吧。"

李治中面色严肃,目光炯炯,看了看桌子上那把插着而又拔不出来的刀子,还有握在手里的那些收不回去的手枪和坐着木然不动的恶徒。他把嘴角抿了一下,说:"开会之前,陈团长首先讲了话。我想这个讲话是耐人寻味的。可是,没想到作为下级部属,竟敢在会议上明目张胆地摔枪亮刀子咆哮会场。看来,是那些不明大义和抗拒和平整编的人,成心要破坏军纪。你们过去自称所谓国军、中央军,就是这样的目无法纪、军纪?难怪你们打败仗!"

刘谊辉听到这里,沉不住气了,脸一红,红得那么狰狞可怕。他怒不可遏地站起来吼道:"既然破坏军纪、目无长官,就应当军法从事。来人哪,把一营副给我捆起来!"

"不,你请坐吧。"李治中把手一伸,心平气和地说,"现在是解放军了,他们反对也罢,不反对也罢,还是按照解放军的制度办事。对初犯者以说服教育为主,惩办为次,回去要做检讨,开展批评和自我批评。不过,目前要把道理讲明白。"李治中说,"刚才有人说了些'实话',不过,这些所谓'实话'需要讲清楚。究竟谁在骗人?谁在挂羊头卖狗肉?我们共产党解放军一贯奉行和平政策,为人民利益服务,表里一致,怎么说就怎么做,从来也没含糊过。实践证明,真正挂羊头卖狗肉、靠欺骗人民吃饭的,不是我们,而是那些口头上承认和平改编,实际上在背后千方百计破坏捣乱的人。不信请看,今天在会议上就有人反对、谩骂、逞凶,甚至还要动武。其实,这种粗暴而幼稚的行为,只能吓唬三岁小孩,在这里毫无用处。相反,这样做的结果,破坏和平改编的罪名,你们谁也逃脱不了。是老实服从和平改编,还是决心破坏,何去何从由你们自己选择。"他说到这里停了停,见二营长把脸一扭,耸了耸肩膀,把桌子上的手枪拿了回去。于是,接着说,"交枪不干也不要紧,可是话要说明白。我们不希望你当三孙子,但也不允许你站在士兵头上当老爷。

兵是你们的？要我们滚蛋？你不用着急。早晚总有人要滚蛋。但肯定不是我们,而是那些行凶捣乱的人。总而言之一句话,和平改编一定要完成！逞凶捣乱者一定要受到人民的惩办！"说到这里,他忽然叫道,"乔震山,帮他把那把刀子拔出来给他吧,留着做个纪念。"

乔震山起来用三个指头捏着刀把,轻轻一晃拔了出来,放在王兆祥的面前,小声地说:"拿着吧伙计,回去好好反省反省吧。"

"你要记着,"李治中接着说,"就是白刀子进去红刀子出来,也得老老实实地听从整编——大家把武器都收起来吧。要动武的话,在天津解放以后早动了,还等到现在?！好,先说到这儿。大家继续发言吧！"

李治中说完后,对着陈一民、刘谊辉一点头就坐下了。那些原来气焰嚣张的人,现在像沸水里投上冰块,一下子冷静了。拿枪的都把枪装进了套子;站在屋角上的卫兵,不知什么时候也悄悄地溜走了。正在这时,忽听有人惊叫了一声:"哎呀……哎呀……快……快把刀子拔出来！"

大家扭头一看,原来一营副王兆祥从桌子上气急败坏地拿起刀子,想插进绑腿的鞘子里。不料,由于他慌张冒失,拿刀鞘撒气,用力过猛,刀尖插进半截时拐了弯,刺透了刀鞘和棉裤,戳进腿肚子里去了。污血顺着绑腿缝隙冒了出来。这一下,他的脑袋虽没挂在裤腰带上,但是却吊在胸膛上了。他咧着大嘴,一个劲地哼呀唉地嚷……

"架出去,妈的,窝囊废！"王经堂把手一挥,厌恶地骂了一声。骂声刚落,跑进两个士兵,把王兆祥架了出去。

洋相出得不小,王经堂恨不得赶快散会。可是,李治中却慢吞吞地说:"谁还有意见啊？说吧。"

又是一阵沉默。

三连长李贵堂,用脚悄悄地踢了一下特务连连长徐占奎,他会意地点了点头。

"谔(我)说两句。"徐占奎不急不慢地站起来。此人大高个,三十岁上下,长瓜脸,满脸滑稽相,操一口地道的山西口音,无论在什么场合,他的脸总是笑盈盈的,谁也猜不透他高兴还是不高兴,"谔(我)赞成二营正(长)的意见。过节嘛,弟兄蒙(们)图个快活,吃吃喝喝,玩玩乐乐。还得忆苦思甜?思啥甜?当兵的有的是苦。苦也不要劲(紧),当兵的嘛,像把刀。拿在谁手里也是杀扔(人)。拿在好人手里杀坏人,拿在坏人手里杀好人,反正一样。打仗时是宝贝,不打仗时是苦力。用完了往垃圾堆里一丢,拉倒!废铁一块!谁也不用了,苦一辈子。现在整编了。据说,还要用。用就用吧,反正一样。过节了,连酒也不让喝。不让喝酒让干啥?难道让他们去赌钱嫖娘儿们?不像话!再说也没钱啊。裤子破得露着裆,谁管?两三个月不发饷,屙钱也没有。整编整编,越整越难堪!反正苦了当兵的。我看还是猪八戒扔耙子,散伙,回家抱娃子,图个痛快!……"

"说简单点!"刘谊辉大概听着不是味,火了。

"不,叫他说下去。"李治中一抬手,"你说吧。"

"没啦!"徐占奎一哈腰,坐下了。

李治中对徐占奎的发言很感兴趣。他言语浅陋,含义颇深,此人很值得注意。刘谊辉不让他说下去,大概也意识到这一点。而王经堂却没听出来,可能还觉得很满意。因此,李治中趁机向王经堂问道:"团长先生,为什么两三个月不给部队发饷?"

"发了呀!"王经堂不假思索地说,"出城以前就发了两个月的饷。"

"发了饷为什么徐连长还提意见?"

"是啊。这事儿要问团副官。"说着,他转脸喊了一声,"团副官!"

"有!"团副官站起,惊慌失色地瞧着团长。

221

"出城以前发的饷钱,弄哪儿去了?!"

"存在银行里。当时……"

"克扣军饷,要军法论处——杀头!"刘谊辉没让他说出下文,就把桌子一拍,吼道。

"不要急嘛,刘先生。"李治中把手一伸,"他的意思是,当时考虑到以后编成解放军,还不知到什么时候才能发饷,留着将来应急之用。你是这个意思吧?"

"是的。"团副官立正答道,"不过,不是我的意思……"

"不管谁的意思,这是好意,有远见!大家想想,现在整编才进行了半个月,不到时间解放军怎么能先发饷呢?既然本团有两个月的饷款存着,我的意见,为了过个快乐的节日,给大家发一次饷是非常必要的。你们两位意见如何?"李治中笑呵呵地瞧了瞧王经堂和刘谊辉。

刘谊辉啼笑皆非,有苦难言。当初是他的意思,准备将来一旦不测,好留为己用。更正确点说,他想贪污这笔款子。现在被揭露出来,又被李治中巧妙地说破,而且大有表扬之意,还给他找了个下台阶的理由,也只好点头同意。王经堂呢,万没料到这笔款子还在。他所以在出城前发饷,是为了让士兵们拿到钱,感激他,为他卖命。现在,听团副官的语气,一定是刘谊辉搞的鬼。因此,他赌气地说:"发!马上发!今天下午就发!一毛不留!"

"好——通过了!"李治中把手一扬,"就这么办。大家服从命令,好好地过个元宵节。但是,要坚决执行团部关于元宵节的指示。这里要说明的是,指示上并没有不准喝酒,是说不准酗酒。酗酒和喝酒是两种含义。一字之差,结果不同,大家明白了吧?忆苦思甜就像大家说的'当兵的有的是苦'。既然有苦,就叫弟兄们痛痛快快地诉吧。为什么叫大家憋在心里活受罪?常言说得好,'一杯苦酒乌云散,来日方知人生甜。'难道不是这样吗?先生们,这就叫忆苦思甜,你不赞成?解放军讲的是民主作风,要允许战士们说心里话,这是一条纪律。要发扬三大民主,其中就有经济民主。今天这个会上多少贯彻了这个意思。但还远远不够。今后,我们要照此办理,而且要发扬光大,行不行啊?"

会场上静静的,没人答应,也没人反对,但神情是平静的。

"好,没人反对就算通过了。我看……"李治中看看王经堂,又望了望刘谊辉,"你们两位如无异议就散会吧,哎?"

说声散会,大家一哄而起。

会议就这样散了,人们带着各种各样的表情向四面八方走去。

天空朵朵乌云浮动,云块的缝隙露出蔚蓝的碧空。时过不久,那些缝隙又被乌云遮蔽,碧空变成阴森森的天体,使人觉得这元宵节一定不是好天气。

郝平和乔震山走在最后面。出门不远,郝平问道:"老乔,开会时你看见李贵堂和徐连长的动作没有?"

"看见了。我想找时间问问三连长,他俩什么关系。"

"对,如果此人有希望,就叫三连长去做他的工作。你说呢?"

"那是自然,不过,这事要请示一下李政委。因为徐连长是团直属队,我们挂不上线。"

"对,把情况弄明白了,再报告。"

"走吧。"乔震山悄悄地说,"回去看看那位'光荣'负伤的官长吧。"

两人同时嘻嘻地笑了。

王经堂和刘谊辉回到宿舍里,好长时间没说话,低着头吸烟,各想各的心事。他们共同感觉这次会议是失败了。不但没威胁着共军,反而被人家利用这个机会,大肆宣传了整编政策,而且反击得他们哑口无言。可恨他们这些愚蠢的部下,除去粗野的谩骂、可笑的丑相之外,没有一个能理直气壮地用摆事实讲道理的方法正颜厉色地驳倒对方。这一切使王经堂和刘谊辉感到十分羞恼!有一件事却使王经堂感到满意。那就是特务连长徐占奎,巧妙地揭露了刘谊辉背着他侵吞军饷的事。说明徐占奎是忠实于他的。也说明刘谊辉瞒着他另搞名堂,肯定别有用心。但是,他现在还不便说破,只好装聋作哑,以免引起不必要的风波。

刘谊辉恨透了李治中。他费尽心机亲手策划的"鸿门宴",竟被他轻而易举地给击败了。而且,反而给他利用了这个机会进行宣传。看来,这个宣传对他的部属影响不小!他恨不得立即把李治中干掉,但又不敢。起码现在不敢。他刘谊辉再奸诈,再胆大妄为,现在也不敢这样做。不过,他下决心有朝一日非杀掉他不可。不这样做,就显示不出他刘谊辉的心毒手辣。现在,当务之急是先干掉乔震山和三连长。同时,他也想到了特务连连长。他究竟是什么东西?今天他的发言虽然不多,但分量不轻,作用也是不可估量的。沉思片刻,他对王经堂说:"用不着愁眉苦脸的,老兄。这还不算失败。姓乔的我不会让他活得太久的。只要把姓乔的干掉了,你也就安全了。"

"有把握吗?"

"有!"刘谊辉俯在王经堂耳朵边,鬼鬼祟祟地说了一阵。最后他说:"你看如何?"

"好!"王经堂抬起头来说,"一定要干得准啊!"

"没错。我亲自把一营长找来,交代给他。叫他来一个雪兆丰年、五谷丰登,过个热闹的元宵节。叫姓李的哑巴吃黄连,有苦说不出。看他还有什么办法?哼!将来不杀掉姓李的,我刘某誓不为人!"

"时间是后天晚上?"

"不。"刘谊辉张手伸出三个指头,"从现在起,连续三次。时间由我安排,不用你老兄操心。一定拿成果给你看。哼!我想这姓乔的总逃不出这三次去吧。另外……"刘谊辉把话题一转,说,"那个特务连连长徐占奎是何等人物?"

"我的老部下,很可靠!"王经堂的语气很肯定,也很严肃,大有拒绝查问之意。刘谊辉点了点头,没再往下问。反正两人哑巴吃饺子,心里各有数。

第二天,部队果然发饷了。在这非常时期能突然发饷,真是大出意料。除了刘谊辉,全团官佐士兵都很高兴。因为出人意料,士兵背地里纷纷议论。有的说,这解放军还真有点干头咧!才改编了半个月,就先发两个月的饷,见面发财;有的说,这叫关心士兵,老作风,有些人还反对人家,净扯淡;有的说,给你钱你就老实地拿着,捎回家去养活老婆孩子,少说闲话,不然,这两个月的饷要拿命来换,不合算!不管怎么说,元宵节发了饷,影响很大,对争取群众和平整编,起了不可估量的作用。

一营第三连连长李贵堂,今天命令全连,为了过个快乐的元宵节,提前两天全连会餐。但除了连长请三个排长吃饭喝酒外,士兵们一律禁止喝酒。有的排长提议,请乔副营长也来参加,理由是这两个月饷是李政委发的,要表示一点感谢之意。但是,李贵堂不同意,他说和乔副营长的关系还要保密。为了大家都安全,公开场合还是少来往为好。至于感谢嘛,以后在行动上表现吧。

卞路修奉连长之命到酒店去买酒。出了胡同向南拐弯时,忽见营长顾贞熊和一连长韩国栋,一闪身进了刘谊辉的宿舍。他心里一动,想:"这两个家伙到他那里干啥?"于是,产生一个侦听的念头。但又一转念,不好。大白天一旦被人发现就有杀头之祸!他犹豫不决地站在胡同口,瞧着刘谊辉的后窗,待了一会儿。最后,一种责任感战胜了恐惧——决心冒险一试!他定了定神,向四周观察了一番。街道上除去几个小孩在放鞭炮玩耍外,别无他人。卞路修的心,和在战争中发起冲锋时的心情一样紧张,但他的外表却十分镇静。他迈着慢步向目标走去,来到刘谊辉的屋后,向左一拐,来到窗下。听里面说话声音很低,什么也听不清。他心里一急,干脆把头贴在窗框上,屏气侧耳细听,这才隐隐约约地听见刘谊辉说:"就这么干!干成了每人赏五十块现大洋。"

"三连长呢?"顾秃子的声音。

"现在先不动他,以后再说……"

刚听到这儿,忽然身后有人轻咳一声!卞路修全身一哆嗦,急回头,见特务连连长徐占奎,正用凶恶的目光瞧着他。然后,向东一努嘴,意思叫他走开。卞路修转身顺着墙根向东走去。心想:这回算完了,非枪毙不可!走了一会儿,他惊慌地回头看了看徐占奎,见他手握驳壳枪,两眼直勾勾地瞪着他,一句话不说,仍然向东努嘴,叫他继续走。最后,走到一个小胡同里时,听身后说:"站下!谁叫你在那儿偷听机密的?"

"不,不是听机密。"卞路修转身立正说,"我啥也没听。是我们连长叫我出来买酒,天太冷,我在那里避避风,暖和一会儿。噢,对啦,我们连长还说,我去买酒回来顺便去请您老,到我们连去喝酒呢,正好……"

"胡说!"没等卞路修说完,徐占奎喝道,"你小子想死是不是?供(滚)!"

"是!"卞路修赶紧敬礼,转身跑了。

骂人是粗暴,挨骂是受辱。可是,卞路修这次却没有这种感觉。谢天谢地。他犹如漏网之鱼,受惊之鸟,匆匆地买了酒,急急地回到连部,赶紧把所见所闻报告了连长。

李贵堂听了,心里一怔。心想,什么意思?!徐占奎是我的老同学,他巧妙地赶走了卞路修,是可以理解的。而刘谊辉说"干成了每人赏五十块现大洋",除了我,他们要干掉谁?莫非要在乔副营长和郝教导员身上下毒手?好大的胆啊!这些狗娘养的,一招失败又来一招。会议上没捞到油水,又要想别的办法使坏了。我得赶紧设法通知他们,使他们有所提防。于是,李贵堂提笔写了个纸条,写道:"万万火急,警惕元宵节期间!"写完了,交给卞路修拿走了……

元宵节那天上午,顾贞熊陪着王兆祥到卫生所上药没回来。太平庄和前后左右的邻村,响着零星的鞭炮声。因为当地群众受战争的影响,春节没好好过。现在北平解放了,群众把元宵节当春节过了。一来欢度节日,二来庆祝解放。所以,城里城外搞得挺热闹。大有爆竹声中迎新春,瑞雪纷飞兆丰年之感。

乔震山和郝平自从接到李贵堂给他们的便条后,为了防止元宵节发生问题,两人哪里也没去。说老实话,两个人离开部队已有半月了,身处险地,当此盛节之时,还真有点想念同志们。虽然有两个人做伴,也觉得有点孤单。尤其,前天二宝和小李来说了许多好消息,两人真想回去看看。乔震山听说妈妈也来了,而且还有素华那件他从未想过的事,真是弄得他心里七上八下的,不知是什么滋味。再加上,他们的工作面临着种种困难和险阻,更使他们觉得这节日过得淡而无味。要说工作毫无成绩,那也是假的。总算把第三连争取过来了。但三连长李贵堂心里有顾虑,始终不吐真情。二连虽然也有点动摇,但是还很不成熟。他俩想来想去,还是面对现实,提高警惕,努力工作,争取早日完成任务。

两个人正说着话,分析着三连长提供的情况,突然,在屋后上空响起一声剧烈的爆炸,屋顶上的灰尘纷纷掉落。乔震山、郝平,拿起枪嗖的一下跑了出去。他们来到门口,向北一看,那棵大槐树的树头被硝烟遮没,大大小小的树枝折落得满地都是。在土地庙附近,站着一群战士。人群里有人在大声呻吟。他俩正要去看,只见顾贞熊和营副官,还有一连一排长,从村外急急地走了过去。他们看见乔震山和郝平在门口站着,不禁一怔,面色非常惊慌。

"营长,发生什么事了?"郝平问。

"谁知他妈怎么搞的?!"顾贞熊把士兵们喊开,见地上躺着两个人。一个躺在那里一动不动,看样是死了。另一个头上身上全是血,一个劲地哼哼。

郝平过去把情况问明后才知道:一连全连在进行对居民点的

对抗演习。演习开始后,假设敌——二排士兵正运动到大槐树底下,忽然一发六〇炮弹落在树顶上爆炸了。据说是士兵不小心错装了实弹,造成了目前的伤亡事故——六〇炮走了火。这名词多新鲜!为什么会走火呢?谁也不知道。也可以说他不敢说知道。因为六〇炮在平时军事演习中是不动用实弹的,即便用实弹,炮弹不去保险针,打出去也不会炸。这起码的军事常识,谁都知道。六〇炮走了火,骗谁去?

顾贞熊暴跳如雷,大声吼叫:"把小炮排长叫来!"

不一会儿,小炮排长带着六〇炮一班跑来了,向营长敬礼说:"报告营长,一连六〇炮排,炮弹走火伤人!"

"混蛋!"顾贞熊揍了一连一班长一记耳光,然后,瞪着一双凶恶的眼睛,直勾勾地瞧着小炮排长,走过去什么话没说,又是一记耳光。打得一班长身子趔趄了一下,面白如纸,眼里含着泪,立正站着,不住地用乞求的目光瞧着一排长。一排长回以严峻的目光。这目光暗示:你要顶得住,不许乱说!营长的耳光里面有钱!

郝平明知他们在搞苦肉计,掩盖不可告人的内幕。但眼看着士兵挨打而置之不理,实在忍不下去,再说也影响威信。于是,他上去把顾贞熊拉开说:"不准打人!六〇炮走了火,应受军纪制裁。但是,要把情况搞清楚,然后再决定处分。"

"他妈的。你不知道,教导员,"顾贞熊说,"这些家伙一时不挨揍就出洋相。本来今天是正月十五,不想叫他们打野外。可是,这些家伙发了饷,烧洋包,闲着没事赌钱。所以,我命令他们打野外。谁知他们心不在焉,六〇炮竟能走了火!按军纪规定非枪毙不可。"说着,又回头对一排长喊道,"把队伍带回去。死的埋了,伤的送走。把小炮班长先给我关起来。"

"不,不要关起来。"郝平说,"事情没弄明白,怎么能随便关人?你们连长呢?"

"在村外还没回来。"一排长答道。

"好吧,你先把队伍带回去。不准为难士兵,听命令执行。"

"是!"一排长带着队伍跑步走了。

"报告营长,团政委派副官来了解炮弹爆炸的原因,叫马上报告。"

"什么原因?"顾贞熊不耐烦地说,"野外演习走了火,还有什么原因?就这么报告!"

副官转身走了。

六〇炮走火的事件,引起乔震山极大的怀疑。他察言观色,静听着人们的议论,一声不吭。他仔细地观察了现场。这棵大槐树离营部住的屋子不到一百米。这发炮弹再往前飞行八十米,那么,它就正落在营部的屋顶上了。不过,还要了解一下火炮的位置,和它的射击诸元才能肯定这个假设的准确性。

乔震山见营长和郝平回营部了。他到一连小炮排叫了排长和炮一班的战士,又来到了演习现场,察看了一下火炮发射阵地,又问了问当时火炮的各部诸元。他问炮排长说:"为什么演习要用实弹?"

"我不了解。"炮排长面带惧色地说,"这次演习,一班是配属给一排指挥,我在二排当假设敌。"

"一班长,你把当时火炮诸元讲一讲。"

"我也不太清楚。诸元是连长定的。炮弹是……也不知是谁给我的。我拿到炮弹,连长就喊放,就这么打出去了。"

乔震山还想问给炮弹的这个人是谁时,忽见一连一排长,从村里出来,喊道:"炮排长,连长命令你们马上集合!"

一连六〇炮排的排长,和炮一班长,立即脸色发白,全身战栗,用期待的目光望了望乔震山。乔震山面色平静地说:"去吧,不要怕,我一会儿就去。"

炮排长这才带着一班长走了。

乔震山站在炮阵地看了好久,根据火炮的射击诸元看,他发现炮弹的飞行方向,要是没有那棵大槐树挡着,弹着点正是营部的屋顶。这个事实,说明了这颗炮弹的原来使命不是槐树,而是营部的屋顶。但由于计算得不够精确,打近了八十米,炮弹落到槐树顶上爆炸了。而这一发炮弹既然不是士兵亲手拿的,又是谁把炮弹上的保险针取下,而后给了士兵的呢?一定要查明这个人!问题在于炮班长,敢不敢说出此人的名字。他想:"看来,这些混蛋,会议失败以后,对我们要下毒手了,也证明三连长前天叫下路修送来的情报是准确的。"

乔震山踏着崎岖不平的野地,向村里走去。他回想着三连长的问题;医官的突然死去;政治课被捣乱破坏;会议上反动气焰的嚣张,以及这炮弹爆炸,目标又是直接对着他和郝平。这种种事情的发生,使他意识到目前工作的困难。他觉得他们的处境极为危险。必须要加倍提高警惕,和他们坚决进行斗争。这样,才能战胜困难,排除艰险,防止意外。但是,士兵还没有完全发动起来,要防止这种暗算是困难的。乔震山觉得必须尽快和郝平研究紧急对策。想到这里,他不禁加快了步伐,向村里走去。当他经过一连炮排门口时,里面什么声音也没有。乔震山走了进去,见全排都在整理内务,准备过节了。

当天晚上,周围的鞭炮声连续不断,此起彼落。老百姓家家户户门口挂上了各种各样的彩灯,贴上了新对联。大人小孩都换上新衣服,欢天喜地地要过解放后的第一个元宵节。

乔震山和郝平来到团政委李治中的宿舍里,见政委正在和警卫员小赵低声地谈着话。他们一进门,政委马上请他们在对面凳子上坐下。同时,叫小赵拿出花生米招待他们。李治中说:"过元宵节了,咱们还是按老规矩,吃个花生算是过节了吧。吃吧,吃吧。过个香口节嘛。"说着,他笑了。

"还香口呢,今天上午我们两个差一点没坐着炮弹上西天。"乔震山风趣地说。

"是啊,"李治中面孔立即严肃起来,"迫击炮怎么能走火呢?笑话!这只能骗骗孩子。你们是怎么看的?"

"我们就是为这事,来向您汇报的。"

乔震山把所了解的情况,以及前天三连长送情报的事,从头到尾说了一遍。最后,他说:"为了开展工作,镇压那些捣乱分子,今晚把一连长逮捕起来,押到三连。这样,三连就得逼上梁山地接受这个任务,使他们和那些坏蛋完全决裂,而进一步靠拢我们。你看这样行不行?"

"不妥当。"李治中摇了摇头说,"这种想法很不妥当。乔震山同志,你要知道,这不是战场上和敌人明枪明刀地拼杀,而是和暗藏的敌人做斗争。目前和我们斗争的真正对手,不是你们那里的一连长,而是暗藏在整个部队里的特务组织。这个组织的主持人是谁呢?我们不知道。再说,难道我们只靠这点材料就可以逮人吗?不行!我们还需要更确凿的旁证材料。要获得这些材料,还必须做艰苦的工作。从目前整个工作看来,我们要抓紧发动群众,暴露敌人。发动群众是为了揭露敌人,暴露敌人是为了发现敌人。发现得越真实,我们打击得才越准确。就像这次连以上的干部会一样。那个特务连长是很精乖的。不管是有意还是无意,他揭露了发饷问题。一下子被我们捉住了,打准了。这个影响就大了。敌人被打痛了,才铤而走险,和我们拼命呢。拼命不要紧,有了群众,就有人替我们说话,供给我们情况,我们就不被动。要是我们再有几个像三连那样的连队,事情就好办了。希望你们通过三连,尽快地把特务连长的情况搞清楚。我看,这个人很有希望。当然,在这过程中,紧张程度还要加剧,危险性也更大,这就希望同志们提高警惕,随时留神,多联系群众。"李治中停了一会儿,意味深长地说,"是啊,困难啊,同志!这比在自己部队里干工作困难多了。但是,这些困难在我们面前,终究会被克服的。"

元宵节之夜,本应皓月当空,但是,由于浓云密布,大雪纷飞,天空特别黑暗。据老乡们说,正月十五雪打灯,乃丰年之兆。所以,远近灯火闪烁,鞭炮声越来越密。忽然在这鞭炮声中,夹杂着机枪的射击声,尔后又传来了隆隆的炮声。这炮声震得窗纸簌簌作响。

李治中、乔震山和郝平正在惊异,门外传来一阵急促的脚步声。刘谊辉带着几个护兵,惶惶不安地走了进来。

"哎呀,政委先生,你们还在这里聊天呢!一营一连拉着队伍向西跑了!乔副营长和郝教导员还不赶快回营部?现在二、三连正在集合去追。"

乔震山和郝平刚要起身告辞,李治中把手一伸,说:"告诉顾营长不要去追,他们跑不出去。"

"怎么?"刘谊辉质问道,"队伍跑去当土匪,你们不管?岂有此理!你们不去我们去!哼!"说完悻悻而去。

乔震山和郝平想回去看看。李治中说:"去看看也好,但要提高警惕。我估计这里面有诈。他们又不知要搞什么鬼把戏?去吧。"

"这元宵节过得可真够热闹的。"乔震山自言自语地说着,和郝平一起走了。

一六

乔震山和郝平从政委李治中那里出来,村西的枪声、炮声,还有手榴弹的爆炸声,听得更清楚了。奇怪的是,这枪声没有子弹的哨音。这说明,枪是单方面打的,没有对方的还击。这情况使乔震山、郝平同时产生了怀疑。因为,他俩是在战火中长大的,根据枪炮的声音判断战争的态势,对他们来说,像是吃饭喝茶一样的熟练。但是,没有对垒的战斗,他们还是第一次见到,这不能不使他们产生一系列的疑问:为什么?用意何在?而刘谊辉又为何亲自来叫他们呢?顾秃子为什么不派人来呢?这一切不能不使他们想得更多更复杂。

"老乔,你看我们去还是不去?"郝平忽然止步问道。

"是啊,"乔震山会意地说,"李政委说不要去追,我们到了营部怎么说服他们呢?再说,如果刘谊辉真的也在那里,他一定要追,你能不去?"

"你认为一连真的拉起队伍跑了?我看不一定。可能是借口闹事。你听这枪声,就不像是真的。要跑还打枪干什么?又没人去截他们,他们和谁打?自己瞎打枪是什么意思?刘谊辉还亲自来叫我们,这又是什么意思?……"

"怪呀!"乔震山深思地说,"莫非要在我们两人身上打什么主意?"

"对!"郝平肯定地说,"老乔,你看他们是否有这种企图:用一连当钓饵,把我俩叫去一块追击。出去以后,他们把咱俩给收拾了,然后全营逃跑?"

"有这个可能。但是,我觉得又不完全是。"乔震山拉着郝平来到墙根黑影里,压低声音说,"你想,他们要跑,为什么还叫我们两个去?跑就是了。没有我们,他们不是跑得更自由?现在既然一定要我们去,而且是刘谊辉亲自来叫我们,多半想在我们身上打什么鬼主意。但是,不一定全营逃跑。我看,老郝同志,我们不直接去营部,先到村外侦察一下虚实再说。"

"对,有道理。走!"两人取出驳壳枪,向西跑去。出了村庄听枪声在西北方向。那里,在昏暗的夜幕中,闪烁着火光。那是枪口在喷火,炮弹在爆炸,野地里溅起了无数磷色的火花。他们沿着一条小沟向枪声方向跑去。跑出有三百多米,忽见一个人影在沟沿上走动,可能是个哨兵。乔震山伏在郝平耳朵上低声说:"你在这里放风。我去把那个家伙捉来!"

"要小心!不要弄出声来,被他们发觉了不好办。"

乔震山把枪一掇,向前摸去,动作灵活而利落。他来到离那个哨兵不远的地方,伏到沟沿上一看,离他一百多米的地方,有七八十个人在那里对着天空开枪,六〇炮也在发射,但出去不到一百米就爆炸了,一个人扛着轻机枪枪脚架,另一个人像打飞机一样在对空射击。同时一连长还不断地下着口令:"六〇炮——放!机枪加大火力!"枪声忽急忽慢。正在这时沟沿上那个黑影过来了。乔震山将身一伏,等那个家伙来到跟前,他伸手抓住他的脚脖子,往身前一拉,扑通一声那家伙被乔震山摔了个嘴啃地,还没来得及咋呼,脖子早被乔震山掐住了,接着一块手巾塞在嘴里。那家伙一阵气闷心慌,见是乔副营长,就老老实实地被乔震山用胳膊夹着来到郝平跟前。乔震山取下手巾,把驳壳枪向他心窝里一顶,说:"谁叫你们在这打枪的,目的是什么?撒谎就枪毙你!"

"啊,副营长,我说。连长说过节了,领大家出来打枪玩。什么目的我可不知道。真的,撒谎今晚上叫我碰着鬼。"

"是不是连长要带你们上山当土匪?"郝平问道。

"不是,没这回事儿。四面都是解放军,哪儿也跑不出去。"

"不撒谎?"

"不,我们连长常这么说。不然,我们当兵的懂什么?"

"你一个人在这干啥?哪个排的?"

"连长叫我放哨。我是一排的。"

"好吧,你还在这儿放哨,我们来这儿的事,你谁也不准讲。要是你说了,我就崩了你!懂吧?"乔震山用枪点着士兵的脑门说,"去吧!"

"是。"士兵转身爬上沟沿,仍然在放哨的位置站着。不过他想:"不说?要被连长知道了,非毙了不可;说了呢?共军的副营长也得把我枪毙,不如趁此机会溜他娘的,回家算了。"想到这里,看看四下里没人,他把枪和子弹带往沟里一丢,撒腿向南跑了……

乔震山和郝平回到村里拐弯向北,顺着村沿来到村北面,然后,穿进一条小胡同,来到营部附近,在一家院子的墙后面匿下了。抬头向墙外看去,果然见部队已集合好了。在土地庙那昏暗的烛光前,顾秃子和二连长,还有营副官,没有三连长,也没有刘谊辉。他们在低声说着话。部队鸦雀无声,成连横队站着。这时,西面的枪声也渐渐地稀疏了。

"他妈的,这两个小子怎么还不来?"顾秃子等得不耐烦了。

"要不,我们先走吧?营长。"不知谁说了一句。

"他们不来还走个屁!刘先生尽出笨主意!这两个家伙精得像猴子一样,你能骗过他们?再等等看!"秃子说着,急得满地乱转。

事情很明白了,这是刘谊辉想借六〇炮走火,杀害乔震山和郝平没有成功,又想借追击一连逃跑为名,在追击的混乱中用打黑枪的办法杀害他们。

乔震山和郝平在侦察中也联想到这一点。但是,打黑枪的目标仅对着乔震山这一点,他却没有想到。

"走。"乔震山悄声对郝平说,"刘谊辉这家伙不在,我们过去就好办了。不然,时间长了,这家伙真的拉着队伍跑了,那就不好交代了。"

"不会的。"郝平说,"这周围我们有一个师的兵力,他们跑不了。这一点他们是知道的。"

"那么,咱们走吧,去看看他们到底在搞什么鬼?"

枪声已渐渐地停了,继之而来的又是断续的鞭炮声。村庄周围当地群众在烧纸焚香,祝贺元宵。这里的老百姓经过长期战争生活的考验,他们知道这里有大量的解放军驻扎着。国民党反动派,再凶也凶不了几天了。所以,只要枪炮打不到他们眼前,他们

235

的元宵佳节,照过不误。

乔震山、郝平出了胡同,来到部队跟前,顾秃子凶声凶气地埋怨说:"老弟啊,你们可把我急死了! 一连全连拉着跑了,你们也不着急。迟迟不来,是什么意思?"

"谁命令他跑的?"郝平说。

"啊,还谁命令他跑的?! 他要想跑,还用什么命令?! 你这玩笑开得可不是时候啊,老弟!"

"不是开玩笑,顾营长。"郝平说,"大年十五,部队随便拉出去打枪打炮,究竟谁在开玩笑? 没有命令,一个连敢这样随便乱来?! 还说是拉着队伍跑了,这就更加荒唐了。"

"嗯,你说得不对吧?"顾秃子故作惊讶地说,"如果真这样,他一连长就该军法从事!"

"顾营长,请不要把结论下得太早。一连长是老军伍,连违犯军法的事都不懂? 依我看,一定是有人下命令给他,他才敢这样干。我看,你这分营长管不了,就趁早睁一眼、闭一眼算了。一连长已经这么做了,他回来也好,不回来也好,先叫二、三连回去休息吧。"

"是啊,这么多人大年十五,老在这儿站着,搞得神鬼不安,也不像话。连土地爷都要过节,何况当兵的? 还是叫士兵回去休息吧。"乔震山也插了一句。

这一下——来自郝平和乔震山的讽刺、挖苦、嘲笑,顾贞熊吃不消了,左右为难,前后皆非。这件事,他承担不了责任,是刘谊辉要他干的。但,他是营长,有逃脱不了的责任,是他命令一连长这样干的。现在,非但一事无成,反而挨人家的讥讽。他羞愧难当,气恼愤怒,而又不敢发作。他像一只被捕兽夹子夹住了的野兽。他怒吼、发狂,都无济于事。只好借梯下台,咆哮地吼道:"好,我管不了,我不管了! 都给我滚,滚! 他妈的!"说完,他把手一背,气呼呼地回到营部,往炕上一躺睡大觉了。

郝平借此机会,给部队讲了话。他首先祝贺士兵们元宵节愉快,全年顺利。然后,要求他们在过节时要回忆过去穷人过节怎么过,富人过节怎么过;为什么穷人过节如过关,富人过节全家欢乐?他还要求大家不要向一连学。一连这种做法是违犯军纪的,要受到军纪制裁。他们回来后,大家也不要看不起或讽刺他们。要鼓励他们改正错误,欢迎他们回到革命大家庭里来,和大家一块干革命。最后,郝平叫出两个连的负责管伙食的人,要他们明天早晨一定给士兵们包饺子吃。这两个连队中的士兵,大多数人对郝平的讲话很感动,觉得:"共产党解放军有什么不好?人家办事合情合理,处处为士兵着想,连包饺子吃都想到了。我们那些当官的,对弟兄们不是打就是骂,还偷偷地扣军饷、喝兵血,哪管我们死活?解放军当官的,自从来到这里,哪一点对不起他们?还老想方设法反对人家,真他妈的没有良心。"这些愤愤不平之意,在士兵们心里翻腾着,但是,敢怒不敢言。如果有朝一日,这些隐藏在士兵内心的愤恨爆发出来,它将像一团熊熊燃烧的烈火,定会把刘谊辉、王经堂、顾贞熊之流烧成灰烬。

郝平、乔震山回到营部时,顾贞熊还在蒙头假睡。郝平看了看表,已经半夜十二点了。两人把手枪插在怀里,枪盒放在枕头底下,用被一蒙也睡了。乔震山睡不着,静听着此起彼伏的鞭炮声,像除夕晚上过年一样。这元宵之夜的鞭炮声和香烛气味,不禁使他回忆起他所过的每一个春节。乔震山今年二十七岁了。小时候过的是穷年,躲债的年,饿肚子的年,挨冻的年。参军后过了十来个年。那是冰天雪地、炮火连天的年。但是,虽然这些年过得很不安定,也要受冻挨饿,甚至,随时都有被死神召去的危险,但是,心情是愉快的。零下四十度的三九寒天,连空气都结成冰,但那颗跳动的心,被革命烈火烧得都烫手。艰难困苦的客观存在,谁也没把它放在眼里。因为,心中怀有中国革命的宏伟目标。这是一种伟大的动力。人有了动力,就能战胜一切。

乔震山想起一九四六年除夕的晚上,那时他当排长,王德是一班长。他和全连在抚顺一带牵制敌人。东北地区下了半个月的鹅毛大雪,真是千里冰封、万里雪飘,平地积雪三尺多。黑沉沉的旷野,只有大块的雪片儿在冰冷的空间飞舞。虽是除夕之夜,但是,既没有鞭炮声,也没有香烛气味,有的只是使人心悸的机枪和大炮散发出来的火药味。中国人民解放军冒着零下四十度的严寒,正在和敌人浴血战斗。乔震山这个连在抚顺西面的高官屯,战斗了一天一夜,消灭了敌人新六军一个整营。在除夕这天晚上,要急行军八十里,赶到抚顺东南二道沟去和主力会合。部队已经五天五夜没有休息了,也没吃一顿饱饭,战士们既冷又饿。再加上伤病员,还要看押俘虏。冰天雪地,一步三晃,要急行军八十里谈何容易!有的人掉了队,想坐下休息一会儿再走,可是,坐下去再也起不来了。五天五夜没睡觉,还要行军打仗,精神高度紧张,一旦坐下休息,用不了一秒钟就睡着了。这一睡不要紧,不到一小时就变成了小小的雪丘了。这就成了烈士的坟墓。即便在原地站着不动,用不了五分钟也会冻成残废,这可不是闹着玩的。同志们真艰苦啊!为了什么?很简单,为了革命!

部队来到抚顺以南,连里忽然想起王德的家在抚顺矿区住。连长命令乔震山带着王德,把两个重伤员放到王德家,以减轻部队的负担。然后,在第二天晚赶到二道沟。

"行!连长同志。"乔震山把胸脯一挺,欣然答道,"我一定按时完成任务!"

"要注意,"连长又嘱咐说,"路上遇着敌人千万不要打,想法绕过去。这两个重伤员眼看不行了,只要有个暖和屋,再吃一顿饱饭,他们就会活过来。懂吧?"

"懂啦!"

"去吧,越快越好。"

乔震山挎着冲锋枪,认真地敬了个礼,带着王德和两个轻伤员,拉着两个爬犁,连停也没停就向矿区走去。四个人拉两个爬犁,走了将近一个小时才到,又累又饿,满头出虚汗,差一点没昏倒。

"到啦,排长。"王德说,"咱们留两个人看爬犁,我和你去找老乡。"

王德带路,领着乔震山,一会儿跳跃前进,一会儿匍匐爬行,一会儿又跑步猛进。一会儿来到一个山沟里,这里全是矿工的宿舍——木板房。但是,今年的除夕和往常不一样,到处没有灯火,死气沉沉。只有北头有一幢木板房的缝隙里透出了昏暗的火光。那是张大伯的家。王德领着乔震山悄悄地来到木板房门前,然后敲门。

屋门悄悄地开了。

王德拉着乔震山,二话没说,带着一股寒雾冲了进去。两个人身上的雪,成团地落在地上,化成一摊清水,把地上弄得湿漉漉的。屋里煤火正旺,霎时间两个人身上的雪全化了。张大伯见是王德,这才说:"哎呀,原来是你呀!雪下得这么大,你们怎么来的?这城里还住着国民党的军队哩!"

"不要紧,大伯。"王德说,"我们来有点事求您。我们打完仗有两个重伤员带不走,想放到您这里,行不行?"

张大伯想了想,说:"中,孩子。放在这里吧。白天我把他们送到煤洞里藏起来,没错。同志们在哪里?"

"在南面公路上。"

"走,快。时间长了就冻坏了呀。唉,你这孩子也真傻心眼,干吗不把他们一块带来?真是!唉。"

"我们怕这里有敌人,所以先来看看。"

"别说啦,快走吧。"张大伯领着乔震山和王德出了门,到另外一个屋里又叫了两个年轻的一块走了。

五个人来到公路上一看,傻眼了!哪里还有什么伤员和爬犁,乔震山不禁心里一惊,仔细看了看,发现公路旁边有两个大雪丘和两个小雪丘,他失声喊道:"扒!赶快扒人呀!"

四个雪丘同时扒开了,伤员直挺僵硬地躺在地上、爬犁上。全死了!冻死了!饿死了!他们的面色被雪照得洁白无瑕,嘴角露出一丝微笑,像是用石膏雕塑的神像。他们完成了终身的伟大使命,含笑九泉了,永远不会醒了。乔震山聪明一世,糊涂一时,他什么都料到,就是没料到人待在雪地里一个钟头不动,也会死的。他的头,像被谁敲了一棒子,两眼直勾勾地瞧着同志们的尸体,足有十分钟。突然,死者的眼睛睁开了,向他笑了。乔震山如梦初醒,眨了眨眼睛,一下子扑到尸体上,推呀,摇呀,晃呀,喊:"同志!同志!同志——"乔震山的眼泪成串地流了下来,伴着大片的雪花,滴落在死去同志的脸上、腮上。他这才明白了:同志——亲爱的战友,真的长眠了,看不见胜利的明天了。

乔震山觉得他犯了不可饶恕的错误,他觉得应该像张大伯说的那样,把他们一块带去,不应该把他们放在这里等。这漫天大雪,零下四十度,别说一个小时,就是十分钟也会把人冻死啊!乔震山决心向组织向领导请求处分,以慰同志的英灵;决心用刺刀去和敌人拼杀,用鲜血来洗涤这次的污点。他十分沉痛地接受这次疏忽大意的教训。

张大伯看乔震山极度悲伤和悔恨,劝说道:"同志啊,光难过也不是办法。天这么冷,再站一个钟头,我们也就挺不住了。把同志们拉着,到我家,你们吃饱了饭,就赶路。明天,我负责把同志们埋葬了,好不好?"

"好,"乔震山说,"把同志们交给您了,大伯。我们走了,再见。"

"哎,你们吃了饭再走哇。"

"不啦!"

"你不看你爹妈了,王德?"

"不看了!"王德说着和乔震山走远了。

…………

乔震山想到这里,激动极了,不禁眼角上涌出了泪水,把枕头都弄湿了。"是啊!"他想,"那是一个悲壮的除夕,我们在冰天雪地里,用八十里的急行军,用战友的葬礼过的节。现在,我们却和敌人睡在一起。在这剑拔弩张、提心吊胆的气氛里,度过这元宵之夜。将来,我们的同志和后代是不是会知道,他们的前辈所度过的这些可歌可泣的节日之夜呢?今后的元宵节,将永远是快乐的。可是,人们在未来快乐的日子里,会不会随着时光的流逝,而忘记了现在的艰难困苦呢?啊!但愿不要这样!"乔震山正想得入神,忽然门外传来一阵脚步声。

"报告!"有人喊道,"一连连长韩国栋奉命谒见!"

乔震山赶紧推了推郝平,用手悄悄地打开枪机,没吭声。

"报告!"外面又喊了一声,"一连连长韩国栋奉命谒见!"

"你报告个屁!"顾秃子说话了,"去,到老百姓供桌前跪下,向老乡的祖宗们报告,说你韩国栋再调皮,就不得好死!快去,不去老子马上枪毙你!"

"是!"外面应了一声,然后听着他烧上香,跪在地上念叨开了,"老乡的祖宗们,有神有灵,我韩国栋再调皮叫我不得好死。"

"再念!"顾贞熊又吼道,"念到天明,不念就毙了你!"

于是,一连长韩国栋又一遍一遍念开了……

半个小时过去了,郝平实在忍不住了,俯在乔震山耳朵上说了两句。乔震山起来了,把枪往盒里一装,说:"顾营长,我看知过必改就算了吧,正月十五叫人家猪八戒拜菩萨,念的什么咒。他说是奉命来见你的,你问问他奉谁的命?"

"管他妈奉谁的命,不枪毙也得给我跪半宿。"

"跪半宿?要是被刘副团长知道了,再叫你也跪半宿,那时就没人敢给你说情了。"

"是吗?"顾贞熊说,"你怎么知道?"

"不信,你叫进他来问问嘛。"

顾贞熊跳下炕来,整了整服装走到门外,对一连长韩国栋说:"起来,谁叫你来的?"

"刘副团长要枪毙我,幸亏政委先生说情,叫我来先向你请罪,然后报告城里上级,听候处理。"

"嗯,那你就滚吧!"

"是!"韩国栋敬礼后转身走了。

事情就这么过去了。忍让是为了诱敌深入,目的是歼灭敌人,决不等于无原则地逃避矛盾,乞求苟安,强求团结。

第二天早晨,也就是农历正月十六,特务团第一营忽然接到团部通知,特务团连以上原职干部到北平师部会餐,共度元宵。接到通知后,大家都很高兴,惟有王营副把脸一沉说:"我不去!请什么客?!"

"怎么不去呢?"郝平说,"师首长诚心诚意地请客,不去,不太礼貌吧?"

"是嘛,老弟,请客还是要去,杀脑袋咱们一块。"顾贞熊把秃脑袋一晃,满不在乎地说。

"干吗杀脑袋呢?"乔震山笑了笑说,"我们的习惯,吃饭叫喂脑袋,可从来没听说叫杀脑袋。"

"嗯,老弟,不管怎么说,反正两个肩膀扛着个血葫芦,没有搬家以前给什么都吃。收拾一下走吧。"

"我这腿……"王营副拍了拍大腿,难为情地皱了皱眉头。

"噢……"顾贞熊皮笑肉不笑地说,"不要紧,我给你遮掩一下,就说你被狗咬了一口,不就得了?走吧,走吧。"

乔震山、郝平见顾贞熊和王兆祥走了,心里立即轻松了。这是一个绝好的机会,应当抓紧时间做士兵的工作。于是,他们立即把今天的工作安排了一番,决定趁顾贞熊和王兆祥不在家,尽快分头深入到各连去。一来对士兵元宵节慰问,二来找具体对象谈话,了解情况,发现线索,为今后的改编工作打好基础。他俩的分工是:乔震山到三连找三连长谈话,争取把三连彻底抓到手。只要有一个连的兵力掌握在手里,今后的工作就便利多了。郝平到二连做政治思想工作,宣传改编政策,借以了解这几天营里所发生的一系列事故的原因。计划拟定后,他们分头出发了。

乔震山出门不远,迎头碰着一连一排长,满不在乎地走过来,说:"副营长,今天我们连长临走时嘱咐,部队仍然打野外出操。现在我们集合吧?"

"你们连长昨天欠的账还没还呢,闹腾得部队连元宵节都过不成。为什么今天你又要叫他们出操到野外?"乔震山斜着眼,瞧了他一下。"不行!今天一定叫战士把节日补上,过个舒服节,全营都是一样。如果你怕战士闲着没事儿,就叫他们洗衣服,烫虱子,打扫卫生。"

"不行!"一排长说,"规定的出操打野外,谁也不能改。"

"谁规定的?"

"我们连长。"

"怎么我不知道?"

"那不关我的事。我当排长的只知道执行命令。"

"那好吧,请你执行我的命令,传到各排去。"

"不行! 连长的命令没撤销之前,谁的命令也不能执行。"

一连一排长的无理取闹,引起乔震山的无比愤怒。怎么办呢?揍他?骂他?都不妥当。忽然,他的手往裤袋里一插,摸到一个哨子。这哨子给他送来了一个绝妙的主意。他想,你不给我传达,我吹紧急集合哨。把全营的部队集合起来,我自己下命令,看你还有什么办法?于是,他用愤怒的目光,瞪了一排长一眼,说:"那就请你在这里等着吧!"他说完,拿着哨子吹了起来。这哨音既响亮又急促,像救火车上的风笛一样,使人心神不安。各连不知发生了什么情况,听到哨音,都带着部队慌里慌张地跑了出来,连郝平也跟着二连来了。部队在大槐树底下集合了。

一连一排长吓得面色如土,浑身哆嗦。他之所以恐慌不安,倒不是因为乔震山下达紧急集合命令,而是他误认为,乔震山把全营的队伍集合起来,要在队列前像顾秃子打三连长一样地打他。他瞧着乔震山那满脸的怒气,心想,坏了!要是被他揍一顿,死不了也得剥层皮。因此,他走到乔震山跟前,满脸堆着笑容,恳求说:"副营长,您何必生这么大的气?有话好说嘛。您还不了解我这个人,直性子脾气。得了吧,您老息怒,高抬贵手,咱们就过去了。嘿嘿!"

他这么一说,倒使乔震山有点莫名其妙了。他不明白,刚才他还那么盛气凌人,蛮不讲理,现在怎么却突然变成这样一副可怜相了。

"马上把命令传达下去!"

"是!"一排长答应了一声,赶紧跑到队列前大声喊了个立正,说,"乔副营长命令:今天一整天部队都是打扫卫生,洗衣服,烫虱子,现在马上执行!"说完了,回头又对乔震山、郝平规规矩矩敬了个礼,问了一下还有没有指示,是不是叫部队回去?

乔震山点了点头,表示允许部队回去。

部队解散后,一排长又跑过来对乔震山假殷勤地请示说:"我……是不是……也可以回去呢?"

"回去吧!"乔震山随便答应了一声。

一排长这才像丧家之犬,颠着溜轻的屁股跑了。

郝平站在一旁一直没说话。一排长走后,乔震山把刚才发生的事跟郝平如此这般地说了一遍。郝平也不理解一排长为什么突然这样殷勤老实。他们急于去部队工作,也没再去深究,就各自走了。

一七

乔震山来到三连连部时,士兵们正在忙着烧水,扫院子,整理内务。大家见乔震山进来都点头、敬礼、鞠躬问好:

"副营长,过节好!"

"副营长,您好!"

"您里面坐,副营长!"

士兵的表情是诚恳、亲切的。乔震山也一一做了回答:

"你好,你好。你们连长呢?"

"在屋里,您请!"士兵们说着,快走几步,没进门就喊道,"连长,乔副营长来看您啦!"

三连长李贵堂披着军大衣,快步从屋里出来了,一见乔震山赶紧迎上去,双手握住乔震山的手说:"哎呀,副营长,我还没去拜望您,您倒先来了。真是,您叫我说啥好呢。不敢当,不敢当!"说着,就给乔震山敬了个礼。

"哎——别这样客气,我是来看看你,找你聊天来了,好些了吧?"

"好多啦,谢谢!炕上坐。"

两个人上炕,炕中间放着一张小桌子,两人隔着小桌子,面对面地坐着。

李贵堂自从上次医官给他打针想害死他,被乔震山看破,救了他的命,对乔震山感激得不得了。这十几天来老没见到乔震山,不免有点想念。当然,刘谊辉从那以后再也没来"光顾"。而顾秃子呢,把他揍了个七孔流血、灵魂出窍以后,也就把他丢到脑后,再没理会他。所以,李贵堂这半个月,过得倒也太平无事。在这闲来无事、内心烦躁的日子里,他的思想活动是相当激烈的。他想到过去,想到现在,又想到未来。他责备过自己,也责备过社会。他感觉这社会对他太残酷,太不公平了。他在北平育英中学读完了高中,考进了保定军校。他父母的目的是要他升官发财。他自己的目的是想救国救民,当一个民族英雄。他有过雄心壮志,也有过美丽的幻想。可是他的这些海市蜃楼,最后一个个的都随着社会的变化、人事的变故、现实的折磨,像肥皂泡沫一样地幻灭了。他得到的只是痛苦、磨难和丧气,最后一蹶不振。

这几天来,虽然没见着乔副营长,但士兵们回来老谈论乔副营长的侠行义举,因此,又使他产生了一些新的想法。他后悔当初被俘后又回了部队。如果留在解放军里当个兵,也肯定比回来当这死不了活不成的连长强。他又想,假设解放军的干部真的能够在这里长期住下去,队伍真的改编成解放军,就这样干下去倒也不错。尤其想到前天在连以上干部会上,在那种杀气腾腾的场合,李政委竟那样不慌不忙地扭转了危局,击败了他们的阴谋诡计,简直使他佩服得五体投地。每当伤处一痛,他想到那天晚上,顾贞熊把他打得死去活来,以及穷凶极恶地活埋士兵的惨状,就全身毛骨悚然。他愤愤地想:"顾秃子!走着瞧吧,有朝一日你若犯在老子的手里,老子不抽你的筋、剥你的皮,就不是爹娘养的!臭汉奸!民族的败类!"但他又一转念,"不,不行!假使解放军被他们骗了,改编完了就走,顾秃子和刘谊辉还不要我的命啊?"他想来想去没路可走,唯一的办法还是回家。自己家里虽然不是一贫如洗,但也不是什么地主富农。怕什么?前天还接到家里来信说人民政府如何照顾父母妻子呢。但回家的事和谁说?从何说起呢?他早就想找乔震山谈谈心,并把他和排长们的打算告诉乔震山,探测一下他的看法,就是没有找到机会。因为顾秃子和王营副监视得厉害。正好,今天乔震山来了,他心里说不出的高兴。

"勤务兵,来一斤二锅头,弄四个碟子。"他兴高采烈地喊道。

"你干吗？我不吃。你要这样我就走了。"乔震山说。

"不,不,副营长,"李贵堂说,"这是我的一点心意,也是弟兄们对你的尊敬。今天是正月十六,咱们过个晚节。您不是说叫把节日补上吗？您要是不赏脸,兄弟我可要叫排长们都来给你拜个晚年了。再说,师部请他们进城吃饭,不许我请您？哪有这号理?!"

"好吧,好吧,"乔震山推辞不过,说,"既然这样,我奉陪就是了。不过,我不会喝酒。"

"这就对了。"李贵堂笑了,"我估计副营长这点面子会给的。要不,我把三个排长请来,咱们一块高兴高兴,好不好？不要紧,副营长,他们都是我的把兄弟。"

乔震山想,一块谈谈倒也好。要是四个人都统一了,岂不更好？因此,他点头同意了。

不一会儿,三个排长一个勤务兵,还有卞路修,端菜的端菜,提酒的提酒,一拥而进。碗筷杯盘摆了一桌。排长们和乔震山早就认识,寒暄了一番就上炕入座了。

李贵堂首先举杯,为了祝贺元宵,预祝一年好运气,为了感谢乔副营长的再生之恩,首先和大家干了杯。尔后,各排长每人都敬乔震山一杯。乔震山不会喝,让来让去,最后全由三连长代替了。五杯酒下肚,李贵堂的话匣子打开了。他醉洋洋地说：

"乔副营长,要不是您,那一针打进去,我姓李的早就呜呼哀哉了！您可是个好人哪。不,解放军里面都是好人。但是您,乔副营长,您是好人当中的好人。我李贵堂久经风霜,看得出什么是好人、坏人。你们命好,从小投奔了共产党。可我们呢？他妈的,抱着宏愿大志,走到死胡同里去了。唉!"他狠狠地捶了一下胸膛,"他娘的救国救民,救国民于水深火热之中,怎么样？满腔的热肠子白费了。你要救国,他们不干。你看着不顺眼,跟谁说去？说轻了不理你,说你是个傻瓜,傻瓜才讲救国呢。说重了,搞不好给扣上个红帽子,杀头！呸,他妈的,自古以来,中国人都靠外国人做官发财。哪个外国人不借中国人的手杀中国人？哪个外国人不借中国人的官掠夺中国人？外国人把中国人当成了奴才,有些中国的官也甘当奴才。他们甚至把自己的姑娘、老婆也送给外国人取乐。虽然被人耻笑,也全无愧色。他们的逻辑是：'笑骂由他笑骂,好官我自为之。'为了做官,把中国人祖宗三代的脸都丢尽了,他们的脸皮连红都不红一下,真他妈的无耻极啦！他们还高唱什么救国复兴,自由平等,廉洁奉公。去他妈的,名副其实的挂羊头卖狗肉！他们上面每天酒醉饭饱,挥霍浪费,荒淫无耻,还叫下面廉洁奉公。老百姓穷得连裤子都穿不上,再廉洁就得饿死。养着军队不打外国人,只打共产党。日本投降后改名叫'戡乱',结果,几十亿的武器装备都浪费了。噢！其实也不算浪费,都装备了共产党,倒干了一件好事。最后,外国人也靠不住了,一败涂地,不堪收拾！活该,他妈的,失败得痛快,真棒啊！"

"连长,不说这些了,咱们喝酒,闲谈莫论国事嘛。"二排长面带惧色地劝说。

"不,叫他讲吧,闲谈莫论的时代,已经一去不复返了。"乔震山说。

"唉,副营长,"二排长说,"被刘先生的人听到了不得了啊！"

"他算个屁！"李贵堂把桌子一拍,"我还不了解他？他家祖宗三代的女人都是当婊子的。他是个杂交产物,浑身上下什么味都有,就是没人味。你猜前天我那纸条上的消息从哪来的？就是姓刘的和秃子,还有一连长,在一块出坏点子想害你们,被卞路修偷听来的。所以,我就告诉了你。也算一点报恩之意吧。结果,就发生了炮弹走火、一连长把队伍拉出去乱打枪的事件。谁知他们打的什么鬼主意？"

乔震山想听他继续说下去,可是,他说到这里就拐了弯,没有把刘谊辉的真面目说出来。因此,乔震山说："顾营长和刘团副,看样子配合得很好。整你的时候,一个是指挥者,一个是刽子手,是不是?"

"你算说对了,副营长。顾秃子,哼!土匪、汉奸、特务、粗庸之辈!这就是国民党的人事政策:用奴才不用人才,用笨蛋不用贤杰。所以,他的结果是众叛亲离。就凭这一点,他们也得失败。失败了好啊!副营长。如果再叫这些家伙干下去,中国就不仅是'东亚病夫'了,而是'东亚死尸'!到那时,世界上的豺狼虎豹,还有乌鸦、蛆虫,都会来吃这块臭肉了。我说副营长啊,你们共产党干得漂亮啊!把中国从死亡中救了出来。所以,人们说'只有共产党才能救中国',这是肺腑之言。决不是见到你们胜利了,故意捧你们的场啊!要是有个现代的秦始皇胜利了,谁也不会说这些话的。唉!我李贵堂被你们俘虏时,就不应该回来。我这上半辈子糊里糊涂地过来了,我对祖国、对人民又干了些什么?问心有愧呀!"说到这里,李贵堂伏到桌子上呜呜地哭了。

"不要难过。"乔震山说,"部队改编成解放军,你不就是解放军的干部了吗?照样光荣地为人民服务。将来,不久的将来,全中国都解放了,我们还要成立新中国,建设新社会。到那时,该有多少工作需要我们去做啊!我说李连长,我们的前程是伟大美好的。现在还不晚,也可以说正是开步走的时候呢!"

"你说得多么鼓舞人心啊!副营长。"李贵堂抬起头来,满脸泪痕地说,"可是,改编完了,你们一走,该死的还不是我李贵堂?!副营长,我有两个希望。改编完了,你要走就把我们哥儿们也带着走;要不,你趁早放我们回家。等全国胜利了,我照样参加全国的建设。"

"你想得太多了吧。"乔震山说,"我们共产党干任何事情都是一样,不干便罢,既然干了,就必然有始有终,彻底完成。不达目的决不半途而废。这你信不信?"

"看来,是这么回事。"李贵堂点头说,"可是……他们在拼命捣乱啊!自从改编以来,他们这种事干得还少哇!你们还能老在这里?"

"一定在这里。不成功决不离开!"乔震山肯定地说,"你说他们成心捣乱,这个问题很重要。假设他们要把事情干绝了,暴动、叛乱,你什么态度? 站在一边看热闹?"

"我?"李贵堂把眼一瞪,"我说副营长,我们哥儿们商议过,只要你们信得过,我们赴汤蹈火在所不辞。"他说着扭头对着三个排长说,"咱们就这么干。要是当兵的有一个含糊的,咱们就宰了他。宰真正的坏蛋不算残暴,算行善积德!"说到这里,李贵堂举杯在手,"怎么样,副营长,你要信得过我们,你就和我们共同干一杯!"

说到这个程度,乔震山非喝不成了。因为,这不是一杯普通的酒,而是代表解放军对一个要求合作而决心投靠我们的人表示欢迎的酒。这杯酒不喝就是错误的。因此,他说:"好,咱们干杯!"

五个人碰杯后,一饮而尽。

"看来……"乔震山放下酒杯说,"李连长不仅是一个主持正义的人,还是一个非常直率而好客的人。在这个部队里,你的朋友一定不少。"

"朋友嘛……"李贵堂抓抓头发,"除去我这三个排长外,还有二连长——当初顾贞熊打我时,就是他领头跪地求饶的——其他,还有几个同学,都是相识而不知己。怎么? 你有什么事尽管说,只要我能办到的,一定从命。"

"你看特务连长徐占奎这个人怎么样?"

"他?"李贵堂摇摇头,"这个人精气很,商人习气很浓。他是我在北平育英中学的同学,善于看风使舵。虽然上次在连以上军官会议上,我暗示他发言,他发了言,也起了很大的作用。李政委抓住他一句话发了饷,解决了弟兄们的困难。可是,大家并不感谢他。感谢的是李政委。比如说前天,卞路修在刘谊辉房后听他们的秘密谈话,如果他是个有心人,就应该主动地替卞路修放着风,让卞路修听完。可是,他竟把他赶走了,没让他听下去。而且,请他来吃饭他都不来。胆小怕事,不够朋友。这个人哪,人们都叫他笑面虎,心机莫测靠不住。"

"可是,你既然决心率领你的部下为人民立功,总不能单兵独马地干,最重要的是联络群众。这样,人多主意广,办事才能心中有数,行动起来才能看得准、干得成啊!"

李贵堂低头沉思。三排长发言了:"连长,你忘了卞路修回来讲的,他听顾秃子说:'三连长呢?'刘谊辉说:'现在先不动他,以后再说。'这说明他们对你还有戏唱。假使你现在就去到处活动,这会促使他们对你提早下手。你千万要注意呢。"

"他们有这打算?"乔震山惊异地望着李贵堂,暗忖:"是啊,他现在是骑着毛驴过独木桥——难啊!"

李贵堂点点头,长长地叹了口气,"他们说:'干成了每人赏五十块现大洋。'谁知他们是针对我,还是对着你和教导员?唉,管他呢,来,咱们喝酒!"说着,一仰脖子又干了一杯,咧嘴咬牙地咽了下去,把酒杯往桌上使劲一摔,"他妈的,一不做二不休,豁出去了,今晚我就去找徐占奎。他要是不帮我的忙,我就骂他个狗娘养的。这小子吃硬不吃软,试试看吧。起码叫他知道我李贵堂心里是有数的。"

正说到这里,卞路修进来了。他报告说:"连长,你说话小声点,刚才一连一排长,在我们门前走了过去。他问我:'谁在这里?'我说乔副营长。他把脖子一缩,什么也没说,就往营部走了。后来,我老远盯着他,见他在营部周围转了一圈就回去了。"

"他妈的,不管他,再去看着点,有情况马上报告!"李贵堂说。

乔震山这一天在三连各排活动。有时帮他们洗衣服、烫虱子、打扫卫生;有时讲《三大纪律八项注意》,穷人为什么穷,富人为什么富。士兵们深受感动。对乔震山更加尊敬了。戒备之心也基本上消除。

乔震山回到营部时,营副官报告说,去北平会餐的军官,被师部留下晚上看戏,要明天才能回来。乔震山立即把这情况通知三连长,并命令他晚上加强警戒。

三连长李贵堂吃晚饭时又喝了半斤二锅头,然后整理了一下服装,背上驳壳枪,又把他那把心爱的刺刀挂在皮腰带上。这把刺刀是卡宾枪上的刺刀。卡宾枪在战争中丢失了,剩下这把刺刀,为做防身之用。他把它磨得锋利无比,寒光逼人!但是从来没有用过。

他把连里的夜间警戒,按照乔震山的指示布置完毕,就出门来了。他要去找特务连连长徐占奎谈话。谈话为什么这样武装整齐、谨慎戒备呢?因为,他怕路上有人暗算,不得不提高警惕。一旦有事,他可以远处用枪,近处用刀,方便。

月亮还没出来,三连长李贵堂迈着踉跄的步伐,机警地观察着四周每一个墙角和暗影,他老觉得有人在黑影里瞅着他。但是,总算太平无事地来到了特务连。哨兵见他满脸怒气,也没敢问他,敬了个礼,就放他进去了。

特务连长徐占奎正在和三个排长打扑克,一抬头见李贵堂醉眼惺忪地站在房门口,直愣愣地瞧着他们。徐占奎把扑克往桌子上一放,"李连长!来,来,快里面坐。"他边打招呼接待客人,边和排长们说,"好,算我输了,下次再来。"

三个排长放下扑克,向李贵堂一哈腰都走了。

李贵堂在凳子上坐下,不笑也不说话,眼瞅着桌上那些五颜六色的扑克,呆呆的,呼吸粗重,扩散着酒腥气味。他这没有表情的神色,使徐占奎想起前天对待卞路修的事。看李贵堂这架势,没准是来寻衅闹事的。再看他身上全副武装,更使他心悸。他立即赔着笑脸问道:"老同学,怎么啦,谁惹你生气了?"

"谁也没惹我,是我惹了别人。特来请你帮忙和道谢来了!"

"哎呀呀,我的老同学,我们都是穷连长,我能帮你啥忙?道谢更不敢当了。说真的,老同学,你大概喝醉了吧?来,喝杯浓茶醒醒酒,咱们聊聊。"说着,他赶紧倒了一杯茶,小心翼翼地送到李贵堂面前。

"第一,"李贵堂喝一口茶,"你在会上一句话,大家都发了财,连我这个吃不开的连长也跟着沾了光。你多吃香!连共产党的政委都听你的话!所以,我代表全连来向你致谢。第二,我是个该死的人了,不过我还很年轻。家里有老婆孩子等着我养活,我还想多活两年。你既然是特务连长——禁卫军的司令长官,在团座们面前吃得开,在共产党政委面前叫得响,兄弟我求你高抬贵手,帮我说说好话。我就是冤死九泉,也不忘你的大恩大德。"

这一下把徐占奎弄得丈二和尚摸不着头脑了!我的天啊,真是闭门家中坐,祸从天上来。这是从哪说起呀?!为了那么一句话,刘谊辉怀恨在心,要不是正在整编,他早就把我宰了。你李贵堂求我,我去求谁?共军政委听我的话?我这不成了亲共分子了吗?别说刘谊辉饶不了我,就是陈团长知道了,也非杀我不成!徐占奎这些苦衷——他又不摸李贵堂的底,怎么敢说出口呢?

他直愣愣地瞧着李贵堂,想在他脸上找出点支吾的理由。但是,李贵堂的脸是阴沉沉、气呼呼的,那只手老握着刀把子,看样子好像要跟谁拼命似的!他低头沉思,一会儿,灵机一动地说:"我的老弟呀,你半夜三更说梦话,从哪儿想出这些点子来吓唬我?发饷的事,是人家李政委的巧计妙策!你看,他多能!既给刘谊辉下了台,又给弟兄们发了饷,大家都感谢他。里外赚好人。倒霉的是我徐占奎。谁叫我多说话来着?!你冤枉人也得看好日子,我的祖宗!你说你是该死的人了,这又是从何说起?你又没得罪任何人,阎王爷不叫你,小鬼不拘你,你怎么会是该死的人呢?我真不知你今晚喝了多少酒,到我这里发的什么疯?你这不是想要我的命吗!嘻……"徐占奎一屁股坐在凳子上,直喘粗气。

李贵堂真想笑,没想到这东西不抗吓唬,只这一下就现原形。不过,这个家伙平时挺滑头,还得再施加点压力,诈他一下才能说真心话。于是,他把脸板得更凶了,"我问你,那天你把卞路修赶走了,你到哪里去了?"

"我回连了呀!"徐占奎直起腰,把手一摊。

"说实话!你真的回连了? 要是你骗我,老子临死也得拉着你!"

"你看,你看,你干啥老缠着我呀! 好吧,老子今天算是碰着黑煞星了,怨我倒霉,我说……"徐占奎赶紧起来把房门关上,然后压低声音,伸着脖子说,"我的老同学,这么着,不是你求我,而是我求你了。我说了,可得给我保密啊!"

"一定保密,我敢对天发誓!"

"那成……那天,我把卞路修赶走了,我就又回去了。站在窗外偷听。你猜,他们说什么? 好家伙,可怕极了! 刘谊辉说:'先把姓乔的干掉,然后再对付姓李的,最后把姓徐的也收拾了。这样,我们就无后顾之忧了。你们两个——'大概是指顾秃子和韩国栋,'这次要是干不成,以后咱就等着死,你们懂吗?'顾秃子说:'要是陈先生怪罪下来怎么办?'刘谊辉说:'不管他,有我呢。'听到这里我就吓得跑了。你说你是该死的人了,我何尝不是? 你还来死逼我,我有苦和谁说去?! 找陈先生? 那不是飞蛾扑灯,找死?! 你叫卞路修请我到你那里去吃饭。你替我想想,我敢吗? 这年头,躲都躲不及,还去寡妇门上卖烧饼,没事找事? 这要请你原谅啊,我的老同学……"

李贵堂低头沉思,好一阵子没吭声。最后,他喘口粗气说:"那么,你怎么办?"

"怎么办……"徐占奎把手一摊,无可奈何地说,"走着瞧呗。整编成了我就回家,整编不成我更想法走开。你想想老弟,好不容易盼着北平和平解放了,这条小命算是保住了。我们又不是什么大官老爷,编成了解放军还不得照样下江南打仗? 到那时,坐飞机吃烧鸡,这把老骨头还不知丢到哪里去哩。改编不成,那还不得跟他们闹事,解放军能轻饶了我们?反正一样。不行!高低不干了!这军装早就不想穿了。"

"人家傅司令长官率部起义,还不是中外驰名、万古流芳?"

"唉,你又来了。咱这小兵小卒的,能和人家比啊?!"

"共产党的政策可是官兵平等,说话是算数的呀。"

"……"徐占奎不吭声了。

"好吧,今晚就谈到这儿。可是有一条,我们的谈话,你知我知天知地知,你要是出卖我……"说到这里,李贵堂刷的一下把刺刀抽了出来,亮了亮,"我这玩意儿可是六亲不认!"

"这你放心,老同学,我不是狗娘养的。我们的士兵也满拥护我呢。"

"好,再见。"李贵堂把刺刀往鞘子里一装,拉开房门走了。

这天晚上,郝平回来后,两个人把一天所了解的情况,进行了分析研究。总之,这一天的收获不小。全营三个连队,有两个连基本打通了关系。尤其是三连,比较完整地掌握在手了。但是,要说百事大吉,还为时过早。三连长敢把心里话说出来,这是一大进步。但在谈心中,他对刘谊辉的本来面貌还没吐露出来,可能还有顾虑,也可能他不了解。可是,他对陈团长竟一字没提。看来,他还是有顾虑不敢说。二连总的说还好,对郝平的到来,既不欢迎也不反对。说什么,听什么,不发表意见,也不表示反对,更没起哄捣乱。尤其是二连长,虽然嘴里对郝平讲的《三大纪律八项注意》以及阶级分析和党的政策等,没表示态度,但他那两只仿佛会说话的眼睛却放射着赞许的光芒。有时,还为了警惕,偷偷地派士兵到外面院子里瞧瞧,生怕有生人进来似的。郝平和士兵聊天时,他也不阻拦。一连就不行了。还是以质问、挑衅、谩骂、威胁,甚至起哄捣乱、讽刺嘲笑来迎接郝平,弄得他啼笑皆非。他磨了半天的嘴皮,毫无成效。总的来看,一连是本营的反动中心。乔震山听了很气愤,准备自己明天再去试试看。

正在这时,房东老大娘进来了。

乔震山起来让她坐下。她不肯坐。指了指东厢屋,意思是说那里有人,不便久坐。

"同志,你们都在呀?"她说,"今天你们俩不在家,那个姓朱的领着两个人又来了。在这屋里看了看,又到外面房前房后转了转。我看这个坏蛋没安好心。你们千万警惕着点儿,别吃他的亏。就这个事儿,你们聊吧。"老大娘说完就赶紧出去了。在供桌前烧上香,叩了个头,然后默默地念叨了一番就进屋去了。

房东老大娘反映的情况,郝平、乔震山都猜不出什么意思,也预料不到会发生什么事。应当引起注意,这是肯定的。由于根据不足,情况也比较孤立,所以,两人也没进一步考虑,继续研究他们今后的工作。直到深夜,他们才睡。

郝平由于一天的精神紧张,倒头就睡着了。乔震山由于今天收获不小,感到兴奋,老是翻来覆去地睡不着。他觉得桌子上煤油灯的亮光使他不能入睡,就起来把灯熄了,屋里立即一片漆黑。这一下,更睡不着了。乔震山强闭着眼,不去看这魔洞似的黑屋。不行,这眼仿佛和他故意作对,兴奋得一点也闭不上了。他有点生气了,干脆不睡了,想想心事也许能睡着。于是,乔震山开始想他的心事。他从家庭想到社会,从部队想到战争以及战争中的拼杀、搏斗,直到这次的改编,脑海里的故事一幕一幕地飘过去。这些故事里,有悲伤凄惨,有喜悦欢欣,有惊心动魄,也有美丽的幻想。在这些截然不同的思维里,现出了上千带万的人像,有男有女,有老有少,有坏人也有好人,有友谊也有仇恨。总之,他感到生活是复杂的多样化的。这中间的斗争该是多么尖锐啊!乔震山长长地吁了一口气,翻了一个身。这二十多年来,他在和谁做斗争?和地主、恶霸、日本侵略者,加上国民党。他的宏愿大志是打倒这个旧社会,创造一个新社会。现在,这雄伟而艰巨的大业,宛如地平线上的曙光,放射着万丈光芒,给人们带来了无限的希望。想到这里,乔震山信心陡增。但是,他又想到了仇人王经堂和亲姐姐的下落。上次听二宝和小李来说,秀珍和素华为找姐姐的事,还专门请假跑了一趟天桥,打听了半天都说在西郊。在西郊哪里呢?谁也不知道。因为素华父亲在西郊的朋友死的死了,逃的逃了,结果白跑了一趟。晚上回来时还差一点被坏人害了。当时,自己还当着小李的面,把二宝骂了一顿,想想真不应该啊!找不着姐姐朝弟弟发火,这算啥事?!其实,二宝比我还着急。当哥哥的都没办法,他就能有办法?着急有啥用?姐姐在西郊是肯定的,可是,西郊这么大,上哪去找?真是大海里捞针,一点指望也没有啊。

乔震山更睡不着了,他干脆两眼睁开,屋里黑影憧憧,窗上放射着光亮,这是宇宙的星辰皓月之光。忽然,后窗上好像有个人影晃了一下。乔震山机警地翻身而起,仔细听了听,屋后好像有人在轻手轻脚地走动。乔震山心里一动,心想,莫非有人要暗算我们?他悄悄地从枕头底下,把驳壳枪拿出来,打开保险机,往手里一掂,就轻轻地跳下炕,出了房门。他没走街门,而是从东厢房的夹道里,跳过矮墙,来到房后。乔震山这些动作,都是非常轻巧敏捷的,几乎连声音都没有。他蹲在地上,顺着小胡同看去,看见黑暗中有人在营部的后窗上,鬼鬼祟祟地不知搞什么名堂。他看了一会儿,忽见那个人用帽子盖着,两手一动,冒起一团火花,一股火药味立即钻进他的鼻子。乔震山恍然了,这是导火索在燃烧。他一秒钟也没停,跳起来大声喊道:"混蛋,不准动!"他边喊边向前扑去。那人撒腿就跑。

乔震山跑到窗前,先把窗台上的导火索一把扯掉,退下雷管,扔到地上,然后,紧跟那人向胡同外追去。一出胡同,见那人已向南跑去,乔震山刚想去追,忽然有人从身旁扑过来。他知道有人埋伏,急忙把身子向旁边一闪,已经晚了,只听到肩上哧的一声,一把雪亮的刀子,把他的棉衣划破。乔震山来了个急转身,用左手把敌人的手脖子一把抓住,右手的驳壳枪闪电般地对准敌人的脑袋敲了一下,那家伙哼的一声,倒了。乔震山把他按住,夺过刀子,在他身上搜了搜,什么也没有。

郝平从屋里出来了。

"谁？老乔,什么事？"他用手电筒照了照躺在地上的人,说,"他是谁？"

"他妈的,这些家伙想把我们炸死！跑了一个,捉住一个。"乔震山搜完了,直起腰,把那家伙踢了一脚,厉声喊道:"起来,别装熊！"

那家伙慢慢地爬起来,垂着两手,活像个瘪了气的皮球,站在那里一动不动。

郝平上前用电筒朝他脸上一照,不禁一惊,说:"你不是一连一排长吗？谁叫你来的？"

那人不说话,全身直打颤。

"走！把窗台上的东西拿下来。"

"不是我放的。"

"不是你放的,也得去拿下来。你去不去？！"乔震山把枪往他胸上一顶。

歹徒这才向窗前走去,取下一块用麻布包着的正方形的炸药包。窗台下有一条二十公分长的导火索已烧光。郝平用手掂了掂那块炸药,大约有二三公斤重。要是爆炸,这房子能塌掉一半,那么,乔震山和郝平便会丧身于瓦砾之中了。

"你为什么到这里放炸药？跑的那个人是谁？"郝平问。

那家伙低着头一声不吭。

"你说呀！"乔震山在身后用枪口把他的后背顶了一下。

"那个人我不认识,是昨天从城里来的。他说我们连长叫我和他干这事。"

"还有什么？说！"乔震山喊道。

"没有了。其他真的不知道。"

乔震山和郝平押着一连一排长,回到营部。两个人又问了很长时间,还是没有任何口供,只好送到三连暂时押起来。等政委李治中从城里回来再处理。

一八

团政委李治中带领特务团连以上军官(除去副官和特务连长、一营三连长李贵堂之外),到城里师部聚餐。他们到达师部时,已是上午十点。师参谋长率领全体参谋,在门口迎接,并把他们让到一个大客厅里落座。师首长也特意出来接见,仿佛接待相处多年的老友,沏茶递烟,谈笑风生,热情诚恳,丝毫没有拘束陌生的感觉,许多人很受感动。他们实际感受到解放军真正是官兵平等,上下一致。但也有的人存有戒心,皮笑肉不笑,大咧咧的心不在焉,坐在那里发愣。大有"一臣不侍二君王"的架势。有时还带着挑衅的口吻,问了些不值得问的问题。师首长也耐心地做了回答,毫无责怪之意,并对他们讲述了国际国内的形势,提出了殷切的要求和希望。

午餐后,师部宣布所有军官,家在北平的可以回家团圆,北平没有家的,可在师部休息。晚上七点在长安大戏院看戏,并发了票。师首长下午又单独找陈一民、刘谊辉,谈了一下午话。这可把两人急坏了。因为他们急于会见满洒丽和鲁青,可是又不便借故走开。晚饭后看戏,也不好不去,只得陪着大家看戏,直到十一点才算回了家。

在这些时间里,满洒丽、鲁青又在干什么?

满洒丽自从上次在中山公园和王德见过面,谈过话之后,特别兴奋。她见王德长得比以前更英俊了,风度潇洒,令人动心,证明她当年没找错人,有眼力!可是,现在变了。阳关道,独木桥,不是一条路上的人了。如果下点工夫把他拉到自己这边来,将来横渡太平洋去美国,结洋婚、住洋房、吃洋饭、看洋月亮该多美!因为那是美国,应该把美字旁边再加上个三点水才名副其实。洋美!因此,她每天想找王德,但又不敢太过分。所以只好在窗上掀开一点窗帘,向连部门口瞧着,当她偶尔见王德出去时,就想很快跟出来,装着偶然相遇而搭讪。可是每次都由于自己的犹豫错过了机会。王德像个影子一样,一闪就不见了。

今天王经堂、刘谊辉以及特务团的连以上军官都来了,她心里一高兴就跑了出去。她想从王德口里探听一下解放军对他们的态度。在王德经常来往的路上六部口等他,还特意买了一束鲜花。可是,她转了好久也没等着,正在着急,忽听身后有人用日语说:"少见了,老乡。"

"啊!哈!……不,是的,少见了。"王德的突然出现,使满洒丽一阵心慌,不知说什么才好,只好搭讪地哼啊哈的,娇滴滴地说了一句。然后镇静了一下才说:"有空没有?到北海玩玩不妨碍你吧?"说着,把手里一束鲜花送到王德身前,"给,祝你节日快乐。"

"谢谢。对不起,"王德说,"解放军拿着鲜花和女人在街上走,成何体统?盛情心领,请你先走一步,我随后就到。"

"格格……你真坏,你可要来呀!我等你。"满洒丽旋即向长安街走去。她在西长安街,上了电车,经过西单、西四,然后换上公共汽车,经过西安门大街,来到北海公园。她认为她来得很早,不慌不忙地拿着鲜花,进了门,过了桥,从永安寺上了琼岛,然后上了小白塔,累得她张口气喘,筋疲力尽,伏在汉白玉的栏杆上,一边休息一边向来路望去。她想看看王德带没带人。可是,一等也不来,二等也没影。她泄气了,觉得王德在骗她,失约了。"这个该死的,耍滑头!算了,再想办法吧,"继而一转念,"不,兴许他们连长指导员不在家,他一个人工作忙,脱不开身。"她正在胡思乱想,忽听身后有人咳嗽了一声,急忙回头,见是王德,心里一惊:他什么时候进来的?

王德什么时候来的呢?原来,满洒丽走了之后,王德也想坐电车走。这时,正巧师部司机老王开着一辆中吉普经过西长安街,被王德截住了。他跳上车说:"老王同志,快送我到北海公园。走近路行不行?"

"有公事吗?"

"对,走南长街,北长街,直到北海。快!"

王德走的这条路,比满洒丽近三分之一,又是自己的车,路上不停站,所以他比满洒丽早到二十分钟。他在琼岛上见满洒丽来了,赶紧躲在暗处盯着,一直盯着她上了小白塔,王德才悄悄地来到白塔上,站在她背后足有两三分钟,见没有任何其他人和她打招呼,才咳嗽了一声。

王德的动作,使满洒丽心悸。她觉得王德处处神出鬼没,行动莫测,要和他打交道,前途并不乐观。

"瞧你。"她神色不安地说,"像幽魂一样,神出鬼没的,吓人家一跳。"

"你胆子这么小还爬这么高啊!"王德一直倒背着手在瞧着她。不了解情况的人,还以为这位解放军在用日语盘问一个穿中式服装的"日本人"呢。

王德今天和满洒丽见面,是遵照周国华和李治中的指示来的,主要观察一下她对刘谊辉等人来北京在精神和行动上有什么反应,以判断她和他们之间究竟是什么性质的关系,并决定今后的对策。

王德和满洒丽在北海的小白塔上,肩并肩地伏在石栏杆上,眺望着城市风景。那些雄姿巍然的宫殿群,轮廓鲜明的雉堞箭楼,历历在目,清晰如画。王德说:"喂,我说老乡……"

"你干什么叫我老乡?"满洒丽向王德靠了靠,俯在王德的耳朵上,细声细气地说:"叫我丽英。"满洒丽的嘴唇在他耳边翕动,热气带着淡香吹到王德的脸上。王德的眉间结起了疙瘩。

"好,说真的。丽英,今晚,我们部队在长安大戏院包场,请原国民党特务团军官们看戏,你看不看?要不要我请客,我这里有票。"

这个题目,王德出得可不简单,使满洒丽简直没法回答。要说不去,老乡亲未婚夫请看戏都不去,不像话。要说去吧,假定他给的票和王经堂等人坐在一块,那就窘极了。说不说话?说话吧,王德派人偷听叮梢呢?假装不认识?一个女人家和些"不相识的男人"坐到一块,那才难受呢!因此她说:"谢谢你,王德。我今晚正好要回学校,听一个学术讲座。按我的心意,能陪你看场戏,真是不胜荣幸,可我还得学习呀,像我们这号人不学习可不行,将来吃什么?再说,一个女人家,不好好学点本领,将来靠男人吃饭,那就太没出息了,我才不干呢!"

"是啊。"王德自言自语地说:"不干!说是那么说,女人都愿意自己长得漂亮点,碰着个比自己漂亮的女人还有点嫉妒,那是为什么?"

满洒丽笑了,笑得那么清脆爽亮。

"你真会挖苦人,我才不那么想呢,更不想和别人比美,我准备一辈子不嫁人。"

"那么你为什么老找我?"

"哟!找你……因为你是解放军,对你尊敬嘛!"

"你为什么对别人不这么尊敬?"

"你是我的老乡嘛,还是……瞧你……德性,不谈这些了。"满洒丽娇媚地笑了笑,然后慢移轻步向塔下走去。

王德随后而下。满洒丽这些动作、表情,使王德觉得他这当年的未婚妻不像个天真的女学生,倒像是个久经社会锻炼的交际家,应付男人很有两手。

北海的水早已结成厚厚的冰,上面有不少小孩在滑冰,打陀螺,还有放鞭炮的。孩子们和游客,今年穿得特别整洁漂亮,女孩子的头上还扎着鲜艳的蝴蝶结。由大人领着跑啊,跳啊,说呀,笑呀,既天真又活泼。王德饶有兴趣地看着这些可爱的孩子们,脑海里展现出一幅美丽的远景——她们的未来该是多么幸福而自豪啊!因为她们将是一个繁荣富强国家的公民,新社会的建设者。王德看得高兴,想得入迷,几乎忘了他身旁还有个满洒丽。而满洒丽,也斜着眼瞟着王德那兴致勃勃的表情。

"你瞧这些孩子们,多高兴,"她说,"你说他们将来会幸福吗?"

"我想是会的。"王德满面春风地说,"我们拼命、流血打出一个崭新的社会,还不是为了他们?"

"全国解放后,你干什么?"满洒丽进一步问。

"还是当兵,因为世界上还有帝国主义。"

"我希望全国解放后你能到北平来做地方工作。"

王德仰面笑了笑,"帝国主义没打倒之前,我哪里也不去。既不回家也不到地方,专门等着打洋鬼子。活着就干,死了就算!"

"打帝国主义,能行吗?帝国主义可不像国民党那样无能。"

"行!"王德充满信心地说,"中国人民一定能打倒帝国主义!"

满洒丽不吭声了。她觉得,在这些问题上和王德对话是很不利的。

王德看了看表,整十二点了,他觉得他的任务已经完成,该走了。满洒丽发觉王德要走,赶紧拉着他的胳膊在朱红栏杆上坐下,佯装娇嗔地说:"瞧你,完全不像在家里那样了,好像我身上有刺会扎着你似的,老离我那么远……"说着眼圈红了,"我知道你变了,不喜欢我了。真没良心!"

王德低着头,心里咚咚直跳,猛一抬头,见北面来了几个解放军,但不是四连的。

"呀！我们的战士来了!"他假作慌张地说,"我该回去了。有机会再见!"说完,没等满洒丽回话就迈开大步走了。他出了北海公园,坐上公共汽车,到了西四,然后改乘电车来到团部,向团长汇报后,找到二宝,告诉他说:"二宝,你今天下午到石碑胡同六十三号附近,找个隐蔽地方躲起来,看他家都是些什么人出入。晚饭后,我和小李去换你,明白吧?"

"明白啦!"

王德心里很高兴,他觉得今天很有成绩。他认为满洒丽和特务团的某些人肯定有联系。否则,王德请她看戏一定会欣然答应。现在,她却婉言谢绝了。不过,今晚还需进一步证实。

晚饭后,王德来到长安大戏院,找到师部的文化干事,问了一下戏开演和结束的时间。答复是:"七点半开始,十点结束。"于是就和小李,急忙从长安大戏院出来,直奔石碑胡同六十三号附近,找到了二宝。二宝说:"今天下午有两个年轻人,一个穿皮夹克,一个穿西装,出去进来好几趟,看样子是在买东西吃饭似的。晚饭前还有一个穿长袍马褂、戴礼帽的老头儿进去了,到现在也没出来,其他再没有人来过。"

"好,你回去吃饭吧。"王德看了看表,"现在是七点,我们在这儿待到十二点再离开。"

王德从北海公园扬长而去,满洒丽一人待在那里觉得寂寞无聊。她把手里的一束鲜花,狠狠地丢到北海的冰上,花瓣儿随着正月的寒风飘然滚去,然后躺在冰雪之中不动。她坐在望照楼下走廊的栏杆上,望着那束摔成破碎不堪的残花,以及随着寒风滚动的花瓣儿,呆了好一阵子,才站起来向北海公园的大门走去。

晚饭后,满洒丽来到王经堂的公馆,屋里除去鲁青和刘谊辉的两个随从外,还有王经堂的太太。四个人正在打麻将。满洒丽一进来,大家赶紧起来打招呼。

"满小姐来四圈吧,过年过节消遣消遣嘛。"王太太满脸堆着笑容说。

"是啊,来四圈散散心。"鲁青急忙点头哈腰伸手让座。

"唉!哪有闲心玩牌?手气准不好。算了,你们打吧。"满洒丽精神不振地把外衣和围巾脱下来,挂到衣帽架上。然后,坐在沙发上吸起烟来。

大家见满小姐兴趣不高,也不好继续打下去,就此算了。

"满小姐,我准备给你恭喜了。"王太太紧挨着满洒丽坐下说。

"喜从何来呀?王太太。"满洒丽怫然问道,"你是不是听哪位饭桶,吃饱了没事干,又在造谣啊?"

"哟,我的小姐,你可别见怪,大概这事儿不知道的不多。你和解放军一个小伙子,谈得火热呢。要是谈成了,我们还不都跟着沾光?再说,你也不小了,老是挑三拣四的,总不是个办法,也要考虑一下自己的终身了。"说着,王太太格格地笑了。

"别瞎说!"满洒丽把脸一沉,"这是哪个杂种说的?搞不好这是玩命,怎能说是谈情说爱呢?笨蛋!谁再这么胡说八道,我就揍他的嘴。"满洒丽说着瞟了鲁青一眼。鲁青赶紧把头低下,并翻眼瞧了瞧王太太。王太太接着前言不搭后语地说:"哟,你可别生气,没哪个说,是我和你开玩笑!元宵节嘛,不说个吉祥话说什么?我觉得你一个人怪孤单的。兴许今年你交好运,有个标致的小伙子碰到你手里。你高兴,大家也为你高兴。这是好事,有什么害臊的?开个玩笑嘛。"

"开玩笑也不该在这些饭桶面前开!"

"那好吧,你们都出去,我一个人陪满小姐开开心。"

于是,鲁青和两个随从,都悄悄地到厢房喝酒去了。

王太太和满洒丽唠叨了足有两个多小时。外面电铃响了。王经堂、刘谊辉、顾贞熊、韩国栋进来了,后面又来了王兆祥、二营长和三营长。他们一来,屋里骤然热闹起来。王太太、鲁青,还有刘谊辉的两个随从，里里外外，招待、拿烟、泡茶、端水果。忙了一阵子后，王经堂叫太太和两个随从退下，他们开始开会。王经堂先说话了。

"诸位，去年是风雨飘摇之年，今年又将如何？兄弟我今天从共军的宴会上看，没有什么更大的作为。有一点可以看出，他们急于完成改编，这就说明他们要走。那么，共军新的攻势又要开始了。在这种情况下，我们就更要顶住，争取在他们走之前看不出我们任何破绽。"王经堂说着瞧了瞧满洒丽，"不知满小姐那里有没有新的情况？"

"没有新情况。"满洒丽说，"从各方面看，南京很乱。自从1月21日蒋先生下野，他还在溪口召见何应钦、顾祝同、汤恩伯等人开会讨论江防问题。江防总的划分两大战区：湖口以西归华中军政长官白崇禧指挥，其兵力共四十个师，二十五万人；湖口以东归京沪杭警备总司令汤恩伯指挥，兵力七十五个师，四十五万人。"满洒丽说到这里停了停，接着说，"从这里看出，蒋先生要打下去的决心还很大，而且并没有放弃任何权力。估计守一个时期没有问题。同时，以张治中为首的和谈代表团，不久即来北平。美国顾问团已大部分去台湾，现在已沟通联系。"

王经堂默默点头，然后问鲁青："嗯。鲁青老弟，别的单位有何情况？"

"啊，这个……别的单位和我们这儿差不多。不过，有一个高炮团已经改编完毕。许团长跑了，其余的都编成解放军了。昨天团部带两个营已经从南苑大红门搬到天坛，还有一个营在那里没动。营长独眼龙还在工作，平安无事。前天我去联系过，他说，以后没有要紧事少去。他还向您问好。"

"嗯，有机会再去时，告诉他，叫他好好地隐蔽。要钱花叫他到满小姐这儿拿。"

"是！"鲁青一躬到底。

"听说,密云有一个团拉出去,向热河方向跑了。结果如何,不得而知。"满洒丽插了一句。

"是有这回事,这是我报告满小姐的。"鲁青讨好地笑了笑。

"嗯,这样死了倒也痛快,老这么僵着可真憋人。"顾贞熊闷声闷气地说,"我看我们不妨也这么来一下。反正共军不会轻饶我们,不如早下手为强。临走时,把那些家伙都干掉。"

刘谊辉很长时间没说话,眨巴着眼吸着烟。室内烟雾中,一张张不同的面孔,在烟雾里时明时暗。提到暴动,大家都不发言了,看来难题不少。停了很长时间,刘谊辉才说:"关于这件事,大家不要乱说,没有我和中将的话,谁都不能轻举妄动!"刘谊辉用厌恶的目光,瞪了一下顾贞熊,"共军为什么把我们连以上军官请来吃饭看戏呢?我看,这是调虎离山之计。把我们调出来,好让他们在家里搞煽动,这一着非常厉害。明天大家回去以后,看情况如何。士兵中如有不轨行动,晚上就拉出个把子,干掉他,看谁还敢再听共军的煽动。我估计我们出来这一天一夜,家里一定会有变化。有变化也不要紧,我们的'士兵'(指的朱明礼)一定会干出奇迹来!"至于什么奇迹,他虽然没说,王经堂心里也有数,大概姓乔的和姓郝的早已完蛋了。刘谊辉接着说:"至于大局嘛,满小姐已经说了,有委座一手掌握,我们大可不必担心。把我们的事业搞好,就是忠于党国。"刘谊辉说到这里,偷眼瞟了一下满洒丽,说:"满小姐的婚事谈得如何了?大概很有成绩吧。恕我多言,和共军打交道,不管动文还是动武,都要小心。不然,这买卖要大蚀其本了!"

"这一点请少将先生放心,鄙人是受美国朋友教育的,小事一桩,无须先生如此操心!"满洒丽说着,吐了一口浓重的烟团,从刘谊辉眼前直飘而过。

"那么我多言了,小姐!"刘谊辉气极了,脸涨得像个紫茄子。他咬牙切齿地想:"狗仗人势!"

满洒丽的话,使这位特务头子的心情特别复杂。他气愤、嫉妒之中还带着杀气。按他的话说,不除掉这个小狐狸就是天大的耻辱,不过迟早而已。满洒丽也早看透了他的贼心诡计,所以,对他除去警惕,还随时准备反击。

王经堂觉得这两人今后只能是同室操戈,不能同舟共济,这是很危险的。刘谊辉的用意是除掉满洒丽,掌握电台,夺取他王经堂的指挥权。这一点刘谊辉不止一次地有所流露。尤其是上次为三连长的事和杀害乔震山未成时,他所流露的情绪,就充分说明了这一点。但是,目前王经堂对刘谊辉还不愿采取决然行动,尽量维持局面,以渡难关,等真正达到目的时,再对他采取行动。满洒丽顶撞刘谊辉,他有点幸灾乐祸。过了一会儿,王经堂说:"诸位,诸位,今天时间不早了,搞得太晚了,很危险。先生们愿在这打麻将的可以留下玩个通宵,不愿玩的可以回去了。祝大家晚安!"

说声走,大家呼啦一声都要走。

"哎!大家分批走吧,不要一拥而出,目标太大。"刘谊辉把手一举说。

于是,大家一个、一对地分批走了,剩下的就是刘谊辉和随从,加上王经堂和太太,正好凑四个人打了一夜麻将。打麻将时,刘谊辉和王经堂老惦着他们策划的第三次对乔震山的谋杀行动,不知成功了,还是失败了?

满洒丽离开王经堂的公馆,已是深夜一点了。她把手插在衣袋里,紧握着手枪,慢步在昏暗的胡同里走着,四周死一般的寂静。她专门走有路灯的胡同,在没有灯光的地方走,也确实有点怕人。满洒丽毕竟是个女人,又不是什么训练有素的特务,虽然带着手枪,也只能起壮胆作用。因为,她并没打过多少枪,能不能命中目标,那是很没有把握的。

满洒丽非常烦恼。今天和王德还没拉扯够,他就像影子似的消逝了。夜里又和这些家伙厮混了两个多小时。王经堂是个军阀,刘谊辉是个法西斯,其余的都是些行尸走肉,粗庸之辈。尤其是刘谊辉这个人世间的低等动物,使人见之作呕、闻之讨厌,若不想法除掉他,将来一定为害不小。而要除掉刘谊辉,只有设法借王经堂之手才能办到。

满洒丽一面走路,一面追念那些伤怀的往事。美国人临撤退时,为什么把她留下给王经堂呢?因为要掌握电台好和他们联系,随时取得准确情报;利用未婚夫的关系,分化、瓦解解放军。这两大任务完成了,就请她去美国留学,这是多么吸引人啊!既然这样,为什么又派刘谊辉来呢?难道派刘谊辉来做全面监督?!真见鬼!掌握电台,刺探情报,这还好办。要分化、瓦解解放军可不是那么容易的。怎样才能完成这项任务呢?打进解放军去!满洒丽突然产生这个念头。但是,能行吗?王德能把我当成自己的未婚妻介绍入伍吗?王经堂能允许吗?不过,不妨试试看。好处是可以试探一下王德对她的信任程度。如果真的参加了解放军,她是王德的未婚妻,谁还敢怀疑她的过去呢。那样,绒线胡同四十二号就成了解放军的家属所居之处,反而更安全了。当然,一旦被识破,她就得去坐牢。和王经堂商议商议,说不定他会赞成的。

满洒丽边走边想,边想边走,颇为兴奋。她要以她的行动,使美国人信服她的才干。这件事,她准备试探成功后,一边报告南京,一边请示王经堂,待批准后立即执行。

满洒丽兴致勃勃地回到家里,把今天开会的情况报告她的南京主子后,才安然睡去。她准备明天就去找王德。

王德和小李在王经堂公馆附近埋伏了有两个多小时,出入的人员看了个清清楚楚,满洒丽进门时那种左顾右盼的神态,活像一只受惊的狐狸。王德看在眼里想在心里,觉得很不是滋味,唉!命运就是这样捉弄人,一个好端端的未婚妻,竟成了个坏蛋。他回到团部,向团长周国华详细地汇报了侦察情况。最后,他建议说:"……我有个想法,不知当说不当说。"

"你说吧。"周国华吸着烟说。

"现在一切情况都已清楚,是否建议上级,今晚就把他们一网打尽?"

"为什么?"

"因为他们是一群特务!"

"你怎么知道?"

"哎……"王德答不上来了,只有自圆其说道,"陈一民和刘谊辉都不是好东西,其他人当然也不是好人,今晚都鬼鬼祟祟地在他家集合,不是明摆着开黑会?"

"好,就算你说的是真的。"周国华说,"你有什么证据说他们都是坏人,并且在开反动会?他们的会议内容是什么?你知道吗?既然我们没掌握任何证据,你有什么理由随便抓人?而且还要'一网打尽'。你这一网都打了些什么人?'坏人'?你这些坏人的根据光是看着像,或者感觉像就行了?不行啊,王德同志,在你没有抓到确凿证据以前,明知他们是坏人,也不能轻易动手捉人。再说,这些人是我们师部请来会餐过节的,结果你把人家都'一网打尽',合适吗?"周国华说着仰面笑了,"同志,政治斗争,必须掌握党的政策。那个姓满的女人,还是由你去继续侦察。其他城外的,由李政委那里掌握。他们那里搞得也蛮热闹呢。而且,危险性也不小。记住,要充分掌握确凿证据。这一点,你们连长和指导员做得很好,很稳当。"周国华想了想又说,"不过,你侦察的这些情况还是很重要的。要继续努力。要特别注意你和你们警备部门的安全。敌人着了急会和你拼命的。我相信你会做好的。至于那个满洒丽,看来……你那个估计是正确的。"周国华看了看王德那深思的脸,接着说,"是啊,这种工作对你来说是有点困难。但是,叫别人去办比你更困难。要叫我去对付她,我就有点无能为力。你说呢?王德同志。"

"哪里。"王德说,"我怎么能和你比,团长同志,你的英文不是很好吗。"

"嗬……呀！你可真会夸奖我。我的英文比起你的日文来，可差得太远了。好吧，总之这个问题不要操之过急，必须随机应变。天不早了，回去好好想想，有事多和梁群同志商量。"

王德起身敬礼出了团部，刚走进绒线胡同，忽见满洒丽从东面过来了。他急忙隐身在黑影里，瞧着满洒丽进了门，他才到连部去了。

秉烛夜深，王德翻开日记本，把团长谈话的内容概略地记了下来。主要有两条，一是，和敌人做政治斗争，必须牢牢掌握党的政策，否则就要犯错误；二是，有事多和梁群同志商量。前者是可以理解的，而后者是什么意思？王德看看正在睡觉的梁群，不由得想，莫非他又到团长那里去告了状？梁群呀梁群，有意见当面讲嘛，干吗动不动就告状呢？我王德又有什么地方对你失敬了？王德打了个呵欠，懊恼地把被一拉，和衣而眠了。

王德自从上次和梁群到王经堂家里查户口回来，团长找他谈了话，终日忙于查哨巡逻，捉散兵游勇，和满洒丽打交道，确实和梁群商量问题少了点。为此，几天来梁群想得很多很多。

今晚，王德回来时，梁群并没睡着。他偷眼瞧着王德的一举一动。他看着王德在灯下写日记，然后用嘴咬着笔杆发了一会儿呆。在发呆的过程中，还看了他梁群一眼，然后才睡了。这些表现说明什么？真令人费解。梁群想，就说他和满洒丽的关系吧，开始矢口否认，还怀疑这怀疑那的。后来经过我梁群的调解和团长的说服，才借口侦察和她相认了。既然是侦察，为什么又和她打得火热呢？好家伙，蹓马路，逛公园，中国话不说说日本话，这又是什么意思？他究竟在搞什么名堂？他们是合唱一台戏呢？还是真的在针锋相对地斗争？为什么满洒丽对我梁群连理也不理了呢？为什么他王德光去团长那里而不和我梁群商量呢？梁群就这么一边偷眼瞧着王德，一边连猜疑加嫉妒地胡思乱想着。

梁群为了这些事，他确实在团长面前有所流露，不过不是如此露骨而已。所以团长周国华对王德的嘱咐,是有根据的。而王德却怎么也没想到梁群会想得如此复杂。就连团长周国华也没想到。

古城的早晨,遍地是霜,寒气逼人。王德和梁群,漫步在宣武门城楼上,查看了三排的早操,尔后沿着城墙向和平门方向走去。在散步中王德把这几天来的警备情况向梁群陈述了一遍。梁群听着,没发表任何意见。王德说完了想听听梁群对目前工作的看法,对部队政治工作的打算,可是梁群老不说话,只是哼哼哈哈地应付着。王德扭头看看梁群那没有表情的脸,觉得他今天的情绪和往常不一样。过去不管说得对还是不对,总还是有问有答。今天谈话,光王德一个人滔滔不绝地讲,他呢,既不问也不答,王德有点莫名其妙了。

"你身体不舒服,是不是?"王德问道。

"没有,我很好。"梁群用手扶扶眼镜。

"那么,为什么情绪不高?"王德单刀直入地说,"你要是对我有什么意见尽管提,要是对工作有什么看法,也尽管说。干吗老不说话?我这个人你是了解的,急性子脾气,受不了这个。"

"王德同志,你说我对你了解,这话我可担当不起。"梁群说,"了解一个人可不是那么容易的,常言道路遥知马力,日久才能见人心呢。"

"咳?!闹了半天你还不了解我?有意思,还路遥知马力。我这匹战马从关外跑到关内,这路不算近了吧,你竟能不了解我,你还是组织干事呢,这话亏你能说出口。嘿,你呀,梁群同志,这件事你可得说明白。"

"我觉得你这个人,不大喜欢和人交心,谁知你心里装着啥心眼。"梁群耸耸肩,看样子有点冷淡,"比如,你和满洒丽的事,究竟怎么样了?你从来没和我说过。警备问题,我到现在还不知道我们警戒哪些地方。你从来也没和我商议过。所以,我说对你的工作我不了解。"

王德听他这么一说,心里又好气又好笑。他心想:你这位组织干事未免太官僚了吧。警备地点、任务分配都是经过支委会讨论的。和满洒丽接触是你提出来的。每次和她见面回来,都跟你说过。就这次见面,还没来得及和你谈,就不高兴了?这不是故意找茬嘛!具体情况你既不去深入了解,又不参加行动。不了解,不了解怨谁?

王德略带情绪地说:"既然这样,今天我们开个支委会,把这段工作情况向你这位代理支书汇报汇报。把工作再分一下工,你看好不好?"

"这倒不必了,因为支委会才开过不久。我觉得你对我好像有什么隔阂,白天跑出去经常一天不回,晚上回来得也很晚。你究竟干些什么?至于警备地点和任务,我倒是知道的。"

"那么你说,一排担任哪些单位的警戒?"

"你王德想考我是不是?!"梁群把眼一瞪,"我说你呀,小资产阶级的意识也太浓了吧。你觉得你读了几天书,就了不起了?未免太目中无人了。哼!"说完他丢下王德,悻悻而去。

王德望着走去的梁群,笑了笑,没想到这位干事同志气量竟是这样狭窄。有什么大不了的事,竟如此火冒三丈?王德想了许久,也没想出个值得梁群恼火的问题。管他呢,王德想,反正你梁群在这里也待不了多久,等郝平回来咱们再一块算账吧。王德没去追赶梁群,转身回宣武门了。

梁群怒气不息地走着,心里既气愤又委屈。气愤的是,王德竟敢一次再次地讽刺嘲笑他;委屈的是,他是组织干事,军龄党龄都比王德长,组织上竟派他来连队代替指导员的工作,还"代替"!简直大材小用!自从来到连部,王德根本没把他当做老前辈看待,工作既不和他商议,也不向他汇报,自己独断专行,目中无人,小资产阶级意识相当浓厚,竟敢在组织干事面前卖弄词汇,盛气凌人,还几次使他下不来台,真是岂有此理!

梁群边想边走,不知不觉到了和平门城楼,正碰着二排开早饭。二排的同志说什么也不让他走,非请他一块吃早饭不行。梁群只好在二排和战士们吃了早饭,然后简单问了问警备情况,就匆匆地下了城墙,向北新华街走去。他走到绒线胡同,向西一拐,想回连部,忽然抬头看见迎面走来一个女人。此人头上围着白底红条纹的风雪大围巾,身穿一件咖啡色剪绒外套,内穿酱紫色旗袍,旗袍外面套着一件蓝色阴丹士林大褂,脚穿一双红色高跟皮棉靴,显得特别大方、朴素。

"梁干事,您好,少见了。"满洒丽满脸是甜蜜的微笑,活像一朵盛开的野玫瑰。

"少见了,少见了,"梁群见到满洒丽,怒气顿消,亲切地笑问道,"你吃饭了? 到哪去呀,满洒丽同志?"

"谢谢您称我同志,我想……嗯,找您!"满洒丽把头一歪,娇态柔声地说。

"噢? 你找我有啥事呀?"

"我想和您商议个事儿,您有空吗?"

"有,有。"梁群高兴地说,"你看回家谈,还是在这儿谈呢?"

"不,我想……你要是赏脸,咱们到景山去谈好吗? 你去过那里吗?"

"啊,没有。正好,去玩玩也行。"

于是,两人说着话,来到西长安街,坐上电车,到了西安门,换了公共汽车,一直到了景山。这一路所有的车票都是满洒丽买的,梁群真是感激不尽。下车时,满洒丽还像亲人一样照顾着他。这时的梁群呀,浑身的汗毛都像是被熨斗熨过一样的温驯,服帖。

两人进了景山公园,爬上了辑芳亭,累得上气不接下气,稍事休息,又经过富览亭来到万寿亭,再也走不动了。在这里可以俯瞰古城全景,也可以看到城北的清河镇。梁群想:"难怪围城时,敌人在这里设了观察所。"

"坐吧,梁干事。这里好吧?"满洒丽拉一下梁群的衣襟,梁群一屁股坐下,正好和满洒丽紧挨着坐在亭边的椅子上。

"好,好!嗯,你说你要和我说什么事啊?"梁群从衣袋里掏出手巾擦眼镜。不小心带出一张折叠着的纸,掉在椅子上,由于他的眼近视,没看见。

满洒丽却眼尖手快,趁他没在意,拾了起来塞在衣袋里。

"瞧你,着急的,人家还得喘口气嘛。"她羞怯地笑了笑,掏出一块粉红色白花黑边的手绢,擦了擦嘴说,"听说你们部队在这里要吸收一部分青年学生入伍,和你们一块南下。有这回事吧?"

"有啊!怎么,你想入伍?"

"嗯。您能不能给我介绍一下啊?"满洒丽说,"我从小读书,学了不少东西,不为国家效劳,将来会后悔的。所以,我想趁现在大好形势,参加解放军,随军南下,解放全中国,为国效力。我们学校好多同学都争先恐后地报名参军了,我真有点着急。我觉得您为人诚恳、热情,又肯帮助人。所以,我想请您帮帮我的忙。"

"你怎么不找王德同志说呢?"

"唉,别提啦!"满洒丽双眉紧皱,"他那个人你还不知道,盛气凌人,傲气十足,他才瞧不起我呢。我倒是想找他,可想起他那冷三热四的态度,我就泄气了。所以,我才找您。我觉得您为人比他好,而且,看样子您的官好像也比他大。您给我介绍比他效果更好。您说我猜得对吧?"

"好,我一定尽力而为。不过,你得先把家庭出身、本人成分和政治背景告诉我。"

"可以,家里情况,你去问王德,他都清楚。他参军时,我正在奉天大学读书,四七年奉天大学搬到北平来,我又转到燕京大学,今年暑假毕业。我要是能参军,就可以不参加毕业考试了。既然您答应了,我这几天就去向校方交涉,办妥后,我告诉您,您再着手办,好不好?"

"好,就这么办吧!"

"一言为定啊!"

"一言为定。"梁群打了个寒战说,"咱们走吧,这儿太冷了。"

梁群和满洒丽走出景山大门时,已经是上午十点多钟了。满洒丽说她要到学校去,坐公共汽车先走了。梁群见满洒丽走了,自己也乏味地上了公共汽车。一路上,他回忆着满洒丽的一切。他觉得王德真是不应该,这么好个姑娘,思想进步,文化水平高,既温柔又礼貌,他竟说她有问题,还要当做重点侦察对象去侦察人家。为什么? 无非是想出风头,讨领导的好,不惜出卖自己的未婚妻。有什么根据? 完全是猜想,捏造。我呢,差一点受他的骗。梁群暗暗地说:"王德呀王德,你这主观主义、个人主义的毛病什么时候才能克服啊?"

一九

梁群回到连部时,同志们正在吃午饭。小李见梁群回来了,赶紧盛了一碗面条递给梁群说:"上午团部作战股杨股长,领着三四个参谋来连部检查卫生,等了你老半天。"

"等我干啥?"梁群接过面条边吃边问道。

"不知道,你问副连长吧。"小李说完,出去吃饭了。

梁群瞧瞧在外间和通讯员们蹲着一块吃饭的王德,准备吃过午饭再去问他。可是,王德却端着饭碗进来了。

"梁干事,上个星期,团部发来军管会一份书面通知,你见了没有?"

"通知?"梁群想了想,摇摇头说,"什么通知? 不知道。"

"这就怪了。"王德着急地说,"是军管会动员全城打扫卫生,清理垃圾的书面通知。我们没接到,所以也没执行。今天,杨股长来检查卫生,我们才知道。可是,我们谁也没见着这份通知。你看,怎么办?我们第四连干什么工作都没含糊过。这次可倒好,不但没执行,连通知也不见了!"

梁群听王德这么一说,模模糊糊记得好像有这么回事,但忘记哪一天在什么时候见过了。他急忙掏掏口袋,除去手巾、笔记本,什么也没有。

"那么,是你收起来了?"王德问道。

"没有。"梁群含糊其辞地说,"我不记得有这回事。"

王德看梁群的神色,八成是他收起来又不知放到哪里去了。不过听小李说,他亲眼看见那通知是梁群收起来的。于是,他说:"梁干事,你好好想想,有就是有,没有就是没有。我们没有执行上级的指示已经大错而特错了,要是连文件也丢了,那就得受处分。受处分不要紧,咱们大家担着,甚至由我来承担。但是,这种马虎作风可要不得。"

"你的意思是我把文件丢了是不是?"梁群把饭碗一放,扶了扶眼镜,"我告诉你王德同志,你这主观主义应该克服克服了,别那么自信。我从来就没见过什么通知、文件。你别有了过失往别人身上推,有了功劳都是自己的。这种作风比什么都坏!"

"瞧你把问题扯哪去了!文件丢了不光要求你想想,我们每个人都想过、找过了。难道就不能请你也想想?你没见就算了,发那么大的火干啥?"王德说着出去吃饭了。

这顿午饭两人都没吃好。午饭后,王德又问了问文书,文书说压根儿没看见。梁群也觉得奇怪,这文件放到什么地方去了?他把枕头底下,衣服每一个口袋又翻了一遍,连个影子也没有。他无可奈何地往床上一躺,眨巴着眼睛想:"真怪,好好的文件怎么会丢了呢?丢了文件不要紧,要是上面知道了——已经知道了——通报一下多丢人啊!"这时,王德叫三个通讯员分头到各排通知排长们来开会。

"你叫他们来开什么会?"梁群起身问道。

"给各排布置一下打扫卫生工作,文件丢了也得执行,再不执行错上加错。"

梁群没吭声又躺下了。

一小时后,各排排长都来齐了。

王德把大家召集在里间屋里,取出笔记本说:"今天上午,司令部杨股长向我传达了关于军管会动员全城打扫卫生的指示,大致意思是:由于北平城长期受战争的影响,大小胡同堆满了垃圾,不仅妨碍交通,而且影响人民身体健康。动员全体军民,三天内将各居民区所有垃圾一律清理完毕。具体措施如下:

1. 各街道、胡同,由各大区动员车辆外运。

2. 各住户,立即清扫院内,然后将垃圾堆放到指定地点,以备外运。

3. 各驻军地点,由解放军自行清除,并大力协助驻区居民清扫卫生。

4. 在执行以上指示时,要提高警惕,防止坏人从中破坏。"

王德念完了,接着说:"因为我们连的书面通知丢失了,所以没能及时执行。我们从来没有落后过,现在落后三天了,望大家回去立即执行……"王德没说完,忽听小李在外面问道:"你有事吗?"

"我找梁干事。"一个女人的声音,"我找他有要紧事儿。"

"梁干事现在有事,你等一会儿再来吧。"

"谁呀?"梁群走了出去,"啊,房东同志,找我有什么事?"

"瞧,这是你丢的吧?"满洒丽从衣袋里掏出一张纸,递给了梁群。

"嗯?你从哪拾到的?"梁群惊讶地说。

"格格……瞧你还问呢,"满洒丽调皮地笑着说,"你忘了在景山万寿亭上你掏手巾擦眼镜了?"

"噢……嚯、嚯嚯!"梁群拍拍脑门,难为情地说,"是的,是我丢的。哎呀!谢谢你,谢谢!里边坐吧?"找着文件了,梁群既高兴又感激,但更感到惭愧。

"你拾到文件为什么不当时给他,现在才送来?"赵文江抢前一步责问道。这黑大个子朝梁群和满洒丽之间一站,仿佛一堵墙,满洒丽吓了一跳。她镇静了一下才说:"哟!瞧你说的,现在送还晚啊!"

"对不起,现在我们有事,以后再说吧。"赵文江说着把风门关上了。

"我是找梁干事的,你管得着吗!"满洒丽不高兴地嘟囔着走了。

王德一直没说话也没出去见她。他想的是另外一个问题。这文件怎么会落到她手里了?而且在这么个节骨眼上送来,什么意思?……王德没再提起此事。开完会,大家都走了,他这才走到梁群跟前,心平气和地说:"梁干事,这文件怎么丢的,为什么会落到她手里去了?"

"哎!别提了。"梁群既苦恼又惭愧,用手拍拍脑门儿说,"我想起来了。上次——记不起哪一天了,是我接到的文件。当时不知有什么事打岔,我连看也没看,准备你回来交给你。可是,装到衣袋里就忘了,把这事耽误了。亏得人家给送来了,不然……真成问题!"

"那么,怎么会丢到景山上去了?"

梁群的脸一红,吞吞吐吐地把如何遇到满洒丽,如何到了景山,又如何在景山上掏手巾擦眼镜不小心把文件带出来了,丢在景山上,详细地说了一遍。最后,他说:"老王同志,文件是我丢的,我做检讨。可是经过这次我和她谈话,这个满洒丽同志确实是个好姑娘,思想挺进步,想参军随我们南下,解放全中国;我把文件丢在景山上,人家捡到了还专给送来。你看,真是军民一家啊!我看,你以前对人家的怀疑完全没必要。有这么个未婚妻还不够你幸福的。"

"哎——我说梁干事,"王德把手一伸说,"满洒丽的政治面目尚未调查清楚。什么好姑娘、思想进步、军民一家,这些评语下得还为时过早。我觉得满洒丽肯定有问题。你现在想介绍她入伍,不适合。把文件丢失给这么一个政治面目不清的人,她看够了,然后找了这么个时机——各排的排长都在这里开会——给送来,真够糟糕的。我看,这是她有意给我们内部制造矛盾,并且给你脸上抹黑。你倒好,不但不觉得有问题,还挺得意,你这样下去很危险!……"

"住口!"梁群把桌子一拍,"我要你来教训?!你王德可真了不得了!"

"嗨!什么事发这么大的脾气?"作战股杨股长一步跨了进来。

梁群和王德同时站起来迎接。大家坐下后,杨股长问了问情况。梁群原原本本地把丢失文件和去景山的事情又说了一遍。王德和杨股长一声不响地听着。杨股长听完,没加任何评论,只是说把梁干事的事情回去向团首长汇报。然后又问了一下四连打扫卫生的情况,王德回答已经布置下去了。

杨股长走后,王德领着小炮排和连部的同志,把院子里、街道上,积压日久的、发了霉的垃圾,做了彻底的清扫,院里院外到处响着锹锄声和人们的喧笑声。没用上两个小时,院里院外打扫得干干净净了。

"嗨,这还像回事。"王德满意地看着清洁整齐的院子说,"来,大家集合唱支歌,好不好?"

"好!"战士一声喊。集合了。

"《人民的子弟兵》,预备——唱!"

> 我们是人民的子弟兵,工农的武装,
> 在毛泽东的旗帜下壮大成长,
> 走过千山万水,
> 历尽艰难险阻!
> 冲锋陷阵,
> 百战百胜。
> 风里走,雨里行,
> 终年劳累何所惧?
> 练成了铁的肩膀、粗壮的腿。
> 走呀走,向前走,
> 走向新社会美丽的前方,
> 走向共产主义的伟大理想。

歌声冲向云霄,荡漾在古城的上空,显得这文化古都更加壮丽雄伟了。

梁群恼羞成怒,躺在屋里没有参加清扫院子的活动。他觉得王德很不好对付,想请示回政治处。至于这里,另请高明吧。他知道领导是不会同意的。可是,他豁着挨批,甚至受处分也不愿和王德共事了。院子里传来了歌声,这歌声使他更加烦恼。他认为这是王德幸灾乐祸,有意唱给他听的,是用歌教训、讽刺、挖苦他。所以,王德进来洗脸、取枪、扎皮带,直到他去各排检查工作,他也没动一动,脑海里老是在胡思乱想。忽然,一声雄壮的喊声,打断了他的思路,"报告! 梁干事,团长请你去团部!"

梁群翻身坐起,见是团部通讯员二宝。他心虚地问道:"二宝,团长叫我有什么事,你知道不?"

"不知道。"二宝憨笑了笑。

梁群还真有点先见之明。他回到团部后果然团长不再叫他回四连了。但是,把他严厉地批评了一顿,然后命令他这几天哪里也不准去,什么事也不用他干,回政治处写书面检讨。检讨得好,继续当干事;检讨不好,就降职当司务长,到伙房管伙食去。梁群全身都软了,耷拉着头,走出了团长宿舍,回政治处做检讨去了。

这消息很快就传到了四连,大家七嘴八舌地议论开了:

"这样说,我们连的指导员也没有了?"

"郝指导员很快就回来了,怕什么。"

"这号干部有和没有一个样。"

"政工干部不懂政治,奇怪。"

"小点声,别被副连长听见了。否则,准刮你的鼻子!"

连部响起一片笑声,这笑声反映了战士们对梁群的不满。平时,战士们有意见不敢提,因为梁群听不得逆耳之言。除王德外,谁敢对他提出不同意见?尤其是一个战士给组织干事提意见,那还了得?!有一次通讯员小张偷偷地和小李说,梁干事每天这走走,那逛逛,可排里的情况他什么也不知道,深而不入,是忙忙碌碌的官僚主义!被他听见了,不得了啰!他大发雷霆,把小张骂了个狗血喷头,而且罚了他半小时的站,差点把他冻成冰棍。理由是,自由主义,不尊重领导。从那以后意见再大,也没人敢吭声了。

梁群被调回了团部,战士们不但不留恋,反而觉得轻松;不但大胆地议论,而且渴望着他们信得过的郝指导员早日回来。只要梁群不回来,即便眼下没有指导员也在所不惜,这是战士们的心声,是任何力量也压制不住的。

正在这时,王德回来了。他还没进门,就听见屋里吵成一窝。开始,他还以为大家在讨论"将革命进行到底"的问题,仔细一听,全在议论梁群。他心里很不是滋味,心想这种作风要不得!他拉开风门跨进门口,屋里立即鸦雀无声了。每个人都装模作样,看书的看书,看报的看报,还有的偷眼瞧瞧王德,想观察一下他们刚才说的话,是否被他听见了。

王德进到屋里,解下皮带,放下枪,然后出来和战士们一块坐在铺草上,扫视了一下大伙。见三个通讯员、一个文书和一个司号员虽然在各干各的事,但大家的神色都有点不自然。

"怎么,都不吱声了?"王德一本正经地说,"刚才还像打机关枪,怎么一下子都卡壳了!嗯?"

糟糕!八成被他听见了。大伙不约而同地想。每个人的脸绷得更紧了,谁也不敢吭声。

王德看着这些天真的小鬼头,心里琢磨着从何说起。既不能挫伤他们的积极性,又要以理服人。他采取了一个声东击西的办法。

"是的。"王德说,"将革命进行到底的问题,连部是讨论得少一点。我呢,光忙着往排里跑,很少和同志们坐下来讨论。今天,我想听听大家的讨论,请大伙发言吧。"

听王德这么一说,通讯员小张知道副连长没有听到他们议论梁干事的事,心里十分高兴,不由自主地失声笑了一下,赶紧又用手捂着嘴憋回去了。

"你笑什么,小张?"王德一本正经地问道。

"没笑什么。"小张起立答道。

"为什么用手捂着嘴?"

"打了个喷嚏……"

"哼!"王德笑了笑,心想你小张一口吞了个土地庙,满肚子是鬼。你不说,我找人说。他环视周围,眼光在小李脸上停下了。"小李说!你坐下吧。"

小张坐下了,他瞧瞧站起来的小李,不免替他担心,怕他没词可说。可是,小李不慌不忙,站起来整了整衣服说:"是这么回事儿,副连长!大伙听说梁干事回团部后,团长把他剋了一顿,而且叫他做检讨,不让他再回来了,大伙心里……心里,这个……觉得团长办事很那个……所以大伙正在议论这事。反正你已经听见了,其实大家也没说什么,就是说了些平时的感觉呗……"

"你们听谁说梁干事不回来了?"

"我到团部去,二宝告诉我的。连营里都知道了,这事千真万确。"

王德的脸浮起了一层阴影,低下头一声不响,沉默了好一阵子,几次想说什么,又憋了回去,他长长地吁了一口气。

全屋的人,你瞧瞧我,我瞧瞧你,光等着副连长批他们了。可是王德老是沉默着,眨巴着眼睛在沉思。这闷不吭声的局面,使大家更加窘不可耐。最后,王德直了直身子,打了个手势请小李坐下,终于发言了。

"同志们,"他说,"梁干事犯错误,这里面也有我的份儿。在工作上,我跟他联系不够,使他不能及时了解情况;加上他本身缺乏连队工作经验,而我对他帮助又不够,使他犯了错误。同志犯了错误嘛,不应采取幸灾乐祸的态度。这不是我们共产党的作风。大家有意见应该向我提。梁干事已经走了,我们应当接受教训,多做自我批评,不兴在背后论长讲短,把人家的短处当成谈笑的资料,这种自由主义的表现,是不允许的。对领导有意见怎么办呢?还是老办法,向组织提,也可以向我提。该我接受的我接受,该我转达的我转达,对提意见的人绝不打击报复。这一点同志们应当相信。连长、指导员在家时,我是这样做的,不在家也这样做。现在连里领导就剩我一个人,我觉得担子挺重。部队进行政治教育有许多工作要做,又要担负警备任务,工作中难免顾此失彼。因此,请同志们对我多提醒多帮助,绝对不准当面不讲背后讲,把部队的风气搞坏了。否则,没法向连长和指导员交代。"

王德的话没说完,赵文江进来了。

"报告副连长!"他敬礼后说,"一排有个战士是冀东人,昨天忽然要请假回家看看。我和他谈了半天也不行。怎么办?"

"哼。这词儿新鲜。"王德站起来自言自语地说,"战争年代哪有请假看家的道理。我们在这里暂时完成警备任务,不定什么时候,命令一来就得行动,怎么能请假看家?!"

"我和他谈过了,就是不行,非走不可!"

"非走不可?……那就不是请假的问题了,一定有其他原因。走,咱们看看去。"说着王德和赵文江一块出去了。

连部的人们见副连长和一排长一起走了,按说,闷了这老半天了,应该轻松轻松了。可是不!大家一声不吭地仍然闷着。王德的发言,一字一句都在大家耳朵里回荡着。这些心里话,使每个同志都感到既高兴又激动。高兴的是,副连长进城以来确实变了,对工作热情积极,对同志和气耐心,从来不发脾气,更没有架子。要是在过去,大家背后发牢骚说怪话,若被他听见了,非刮你一顿不可。激动的是,连长和指导员不在家,工作一大堆,他可真够忙的。但他从没闹过情绪,总是高高兴兴地和大家一块工作,使连队保持了正常的工作秩序。梁干事在这里对工作没起多大作用,有时为了看法上的不一致,还和王德争论过,尤其是对房东姑娘——满洒丽的看法有严重的分歧。但是,王副连长从来没在背后说过他一句坏话。这一切,战士们看在眼里,记在心里,对王德产生了亲切而崇敬的感情。

王德和赵文江来到中南海,一进门就听到战士们在屋里高声大嗓地讨论问题。王德不禁使了个眼色给赵文江。赵文江会意地站下了,和王德并肩站在门旁,身子依着墙静静地听着。

"……很好,大家发言很积极。光我们说了还不算,连俺们老百姓都听毛主席的话,有的还写信劝说她那未结婚的对象呢……"刘吉瑞的话没说完,就被大家的吵嚷声淹没了:

"谁的信,拿出来大伙见识见识好不好?"

"对,我赞成!"

"我赞成……"

"拿出来念念,大伙儿也跟着受教育嘛!"

"对。温明顺你敢不敢念给大伙儿听?"刘吉瑞的声音。

"好——欢迎,欢迎!"响起一阵掌声。

"这……写得又不咋样。"温明顺腼腆地说。

"念吧,温明顺,沉住气,不要害臊。"刘吉瑞说完,全屋响起一阵哄笑声。

"好,我念!"温明顺清了清喉咙,念道,"顺子哥。"

"嗬,听这称呼,多亲热!"不知在哪个角落里传出这么一声。

大家又一阵哄笑。

"别笑,听他念嘛,谁还没个小名,有什么好笑的?"刘吉瑞说。

笑声好不容易停止了,温明顺继续念:

接到你的信,俺心里高兴。听说你住了院,俺偷着流眼泪,你知道俺心里是个啥滋味。后来,听说你进了北平,俺心里喜得直跳,爹妈也喜得闭不上嘴。家里眼前日子可好过啦,分了房子,分了地,有吃有穿。你知道这是谁给咱的?是共产党毛主席给的。喝水不能忘了掘井人,没有共产党哪有今天的好日子?你可要好好地干,别老惦着家。听大伙儿说,咱们的解放军要打到江南去,解放全中国。顺子哥,你放心地去吧,我等着你。等着你立上三两个大功回来。要是你没出息,将来回来俺就不理你。大概你还没入党吧,信上没说,俺知道你没脸说。将来你回来时,还是这么着,俺可不能称你同志……

温明顺念到这儿,羞得脸没地方搁,后面的也念不下去了。

大家一哇声地叫好,有的说:"别看温明顺憨头憨脑的,找个爱人可挺进步啊!不用问,这人的模样大概长得不赖。"

"哎哎,别瞎扯淡,她模样好赖是人家温明顺的,你们说也是白费。大家谁还有这号信没有,拿出来念念,管它是爱人的还是老婆的,爹妈的都行,拿出来比一比,看谁家写得最好。"

战士们有的说有,但又不好意思往外拿。有的说还没有接到家里的信,如果接到信也一定念给大家听。最后,问到新战士田忠,他脸一红,讷讷地说:"我……我大前天接到了一封信,昨儿,叫我烧了。"

"你干吗烧了?写的不咋样吧?"

"不会,他是冀东人,去年在靠山镇参军,老根据地的,没错。"

"信烧了,那么你说给大伙儿听听不好吗?"刘吉瑞说。

"我,我记不清了……"田忠说着,两手抱着脑袋,把头低下了,还长长地叹了一口气。

"人家温明顺念给大伙儿听了,让你说个大概都不肯。"

"就是嘛,见到信想老婆了吧!"

"对,不是想老婆就是老婆想,扯后腿的味道准不好受。"

"怪不得没情绪。"战士们七嘴八舌,说什么的都有。

田忠沉不住气了,他把头一抬,满脸是火气,"好,我说。我听了温明顺的家信,大家都那么赞扬,心里真不是滋味。我老婆给我来信说,部队要南下了,不知多咱才能见面,要我回家看看。可我呢,像个傻瓜,真的去向排长请假了,而且还请了两次。一个心眼儿想回家,想起来真丢人。嘿,不说这些了。我家祖孙三辈给地主扛长活,从没吃过饱饭。共产党、八路军到了我们冀东,我们家才一天天好起来,可现在党中央毛主席号召我们打到江南去,解放全中国,将革命进行到底。我呢?我他妈的忘本了,我……"田忠说到这儿,把头往下一低,哭了。

"哭啥子哟。"一个在辽西战役中被俘虏过来的四川兵,慢条斯理地说,"你们好赖还有个家嘛。我呢,自从一九四五年蒋该死抓了我的壮丁,老婆改了嫁,父母讨饭吃,现在也不知道到哪里去了?这四五年从来没个家信,我呢?自从被解放过来以后,受到了优待,参加了诉苦教育,学到不少东西,我心里亮堂多了。共产党给了我第二次生命。现在党中央毛主席,要求我们把革命进行到底,我没话可说,跟共产党干一辈子革命,就是子弹碰在脑壳上,也心甘情愿。"

王德在外面听到这里,拉了赵文江一把,转身就走,来到怀仁堂门前停下说:"老赵,刘吉瑞这个学习方法,既生动活泼,又解决问题。用战士的事迹,教育战士,这样,能把将革命进行到底的教育落实到每一个人。你看,田忠就改变了态度。你回去再启发一下,让每个战士畅所欲言,把心里话都倒出来。那么,这个打到江南去、解放全中国的口号才有实际内容和可靠保证。我再到别的排看看,看他们是怎么个搞法,必要时,把你们排的经验推广一下。"

　　王德出了中南海,向西长安街走去。他想去看看在广播电台执勤的战士,还想到宣武门去查看一下三排的学习情况……总而言之,忙得不行。

　　乔震山、郝平不在家。梁干事又被调回团部,这政治思想工作他也得担起来,责任不轻。可是,王德总觉得全身有使不完的劲,工作越多、越忙,他干得越有劲。但是,他也意识到,连长和指导员不在家,他这初出茅庐的新干部只有拿出比平时多三倍的精力,才能保证连队的工作正常进行。今天,他听了一排战士的座谈,心内一阵豁亮,受到了很大启示。他对党中央毛主席关于将革命进行到底的指示,有了新的体会。它代表了全中国人民的愿望,也是中国人民解放军义不容辞的责任。王德准备发动全连指战员给党中央、毛主席写决心书,给家里的亲人写鼓励信,鼓励他们努力生产、积极支前。

　　王德边走边考虑今后的工作,心情十分激动,他放开大步沿着长安街走去。猛然,一辆三轮车擦身而过。他扭头一看,那车上坐着一个中年男人,头戴礼帽,紧压眼眉,鼻子下面一撮小胡,身穿长袍马褂,脚穿粉底黑帮棉靴,看样子像个生意人。可是,他的那副面容,不禁使王德心里一动,觉得此人有些面熟,好像在哪里见过。他快走几步想跟上去看个明白。三轮车已经走远了。他望着走远的三轮车,脑子里不断在想这个人在哪里见过?王德放慢了步伐,低头走着,忽然有人拍了他一下,"副连长,我正找你呢。"通讯员小李,向前面看了看说,"刚才你看见一个坐三轮车的老头没有?"

"怎么,你认识他?"

"认识。你还记不记得我们找房子时,有个老头跟着女房东从北院出来,半路又回去了?从那以后就再没露面。三轮车上的老头,就是他。他在前面胡同口下车时,我见他拐进路南一个胡同,就悄悄地跟着他。结果,他进了胡同也不知进了哪个门,不见了,我就回来找你。"

"嗯!对了,是他。"王德想了想,恍然大悟地说,"这个人从我们驻进他家以来从没露面。上次满洒丽说,她舅有病,在家出不来。我看,这个人很值得怀疑。走!去侦察一下,看他到那个胡同里干啥?"

两个人紧走慢走来到安福胡同口。这胡同不宽,来回只能走开两辆脚踏车,再往里走就更狭窄,两人来往还有点擦肩,而且拐弯抹角一点也不直。王德和小李一直顺着胡同往里走,见胡同两侧都是些小家小户的过街门楼。当他走到胡同尽头时,一栋小房子把胡同堵死了。这是一条死胡同。

他们察看了好几家,只有路西一个门楼是新开的,旧墙新门特别引人注目。王德仔细察看了这个门,门是新油漆的,两旁的墙有两米多高,爬不上去,看不见院里的情况。王德有心叫小李踏着自己肩膀上去看个明白,又怕被老百姓碰着说解放军大白天爬墙头,影响不好。

王德正想不出办法来,忽听前面有一家的门开了,出来一个四十多岁的男人向外倒水。王德赶紧上去打招呼说:"喂,先生,这个新门楼是谁家,他家姓什么?"

"噢,你说的这新门楼嘛……不太清楚。不过这门新开了不久,听说他家前院住着解放军。"

"前院靠什么街道？"

"绒线胡同嘛。"

"唔……"王德点了点头，"好，谢谢您。"

王德全明白了。他拉着小李向胡同外走去，不一会儿停下来，俯到小李耳朵上，悄悄地说了一阵。

小李边听边笑着点头，答道："行，我一定完成任务。"

第二天早晨，东升的太阳照着第四连连部的院子，麻雀成群地在松柏树上喳喳地叫着，静静的庭院显得更加幽雅、恬静，使人心旷神怡。通讯员小李打扫完了院子，站在走廊里向房东院子里瞧着。房东的院子，虽在咫尺，似隔千里。因为进城时纪律规定，不准随便进房东的住区瞧看溜达。小李昨天接受副连长的任务，要他想法到房东后院侦察情况，能见到那个坐三轮车的老头更好。小李当时觉得完成这号任务容易得很，一口答应了。可是，现在却犯愁了。找什么理由进去？借东西？借什么？一经盘问，必然哑口无言。小李想不出充分的理由来，心里很着急，挠耳抓腮，直摸脑袋。

正在这时，他见一只小花猫蹲在墙头上，瞪着一对大眼睛，转动着头，扭动着尾巴，身子却一动不动地死盯着一只小麻雀，忽然它纵身一跳，把麻雀扑住了，衔在嘴里向房东的院子里跑去。小李乘机跟着小猫，进了月圆门，见那只花猫瞧了瞧小李，想往屋里钻，可是门关着进不去，便蹲在门口不动了。小李哈着腰，轻轻地向前移着步，伸出两手，嘴里还轻声地唤着，表示对它的友好。可花猫见小李要捉它，跳起来沿着墙根向东跑去，然后向北一拐，通过角门，跑进了后院，纵身爬上一棵树，跳上墙头又上了房子，蹲在屋瓦上，不慌不忙地吃开了，麻雀的羽毛在屋顶上飘散着。

小李进了角门来到后院，见花猫跳上房子，心里一阵高兴，真是绞尽脑汁苦无计，进来毫不费周折。小李抬头见有个人在后院散步。此人头戴蓝呢瓜皮帽，帽檐紧压着眼眉，披着一件貂皮领子大氅,耷拉着头像在想什么心事。当他听到小李的脚步声猛一抬头,他们的视线正好相遇。他什么话也没说,面色惊慌地转身进了西厢房。接着,房东的那个胖太太,腰里扎着围裙,大概正在做饭,从屋里慌里慌张地出来了。

"哟,小同志,你有事吗?"光泽的胖脸浮现着不自然的笑容,"你是不是要借东西呀?"

"不。"小李说,"我想捉那只小花猫玩。你看它真行,还捉了个麻雀吃呢。"

"哟,瞧你多有意思呀,到底还年轻,哪能捉到它啊,你要是喜欢它,等它下来我捉了给你送去,好吗?"

"不必了,谢谢你。"小李搭讪着。因为他想仔细观察这个后院的情况,所以问道:"你自己做饭啊,房东?"

"是啊,现在要锻炼着自己做呢。以前,家里有个做饭的。可是,我们掌柜的说,解放了不应当不劳而食。就把做饭的辞了。我从来也没做过饭,做得也不好吃,老头子又有病,还有个外甥女正在上大学,我也挺为难。开始,我想请徐先生帮我做,可人家前几天也回家不干了。现在没法子,只好自个儿做了。说起来叫你笑话,同志。"说着她自己先格格地笑了。

小李任务完成了,把房东的后院和那个坐三轮车的人看了个一清二楚。他告辞了女房东,赶紧找王德汇报去了。

然而,鲁青却吓了个半死。他见太太把小李支走了,一颗惊慌的心才微微安定下来。他溜出了厨房,紧忙钻进北屋卧室里,把门关好,然后把自己往床上一扔,喘了口粗气,他觉得把所有的危险和惊恐都关在门外了。可是,小李——那使他心惊的形象,仍在他脑海里萦绕着,"不得了。"他想,"这小兔崽子算是盯上我了。昨天下午在胡同口碰着他,今天又突然盯到我家里来。看来,我虽然和他们见面不多,却已经引起他们的注意了。"这时他感到十分恐怖,脑海里涌起了种种骇人的假想。他觉得这里已经朝不保夕了,不定什么时候共军会突然破门而入。等着他的将是逮捕、坐牢,甚至枪毙。他鲁青这四十年的春秋算是玩完了!他越想越恐怖,脑神经受到猛烈的震撼。他一会儿神经质地跳起来奔向窗前侧耳静听;一会儿像僵尸一样倒在床上,香烟吸到一半,摔在地上,接着又点燃另一支;一会儿起来掀开窗帘隔着玻璃向院子里瞧瞧。院子里空无一人。最后,终于想到一条出路:三十六计走为上计,出去找个地方匿起来,等队伍走了再回来。嗯,就这么办!要赶紧走。想到这里,他又拉开窗帘,向院子的东墙上看了看那个新开的门。正在这时房门哗的一声开了。

"还不去吃饭,在屋子里寻死啊!"胖太太进来咧开元宝嘴,喊了一声。

鲁青全身一哆嗦,两腿发软,差一点跌倒,吓得魂不附体。

"他妈个巴子的,你这臭娘儿们,想把我吓死啊!"

"满小姐在等你哪。瞧你这个可怜相。"胖太太扭身走了。

"啊!对了,还有满小姐呢,我走,她能同意吗?"鲁青想道,"是的,这事要和她从长计议,不然她会叫陈先生把我送上鬼门关。"

鲁青提心吊胆地出了房门,向厨房走去。

二〇

老鼠出洞以前,总是提心吊胆地怕碰着猫。

鲁青出门以前,也是鬼头鬼脑地察看周围是否有人盯着他。鲁青和满洒丽商量好了,今天到王经堂那里去。一来向王经堂报告重要消息,二来到那儿躲避几天。上午,他在胡同的拐角处探头一瞧,不禁吓了一跳。他见小李背着枪在胡同口面朝马路站着,吓得魂不附体,赶紧缩回来,钻回家里把门关上,惊恐之心久久不能平静。

"糟啦！这胡同被堵上了,出不去了!"他在地上转悠着自言自语地说。

"上午不能走,下午再走。老虎还有打盹儿的时候呢。"胖太太满不在乎地说。

"对,下午再去。唉!"鲁青躺在椅子上吸起烟来。他隔着窗户向天空瞧着,希望时光飞速流逝。可是这太阳,白惨惨的脸像钉在那里一样,走得慢极啦!

小李今天上午在胡同口站了老半天也没见房东老头出来。于是,他回到连部向王德做了汇报,并准备下午再去。王德想了想,对小李说:"你真傻! 你那样站着,他能出来？你必须找个地方匿起来,使他看不见你,而你又能看见他才行。下午再去。暗地里盯着他,看他到底去什么地方,然后马上回来报告。"

下午,小李来到安福胡同口的马路对面,进了一家商店,隔着橱窗向胡同口瞭着。不多时,房东老头贼头贼脑地从胡同里出来了,见他往西一拐,沿着长安大街走去,走得挺快,还不时地回头瞧瞧,不一会儿,在电车站停下了。

小李钻着人空也向电车站靠拢,碰巧一辆电车停站,鲁青上了前节车厢,小李趁机上了后一节车厢。电车向阜成门开去。一路上各停车点都有乘客上下,到了阜成门终点站,他见房东才从车上下来,然后直奔汽车站,登上去郊区的汽车。小李刚一下电车,那辆去郊区的公共汽车就开走了。小李只好顺原路回到了连部,把所见情况向王德做了汇报。他说:"副连长,这家伙是不是到太平庄去了? 不然他坐郊区公共汽车干什么？我看我也去太平庄,找连长了解一下。如果他到那里去了,就了解一下他去干什么;如果他没去,我就马上回来。好不好？"

"好是好,"王德说,"这样对连长的工作也有帮助。不过你下午能赶回来？"

"没问题。赶不回来就在连长那里住下,明天再回来嘛。"

王德看小李那兴致勃勃的劲,觉得他今天特别惹人喜爱。他一手搭在小李肩上,两眼瞧着他的脸,说:"小李同志,你这建议我倒是同意。不过,你一个人去可要多加小心啊!你知道吧,敌人急了什么坏事都能干出来。你这条枪要叫它起作用,这脑袋瓜要好好地使用它,懂吧?!"

"懂啦。你放心吧,副连长。我今年已十九岁,枪林弹雨都闯过,干这点小事儿,蛮有把握,不会出毛病。"

"好吧,早去早回,我等你的好消息。"

"是。"小李把枪一背,认真地给王德敬了个礼,转身向外走去。

果然不出所料,鲁青乘车来到了太平庄。下车一打听,太平庄离王经堂住处还有三四公里远。他甩起袖子顺着乡村小路向太平庄走去。鲁青举目四顾,这地方特别荒凉,阵阵的尘土刮得人睁不开眼。他用手扶着礼帽,偏着身子避着风,好不容易来到一块好大的松林。这松林是块古老的坟地,当地老百姓叫它王爷坟。这坟地距今约有一二百年了。所以那些参天遮日的松柏树,每棵都有一两抱粗,那些墓丘隐藏在松林之中,杂草丛生,荆棘遍布,附近的老百姓谁也不敢到这里来割草砍树。据说有一年,有个人在这里割了草回家烧饭取暖,没活上一个月就死了。因此,村邻之间传为鬼话。有的说,王爷坟的东西谁也不能动,谁要是动一棵草,砍一根树枝,王爷发了怒,此人少则一月,多则半年就得死,说不定全家都要遭灾。这鬼话流传至今。而这片松林荒塚也就完整地保存到现在。逢年过节时,有的老人还到这里烧纸钱,压纸幡。据说这是讨好王爷的幽魂,保他们全家一年安康。

鲁青被风沙呛得受不了,再加上这西北风像刀似的割他的手和脸,他急忙钻进松林里,一屁股坐在一块石碑前面用汉白玉凿成的供桌上,把身子往石碑上一靠。觉得这里既暖和又没人能发现他。他想在这里歇歇脚吸支烟再走,反正前面不远就是太平庄了。

再说天还早,太阳还那么老高呢。于是,鲁青掏出烟来擦火点着,一口接一口地吸着。他抬头透过松林,向朦胧的天空瞧着,心想:这里可倒保险,四下里连一个人影也没有,在这小天地里该多安静啊!

忽然一阵大风刮过,松林里发出惊人的吼声。接着,他的前后左右响起沙沙的声音,仿佛有许多人悄悄地在他周围走动。鲁青急忙回头,松林的深处,黑洞洞的;那些坟顶上,用土块压着的纸幡,随风发出哗啦哗啦的声响,在这寂静的坟地,这声响使人心悸。高大的松柏,伸展着长臂似的枝杈,经过穹苍的光照,透射在坟墓之间,忽明忽暗。在鲁青的视觉里简直是鬼影憧憧。他急忙起身回头看碑文,才知道这里就是王爷坟。他过去曾听说北平西郊有座王爷坟,这里会闹鬼。霎时鲁青全身汗毛竖立,一股寒气从头顶流到脚跟。他一步步向松林外退去,然后转身就跑,可是衣襟又被什么东西拉住了,他更紧张起来,用力一扯,只听哧的一声,衣襟撕开一道大口子。由于走得慌张,衣襟被荆棘针刺剐破了。

鲁青——那体不胜衣的细高个,哈腰驼背,用手扶着礼帽,颠着小跑步,惊魂失魄地找到了王经堂的住处。当他毕恭毕敬地给王经堂鞠躬时,王经堂两只凶光灼灼的眼,早已把他全身搜了一遍。

"你来干什么?"他说,"看你这狼狈相!"

"是,是这样,陈先生。"鲁青向前移了一步,低声下气地说,"我被共军发现了。他们一直盯了我两天。我好不容易从城里跑出来,想在你这匿几天,再,再回去。"

"怎么发现的?发现你什么?"王经堂镇静而严厉地问道。

"这……嘿嘿,"鲁青讨好地笑了笑,说,"前天……噢昨天,我到您府上去看望太太,见一连一排长,穿着便衣……"

"他在我家里?!"王经堂从座椅上跳起来问道。

"是的。"

"他什么时候去的?"

"就在你们回来的那天夜里。"

"好,你说下去。"

"他说他在那里暂时匿几天,然后想办法回家。"

"这个混蛋——后来呢?"

"我觉得这事很严重,就回家找人向你报告。可是,路上碰着共军那个王副连长。当时他没认出我来,可我认识他。这还没什么。倒霉的是,在胡同口下车时,碰着那姓李的通讯员。那小崽子的两只眼睛像鹰一样,一下子就把我盯上了。我跑回家不久,他就和那个王副连长在胡同里转悠了好久才走……"

"这有什么要紧的?"

"是。可是第二天早上,那个小通讯员突然跑到我们后院里来了。这时,正巧我在院子里散步,被他看了个一清二楚,吓得我赶紧躲到厨房里,幸亏我太太出来把他应付走了。"

"嗯,他认出你叫鲁青?"

"没,没有。"

"没有你慌什么?笨蛋!"

"是。"鲁青鞠躬说,"我感到我已经引起他们的注意。所以,我和满小姐商议,到你这里来。一方面躲几天,另一方面请示你对一排长逃到城里该如何处置。今天我出胡同口时,发现共军那个小通讯员在胡同口站着,看来……他们是盯上我了。后来好不容易才抽了个空跑出来。"

鲁青刚一住口,刘谊辉走了进来。他惊异地端详了鲁青,又瞧着王经堂那怒气冲冲的脸,问:"怎么,又发生什么事了?"

"你问他吧!"王经堂用眼瞟了一下鲁青。

鲁青又把以上的事情陈述了一遍。

"你马上回去!"王经堂说,"你在这里要是被姓乔的发现了,他会把你的脑袋扭下来。在这里比在城里更危险。回去告诉一排

296

长,叫他赶快滚蛋!愿到哪去就到哪去,别在我家里给我惹事。完了,去吧!"

"慢着!"刘谊辉把手一伸,说,"鄙人的意见,鲁青老弟回去是对的。但是回去后对那个一排长,既不能留着,也不可放走,得想法把他收拾了。我们不是答应姓李的捉他吗,现在我们捉到了,又把他放走,共军知道了会罢休?万一落到共军手里,麻烦就更大了。还有,鲁青老弟决不能马上就走,要等天黑以后再走。我们用小车送你。因为在你来到这里不久,共军那个小通讯员也从城里跑来了。这不是巧合,显然是有意盯梢。这个小崽子一来就到李先生那里去了,说不定李先生有什么文件或交代他什么话叫他带回去呢。这些家伙诡计多端、行动莫测,我们不能不防备。他会通知城里到你家去侦察。"

"老兄高见!"王经堂满面笑容地打开烟盒,请刘谊辉吸烟,然后对鲁青,"先到厢房里匿着,不准露面!"

"是!是!"鲁青躬身敬礼,退出门外。

鲁青告发的那个排长是谁?就是那天晚上往窗口上安放炸药,想炸死乔震山和郝平没有成功,被乔震山逮住的那个一连的一排长。

安放炸药的主谋,是刘谊辉。是他亲自交代朱明礼和一排长去执行的。刘谊辉想借他和王经堂进城赴宴的机会,叫朱明礼和一排长在家里把乔震山和郝平炸死,将来追究起来,他和王经堂就有理由推卸责任。万一不成功,他再找机会杀人灭口。现在什么也不用了,一排长跑了。

那天晚上,乔震山把一排长交给了三连长李贵堂看押,准备等李治中回来处理。当时李贵堂真是受宠若惊,把一排长交给他看押,这是对他的莫大信任。于是,李贵堂把一排长带回去,进行了一番审讯,揍了几个耳光,踢了他两脚叫他交代问题。可是他什么也不说。李连长气极了,想把他捆起来吊到梁上,狠狠地揍他一顿，借以发泄内心的怒气。可是，正在这时郝平进来了。

"不要这样，三连长。"他面色平静地说，"按解放军的政策办事，坦白从宽，抗拒从严，首恶者必办，胁从者不问，立功者受奖。不要随便刑讯犯人，把他放开，叫他慢慢反省。只要他把幕后指挥者交代出来，就可以从宽处理。你听见了吧，一排长？"

"听见了，教导员。"一排长全身哆嗦着答道，"让我好好想想，明天我一定交代。唉——呀！"一排长坐在地上，龇牙咧嘴一个劲地唉哼，仿佛他已经被打得不能动了似的。

夜里，哨兵一时疏忽睡着了。一排长乘机悄悄地溜了出来，翻过墙头回到一连一排换上便衣，趁着皎洁的月色跑回了北平。这里到换哨的时候才发现他跑了。三连长带着一个班搜遍了全村也没搜着，派人去一连问二排长，二排长说没见。他只得满面惭愧地报告了乔震山和郝平。

郝平根据他的神色和他那既着急又气愤的表情，相信一排长逃跑的情节是真实的。因此，他安慰说："回去休息吧，三连长，接受教训就是了。回去好好教育部队，看犯人睡觉是违反纪律的；造成犯人逃跑的严重后果，按军纪要受严厉处分。现在，由于正在整编，而且初犯，那就免了吧。对犯错误的士兵只能讲理说服，绝对不能打骂，你能做到吧？"

"坚决照办！"李连长原先以为他本人和那个睡觉的士兵，非受到军法制裁不行，没想到郝平竟如此宽容，心里既感激又惊讶。所以，他二话没说，立正敬礼后转身走了。

郝平的话起了作用，不但那个睡觉的士兵免去了一顿残酷的体罚，连三连长本人也感激万分，深感共产党解放军的政策是世界上第一流的政策，即便最恶的人只要他还有点人性，受到这种政策的感召，也能弃恶从善，重新做人。此事很快传遍了全连。于是，第三连接受整编的信心更大了。

但是，事情并没有了结。

第二天王经堂他们回来后,尤其是刘谊辉听说此事后,惊吓不小。他想,这下可完了。连续两次谋害乔震山都失败了,原以为这第三次十拿九稳准能成功,不料想又以失败而告终。而且,一排长还被捕了,这祸可闯大了。后来听说一排长跑了,他才稍稍松了口气。接着,他又灵机一动,想借机杀害三连长。他企图以"和逃跑者同谋"的罪名,审讯三连长,达到公开迫害三连长李贵堂的目的。他觉得这样做不但可以掩盖他要谋杀乔震山的罪行,而且可以借此把三连长除掉。他估计这一做法能得到李治中的同意。至于王经堂就更没话可说了。可是,万一李治中不同意怎么办呢?他又觉得李治中不会不同意。难道说一个杀人犯从三连长手里逃跑了,他就一点不怀疑?这是不可能的。如果他真的不同意,那时,他刘谊辉就可以表示,从此万事不管。今后如发生什么事,一概与己无关。看他李治中怎么办?

　　刘谊辉仰在躺椅上,抽着烟,想到这里,不禁得意地笑了。他想和王经堂商议一番。

　　王经堂这时正在屋里恶狠狠地大骂顾贞熊:"……你是营长?不!你现在是三分之二的营长,也许恐怕连这些也没有了,懂吧?三连长对你怀恨在心。已经叛变,在为共军效劳了。你这颗秃脑袋,已经给人家搬掉一半啦!我告诉你,要是你——顾少校,让三连给共军拉过去,我就先杀掉你!"王经堂两眼充满血丝,凶光一闪,接着说,"你回去赶紧设法把三连长收拾了。枪毙、活埋、刀砍、吊死、毒死,怎么都行。反正得干掉他!然后,三连和一连合并,把队伍掌握在我们手里,懂吗?!要掌握在我们手里!"他紧咬牙根,握着拳头在胸前使劲晃了晃,发疯似的就地转了一圈,"还有……"

　　风门开了,刘谊辉一步闯了进来,把手一伸,说:"喂,老兄,你这样大喊大叫的,要是被人听见了,那就祸不单行了!"

　　"对,对!"王经堂拍拍脑门说,"我被他气昏头了。"

　　"你回去吧。"刘谊辉转身对顾贞熊说,"一切听我们的指挥,万不可轻举妄动。对三连长,要更表示友好、同情、谅解,千万不能被他看出我们对他有什么恶意,懂吧?"

顾贞熊没有即刻回答,他一直瞧着王经堂,心想:"怎么执行,我听谁的?"

"为什么?"王经堂扭头对着刘谊辉,两眼放射出愤怒的光芒。

"您不要忘了,老兄,"刘谊辉说,"共军不是在这里做客吃闲饭的……"

王经堂仰面想了想,然后对顾贞熊把手一挥说:"按刘团副说的办,去吧。"

"是。"顾贞熊敬了个举手礼,转身走出门外。

刘谊辉顺手拿把椅子,凑到王经堂跟前,面对面地坐下。他连说带比画,用最低的声音嘀咕了半天。最后,王经堂才心平气和地说:"对,老弟,我们来个顺水推舟,将计就计,再不能干傻事了。"

"您同意了?"

"我同意。"王经堂说,"事不宜迟,我们现在就去和姓李的说,以示重视。"

这次所发生的事,郝平已向李治中做了详细汇报。李治中同意郝平对三连长的看法和分析。当郝平告辞时,他嘱咐说:"郝平同志,你要叫乔震山抓紧时间继续做三连长的工作,要防止陈、刘二人乘机恫吓和拉拢,要嘱咐三连长,提高警惕,防备他们对他下毒手。同时,要提醒他注意,三连内部是否有和一连关系密切的人。就这样吧,其他由我来应付。"郝平刚要走又被李治中叫住,"至于特务连长徐占奎的工作,由三连长去做。我们不直接插手。好,你可以走了。"

郝平走了以后,李治中背着手向窗口望了很长时间,他心里对郝平产生了一种特殊的感情。他觉得郝平这个青年干部政治水平较高,在复杂的斗争中是经得起考验的。党培养了这样一批青年干部,是党的事业取得胜利的重要保证。由于对郝平的喜爱,联想起了乔震山,李治中不禁喜形于色地点了点头。他过去总认为乔震山机智勇敢,忠诚朴实,能为党的事业不惜牺牲个人的一切。但他粗鲁,思想狭隘。现在看,乔震山既不狭隘也不粗鲁,是个政治上比较成熟的军事指挥员。

李治中背着手在屋里踱步思索着。忽然他想起要写个报告给师部,请求师部把这些捣乱的军官,调到军官训练团去进行审查,并列出了名单,促使和平改编工作早日结束。于是,他取出一张公文纸,刷刷刷,不一会儿就写好了,刚要往信封里装,警卫员小赵进来报告,陈团长和刘副团长来了。李治中赶紧把信叠起来,装在衣袋里,然后顺手取过一书,边看边静候他俩的光临。

不一会儿,王经堂和刘谊辉面带笑容地进来了。李治中起身迎接。

"欢迎,欢迎,两位请坐。"他指了指桌子对面的凳子,接着叫小赵倒茶,拿烟招待他们。

"哎呀,政委先生,如此客气,兄弟实在担当不起。我看还是随便一点好,哎?"王经堂说着,瞧了瞧刘谊辉。

"对,对,还是随便一点好。"刘谊辉也附和了一句。

"两位光临,有何见教啊?"

王经堂笑了笑,又瞧了瞧刘谊辉,十分负疚似的说:"惭愧极啦,政委先生。由于兄弟无能,管教不严,前天晚上竟发生如此严重事故。多亏郝教导员和乔副营长警惕性高,才万幸没有成为事实。不然,兄弟我可就罪该万死了。最遗憾的是一连一排长已经被捕,由于三连长的失职,竟使这个混蛋逃跑了。这些,皆兄弟之过。唉!惭愧,惭愧!"

王经堂说完长长地叹了一口气,看样子心里挺难过。刘谊辉也点头叹气,表示抱歉。

"发生这样的事,是很遗憾。"李治中说,"你们两位对这件事,如何看法?"

"我们俩到这里来,一来向政委先生道歉,二来请示你对三连长应如何惩治?"

"我看,"刘谊辉插口说,"三连长李贵堂,使一排长逃跑了,其中必有缘故,必须严加追查。因为,这不是一般的失职,是放跑了一个杀人犯。"刘谊辉说到这里,满面怒色,"非严办不足以整肃军纪!"

"是啊。"王经堂说,"古语说,'放走强盗,犹如操刀杀人'。三连长在这件事上,实在可疑,罪责难逃!"

李治中静听两个人的语气,都想在三连长身上做文章。他问:"依两位的意思,这件事该怎么办才好呢?"

"兄弟的意见,立即把三连长关起来,严加审讯。"王经堂说,"不然上面追查起来,兄弟我身为一团之长,实在不好交代啊!"

"对,确实不好交代。"刘谊辉慢慢地点了点头,自言自语地说。

李治中低头沉思了一会儿,他忽然把桌子轻轻一拍说:"两位说得对,是要对三连长严加审讯……"

没等李治中说完,两人同时站了起来,说:"那么,我们照办了?!"

"不,"李治中把手一伸,说,"一营发生这件事,确实是严重的。这是事实。一排长跑了,是由于三连长失职,也是事实。这样严重而复杂的事件,我们擅自处理,很不妥当。我的意见,把三连长押送北平由上级处理。至于连长之缺,由一排长暂时代理。而这些做法必须请示北平上级机关批准才能实施。这是我们解放军的纪律,任何人不得违反。你们说这样办,好不好?"说完,李治中把嘴抿紧,目光灼灼逼人地扫视着王经堂和刘谊辉。

王经堂和刘谊辉什么都想到了,就是没想到李治中会提出这么个问题。"把三连长押送北平,交上级机关审讯"这意味着什么,两人心里很清楚。三连长只要到了北平,就会解除顾虑,大胆揭发。虽然,他对特务组织的情况,知道不多,但王经堂、顾贞熊是什么货色,他是清楚的。就这一点泄露出去,也足能致他们死命的。

王经堂无词可答了。

还是刘谊辉精怪,他眼珠一转,颇感为难地说:"只是,情况没弄明白,就这么糊里糊涂地交给上级,我们当部属的也太不负责了。"

"再说,三连长失职的原因是什么?"李治中没理睬刘谊辉的话,又接着说,"是由于一时疏忽,还是与犯人同谋? 这是两个绝对不同的性质,这一点请你们两位深思。"

"是同谋无疑!"刘谊辉抢先答道。

"有何根据呀,刘团副?"

"根据我对事情发生过程的估计和推论。"

"那么,我们对上级的负责,以及对下级命运的保证,是靠主观推论和估计了?"李治中说,"这样是不能证实任何问题的。要把问题搞清楚,必须想一切办法把一排长捉回来。这就得请你们两位多想办法了。至于三连长,我的意见,目前暂不触动他。等捉到一排长,再一块处理。在这之前,对三连长有任何不正当的表示,都是错误的。"

把一排长捉回来,而且要请他们两位想办法。李治中这个主意真损透了。别说捉不着一排长,即便捉着,也不能把他弄回来。怎么办? 再僵持下去,露出马脚可不是玩的,所以,两人只好装模作样地表示赞成。

"政委先生,高见,高见。"王经堂很不自然地站起身说,"我们尽力而为。不过,这需要时间。"

李治中把两人送到门外。回来,他把刚才写的那封信取出来,又琢磨了一遍,觉得根据事情的发展,信要重写。

一眨眼过了三天。

这天,鲁青忽然来报告,一排长在城里王经堂的公馆里,王经堂吓得心慌意乱,而又假装冷静。叫鲁青赶快把一排长放跑。刘谊辉提醒他,如果把一排长放了,又被共军抓回来,我们都得完蛋!王经堂听了不禁出了一身冷汗。最后,他同意叫鲁青回去把一排长弄死以灭口。

通讯员小李,在鲁青之后也来到太平庄,先见了乔震山和郝平。三个人见了面十分喜悦,激动,像多年不见面的亲人一样。乔震山和郝平对小李问寒问暖拉手拍肩膀,那亲热劲就不用提了。小李呢,见了连长指导员脸上又瘦又黑,知道连首长的工作很艰苦,心里说不出是个什么滋味。唯一的想法,希望和平整编快点结束,盼望连长指导员早日回去。

小李看看跟前没有外人,就把连队这半个月来发生的事情,以及跟踪房东的事说了一遍。

听完了小李的叙述,乔震山说:"嗬,小家伙现在可不简单了。副连长给你这么重要的任务,你可要好好地去完成。我看你还是到李政委那里去看看。陈团长那里有什么人出入,李政委的警卫员小赵最清楚,你可去问他。快去吧,天不早了,晚上你还要赶回去。"说着他扭头看了看郝平,"你说呢,老郝?"

"对。"郝平说,"今天风沙大,天也特别冷,回去晚了赶不上车。不然,你就来这里住下,明天再回去也可以。"

"看情况吧。"小李说,"能回去最好回去,免得副连长不放心。好吧,再见,连长,指导员。"小李规规矩矩地敬了个礼,把枪一背便跑了。

小李拐弯抹角不一会儿来到李治中的住处,老远看见警卫员小赵,在门口台阶上站着,小李快跑几步,上前去和小赵握手。正在这时,刘谊辉从他的住处出来,向这边走来,小赵立即面色不悦地说:"快进来吧,黑煞星来了。"

"咋的,他是谁?"

"是这个团的副团长。这人坏极啦,谁要不对他的心意,准得倒霉,阴险得很!"

两个人一块进了大门,来到屋门前,同时放轻了脚步。然后,小李喊道:"报告!"

"进来。"屋里李治中答道。

小赵把风门拉开,让小李先进去。

"敬礼!"小李行了个持枪礼。

"嗬!小李同志,快里面坐,瞧你,把脸都冻红了。"李治中指了指对面的凳子,问道,"你来送文件吗?"

"不,"小李瞧了瞧站在旁边的小赵说,"副连长叫我来了解一下我们那个房东到这里干啥?是不是和这里部队的什么人有关系……"

"你们房东是干什么的?"

"听说是廊房头条汇丰钱庄的经理。现在钱庄关门了,他在家待着没事,老不出门,鬼鬼祟祟的很可疑,还常到陈团长公馆里去……"

没等小李说完,小赵插口说:"对,今天下午有这么一个人到陈团长院里去了,看样子像个商人。但是,到现在也没见他出来。兴许是陈团长的什么亲戚。他那里平时经常有穿便衣的来往,大部分都像些商人。"

"嗯,这情况很重要。国民党的军官,大部分都拉拢一些私商做生意。不过,现在这个情况也不尽如此,其中也可能带有政治性的活动。"李治中看看表说,"看来,今天想把他来的目的弄清楚,是不可能了。以后,由我这里慢慢了解吧。现在,天还不黑,你马上回去吧。要不,吃过晚饭再走也可以。走的时候,给我带封信回去。"

小李和小赵出去后,李治中觉得小李说的这个房东今天来得很突然,根据半个多月来敌人在城里城外的活动,其中可能有奥秘。陈一民这个团长如此气派,看来很有来历。还有那位副团长刘谊辉,从各方面看,他不像个团级军官。他又是个干什么的?这些情况必须弄清楚。不然,这整编任务,很难顺利完成。

李治中想到这里,又拿出信纸来写了个条子给周国华,请他转告上级,把这两个人的来历帮助搞清楚。写完了,他将条子连同先前写的那份报告和名单,一并装在一个信封里封好。正在这时小李进来了,"报告政委,我回去了。"

"吃过饭了吧?"

"吃了。"

"你们那个房东出来了没有?"

"没见出来。"小赵说,"我曾进去侦察,也没见着。"

"是不是已经走了?"

"不。"小赵说,"我一直没离开。我保证他没走。可能在团长屋里,我没敢进去看。"

"唔,那一定是没走了。"李治中把信交给小李说,"你把这封信亲手交给周团长,千万不能丢了,里面是绝密文件,记住了吧?"

"记住了。"小李接过信,塞在军衣口袋里。

"噫!你怎么不放到公文袋里?"李治中问。

"放在公文袋里,容易丢;放在口袋里保险。"小李把军衣整理了一下,然后,给李治中敬了礼,转身和小赵向门外走去。小赵一直把小李送到村外。

夕阳,被呼啸吼叫的西北风卷着沙土,刮得惨淡无光,天色黄澄澄的,百步之外看不清人。荒凉的旷野,除去弥漫的沙土,瑟缩而枯萎的野草,古怪骇人的秃树干枝而外,连个人影也没有。单身行走,令人心悸。可是,小李是经过战争锻炼的,又是个老练的通讯员,在战火纷飞的夜间,经常单身走黑暗可惧的险路。这风沙弥漫的旷野,惨淡无光的傍晚,既无嗒嗒的枪声,也无火炮的轰鸣,这样的处境,对小李来说,只是心理上的险恶,并无生命威胁。再说,完成任务了,他既可向副连长王德做交代,又可对二宝夸耀一番,他见到了乔连长,郝指导员和李政委,还给团政委带回了绝密的文件……想到这里,小李把帽耳放下来,背着枪,顶着狂风黄沙,低着头,小跑步向前走去。"伟大的古城,可恶的气候,刮起风来要人的命,比大沙漠还邪性!"小李走着,想着。忽然,抬头看见两个国民党士兵,端着枪,挡住他的去路,横眉竖眼地对他说:"站住!干吗喊你你不站下?"

小李抬头仔细端详这两个士兵:一个高个子,满脸横肉,活像庙里的守门鬼;另一个中等个儿,方脸上长着一双杏核眼,不怀好意地瞧着小李。

"风大我没听见,你们想干啥?"小李把脸一板,反问道。

"干啥?检查!"高个子说。

"检查?谁给你们的权力?"小李说,"我是解放军的通讯员。"

"对不起,"中等个儿说,"我们专门检查通讯员,这是上头的命令。"

说话间,两个歹徒给了小李一个措手不及,一个抢了公文袋,一个下了小李的枪。同时,两人急忙转过脸去,背着风,翻弄小李的公文袋,看样子,两人对公文袋很感兴趣。

小李刹那间明白了,他们是有预谋的来抢劫文件的。他毫不犹豫,从衣袋里掏出李政委给他的那封信,两手背到身后,撕开信封,抽出信来,用手搓成一团很快塞到嘴里,嚼了嚼一伸脖子,便咽到肚里去了。信封随着狂风飞得无影无踪。那两个歹徒,只顾你争我夺地翻小李的文件包,小李的动作,他们一点也没发觉。

小李看着他们争夺文件包。忽然,看见他的枪,还在那大个子身上背着,他二话没说,跳起来就去夺枪。但是,他体小力薄,不但没夺成,反被那大个子蹬了一脚,倒退了两三步,差一点没跌倒。那大个子走上来,恶狠狠地问道:"你还想夺枪?老子是有名的大力士。我问你,你把文件放到哪里了?"

"没有文件。"小李恨恨地说,"有文件也不能给你们!"

"他妈的,搜!"大个子把枪口对着小李。

中等个儿把枪一背,便扑向小李。

小李毫不示弱,边骂边和他争打。脚踢,拳打,手抓,口咬,使那个中等个儿搜不成,沾不了身。最后,大个子向四下里看了看,然后上去把小李的一只胳膊扭住,中等个儿也趁势扭住小李的另一只胳膊,很快架着小李向王爷坟松林里跑去。

二一

滚滚乌云,笼罩在王爷坟松林的上空,漆黑的松林像是对着小李眈眈垂视。没有星星,更没有月光。宇宙一片漆黑。咆哮的狂风,吹动着高大的松柏,发出惊人的吼声。松林之外,是凄凉寥廓的旷野,绝无人行。

通讯员小李,被捆在一棵大松树上,全身被两个歹徒翻遍了。他们毫无所获,只是把小李那搓得不像样的小笔记本,扔在地上的草丛里。

"文件放在哪里?说!不说老子揍死你!"

两个歹徒,把三条枪靠放在身旁一棵松树干上,手里拿着皮带,轮流拷打小李。

小李可真不含糊,虽然被打得满脸是血,却一声不吭。好像这皮带不是打在他身上似的。但是,他又一转念,这样不声不响地被两个坏蛋打死,太不值得,必须大声骂,高声叫,兴许松林外有人路过听见,会去报告部队,即便被打死了,也有人来抬他的尸体。于是,他大声骂道:"你们这些混蛋!亡命鬼!死到临头还作恶害人。这周围都是我们的部队。要是他们知道了,捉住你们,抽你们的筋,剥你们的皮,叫你们死了喂狗!"

"嘿嘿!"大个子不但不生气,反而奸笑了笑,说:"你个小兔崽子,想得倒美!告诉你吧,这地方天一黑就没人走动。你要是顽固到底,不把文件交出来,不把你来这里的任务告诉我们,你连天明也活不到。要是你说出来,老子就放了你,咱们分道扬镳各走各的路……"

"放你妈的屁!老子不说,你打吧。"小李咬牙切齿地骂道。

随着小李的骂声,那皮带又嘎扎嘎扎劈头盖脸地抽打在小李的头上身上。

"混蛋、土匪、亡命鬼!……"他们抽一皮带,小李骂一句。后来,骂声渐渐小了,微弱了,停了。小李昏过去了。

大冬天,两个匪徒累了一身汗。他们住手了,蹲在一旁毫无办法。

"我看算了,给他一枪回去交差,省得在这里挨冻。"

"枪毙吧,老子不怕,你们的末日不远了!"忽然,小李又骂开了,"革命不怕死,怕死不革命,你把老子打死,你们两个王八羔子也活不到明天。"

"他妈的,你认为老子不敢毙你?"中等个儿的拿枪在手,用枪托子在小李头上、身上乱敲了一阵。霎时间,小李不骂了,头耷拉在胸前,全身也瘫痪了。

大个子上前把小李的头扶起来看了看。小李紧闭双目,满脸血肉模糊,黑暗中什么也看不清。看来是死了。

两个匪徒无可奈何,来到一个坟丘的避风处,坐下来开始吸烟。

大个子埋怨说:"你小子把他打死了,什么也没弄出来,回去怎么交账?"

"其实,我也没想把他打死。我气坏了,失了手。说不定待会儿他会醒过来。"

"醒个屁!头破血流了,连气都没有了。你小子手头太狠了!

现在部队正在改编,还不知怎么处理我们呢。你还干这伤天害理的事。"大个子说。

"你好,我看你那皮带也够劲了。不是伤天害理,还能说是积德? 他妈的!"

"皮带再重也打不死人,可你用枪托子……哼!"

两人沉默了一阵,谁也不说话,一个劲地吸烟。

大约过了二十多分钟,两个歹徒又开始对话了。

"哎,对啦。"中等个儿说,"我想起来啦,我们在争文件包时,那小子好像把什么东西塞到嘴里了。是不是他把文件吃了?"

"对,当时我没在意,看来是这么回事。"大个子说,"现在时间还不长,文件在肚子里还化不了,我们用刺刀把他开了膛,不就取出文件来了? 反正他已经死了,开膛也不会流血了,好收拾。"

说干就干,两个人把烟蒂往地上一丢,用脚踏灭,然后抽出刺刀,转出坟丘,摸着黑来到那棵大松树跟前。仔细一看,不禁大吃一惊。急忙回头取枪,结果枪也不见了。原来小李和三条枪,已不翼而飞了。捆绑的绳子,寸寸皆断,脱落在地。两个匪徒吓得魂飞九霄!

萧瑟风声吹动那些坟顶的纸幡,两人明白了,这里是王爷坟,听说会闹鬼。他们在这里干伤天害理的事,说不定,连鬼也不饶他们。

"伙计,"大个子打着寒颤悄声说,"这里是……是,王爷坟吧?"

"是啊。"中等个儿用惊惧的眼向四周瞧着,全身战栗地说,"我们得赶快离开。这里即使没有鬼,也可能有共军的埋伏。"

"不对,要是有埋伏,早把我们给捉起来了。一定是……是闹鬼了!"

于是,两个人战战兢兢地向松林外摸去。出了松林,两人撒腿就跑。他们不分东西南北,黑灯瞎火的一个劲地跑。冷不防,扑通,扑通,两个人都倒栽葱地跌到地坎下去了。这地坎有多深? 大约不到五米,虽然不深也跌了个半死,昏了过去。

不知过了多长时间,他们醒了。

"哎——呀!他妈的伤天害理,鬼都不容!"大高个子伸手摸着头说,"伙计,我们是死了,还是活着?"

"活着。我敢打赌。我全身都觉得痛。要是死了,什么也不知道了。"

"你说得对,伙计。可是,我们活着回去,不但没完成任务,连枪也不见了,刘副团长能轻饶了我们?别说五十元现大洋拿不着,说不定给一粒卫生丸送你回老家。"

"那倒是真的。你说怎么办?"

大高个子伏在中等个儿耳朵上说:"找个地方换上便衣……嗯?"

"行,他妈的,早就想回家抱娃子了。"

两人互相扶起来,忍着全身的疼痛,沿着地坎,向前走去。不多时黑夜便吞没了他们。

鲁青这天夜里十点多钟,乘王经堂的小卧车,回到了城里石碑胡同六十三号。他上了台阶就叫车开走了。这时门洞的灯已经闭了。他站在黑影里按了电铃。大约两分多钟门开了,鲁青急不可耐地钻了进去。来到客厅,他开口问道:"一排长还在吧?"

"在,怎么,有事吗?"刘谊辉的随从问道。

"小声点,"鲁青说,"太太呢?"

"睡了。"

鲁青俯到随从的耳朵边,连说带比画,最后从口袋里取出一个小瓶,里面装着像白砂糖一样的粉末,说:"就用这东西,保证他一次就吃饱了。这是刘先生给的。"

"今晚就干吗?时间怕来不及了。"

正说着,壁上的大挂钟敲了十一下。

"来得及,再有三个小时满够。那时,正好大街上也没人了。他现在干什么?"

"正在和我们喝酒。听电铃响,我就出来了,大概现在也喝得差不多了。"

"好,马上干!"说完,两人把客厅的灯闭了,向东厢房走去。

东厢房里,灯火辉煌,人影憧憧,隐隐约约传出醉醺醺的、吐字不清的谈话声。当钟声敲过十二下以后,灯光忽然灭了,院子里一片漆黑。又过了一个小时,从东厢房里出来三个黑影,最后一个肩上驮着一个鼓胀胀的麻袋包,看样子挺重。前面两个人悄悄地开了大门,站在台阶上向四下里瞧了瞧。马路上风大尘土扬,连个人影也没有。前面的人,回身一招手,驮麻袋的人跟着前面的人下了台阶,向北走了有一百多米站下了。前面的人已把马路上下水道的盖子掀开了。于是,他们把麻袋包塞进了下水道,接着盖上了盖子。

走在前面揭下水道盖子的是鲁青。他取出手巾擦了擦手上的脏气,低声对同伙说:"好啦,你们回去休息吧,我也该回去了。等明天太太起来问,就说他回老家了。"说完,一招手,各人散去了。

鲁青这事干得既干净又利落。

他回到家已是凌晨两点了。

太太小声骂道:"该死的! 我以为你死到外头了。满小姐等你呢!"

鲁青提心吊胆地进了她的卧室,见满洒丽满脸怒色坐在椅子上吸着烟,用眼角瞟了他一下,没吭声。

"满小姐还没睡啊。"鲁青脱帽哈腰问了一声,表情很不自然。窘态之中暗含着恐慌。

满洒丽仍然没吭声,甚至连看也没看他。这种无声的责备更使鲁青承受不了。他垂手躬身干笑了笑,光等满洒丽发脾气了。沉默了好一阵,满洒丽终于开口了:"怎么才回来?!"这声音混沌而严厉。

"是……回来晚了点。"

"干什么去了?"

"这……"

"怎么?对我还保密?!"

看来,鲁青不说是不行了。再说,杀害一排长是王经堂和刘谊辉叫干的,谅必说也无妨。于是,鲁青把事情的缘由经过点滴不漏地说了出来。

满洒丽听着鲁青的陈述,一会儿面色发白,一会儿心脏紧缩,最后,全身的汗毛都竖了起来。她被这惊心动魄的事件吓呆了,而且她对这件事,既无权过问也不敢干涉,只好强忍着内心的恐惧听着。鲁青说完了,她看看表已经三点了。鲁青以为她要去休息了。但是,她说:"鲁上尉,有件事还要麻烦你。"

"你说吧,小姐。"

"从明天上午十点起,大约在三天以内,有一架大型客机从南京来,在南苑机场降落。据说,这架客机上载的是一个和平谈判代表团。在这之前,还有一架战斗机从青岛起飞,到南苑机场上空作战斗飞行,以吸引共军对空射击,制造一个紧张局面。到那架客机来时,使共军产生误会,同样开炮射击。你听明白这个意思了吧?"

"明白了。我的任务是什么?"

"你现在就出发,到南苑去告诉独眼龙,对战斗机射击时,要控制射击分寸,使战斗机安全返航;而对那架大型客机,要坚决把它打掉!你懂吧?"

"这……"鲁青畏难地抓抓头发,"是不是先请示一下陈先生……"

"不行,来不及了。"满洒丽斩钉截铁地说,"这是南京美国顾问团的命令,办完了再到太平庄报告陈先生。马上执行吧!"说完,满洒丽转身走了。

鲁青的眉、眼、鼻子、嘴扭到一块了。真够他受的,到了南苑,还要跑太平庄,报告陈先生,起码两天两夜别想睡觉了。

小李走后,王德召开了支委会,讨论了两个问题。第一,选了王德为代理支部书记;第二,检查了当前政治教育和城市政策的执行情况。会议开了一下午才结束。

天已黄昏,小李还没有回来,王德有点着急。但是,小李临走时曾说过,万一当天回不来,就在连长那里住,次日再回来。因此,王德想到这里也就放心地吃晚饭,到营部汇报工作去了。

宣内大街上,风尘飞扬,路灯暗淡,行人稀少,那些小商店早已打烊关门了。街道上显得特别宽敞、寂静。王德从营部出来时,已经九点多钟了。他迈着方步,皮鞋发出均匀而有节奏的声音。他觉得身旁好像少了点什么,想了想,什么也不少,只少了个小李,要是小李在家里,他会和他一块出来,就一点也不寂寞了。正在这时,远处传来行人的脚步声,这行人显然是个军人。因为步伐均匀而有节奏。只有军人的步伐才有这种节奏。果然,团部通讯员二宝从绒线胡同走了出来。他看见王德,站下敬礼说:"报告副连长,团长找你。"

"唔,找我干啥?"

"不知道。"

"梁干事这几天干什么?"

"老没见面。"

王德瞧了瞧二宝,心想,你这个二宝啊,问什么都不说,好样的。要是小李啊,话匣子一开就没个完。

王德来到周国华的房门外,敲了敲门,听里面周团长说"进来"时,王德才轻轻地推开门走了进去。

"敬礼!"

"嗯,坐吧,王德同志。"团长见王德情绪不大高,问道:"怎么,没有指导员和连长,工作不大好做,是不是?"

"是的,团长同志,有点困难!"王德皱着眉头答道。

周国华瞧了瞧王德,背着手踱了几步,然后说:"你看叫赵文江当副连长,你当连长兼指导员,好不好?"

"我?"王德惊讶地瞧着团长,说:"团长,我还太幼稚……"

"对,对。"周团长笑了笑说,"幼稚,年轻,经验不足,是不是?王德同志,这些都是人人工作道路上的必经之路。只要敢于大胆实践,这段经历就会大大缩短。我看你还是试试看,好不好?"

"这么说,乔连长和郝指导员,将来不回我们连了?"王德见团长笑了笑没回答,继而又说,"请梁干事还到我们连吧。要不,另派个人也行。我一个人,那不更困难?"

"不。"团长收起笑容说,"他不适合做连队工作。其他又没人可派。"

王德没再说什么,但心里仿佛压上块石头。他经常想,等连长和指导员回来,就什么都好办了。这一下再也不用指望了,只好下决心和赵文江商量着干吧。而且一定要干好,不能干坏。因为,这是党对他的考验,也是他切实锻炼自己的机会。团长说"试试看",王德觉得这句话分量挺重,既有鼓励也有鞭策。王德只好说:"请您放心,团长同志。我一定不辜负首长的信任和期望。"

"嗯,这就对了。同志!"周国华面带笑容地说,"抗日战争时期,有的连队经常只剩一个连的干部,还不是一样带着打仗,而且照样打胜仗。他们的年龄和军龄,跟你差不多。这是什么道理呢?很简单,他们都是共产党员。"

王德点点头,瞪着两只聪明的眼睛瞧着团长,听他继续说。

"中国革命,各个时期有各个时期的困难。有些困难,是敌人制造的;有些困难,则是由于我们自己的同志犯了错误造成的。这就需要我们共产党员带头去克服,去与之做斗争。如果做不到这一点,就算不得是共产党员。我们的党在群众中就会失去威信,革命也就不会取得胜利。总之,中国革命的胜利是克服困难干出来的,绝对不是空喊出来的。"

周国华又问起王德的房东,他说:"你那个未婚妻,最近有什么情况没有?"

"这两天光忙着搞连队政治教育了,没和她接触。"王德说。

"要抓紧接触。听说她跟梁群说要参军,这是个新情况。你见到她时,可以答应她。"

"答应她?"

"对,答应她。这和梁群答应她的意义,有根本的区别。要看一看她是真想参军还是假想参军。"

"不管她是真的还是假的,都是不怀好意的。"

"对,可以这么看。因为,既然她说过去如何思念你,对你的感情如何深,而且,我们进了城,她就如饥似渴地想找你恢复关系。那么,为什么又和国民党旧军官密切来往呢?这不值得我们深思吗?现在,她又提出要参军,不知要搞什么名堂。我们不妨将计就计,把她引进来,对她进行审查,这比她不参军便利得多,也名正言顺。如果她是假意的,一定会耍不可告人的花招。你就要多加注意,严密侦察。"周国华说到这里,停了停问道,"小李回来了没有?"

"还没回来。"

"唔,兴许在你们连长那里住下了。"

王德见团长的话已经说完,就起身敬礼说:"我可以走了吗,团长同志?"

"可以。早早休息吧。"周国华看看表,已是夜里十点半。

王德回到连部,见大家都睡了,只有通讯员小张在值班。小李的睡铺空着,不用问还没回来。他又从窗上向房东院子里看了看,那里黑洞洞的没有灯光,看样子也已睡了。王德这才上床睡觉,可是,怎么也睡不着。团长的谈话,在他脑子里翻腾,小李今晚没回来,他又很不放心。照理在连长那里住下,有什么不放心的?可是,王德总觉得心神不安。他在猜想,房东可不可能是个坏蛋?小李跟踪他,被他发现了,半路上冷不防把小李给害了?想到这里,王德的心不禁怦怦直跳。但又一转念,觉得自己未免多余担心。小李不是小孩,更不是傻子,是个老兵了,平时蛮机灵的,而且,还背着枪,即便有什么事,小李也不是好惹的。想到这儿,王德一翻身,放心地睡了。

第二天早上,天不亮,王德就起床了。他觉得没事好干,就拿起扫把打扫院子。连部的通讯员,司号员,还有文书,知道副连长惦记着小李,提前起床了。大家也都赶紧起来,打扫卫生,整理内务,弄得院子里叮吟当啷乱响,一阵好忙。

响声惊动了失眠的满洒丽,她翻身坐起来,下了床来到窗前,悄悄地把窗帘掀开,瞧了瞧,见连部灯火通明,人影出出进进。她心里一惊,部队起得这么早,不是要出发,就是发生了什么事。她看了一阵,因为天不亮,也没看出个什么名堂来,只好回到床上,披上衣服,偎着被,坐在床上胡思乱想起来。要是他们真的出发南下,那就好极了,一来我们减轻了压力,二来我们的行动也就方便多了。光剩下他们几个整编人员和城里军管会几个人就好对付了。继而又一转念,不,他们不会走得那么早。而且,要是远途行军,事先一定有所准备。看来,准是发生了什么事。发生了什么事呢?满洒丽陷入深思之中。她忽然心里一惊。是不是鲁青昨晚的所作所为,被他们知道了?那就大祸临头了!——混蛋!她咬牙切齿地骂鲁青等人。这些蠢猪,动不动就杀人害命。我早晚得栽在他们手里!不行,天亮后,我得找王德探探口气。如果真的暴露了,还要早想办法呢。决心已定,她也起床了。

吃过早饭,王德想到一排去找赵文江。临走时,他告诉通讯员们说,小李回来时,叫他到一排去找他。

王德出了大门向六部口走去。胡同里人少路静,他风纪整齐,姿态端正,迈着方步,安闲地走着。王德走起路来虽然目不斜视,但他可以眼观四方耳听八面。走到新平路口时,他忽然发现满洒丽从新平路走来,却装作没看见,昂首阔步地走了过去。

满洒丽以为王德没看见她。她放过他去,然后尾随着王德。出了六部口,来到长安街,王德一直没有回头看她,满洒丽沉不住气了,只好疾走几步跟上去,用日语打招呼说:"王德,你到哪去?"

王德这才止步转身,露着一对虎牙,笑了笑,"你说我要到哪去?丽英。"

"瞧你,还是那么爱开玩笑。你要到哪去,我怎么会知道?"满洒丽满脸春风地笑了,"好几天没见了,我想和你谈谈。"

"是啊,"王德说,"工作忙,老抽不出时间来。其实,我也想找你谈谈,可是……"

"真的?!你也这样想,我真高兴。"满洒丽斜过眼来瞧着王德,嘴上挂着微笑,一对酒窝特别引人注目。

"可是,一个军人,老和像你这样一位小姐来往,影响不好。我很为难。既想找你,又怕人家说闲话。所以……"说到这里,王德住口了,偷眼瞧了瞧满洒丽,想看看她的反应。

满洒丽不吭声,面带微笑。仿佛在耐心听王德说话,又好像在思考问题。于是,两人暂时沉默了。

两人沿长安街的人行道向东走去。大街上行人渐渐多起来,马路上的电车、汽车、自行车也渐渐多起来。嘈杂声吞没了他们的谈话声。

"你真坏!"满洒丽突然把头一歪,笑眯眯地说。这声音充满了娇嗔。

"是啊。"王德半开玩笑半认真地说,"国民党,美国鬼子也都说我坏。对我来说,能博得他们说我坏,那是不胜光荣的。"

"瞧你!"满洒丽把脸一沉,"你们解放军总是一说话就扯到政治上去了。我说你坏,是因为你自从见了我的面,老是装模作样,不冷不热的,还老打官腔。我现在再提醒你一句:我是你的未婚妻。"

王德突然止步,目光锋利地把满洒丽上下打量一番,说:"满洒丽小姐,解放军的未婚妻,必须是同生死、共患难、志同道合的,否则,不能成为未婚妻。你懂不懂?!"

满洒丽不禁心里一惊,面色苍白,勉强露出一丝笑容说:"哟!瞧你,干吗这么厉害呀!怪吓人的。我哪些地方不能和你志同道合?"

"嗯,就凭你这身穿戴,你和我同路而行,你不觉得别扭?我可觉得脸上不好看。"

"噢——原来是这样。"满洒丽顺水推舟地说,"等我穿上军装,成为一名解放军时,我呀,还不和你一块走呢。你知道吧,梁干事要介绍我入伍,你还蒙在鼓里哪。噢,对了。你们梁干事这几天怎么老没见面?"

"他有病,住医院去了。"

"说真的,王德。"满洒丽眼珠一转,接着说,"我想,我穿上军装,你一定很高兴。到那时,我的家就是你的家,谁还能再说闲话?等解放了全中国,我们一块退伍回来,在北平住着,一块工作,一块生活,再也不分开了。该多幸福啊!"

满洒丽眉飞色舞地说着,脸上煞有介事地浮现着幸福的微笑。她瞧瞧王德,看他脸上没有什么反应,随即问道:"怎么,你不信?"

"我信。"王德笑了笑说,"据我所知,梁股长并没给你介绍。因为,他那里没有你的履历书。"

"真的?"

"真的。"

"那么,我把履历书给你。你给我介绍,行不行?"

"当然行啦。"

"一言为定啊?"

"谁还骗你不成。"

"好,我今天到学校去就写。"满洒丽眼珠一转,又说,"不过,要是你们这几天出发了,怎么办?"

"不要紧,"王德说,"我想,把你介绍到我们军部南下工作团里。这次,我们在北平招收了一批中、高级学校的学生,将来作为我们部队里的文化骨干。即便我们部队走了,南下工作团也要在这儿训练一个时期才能走。"

"怎么,部队这两天要走吗?"

"不,还没接到命令。"

"那么,为什么今早你们起得那么早?都把我吵醒了。"

"噢!对不起,那是我看错了时间,早起了半小时。"

他们边走边说着话,不知不觉来到新华门。

"我已经到了。再见!"王德一招手,过了马路,进了新华门。

满洒丽站在新华门对面,目送着王德进了新华门,才转身向东交民巷走去。她想到英国领事馆去了解一下国际情况。比如,第三次世界大战发生的可能性啦,美国人对共军渡江作战的态度啦,国共和谈的前景啦等等。了解这一切的目的,是为了今后一旦事情败露,她可以借英国人的帮助,向美国逃跑。眼下,她要参加解放军,只是为了博得王德的信任。真的参军,她现在还没有这个决心,更无信心。因为参军要写履历书,这履历书怎么写法?如果解放军根据她那伪造的履历,查出她的真相,岂不是自投罗网?!满洒丽又从和王德的几次接触,觉得王德对她还不很信任。这一切使得满洒丽感到有种潜在的威胁。所以,她决定到英国领事馆去,了解情况,准备后退之路。

王德回到连部时,已经是上午十点了。一进门,连部文书报告说,小李还没回来。他急忙打电话向团司令部报告了这件事。团司令部立即打电话问李治中,李治中回答说,小李昨天下午四点多钟就离开了太平庄。

这消息仿佛在王德头上打了一闷棍,他的脑子一阵嗡叫,天转地旋,全身都软了,一屁股坐在凳子上,两手抱着头,竭力想使自己平静下来。他不相信大白天,又不是战争环境,一个活人会失踪。难道小李真的像自己猜想的那样,被房东这个坏蛋给害了?!王德的脑子里忽然闪出房东的影子。对,问问房东回来的时间不就明白了?王德用拳头向桌上一擂,可是他又慢慢地坐下了。用什么理由去问?就说我们通讯员跟踪你没回来,是不是你把他害了?这,这怎么可以呢?而且这件事怎么能叫房东知道呢?

王德坐下又起来,起来又坐下,他在苦思冥想弄清小李失踪的原因。他想把赵文江马上叫来主持连里的工作,亲自带上几个战士到乔震山那里去找小李。他立即把他的想法在电话上请示了团司令部。司令部杨股长的答复是:团首长已派侦察班长老林,带着两个侦察员和二宝出发了。并嘱咐王德要密切注意房东的行动。

王德这才长长地舒了一口气,安静地坐下,考虑如何去了解房东回来的时间,而又不使他察觉小李失踪?

王德午饭也没吃,老在屋里转来踱去。文书和通讯员都来劝他吃饭,他只是摇摇头,一声也不吭。后来,他走了出去。他想到团部找作战股长了解一下他对这问题是怎么看的。

小李的失踪震撼了全连。往常吃饭时,大家有说有笑,今天却哑口无声。大家默默地吃完饭,把餐具悄悄地收拾好,送到伙房去。回来没事可做,便七嘴八舌地议论开了。有的说,小李丢不了,平时他可精怪哩,说不定在连长那里住下了,住两天再回来。有的反驳说,瞎扯,你没听团部说小李昨天下午四点多钟就离开了太平庄?我看八成被那些坏蛋给活埋了。有的说,我们提个意见,把我们全连都开去,把特务团的头子捉起来问他要人。最后文书闷声闷气地说:

"我看呀,老雕叼了个捣米槌,别那么悬天捣地地瞎吹牛吧!小李肯定出了问题。这是实事。至于是不是被坏人杀害了?只能说是可能,不能说一定。大家想想看,小李也不是个傻头傻脑的

321

人,哪能那么容易就被他们害了呢?再说,他手里有枪,遇到坏人他那条枪也不是吃干饭的……"

"你说,他到哪里去了?"通讯员小张问道。

"这可很难估计,也只能设想。说不定,小李往回走的路上碰到敌人,小李用枪把他们吓跑了,又去追,追远了,天黑回不来了,在什么地方找个老百姓家里睡了。哼!他到现在不回来,你着急,他可不着急呢。大概睡上瘾来了,可能现在还没起床呢。"

"你怎么知道?"

"我根据小李平时那脾气,估计的呗。"

"瞎估计!小李要是没出事,现在早回来了。不回城里,也该回到连长那里了。"

说到这里大家都不吱声了。各人在做各人的猜想,尽管看法不一,但对小李失踪凶多吉少的感觉,却是共同的。只是同志们不忍心说出来而已。

下午三点,王德从团部回来。他在团部听杨股长说,李政委在电话上告诉,四连连部的房东是晚饭后很晚才坐小卧车回城里的,比小李晚走了四五个小时。至于小李的问题,他正设法了解情况,一有线索,就立即告诉他们。王德想,这么说来,小李的失踪与房东并无关系。不过有一点可以肯定,房东和那个陈团长的关系不一般。不然,为什么还用车把他送回来?而且是深夜才回来。

王德进了绒线胡同,一抬头,见满洒丽从东面走来。王德脑子里忽然闪过一个念头:从她口里捞点东西!王德来到连部门口,站在台阶上望着满洒丽,打招呼说:"喂,你回来了,履历书写好了吧?"

"瞧你说的,"满洒丽笑了笑,"那玩意要请我们的领导写才算数,我自己哪能随便写?再说,参军嘛,也不是件小事,不通过校方同意,也不发文凭给我呀。"这话倒是真的。不过她的本意是这么大的事要得到王经堂和南京顾问团的同意才行。

"你说得对。那我只好耐心地等着了。"

"谢谢你,其实也等不了多久。"

王德一本正经地说:"有件事我还要问你,可以不?"

"哟,客气什么呀,有话尽管说,我们又不是外人。"

王德露出一对虎牙,笑了笑,用猜疑的目光瞧了瞧满洒丽,说:"我记得你说过,这里是你舅家,怎么我们来了半个多月了,从来也没见着他呢?"

满洒丽刷的一下面色苍白了,她长长地叹了口气,用手扯了一下王德的袖子,下了台阶来到门旁的路灯杆下,像有什么秘密事要说似的。

"别提啦,王德,"她说,"我这舅原先是廊房头条汇丰钱庄的经理。后来,国民党那些官儿们把钱都提出去跑了,钱庄就倒闭了。剩下一点钱,我舅才买了这所房子。老人一气,弄了一身病。现在在家待着养病,老也不愿出门。有时钱紧了,才出去走走,向朋友借点钱维持生活。昨天,噢,前天吧,他到乡下去,找一位国民党的军官,他们以前借我舅二百元现大洋,想去讨来。可是人家现在已经改编成解放军了啊,说什么也不给了,白跑了一趟。老头子差一点没气死。国民党那官儿啊,可不像你们,真能坑人,解放了还是毫不讲理。这样一来,连我的生活也受了影响,只好叫我妈妈给我寄点。"

王德仰起脸来想了想,说:"你舅这么大年纪了,可我还没见过面呢。"

"你想见他吗?"

"想见。"

"那太好了。"满洒丽高兴地说,"等他病好了,我和他说。他一定很高兴见你。"

"谢谢,"王德说,"可是,我也从来没见他出来过。"

"是啊,我们家有个后门,那里去大街方便。所以,他都是从那里走。"满洒丽说到这里,把头一歪,双眸闪烁着谄媚的光亮。大有"你还要问什么,我都愿告诉你"之意。

"唔。"王德点了点头,说,"谢谢,以后有机会再谈。"

两人同时说了声再见,而且握了握手。

王德目送着满洒丽走去。经过这次谈话,王德觉得这家伙与其说她狡猾,不如说她幼稚。谈话中,她竟敢用无所谓的态度说出她家有个后门,以及房东去郊区找国民党军官的事,企图以假乱真。正好这些问题,都与小李失踪有联系。这不能不使王德确信,小李失踪与房东有密切关系。虽然两个人离开太平庄的时间相差很远。难道敌人就不会用时间的差距来掩护房东,以证明小李的失踪与他无关?完全可能!那么,她这个"舅舅"是个什么人呢?他在反整编里又是个什么角色呢?如果能见到他,那再好也没有了。小李的下落,只好等林班长他们回来再见分晓了。

二二

侦察班长老林带着二宝和两个便衣侦察员来到太平庄,已是中午十二点了。他们在团政委李治中那里吃过午饭。李治中把乔震山找了来,共同研究找小李的问题。

李治中开始先请大家分析一下小李失踪的原因,和可能的遭遇,尔后,再决定侦察的方法和步骤。

大家沉默着,没有一个发言的,尤其乔震山和二宝。小李的失踪使他们心急如焚,茶饭难进。他们恨不得一下子从什么地方把小李抠出来。可是,连个失踪的地点都不知道,到哪里去抠啊?为此,二宝还偷偷地流过泪。要他和林班长出来找小李,他心里当然高兴,就是跑断了腿,只要能找到小李,哪怕是个死的,在他的尸体旁哭上三天三夜也甘心情愿。可是,现在像在大海里捞针。这茫茫旷野,到哪去找啊?!

乔震山呢,开始听到小李失踪的消息,心里不禁凉了半截。他心想,完了,这小家伙十有八九被坏人谋害了。乔震山很清楚,这里是坏人横行之地,只要是失踪了,那必然凶多吉少,定遭不测。乔震山满脑子的焦急,悲痛,气愤,怀念,心里什么滋味都有。今天上午,他曾到各连去侦察了一番。昨晚是否有人出过村?晚点名时,是否有人没参加?结果,都说没有。他也问过三连长,因为三连长听说一连昨晚有两个士兵开了小差。但是一连矢口否认此事,而且拿出点名册来查看,确实一个也不少。他又到村外野地里查看过,是否有新的坟丘,血迹足踪,这些也没有。看来,小李有很大可能是被绑架到别的地方去了。可是,绑架到哪儿去了呢?

乔震山把他侦察的情况,想到的一切,都向李治中汇报过。现在,老林和二宝他们都来了,要大家想原因找可能性。每个人脑子里全是些猜想,除去着急难过以外,什么也说不出来。

李治中看看大家都不发言,他又看看表,说:"是啊,这确实是个难题。小李失踪我们可以这样设想:第一,小李这次是为了跟踪四连连部的房东而来的,可能被他发觉了。于是,对小李下毒手,以达到杀人匿迹的目的。这说明四连连部这个房东,是陈刘集团的重要人物。因此,我们必须告诉王德,把这家伙侦察明白,以达侦破一点,缉获全面的目的。第二,小李临走时,我给了他一封绝密文件,叫他交给周团长,转给上级。可能被敌人知道了。至于怎么知道的,是偷听还是估计的?暂不去管它。敌人为了弄清文件的内容,他们才对小李采取了绑架手段。因此,小李的生命是很危险,现在可能已……嗯,很难设想!"

李治中说到这里,喉咙有点哽咽。他停了一会儿,接着对林班长说:"你们来了很好。我的意见,你们可以分两个组,用三天的时间,在这周围十里地以内,每个村庄、道路、坟地、树林、独立家屋和孤立的庙宇，都侦察一遍。在侦察过程中，要和附近的兄弟部队取得联系，以便随时支援你们。你们自己也要随时提高警惕。这里，住了敌人一个多师的部队在整编，斗争相当激烈，随时都有暴动、造反的可能，遇有这样事件发生时，你们就随时向兄弟部队靠拢。另外，还要很好地联系当地群众，说不定群众会给你们提供一些线索。你们看，这样做好不好？"

"好！"大家齐声应道。李治中的话，给大家打开了闷葫芦，心里豁亮多了。

"现在，你们可以出发了。"李治中看看表已是下午三点，"下午时间不多了，可以先在村子周围侦察，晚上回来吃晚饭。"

林班长带着二宝和两个侦察员走了以后，乔震山和李治中又研究了以下几个问题：

从陈团长和刘谊辉的表现来看，对一排长的逃跑，除去表示遗憾以外，没有任何积极行动。对三连长不但没有任何威胁的言语和行动，而且表现得相当亲热。这是黄鼠狼给鸡拜年，居心不良。一排长跑了，既去了他们心腹之患，又使我们死无对证，所以，他们才按兵不动。小李带走的文件，可能没有落到他们的手里。他们不知道文件的内容。所以，情绪比较稳定，没有任何神色不安的表现。不过也可能这种稳定情绪是一种假象，而在背后正悄悄地搞什么阴谋活动。但是从营连军官的表现来看，后者尚未找出任何迹象。

李治中和乔震山的估计是正确的。但是，他们绝没想到一排长早被鲁青毒死后，塞到下水道里去了。

王经堂和刘谊辉虽然两件事只干成了一件，心里也不胜高兴。因为，鲁青把一排长干净利落地干掉了，确实去了一块心腹之患。再也不用为此提心吊胆了。遗憾的是，他们用一百元现大洋买动两个士兵埋伏在王爷坟松林里抢劫小李的文件，没有成功。不但文件没劫来，而且两个士兵也肉包子打狗有去无回了。一百元现大洋虽然省下了,但是不免使他们忧心忡忡。可是小李的失踪,又使他们放了心。

这消息,他们昨夜三点钟就知道了。所以,他们今天天不亮,就秘密通知其他两个营的喽啰,捉到两个逃跑的士兵和共军的一个通讯员,立即就地处决。知情不报者,与逃跑者同罪。上午八点,二营报告说,他们的巡逻兵在太平庄西南八里地处一个河沟里,捉获了两个没带枪的逃兵,当场击毙埋掉,而共军那个通讯员却不知去向。

现在,他们听说城里派了三个人,来找那个通讯员,不免又十分担心。虽然外表装得若无其事,可内心都惴惴不安,生怕万一小李被找到了,给他们带来麻烦。因此,他们派人换上便衣,也在偷偷地寻找小李。

三天的时间,瞬息而过,双方都没找到小李。而我方唯一的收获是,二宝在王爷坟松林里发现了小李的笔记本和一些断了的绳子,再就是松树底下有斑斑点点的血迹。根据这些,李治中做出一个肯定的判断:小李肯定死了!不知埋到哪去了?既然小李遭到不幸,那么信也落到敌人手里了。那信上写的是把特务团连以上的军官,分批调到军官训练团进行审查。若被他们知道了,一定会在暗地里策划对策,说不定借此理由发动暴动也是可能的。

为此,李治中特将这个情况和分批调特务团连以上军官到军官训练团进行审查的计划,重新写了一封信,并要求上级通知友邻部队,在紧急时刻给予支援。信写好后,交给林班长,带着二宝等人,立即回城去了。

林班长走后,李治中又立即召集全体整编人员开会,做了周密的应急部署,以防不测。

老天爷刮了三天狂风之后,仿佛精疲力尽,暂时地平静了。蔚蓝的天空浮动着大块的白云,把照在大地上的阳光遮得忽明忽暗。

北平西北山区,虽然春季将临,而那尖溜溜的西北风,仍然砭人肌肤,不啻严冬。这山区有个不太大的山村——赵家庄。这里距北平八十多华里,到太平庄三十多里,是个偏僻的山村,通山外全是羊肠小路,平时很少有生人光临。三天前,发生了一件轰动全庄的大事:庄南头赵老头家的儿子和媳妇,到太平庄走亲戚,半路上救回一个半死不活的人。据说是个解放军,还挺年轻。庄里人都去看过。一连三四天赵老头家挤满了人,都在听他儿子赵凤鸣讲述他两口子救人的经过。

这一带有个风俗:每年春节之后、正月十五左右,是女婿带着媳妇走娘家拜丈人丈母娘的日子。今年虽然北平解放了,郊区住了不少解放军,但是白天黑夜仍有零星枪声,有时夜里还常有国民党的逃兵乱窜。他们杀人,劫路,抢劫财物,搞得人心惶惶。乡亲们摸不准怎么回事,所以,今年谁也不敢出山走亲戚。

有一天赵老头和儿子赵凤鸣,正在打石头。赵老头边干活边埋怨说:"这年头,兵荒马乱的,到多咱是个头。亲家母孤儿寡妇的,有你这么个女婿,连过年都不得见面。正月十五已过了好几天了,你也不去看看。这算啥亲戚?不像话!"

儿子赵凤鸣开始没吭声,后来见父亲长吁短叹的,那八磅多重的锤子,砸在凿子上特别狠而有力,是生气了。于是他说:"别生气,爹。不是我不愿去,实在是兵荒马乱,路上不安全,还有小栓子拖累着,他娘也脱不出身来。"

"八尺高的汉子,这么小胆,还不如个娘儿们。你没见小栓子娘这几天老叹气,想家了?栓子不能带,难道我就不能给你带两天?倒不如说你懒,胆小。哼!"赵老头说着,把打石头的工具一扔,长叹一声,坐在石头上抽起烟来。

赵凤鸣啥话没说,把打石头的家伙一收拾,走了。

"你干啥去?"赵老头见儿子走了,八成要走亲戚,就说,"要去明天再去,今天晚了。"

老头子性子倔,儿子比老子还倔。

赵凤鸣什么话没说,回家见了妻子就说:"走,栓子他娘,到太平庄看你娘去。老头子嫌咱们去晚了,把我骂得好厉害。"

"现在已下午了,明儿个再去不行?"

"少废话!"

"栓子呢?"

"在家跟爹!"

栓子娘没再说什么,到屋里装了满满一篮子年食供物。有馒头、糕点、瓜果、梨、枣,应有尽有。篮子上用红布盖着。尔后,梳了梳头,换上一套新衣服,把篮子挎在胳膊上,说:"好啦,走吧。"忽见赵凤鸣把锋利的刀子和两枚手榴弹挂在腰间,她惊问道,"哟!你带那玩意干啥?"

"女人家知道啥?兵荒马乱的,我得防着点。"

一句话提醒了栓子他娘。她二话没说,到屋里拿了一把打石头的锤子,放在篮里。这锤子足有十多斤重,可拿在这个女人手里,仿佛不过四两重。

赵凤鸣的媳妇看外表三十岁上下,长得健壮秀美。她心地善良,但脾气挺倔。有一身好力气,经常和凤鸣去打石头,一百多斤的石块,从山上扛到家,面不改色口不呼喘。这是全村第一流的好媳妇,既孝顺又能干活。可惜婆婆死得早,否则,家里有老有小,全家和睦,该多幸福啊!

两口子收拾好刚要走,赵老头领着孙子进来了。

"妈妈,你干吗去?"小栓子才会走路,但小嘴可挺灵巧,张开小手问道。

"和你爹看你姥姥去。"

"我也去!"小栓子把小嘴一噘说。

"好孩子,乖,天不早了。外面刮大风,路又不好走,在家跟爷爷,妈妈去去就回。"

329

小栓子可真精怪,噘着小嘴,抱着爷爷的腿,逞强地说:"才不跟你们呢,我跟爷爷在家放鞭炮玩。"

赵老头望着走去的儿子和媳妇,喜眉笑眼地点点头,高声喊道:"明儿个早点回来啊!"

凤鸣和妻子回头招了招手,就沿着崎岖的山路走了。

山区的太阳落得特别早,赵凤鸣带着妻子走出山区时,太阳早已站到山头上了。风刮得也特别大了,吹得人们的衣服鼓胀胀的。

往常,太阳落山的时候,吹过一天的大风,一般要渐渐减弱,像人们劳累了一天,到了晚上该休息了一样。可是,今天这风不但不减弱,反而刮得更起劲了。

黄昏过去,夜幕降临。风卷尘土,遮蔽了天空。野草在狂风中萧瑟作响;摇曳的树杆,古怪吓人的秃树身,这一切都使人产生一种恐惧的心理。

"前几天叫你去,你不去。今天天晚了,天气又不好,你倒心急慌忙地要走亲戚,简直是发疯。"栓子娘用手捂住嘴,避着风,紧跟在赵凤鸣后面小步跑,埋怨说。

"别瞎啰嗦。要是你累了,到前面王爷坟松林里避避风,歇歇腿,再走也可以,反正快到了。"

"我才不去呢,黑灯瞎火的,听说那里夜间常闹鬼。"

赵凤鸣仰面大笑了。说:"女人终究是女人,动不动怕鬼怕神的。你知道王爷坟闹鬼的秘密吗?我告诉你吧,这是很早的事了。有些酒鬼赌徒,终日喝酒赌钱,把家产折腾个精光,差一点连孩子老婆都卖了。穷光了没路可走,他们才想了这么个缺德办法——装鬼!他们戴上假头发,挡着脸披到肩,身穿一件黑袍,手里拿着狼牙棒,晚上就在这松林里匿着。见到有人打这里经过,就出来吓唬说,他们是王爷的使差,有钱的放下,有衣裳的脱下,敬给王爷享用。不然,当场要他们的命不说,还要使他们全家得病而死。就这么着,过路人就乖乖地把钱放下、把衣服脱下,放到地上,赶快跑了。这些酒鬼赌徒,得了财物,就又去喝酒赌钱。这就是王爷坟闹鬼的秘密。

"有一次,我一个人夜里打那里走,就碰着一次。结果,被我三拳两脚把他打了个鼻青眼肿。最后,他跪下求饶,我才把他放了。临走时,他还要我给他保密。我说:滚你妈的吧,让你再去坑害行人?! 从那以后,兵荒马乱的,我也再没打那里走,究竟还闹不闹鬼,我也不知道了。"

"别吓唬人,俺不信。"

"不信你瞧着,说不定今晚还能碰上。要是碰上,有我们两个,保证叫他们跪下叫你亲娘。"

"去你的吧。"

两人边走边说,不知不觉来到王爷坟。刚想找个避风的地方休息一下再走,忽听松林里传来了叫骂声。风大林吼,听不清骂的什么。凤鸣把手一伸,挡住妻子,俯在耳朵上悄悄地说:"怎么样?准是那些坏蛋又在干坏事。走,咱们进去看看。"

于是,凤鸣抽出刀子,妻子拿出铁锤,把篮子放在一棵树底下,两个人分开杂草、丛树,轻引鹤步,进了松林向着骂声走去,在一个坟丘上伏下了。他们举目看去,只见黑影里,有两个当兵的在恶狠狠地毒打一个捆在树上的人。真是惨不忍睹,闻之心悸。

凤鸣刚要起来去救那个人,被妻子一把拉住说:"别忙,听听他们说些什么。"

他们听了一会儿,全明白了。原来,是国民党的两个大兵在拷打一个解放军,口口声声向他要文件。这时,他俩不免有些犹豫了。要是去救吧,估计他们一定带着枪,若被他们发现了,不但救不成,反而有被他们枪杀的危险;要是不救吧,那个解放军非被活活打死。他俩正无计可施,急得直摸脑袋,忽见两个歹徒放下枪,向坟丘的南面走去不见了。见此情景,他俩一刻也没停,轻步跑到被绑者跟前。凤鸣举手把绳子割断了,背起那人回身就走。栓子娘呢,来到树根前,把两条步枪背在身上,一条步枪端在手里以便掩护,回身随凤鸣之后,出了松林。凤鸣悄声说:"回家吧,别走亲戚了,说不定那里住着国民党呢。"

栓子娘没吭声,找到篮子,挎在手上,跟着凤鸣小跑步向来路走去。

亲戚没走成,救了一条人命。凤鸣两口子别提有多高兴了。

三天以后,小李恢复了知觉,眼睛昏花,两耳轰鸣,听不清身旁人们的说话,看不清周围的景物。但是,他确信自己已经不是在松林里了,也确信他的周围不是危险的境地了。他放心地闭上眼睛,努力回忆事情的经过。忽然,他仿佛听到很远的地方,有人在嗡嗡地说话:

"好了,好了,醒过来了。"

"不要动他,叫他再睡一会儿。"

小李又什么也不知道了。

不知过了多长时间,小李又醒了。他觉得这是夜间。他看见一点光亮。那是灯光,灯影之下有个人在看着他。但是,他看不清是什么人,是男是女,是老是少,全分不清。只是个黑影儿,这影子的背后放射着灯光。他想和他说话,可是全身都不听支配,一动也动不得。他想说话,但嘴张不开,喉咙里像塞上了棉花。小李满心着急,耳朵轰鸣了,全身一阵剧痛又昏迷了。

当小李再次醒来时,他看见阳光照射的窗户,粉白的墙壁,糊着花纸的顶棚,和炕沿下站着的许多人。最前面站着一男一女,看样子也不过三十岁上下。

"你好些了吧,同志?"那女的说。

"啧啧!多好的小伙子,给打成这样。唉!"一个老大娘擦着眼泪说。接着,有人不知在哪个角落里议论开了:

"不是解放了吗,怎么还这么行凶作恶?"

"谁知道咋搞的!"

"赶紧送到北平去吧,在这儿又没有医生,有个三长两短咋办?"

"不行,现在还不能搬动。这么远的路,送到半路出了毛病可不是玩的。"一个五十多岁的老头说,"已经救活了,就在这儿用草药先治着,等他会说能动了再送。这号跌打碰伤的病,我还可以凑合着治。"

是的,山区里靠打石头生活的人,免不了碰伤跌伤,又没有医生,只好靠祖传的药方来治疗。而且,这药方治这号病都是百医百效的。所以,小李的伤势很快好转了。

又是三天过去了。小李的伤势好多了,能用不太准确的字音说话了。但是,别人一点也听不懂,他全身还是不能活动,他心里十分着急。因为,他觉得没有完成李政委和王副连长交给他的任务,说不定他们找不着他,正在着急呢!小李多么想念连部的同志们啊!尤其想他的好友二宝。说不定二宝知道他失踪了,可能着急得偷着哭了呢。要是二宝突然找了来,准会把他抱起来,亲个够呢!想到这里,他挣扎了两下,想坐起来,可是白费劲,一点也动不得。他张大了嘴,想大声喊:"快把我送回部队去。"可是,喊不出声音来。为此,他急得满头是汗。

赵凤鸣的媳妇,以为小李要吃东西,赶紧端了一碗米汤来,用胳膊把他扶起来,一口一口地喂着。喂完了,给他解开头上包扎伤口的布,用草药泡成的水洗了洗伤口,尔后,又给他敷上一些淡黄色的粉末,这粉末散发着扑鼻的香味,用布包扎起来。这才给小李盖上被子悄悄地出去了。

这天晚上,小李一觉醒来,看见房东大嫂坐在炕沿下的凳子上,手里拿着针线活,慈祥而关切地瞧着小李。她见小李醒了,赶紧问道:"同志,你要不要吃东西呀?"

小李摇摇头,看着这位大嫂对他如此关怀照顾,心里感激得不知说什么才好。因为说话困难,他不禁眼圈一红,几乎哭了。但是他忍住了没哭。一滴无声的泪珠,顺着眼角滚了下来。他长长地叹了一口气。

房东大嫂用手巾给小李擦擦泪,说:"同志,你别难过。我爹爹已打发人进城去找你们部队了。不用几天就会有人来找你的。你安心养伤吧。等他们来了,你就可以回去了。"

小李高兴地笑了。笑得那么天真,可爱。房东大嫂细声细气地问道:"同志,想家了,是不是?你家里在哪儿呀?"

"不。"小李摇摇头,用不准确的发音说,"我——想——同志。"

"你姓什么?"

"……李……李。"

"你是哪个部队的?"

"……"小李张了张口,说不出来。忽然,他把一只手抬起来,伸出四个指头说,"四——连。"

"咦?你的手能动了?"房东大嫂惊异地说,"来,同志,再举起手来看看。"

小李也觉得惊讶。他的手不知不觉地能动了。于是,他把两只胳膊一下子全从被子里伸了出来,并握着拳头在胸前晃了两下。

房东大嫂高兴得笑了,转身跑了出去,大声喊道:"爹,您快来看呀,同志的手能动了!"

赵大爷答应了一声,披着棉袄和媳妇进来了。

"来,你把他扶起来,再看看他的腿。"赵大爷说。

房东大嫂把小李扶起坐着,赵大爷用烟袋锅,敲敲小李的膝盖,小李的腿抽动了两下。赵大爷高兴地说:"嗯,有门儿,来,把他放下,我再给他舒展一下血脉,兴许能好得更快些。"

房东大嫂又把小李放下,赵大爷从小李的腰一直按摩到腿,最后,把小李的腿用力蜷曲了一阵,然后坐在炕沿上说:"小同志,你自己动一动,看看能行吧?"

小李这时觉得全身热乎乎的,他用力伸缩两腿,果然腿也能动了。自己也高兴得笑了,赶紧用手支着身子,朝赵大爷点了点头,表示感谢。

赵大爷吸着烟,关切地对小李说,"要常活动,这样,会好得更快。"说着,赵大爷出去了。

公鸡叫过三遍,晨曦把山峦的轮廓,衬托得清清楚楚。麻雀儿在树杈间、屋檐上喳喳吵嚷。仿佛天地间只有它们才有权力自由欢叫似的。

小李早已醒来,他听着院子里的鸟叫声,觉得自己已经好了,那昏厥疼痛仿佛不存在了。小李离开部队,虽然只有五六天,他觉得仿佛已有好几年了似的。他十分思念同志们。这种如饥似渴的想念,使他忘记了一切疼痛。他翻身坐了起来,然后下了炕,像没有大人扶持的小孩一样,东倒西歪地走了两步,终于,咕咚一声跌倒,再也起不来了。

房东大嫂一步闯了进来。

"我的天,你怎么下来了?这孩子。"她把小李轻轻地抱了起来,又轻轻地放到炕上,然后给他盖上被,说,"告诉你,小同志,你的身子骨儿离能走路还差得远哩,着急也白搭。"

"我——要回——部队。"

"回部队,也要等人来抬你走。现在,你得给我好好地躺着。"

小李惊异地瞧着这位大嫂走出去的背影,心想,这位大嫂好大的力气。我小李虽然个子小,起码也有一百多斤。可到了她手里,仿佛连半斤棉花重也没有。平时她总是那么温和可亲。可是,这会子又是那么厉害。还有那位老大爷,虽然从来没见他笑过,但是,他脸上的每条皱纹却蕴藏着善良和慈祥。说话,做事,总是不紧不慢,十分沉稳。

早饭时,那位大嫂端一碗鸡蛋小米粥进来了。

"吃吧。"她说,"刚才摔痛了吧?吃了饭,给我好好地躺着休息,别思三想四的。"说完,她抿着嘴笑眯眯地瞧着小李,目光里充满了善意的责备。

小李赶紧坐起来,接碗在手,呼噜呼噜地把小米粥吃了。

正在这时,忽听窗外有人喊道:"爹,我回来了。"

"怎么才回来?"

"别提啦,我跑了一天半夜才到城里,进了阜成门我就打听,见了解放军就问,都说不知道。后来,我在北河沿大街碰着一位同志,听我一说,他就把我领到武定侯胡同一个院里。在那里,一位首长接待了我,还叫我把这事儿从头到尾说一遍。后来,他说:'谢谢你,同志。这样我们就放心了。你今天先住在这里,我们叫他团里派人,明天和你一块回去。'这么着,我就在那里一家伙睡了一天。第二天,也就是昨天,早晨吃过饭,他们团部来了四个人,你猜是谁?爹,就是去年在咱家住过、找伤员的那四个人。一见面我们都认识。"

"嗯,怎么就你一个人回来了?"

"他们在后面。因为昨天我们先到了太平庄。嘿!无巧不成书,去年我们从山上找回的那个伤员,还是个连长。他正住在我岳母家,改编国民党的军队。他说什么也不让我走,非请我吃饭不行,问长问短的又说了半天话。我岳母也不让我走。这么着,我就在那里住下了。今早天不亮,我们就往这儿走。瞧,他们来了。"凤鸣说着向门外一指。

小李在屋里听得一清二楚,高兴得心突突直跳。他几次要起身下去,都被房东大嫂劝住了。当他听到凤鸣最后说"他们来了"时,赶紧用胳膊支着身子,仰起头来,隔着玻璃向窗外看去。

首先进来的是林班长,第二个是二宝,第三个是两个侦察员,肩上扛着一副军用担架。

小李几乎喊起来,但是他没有喊。脑子受了严重震荡的人,是经不起感情冲动的。他像跌倒一样躺下了。小李感觉躺下后,才只有一刹那的工夫,其实时间已经过了半个小时。当他扭过头来看时,首先映入他眼帘的是二宝。其余站在二宝后面的人,还是模糊不清。

"二宝!"小李伸手抓住二宝的胳膊,脸上浮现亲昵的微笑,嘴唇哆嗦了两下子,说,"二宝,咱们……差一点……再也见不着了。"

"躺着吧,小李。"二宝鼻子有点发酸,轻轻地按住小李,说,"大伙都问你好,可记挂着你哪!"

小李点点头,一滴泪珠从眼角流到枕头上,这泪珠里蕴藏着几天来的千言万语和说不尽的思念。

二宝,这个名字,不知为什么惊动了一个人:房东大嫂。她分开众人挤到前面,两手抓住二宝的胳膊,双目灼灼闪光,端详着二宝的脸,问道:"你叫二宝?"

"是呀!"

"你哥叫大宝?"

"对呀!"

"你姓孙?"

"一点也不错,怎么?"

对话间,房东大嫂的表情极为复杂。想笑,但眼圈发红,泪水包着眼珠一个劲地转动;想哭,嘴唇咧着,露出一排洁白如玉的牙齿,半天又哭不上来。最后,她把二宝猛地抱在怀里,哇的一声——哭了。

"我的亲弟呀!我,我可……见到你了。十多年了啊,没想到,今天……我的天啊!老天爷睁眼了啊!哈……"

房东大嫂伏到二宝肩上呜呜地哭了。哭声震动了房屋,传到了山区的晴空。

这突如其来的变化,把全屋的人都弄愣了,二宝也愣了。可是,他很快就反应过来。他扶起房东大嫂,仔细看了又看,一点也不认识,简直不敢相信。他口吃地问:"你,你是桢英姐姐?"说话间二宝泪水包着眼珠,一个劲地转动。

"是呀,是呀!我就是十多年前,被王经堂抢走了的姐姐呀。"桢英放声大哭了,哭着擦擦眼泪,问道:"爹好,娘好?"

"娘好,爹不好。不是,爹也好,就是……就是,嗯……死了!姐姐,姐姐——姐姐呀……"

说到这,二宝也呜呜地泣不成声了。

"啊!我的爹呀……啊……啊……"桢英哭得前俯后仰,几乎昏厥了。

大家这才明白了。除去惊讶之外,叹气的叹气,抹眼泪的抹眼泪,最后,赵大爷说话了:"凤鸣啊,愣着干什么?还不快把栓子娘和二宝送到你屋里去,叫他姐弟俩好好说个话?这里有我和同志们照看小李呢。"

赵大爷的话提醒了凤鸣,这才和二宝扶着媳妇到西屋里去了。

桢英为什么会在这里呢?这事还得从头说起。

抗日战争以前,孙桢英被王经堂从靠山镇骗到北平,后因王经堂要把她卖到妓院里去,半路上她跳车逃跑,几乎摔死,后来,被言素华的父亲救回家去。从那以后,桢英就在言素华家住下了。但是,由于她受刺激太深,又因跳车逃跑时头部受震荡,一时神经错乱,患了神经错乱症。后来,抗日战争爆发,鲁青随王经堂在北平当了汉奸。有一次,他在街上碰着孙桢英,被她打得鼻青脸肿。这就是当时传说的疯姑娘怒打鲁副官的事。可是,桢英因此而惹下了大祸。素华的父亲把她偷偷地用三轮车送到西郊太平庄,托他的好朋友许忠明代为照看。许忠明家里除去老伴,只有一个儿子,结婚不到一年就参加了华北八路军抗日去了。家里只剩下许老头和老伴,还有个既孝顺又聪明伶俐的儿媳妇。桢英来了,许忠明和老伴高兴得什么似的。一来因为老两口没有闺女,二来儿媳妇也有了个伴。因此,虽然桢英有点疯病,他们还是把桢英收养了下来,并且把她当自己的亲女儿一般看待。这么着,桢英在这里一住就是三年。疯病渐渐地好了,终日帮着家里干活。有时候想起自己的家,也曾要求许忠明说:"爹,我想家。您能不能去靠山镇帮我找一找,哪怕是捎个信给我家的人,说我在这很好。也好叫他们老人家放心。"

"这事吗……"许忠明想了想,说,"难啊,孩子,兵荒马乱的,国民党见人就抓,日本鬼子到处杀人放火,这么远的路,谁敢去啊?唉……要不,我早就送你回去了。"

从此,桢英再也不提回家的事了。

谁知,好事多磨,四一年日本鬼子大扫荡,鬼子汉奸到处乱窜,太平庄也不太平了。每天要逃荒跑反。许忠明看桢英这么个大姑娘在他家住着也不安全。万般无奈,逃反时他把桢英送到了山区赵凤鸣家。这里比较安全,鬼子不敢轻易进山,即便进了山,大家往山上一溜也就没事儿了。况且,这里是八路军游击队的地盘,那些反动派,轻易不敢来。因此,许忠明就把桢英留在赵老头家里住下了,自己领着老伴和儿媳妇回家了。

第二天消息传来,许忠明在回家的途中,不幸遇着日本鬼子,被杀害了!幸亏碰着游击队在山上打埋伏,许忠明的老伴和儿媳,乘机跑到山沟里藏了起来,才幸免死亡之灾。

桢英哭得死去活来,她一定要回去和鬼子汉奸拼命,为干爹报仇。赵老头和凤鸣左劝右说,好不容易才把她劝住。从此,她就在赵凤鸣家住下了。

平时,桢英帮凤鸣和他父亲上山打石头,干重活。但是,她很少说话,经常发呆。有时,由凤鸣陪着,回太平庄看看她的干妈和嫂嫂。天长日久,桢英和凤鸣不知不觉地产生了感情。桢英在精神上有了一点寄托。有时和凤鸣也说些心里话。赵老头看在眼里,喜在心里,老人家喜眉笑眼地吸着烟,瞧着眼前这对年轻人,想到:嗯,天生的一对。不如和许老大娘商量一下,就这么着吧。

于是,赵老头为这事,专程跑了一趟太平庄。谁知许老大娘也早有这个想法。因此,两人一议而成。人逢喜事精神爽,赵老头喜形于色,两腿行走如风,回到家里立即找了个媒人,两下里一说合,凤鸣和桢英便成亲了。

洞房花烛那天,桢英哭了。她想起父母兄弟,还不知在家怎么样呢?要是他们也在这里,该多好!经过邻居乡亲们的劝说,才转悲为喜。大家答应桢英结婚后,派人去靠山镇找她的父母。可是,兵荒马乱的,跑这么远的路,凶多吉少,谁也没敢去。就这样,一年、两年过去了。桢英生了栓子已经一年多了,爹妈仍杳无音讯。时间长了,桢英把精力全部集中在凤鸣和孩子身上了,想家的思绪渐渐地平稳了。

去年冬天,赵家庄附近发生了战事。班长老林和二宝来她家,请凤鸣帮助找乔震山。桢英觉得二宝有点面熟,但绝没有想到是她弟弟。因为,她不知道两个弟弟参加了军队,更没想到他会来到这里。尤其是,乔震山被抬到她家时那半死不活的样子,既不省人事也不会说话,而且离别了十多年,她怎么会认出是她弟弟大宝呢?所以,那次两位弟弟都见到了,可是,都没能相认。

现在见到了二宝,一切往事涌上心头,桢英和二宝亲热地叙谈了一个上午。桢英的心,沉浸在悲欢离合、深仇重怨之中!凤鸣提醒道:"天不早了,快做饭给同志们吃吧。"

桢英这才如梦初醒,急忙起身去做饭。没用上一个小时,做了满满的一桌,还拿出最好的酒,招待这些亲如一家的客人。赵大爷和凤鸣作陪,她自己和小栓子在屋里陪着小李,共用午餐。

里屋、外屋一片谈笑感叹之声。

下午,林班长、二宝和两个侦察员要抬着小李回去了。凤鸣一家恋恋不舍,尤其是桢英,眼里含着泪水,瞧瞧小李,又瞧瞧二宝,从心眼里不舍得他们走。可是,小李要住医院啊。有心留下二宝再住两天,但是,二宝是接受任务出来的,不回去当然不合适。想来想去,还是悄悄地和凤鸣商议,叫他们都在这住下,明天再走。凤鸣说:"不,和爹说说,咱俩和他们一块走,去太平庄看看大弟弟不好吗？这样，路上咱俩还可以帮他们抬担架。"

桢英高兴得直点头。

于是，凤鸣立即和父亲商量妥了。还是由凤鸣父亲在家带着小栓子，凤鸣两口和林班长等人一起走。

二三

一九四九年的二月飞快地过去了，转眼三月将尽，天气渐暖。

清明节这天早晨，团政委李治中，带着小赵，来到太平庄的村外散步，借以考虑问题。自从小李事件发生后，他觉得特务团的那些旧军官，表现很不正常。尤其是前几天，为了使整编工作顺利进行，军部命令调一批连营军官去城里集训。有的勉强去了；有的大骂耍赖，死不服从；有的交枪不干了，要求回家务农为民。一时闹腾得乌烟瘴气，不管怎么闹，最后还是都去了。当时，陈团长和刘副团长，虽然假惺惺地大发雷霆说："谁要胡闹，军法从事！"可是，私下里却鼓动官兵借此起哄捣乱，弄得形势日趋紧张，大有山雨欲来风满楼之势。可是到现在没见行动。为什么？第一，上次为小李失踪的事，李治中曾请示上级，要求友邻部队在行动上支援他们，以防不测。后来友邻部队确实调整了部署，增加了兵力。还特地派张营长来联系，这个营就驻扎在离这只有五华里的一个名叫张格庄的村里。他们的任务是专门支援太平庄。只要李治中一声令下，立即行动。为此，他们还在这周围看了地形，做出了各种预想行动方案。这个情况，敌人是一清二楚的。所以，他们不敢轻举妄动。第二，把一批最捣乱的连营军官调走以后，他们失去了一批骨干，失去了对士兵的控制。相反，被我们掌握的官兵却增多了。像一营三连这样的连队越来越多。他们怕指挥不灵，所以，不敢轻举妄动。但这并不等于百事大吉,形势对他们越是不利,越使他们的恐慌心理加速膨胀,很可能会孤注一掷,铤而走险。

太平庄的野外,虽然初春降临,但那些枯树野草仍然黄而不青,只有那些越冬的麦田,经过雪水的润泽,生出了浅绿色的芽苗。举目远眺,还有那片黑松林——王爷坟,仿佛画家们在地平线上,抹了一笔深绿色。

"那里就是王爷坟。"警卫员小赵用手一指说,"小李就在那里遇难的。"

"唔……"李治中背着手,凝目注视,说,"这松林确实使人产生一种神秘的感觉,加之,地形高一点,难怪它被人利用。"

说话间,从松林里匆匆地走出一个人来。不多时来到眼前,原来是乔震山。今天是清明节,他早上起来,房东老大娘和儿媳妇,做了面条给乔震山吃,并请他一块出村帮着给老头子上坟培土。乔震山就跟着一块出来了。上完了坟,他辞别了老大娘,趁空到王爷坟去察看了一下地形。当他从松林里出来时,老远见李治中和小赵在村外站着,他疾走几步来到李治中跟前敬礼说:"政委也出来'踏青'了?"

"是啊。"李治中说,"踏青,踏青。可是,这里无青可踏,所以,你就跑到王爷坟松林里踏青去了,是吧?你这个农民出身的干部,现在除了学会一套打仗杀敌的本领外,还变得文绉绉的了。"说着李治中风趣地笑了。

"嘿嘿!"乔震山脸一红,也笑了笑,说,"我可没那个闲情,不过是看看地形。"

李治中说:"老百姓可都兴宜啊。你看,除去上坟拜土以外,有挎着篓子来挖野菜的,也有看地形准备打仗的,都在今天出来了,这是巧合。姑且都叫'踏青'吧。走,既然出来了,咱们围着村庄走一圈就是了。"

乔震山和李治中在野地里漫步走去。沉默了一阵,李治中问道:"你们营里最近有什么情况没有?"

"看来比较正常。"乔震山说,"顾贞熊和王兆祥情绪还不错。对我们的工作,表面上看,还比较随和。一、二连也有较大进步。因为三连在一连、二连,还有特务连都有熟人,他们也做了不少工作。所以,比前几天好多了。但是,三连长李贵堂,最近好像有点沉默,情绪不高。"

"是啊,"李治中说,"一贯对我们敌视的人,突然和我们友好起来,而和我们友好的又突然疏远了。这可不是好兆头。必须提高警惕。最近,你没和三连长谈谈?"

"谈过了,看样子好像有什么顾虑,比过去谨慎多了。一提起顾贞熊、王兆祥,话就少了。尤其提起陈团长和刘副团长,就采取回避的态度。不知为什么?"

"你对这个问题怎么看?"

"我和郝平研究过。我们估计陈团长和刘副团长对我们屡次的威胁、迫害都失败了,尤其是我们把小李找了回来,再加上调走了一批捣乱的军官,他们没办法,只好认输,老老实实地听从整编。但是,又不甘心失败。很可能改变对策,不再蛮干,而在背后偷偷地策划更恶毒的阴谋。三连长可能知情,因慑于他们的淫威而不敢吐露。"

"嗯,这种估计有道理。"李治中肯定地说,"对死心塌地的敌人,不能抱任何幻想。敌人的逻辑是捣乱,失败,再捣乱,再失败,直到灭亡。你要查明三连长忽然情绪消沉的原因。对三连长,我们还要进一步做工作。说不定从他嘴里可以得到我们更需要的情报。这工作很重要。三连长可能了解陈、刘等人的政治背景。他为什么直到现在还不向我们吐露实情呢?这值得我们深思。你说是不是?"

"是的。"乔震山说,"看来,我们的工作还很不细致。政委同志,根据您的指示,我回忆起一件很可疑的事。从上次一排长逃跑以后,直到这次小李事件发生,刘谊辉到过三连两次。顾贞熊也找三连长谈过话,并嬉皮笑脸地给三连长赔过不是。当时,由于我们没把真相搞明白,所以也没向您汇报。现在看来,三连长情绪的变化很可能与此有关。"

"对,"李治中说,"这情况很重要,你回去和郝平很好地研究一下,一定要把他们谈话的内容搞清楚。不然,一旦有事,我们就会非常被动!"

"是,我今天就去想法了解。"

"就是嘛,"李治中若有所思地说,"我们到这里一个多月了,做了不少工作,同志们都很辛苦,也冒了很大的风险。可是,工作开展得还不够理想,还要把工作做得更细致更扎实一些,你说是吧?"

乔震山从这次无意中和李政委的谈话,心里觉得很不安。首长对自己的工作早就提出了更高更严格的要求,可是自己还是停留在原来的水平上。凡事不进则退。三连长就是明显的例证。李治中虽然没对他直接提出批评,但是,从李治中的谈话中,他意识到,首长期待着他们把工作做出他所要求的成绩来!可是他没有做到。为什么呢?乔震山苦思冥想地考虑了好久。他忽然想起来了,自从过了元宵节,虽然惊险艰难的整编工作,常常使他处于招架、思索、处理的被动地位,但是,几次危机都化险为夷。小李的失踪,曾使他悲痛、烦恼、寝食不安,最终,小李找到了,他又转悲为喜。尤其是在找到小李的同时,他出乎意料地见到了失散了十多年的姐姐!当时,简直像做梦一样,那种悲欢离合的心情,冲击着乔震山全身所有的神经。人民胜利在望了,亲人团聚了,姐姐也和姐夫一块去靠山镇见妈妈去了。真是苦去甜来,说不尽的欢乐。由于这些喜悦占据了他整个的心,竟忘了李治中对他提出的要求。想到这里,乔震山不免于心有愧,自责自谴。他决心以实际行动,迅速纠正这一缺点。

乔震山辞别李治中,向营部走去。一抬头,见三连战士下路修背着枪从村外放步哨回来。他心里一动,何不借此机会和他谈谈?

"卞路修,你放步哨回来了,冷吧?!"他问道。

"不冷,乔副营长。"卞路修立正答道。

"你们连长最近怎么样?"

"还好。不过……他好像不大舒服。"

"为什么?"

"因为……"卞路修向四周警惕地看了看,说,"副营长……"

看样子他有话要说,可是在这种情况下,他又不敢说。乔震山立即领会了他的意思。他插口说:"好吧,下午两点钟我在王爷坟等你,可以吧?"

"可以,我向排长请个假。"

这天下午,乔震山和卞路修,先后到了王爷坟松林,找了个隐蔽地方坐下来。卞路修谈了以下的情况。

有一天晚上,也就是小李失踪的第三天,卞路修在连部值夜班。大约十点多钟,刘谊辉悄悄地进来了。他径直进了三连长的房间。只听他说:"坐着,坐着,来看看你。"屋里一阵板凳的移动声,"你最近还好吧?"

"还好,谢谢副团长的关心。"三连长说。

"自从一排长跑了以后,我和陈先生生怕共军的整编人员对你不客气,非常不放心。你知道吧,他们想把你送到城里去,交军事法庭审判。我和陈先生多方劝说才算完事。可是,他们又要把你送军官训练团。你知道军官训练团是干什么的?是俘虏集中营。我们坚决没同意,才把你留下。"

三连长冷笑了笑,没吭声。

"你不信?嘻!我看你是被共军的所谓宽大政策迷糊住了。这一点,老弟你就没有我的经验多了。谁不知道共产党口蜜腹剑,挂羊头卖狗肉,专门会宣传?等他们用完了你,就该推完磨杀驴吃了。厉害呀,老弟!你跟他们走?即便将来不杀你,你也得落到后

345

娘手里去。他们一辈子也不会相信你,说不定还会把你当做特务给收拾了。千万不要上当啊,老弟。你不要忘了,你是党国的军官,共产党和我们是不共戴天的。"

"我既不是国民党,也不是共产党。改编完了,我回家当老百姓,缴上公粮不怕官。"三连长气呼呼地说。

"哼!你呀,"刘谊辉说,"你以为不干就完事了?你当了十多年的军官,谁不知道?到了乡下,共产党搞土地改革,那些穷棒子能轻饶了你?再说,党国在江南还有四百万军队,大半个中国还在我们手里。而且,听说美国朋友正在大量给我们军援,谁胜谁负还不一定呢!要是你这样打算,将来一旦国军从江南打回来,到那时不判你个叛徒之罪才怪呢!老弟呀,听我的话没错,咱们势力还大着呢。告诉你吧,老先生还经常来信鼓励我们呢!这些事,你知道吗?"说这些话时,刘谊辉的声音特别低,几乎听不清楚。

"现在咱们还和南京有联系?"三连长吃惊地问。

刘谊辉得意地笑了。笑罢,他接着说:"平津地方,加上太原阎老西的军队,足有一百多万。老先生能不闻不问了?弟兄们为党国出生入死,他心里是有数的。有些事是党国的秘密,现在还不便和老弟你讲。"凳子一响,刘谊辉站了起来,接着说,"今晚先谈到这里。何去何从,请老弟你考虑决定吧。"

刘谊辉走的时候,三连长李贵堂还送他到门外。

乔震山听了卞路修的话,全明白了。敌人外表沉静,确是一种假象,目的为了掩盖他们私下搞的不可告人的阴谋活动。陈刘等人表面上对我们表示友好,暗下却在加紧和我们争夺他们所谓的不可靠成员。等他们串通成功、内部统一了,就该搞什么鬼名堂了。团政委李治中的指示多么重要啊!乔震山意识到斗争是曲折、复杂和激烈的,稍有疏忽,就要付出代价。

三连长李贵堂是个久混行伍的小知识分子,是敌人阵营里的失意者,厌世情绪相当严重的动摇分子。对这种人,必须积极争取、鼓励,以唤醒他对生活的热爱,对人生的追求,使他站到人民的立场上来,为人民服务。

乔震山在瞬间思考了这一切。他对卞路修说:"小卞同志,你知不知道,刘谊辉和你们营长原来是干什么的?"

"不太清楚。我们这个团,在北平解放前不久才组建,人员都是从各个单位合并来的军官和士兵。刘谊辉是从'中央军'来的,哪个单位我不知道。顾营长是原宪兵团的连长,王营副是原宪兵团的副官。都是些杀人不眨眼的家伙!其他我不清楚。至于我,是保安团的。在沙土城战斗中跑回来以后,就把我编到这个营里。不过,请你放心乔副营长,我是跟定你们了。我家是三辈子雇工,受尽了地主的气。我是前年被抓来当兵的。自从当了兵,我时刻都想着开小差。可是,试了几次都没敢跑。我每逢看见那些开小差的被抓回来,枪毙的枪毙,活埋的活埋,心里又怕又恨。我每天都在提心吊胆中打发日子。在你们来的头一天晚上,就有一个开小差的士兵被活埋了。真他妈的惨极了!我们连长也是那天晚上,被顾秃子打得死去活来。我真替我们连长担心。"说着,卞路修哭了。

"顾营长为什么打他?"

"还不是因为他曾被你们俘虏过?他们知道我们连长了解你们的政策,所以,才杀鸡给猴看呗!"卞路修接着说,"弟兄们不是不愿接近你们,他们是怕被发现了有生命危险。"说着,卞路修擦了擦眼泪,警惕地向四周看看。

乔震山看了看表,他们的谈话已超过了半个小时。

"好吧,小卞同志。"他说,"有我们在,你不用怕。但是,要提高警惕。我们不改编成功决不离开。对你们连长,要好好地保护他。他现在的处境很危险。你还记得吧,我们才来时,刘谊辉派医官给你们连长打针的事?医官为什么回去就死了呢?是刘谊辉用药酒给毒死的。至于调你们连长去军官训练团和要交军事法庭的事,是绝对没有的。因为,我们对他是信任的。我们希望你们连长能在整编中助我们一臂之力,为人民立功。"

"是的,乔副营长。"卞路修说,"这些,我们连长和排长们都知道。那次多亏你救了我们连长。他经常提起这事,感激得不得了。还有一连一排长逃跑后,你和郝教导员对我们连长的态度。这些事,我们一辈子也忘不了。"

"嗯,这是我们应该做的。要感谢,你们感谢共产党、毛主席吧。现在,你可以回去了。和你们连长说,我和郝教导员随时保证他的安全,抽空我一定去看他。"

"是。"卞路修立正敬礼,转身向松林外走去。

乔震山目送卞路修出了松林向西走了一段路,又拐弯向村里走去。看得出,这是他有意把别人的视线从乔震山所在处引开的行动,也说明他内心的警惕。乔震山出了王爷坟向东走了。他打算从村东面回营部,以免被坏人发现了,对卞路修不利。

乔震山通过这次谈话,觉得卞路修忠诚、朴实,心地善良,品质纯正。他是李贵堂的勤务兵,又是亲信。通过他去做李贵堂的工作,目标小作用大。但是,要从他口里了解那些旧军官的政治背景是困难的。因为他毕竟是个士兵。他准备今晚就去找三连长谈话。

乔震山回到营部时,顾秃子和王营副都不在,只有郝平一个人在屋里看报纸。见乔震山回来了,他说:"你看,蒋介石耍滑头,放出和谈的烟幕,却在幕后捣鬼。还大吹大擂什么'长江天险,共军插翅难飞'。又是什么太原国军阵地屹立无恙。实际呢,长江天险指日可破,太原也朝不保夕了。"

"就是嘛。"乔震山接过报纸说,"蒋介石一贯靠吹牛吃饭,越吹牛败得越惨。现在,他内部混乱得不堪收拾,只好吹吹牛皮,安定人心,实际上连他自己也觉得大势已去了。就说我们眼前这些家伙吧,本来已成了我们手下的败将,可还在幻想什么依靠美国的援助,做国军从江南打回来的美梦呢!"

"谁说的?"郝平问。

"刘谊辉。"乔震山悄声说,"这是他和三连长说的。"

"你和三连长谈过话?"

"没有,听卞路修说的。"

于是,乔震山把和卞路修谈话的内容,详细地和郝平说了一遍。

郝平吃惊地说:"情况不妙,老乔。刘谊辉这样明目张胆地和三连长谈问题,等于给三连长下了最后通牒,下一步就该下毒手了……"

郝平的话没说完,顾贞熊和王兆祥进来了。

"报告二位老弟一个好消息。"顾贞熊咧开满是金牙的嘴,笑呵呵地说,"今天是清明节,陈团长和刘副团长为了报答师首长对我们的款待,今晚在团部设便宴,请你们营以上军官会餐。我们营以上干部作陪。陈团长说请你们二位务必参加。"

乔震山心想,又要搞什么鬼?于是,他没等郝平开口,就说:"很好,请郝教导员和你们二位参加,我在家留守。"

"哎——乔副营长,"王兆祥急忙说,"要留守也应当是兄弟我。要是你不去,陈团长怪罪下来,我可担当不起呀!"

"对,"郝平说,"今天是清明佳节,我们俩和营长参加,王营副留守,这是理所当然的。否则,就辜负了团长和副团长这番深情厚意了。"

"对,对,对。"顾贞熊说,"郝老弟不愧为政治军官,知礼识貌啊。"说着,他仰面大笑了。这笑声发自那副凶脸,更加狰狞可惧!

郝平也笑了,笑得那么自然、快乐。

乔震山可没笑。他在想,无风树不动。这无缘无故的请客,而且是请营以上军官,其中必有名堂,必须想好一切应急对策。但是,他们请客的具体目的是什么?难道又要演鸿门宴?难道要乘机暴动？难道……不，目前，他们还下不了这么大的决心。他瞧了瞧顾贞熊那狰狞的笑脸，忽然心里一惊。他想到了三连长。他想他们很可能要在三连长身上做什么文章。对，八成是这么回事。这样一来，晚上不能去找他了。只好下午就去，可是下午没时间了。他看看表已快四点了。乔震山正在着急，忽听顾秃子说："教导员，下午还有两个小时了。趁这工夫给全营上堂政治课好不好？我觉得你讲课很有意思。连我这花岗岩脑袋，都有点儿开窍了。"

"很好，"郝平犹豫了一下说，"顾营长这样关心部队的政治教育，说明你在政治上的一大进步。真是一件可喜可贺的事。可是，今天是清明节，晚上我们当官的要会餐，而战士们今天下午只剩两小时又要上课，连个节日也不能过，你这营长未免太不通情达理了吧？我的意见，趁这机会，我们几个人分头到连队里去，和战士们一块过节。谈谈心，聊聊天，这样做，比上一堂政治课还好。这叫做官爱兵，兵尊官，上下一致，官兵团结。将来打起仗来，他们才能听你指挥呢。营长先生不会不同意吧？"

乔震山开始看郝平有同意顾贞熊上政治课的意思，不禁心里着急，后来听郝平说大家分头到连里去和士兵一块过节，心里不胜高兴。因此，他急忙插口说："对，我同意教导员的意见。我到三连，教导员到二连，营长到一连，王营副在家留守。你看怎么样，顾营长？"

王兆祥眨着眼，面色紧张。

顾贞熊那张横肉遍布的脸，似笑非笑，似怒非怒，一分钟变化好几次。他"哼，啊，这……"地犹豫了一阵子，才说："啊，对对，教导员真不愧为政治家，兄弟同意，嗯，就这么办。"

大家分头出发了。

郝平、顾贞熊走了以后，乔震山来到房东许老大娘屋里，悄悄地嘱咐说："大娘，今天晚上我和郝教导员都不在家，只有王营副在。您老人家注意他在家干些啥事。现在,我去三连看看。晚饭时,我回来一趟,你把情况告诉我。因为,今天他们的表现不正常,可能又要搞什么鬼。"

"好。"老大娘说,"你放心地去吧,我给你看着。孩子,你可要小心,千万不要吃他们的亏呀!"

许老大娘对顾贞熊和王兆祥的行动,一时一刻也没放过。今天听乔震山这么一说,心里像吊上一块石头,更加专心一意地盯着王兆祥,一刻也不肯放松了。

乔震山走后,许老大娘和儿媳妇不断地从门帘的缝里、窗上,向东间屋里和院子里瞧着。见王营副从屋里走到院子,又从院子走到屋里,坐立不安,好像有什么事要做,又好像在等着什么人。

一小时过后,忽见一个士兵从外面鬼鬼祟祟地走了进来,迎头碰着王兆祥。既不敬礼也不招呼,向四下里瞧了瞧,就把一个纸包塞在王兆祥手里,并低声说了几句话,转身就走了。当他向老大娘的窗户上瞟了一眼时,这目光,这脸形,不禁使老大娘心里一惊。她心想,这不就是好久不见的那个朱教导员吗?

朱明礼的突然出现,使老大娘心里忐忑不安了。这个坏蛋来,准没好事。她有心立即去告诉乔震山,但是乔震山现在三连,去找他反而不好。于是,老人家耐着一颗焦急的心,纳起鞋底来。那麻线绳一针一针的,拉得特别起劲。后来,她见王兆祥把勤务兵叫到跟前,悄悄地说了几句话。勤务兵应了一声,就出去了。

二四

虽然由于阴天,天黑得特别早,可是,许老大娘却觉得天黑得太慢。乔震山还没回来,她心里非常着急。于是,她放下针线活,理了理头发，拍打了一下身上的线头、尘土，就出去了。正巧，在路上遇着乔震山和郝平，她把所见所闻，详细地告诉了他们，转身就走了。

乔震山和郝平没有回营部。他俩闲散地迈着方步，低声地谈着话，进了李治中的宿舍。大约半小时之后才出来，仍然逍遥闲散地向团部走去。他俩的面色丝毫没有紧张的表情。

王经堂的会客室里，挂着一个大煤气灯，室内每一个角落，照得通明锃亮。会客室的中央，摆着一张方桌和一张圆桌。桌子上铺着雪白的台布。玻璃器皿，酒瓶、杯、盘，布置得整整齐齐。靠墙和门口处站着护兵、马弁和勤务兵。他们都没带枪，面色平静地伺候着。

乔震山和郝平一进门，团副官就哈腰躬身把他们让在靠门的那张大圆桌两个空位上坐下。这张桌子已经坐满了人。有各营的营长、教导员，也有副营长和营副官。旧军官和我们参加整编的干部掺和着坐着。其中，有些旧军官是才提升的。那些捣乱最凶的，前几天已调到军官训练团去了。他们见乔震山和郝平进来，都欠身致意，表示欢迎。气氛友好，仿佛双方的矛盾从来就不存在似的。乔震山和郝平应付着来自各方的笑脸、问候。但是，许老大娘报告的情况，以及李治中的指示，他们一刻也没忘记。这屋里的气氛越是轻松，他们心里越是紧张。他们猜不透，陈一民和刘谊辉究竟要玩什么把戏？他们瞧瞧在座的同志们，都用目光表达了同样的心情。正在这时，全桌的人呼啦一声都站了起来，用注目敬礼的眼神向门口望去。乔震山扭头一看，见李治中、陈一民、刘谊辉三个人走了进来。

"请坐，请坐，大家都请坐。"陈一民满面笑容，向大家招手示意。

三个人来到方桌跟前，互相谦让一番。然后，李治中坐首位，陈一民坐右面，刘谊辉坐在李治中的对面背对着大圆桌，左面的座位空着。

"请太太入座。"刘谊辉说了一声。

站在房门的那个护兵,立即把门帘一撩。

太太出来了。她卷发,粉面,身穿蓝缎紫花贴身旗袍,一出门向李治中鞠了一躬,说:"对不起,李先生,我迟到了。今天,我可要好好地陪你喝几杯了。"说着,格格地笑了。

李治中笑了笑,点头致意,伸手让她坐下。

刘谊辉看看客到齐了,把手一挥。护兵、勤务兵,斟酒的斟酒,端菜的端菜。忙了一阵,酒菜俱齐。

陈一民举起酒杯,站起来笑呵呵地向室内环顾一周,说:

"诸位,今天——是清明佳节。兄弟我,为了酬谢大家在整编中,廉洁奉公,辛勤劳动;为了感谢政委先生对部队和兄弟我的教诲,乘此佳节,谨备薄宴,以表精诚团结之意。来,大家干杯!"

室内响起一片碰杯声。

李治中始终没说话,也不认真喝酒,碰杯时只用嘴唇沾一下杯沿,一滴酒也没喝到嘴里。显然,他在应付场面,静候事态的演变。

酒过三巡,大家猜拳的猜拳,碰杯的碰杯。一时间,室内乌烟瘴气,烟酒气味使人窒息。有的已喝得面红耳赤颇有醉意了。

乔震山看看表,正好七点半。他趁大家不注意,和郝平使了个眼色,抽身出了会客室,迈开大步急急向营部走去。来到营部的后窗外,通过窗纸的破孔,向里探望。见王营副带着三个连长,也在闹嚷嚷地喝酒。一、二连的连长正在围着三连长劝酒,而三连长则坚决不喝。正在争吵不休之际,忽见王兆祥转过身来,从口袋里掏出一个纸包,很快把纸包里的东西倒在酒杯里,然后倒了满满的一杯酒,回身递向三连长。

"李连长,别人的酒你不喝,我的酒你可不能推辞啊。"

"王营副,我实在量不胜酒,真对不起,请原谅。"

"哎——你看,连这点面子都不给,未免太不讲交情了吧?"

"对。"一连长附和说,"我们的酒你不喝,王营副的也不喝,就太不像话了。"

乔震山看到这里,心里一惊:不好,三连长危险了。他一刻也没停,转身进了营部,闯进屋里,说:"嗬,你们也喝上了,真热闹。来,我先敬王营副一杯。"乔震山从三连长手里拿过酒杯,要和王营副干杯。

乔震山的突然到来,大家全愣了!尤其是王兆祥,手里端着那杯准备敬给李贵堂的酒,不由自主地微微颤抖。乔震山锋利的目光在王兆祥的手上扫视了一下。王兆祥那只颤抖的手,更证实了乔震山的猜想。没错,他们要对三连长下毒手,乔震山不禁怒火万丈。只见王兆祥说:"不,乔副营长,我本来不会喝酒。因为,今天是清明节,你们都不在家,闲着无聊,请三位连长来开开心,小意思。嘿嘿。"

"是嘛,我觉得在团部喝酒没意思,特地回来和你们开开心。来,干了。"

"不,我是敬三连长。"

"哎——"乔震山故意学着他刚才的口气说:"连这点面子都不给,未免太不讲交情了吧?"

王兆祥的手抖得更厉害了。

乔震山把脸一沉,满面怒气地把手里的酒杯放下,伸手抓住王兆祥的手脖子,说:"你喝不喝?!不喝我可要灌啦!"

王兆祥的手脖子被乔震山抓得痛不可耐!扭也扭不脱,喝也不敢喝。喝吧,这酒下到肚里,不出一个小时,就得丧命;要不喝,他的手脖子痛得直钻心。要把酒杯撒手丢到地上吧,杯底又被乔震山用右手托住了。王兆祥急得满脸流汗,舌根发干,脸色由红变黄,由黄变白。正在这难分难解的时刻,一连长过来了。他说:"乔副营长,王营副确实不能喝酒。要不,我替他喝了吧。"

乔震山扭头瞧了瞧一连长,眼珠子转动了两下,把牙根一咬,说:"好样的！够交情。你喝也行！"

一连长接杯在手,一仰脖子把酒干了,接着吃了两口菜,说:"好酒,好酒,来,大家再干一杯。"

于是,乔震山、三连长、二连长、一连长又各干一杯,惟有王兆祥没喝,瞪着一对痴呆呆的眼看着一连长,一动不动。

"怎么？"乔震山说,"你为啥不喝？"

"我,我喝醉了。"王兆祥心慌意乱地想,"一连长完了！"

乔震山仰面大笑了,"我以为你是个英雄,"他收起笑容说,"看来,你是个地地道道的狗熊！这么大的个子,连杯酒都不能喝,还打肿脸充胖子,请客吃饭。既然讲交情当主人,请连长们的客,为什么不带头多喝两杯？你呀,姓王的,原先我劝你和营长、教导员去团部会餐,你不去,要在家留守。原来你是安的这号心啊！不通过营长和教导员的批准,私自请客,按你们的话说,该当何罪？"

"是,我,我该受军纪制裁。请,请原谅。"

"嗯！"乔震山一字一顿地说,"我可以原谅你。可是,总会有人不原谅你。"

正说着,一连长眯缝着眼,用手抱着头呻吟了一声,伏在桌子上,把酒杯都碰翻了,口里含含糊糊地说:"这……这酒……真……厉害！"

乔震山立即对二连长、三连长喊道:"唉！你们俩把他扶回去休息。不能喝酒还硬着头皮逞能,全是些狗熊！"

"是！"二、三连长跳起来,架起一连长就出去了。

这个精心安排的小宴会,就这么散了。一连长到了连部,没等睡下,就断了气。三连长李贵堂这才意识到王营副和团部请客的目的,不禁吓得肝胆俱裂。同时,他感谢乔震山又一次救了他的命。他恨透了王经堂、刘谊辉、顾贞熊和王兆祥的阴险凶残,更佩服乔震山的机智勇敢。

王经堂的会客室里,猜拳行令喝得正欢,顾贞熊忽然发觉乔震山不在了。他急忙问郝平:"教导员,乔副营长呢?"

"他查哨去了。因为你正在喝酒,所以没告诉你。"郝平泰然自若地答道。

"嘿!有王营副在家,何劳他去。"顾贞熊自言自语地说了一声,也出去了。

顾贞熊出去不久,乔震山回来了。他不慌不忙地坐在郝平身旁,俯在郝平的耳朵边悄声说道:"一连长非死不可了。"

"为什么?"郝平一怔说。

"一会儿你就明白了。"

此时,刘谊辉面带酒意地站了起来。他把酒杯举得高高的,转动着他那橄榄形的身体,说:"弟兄们,先生们,自从部队改编以来,这是我们第二次欢聚。第一次,是在北平,师长阁下盛情款待我们。那次的盛意,兄弟我终身难忘。第二次,也就是今天,我和陈先生,乘此佳节,也备便宴,请诸位团聚一堂,以表答谢之意。感谢诸位的通力合作,并预祝改编工作顺利成功。来,大家再干一杯。"

室内响起一片此起彼伏的干杯声。

李治中仔细观察着喝酒的人,都没有异样的表现,估计这酒里不会有什么名堂,这才放心地喝了一杯。

"李先生。"陈一民的太太端起酒杯,娇滴滴地说,"我看您今天不太高兴,想太太了吧?要是您的太太也在这里,我们共同干杯该多开心啊!如果李先生赏脸的话,我陪您干一杯,好吗?"

"对,对。"陈一民和刘谊辉也站起来。刘谊辉说:"这一杯一定要干,咱们一块干。"

"瞧你们俩,"太太几乎有点撒娇了,"谁要你们来凑热闹,我和李先生单独干。"

"是,是。"陈一民和刘谊辉坐下了。

李治中起身端杯,风趣地说:"陈太太真会开玩笑,我没有妻子,因此也无所谓想。至于干杯嘛,我是甘拜下风。但是,陈团长、刘副团长今日如此盛情,我想代表师首长,请大家共同干一杯,而且是最后一杯。来,大家一齐干杯啦!"

于是,全屋里的人,立即站起来干杯。

"哟,李先生,三十多岁了,还没有结婚?真是的,我看你们共产党都想当和尚了。"太太说。

"和尚倒不想当。"李治中说,"都怪蒋介石发动内战,害得我连老婆也不能娶。战争时期嘛,枪林弹雨,爬冰卧雪,每天有几百个死等着我们。有时候,在战争的空隙里,还要随时防备蒋介石的特务先生们,用毒药偷偷地把我们毒死。与其娶了老婆让人家当寡妇,不如一个人干净利落。所以,我们就干脆等着战争胜利了,全国都解放了再娶老婆结婚。"说完,李治中哈哈大笑了。

刘谊辉听着这些刺耳之言,满脸涨得发紫,身子往椅背上一靠,真是啼笑皆非,有口难言,气坏了!

王经堂则把眼皮耷拉着瞧着自己的鼻子尖,长长地叹了口气,肚子和胸脯鼓胀胀的一声不响。

王经堂的小太太话多口快,她说:"李先生未免太悲观了吧?"

"不,我们共产党人永远是革命的乐观主义者。为了革命事业的胜利,早已把生死置之度外了。所以,我们有句俗话,叫做革命不怕死,怕死不革命。我们把生命都甘心情愿地献给了革命事业,何在乎一个老婆!"

正在这时,顾贞熊惊惶失措、气急败坏地冲了进来。他愣头愣脑地向陈一民敬了个礼,说:"报告团座,一连长他,他酗酒过多醉死了!"

"啊?!他妈的,笨蛋!"刘谊辉跳起来给了顾贞熊一记耳光,"喝酒能醉死人?谁叫他们喝酒的?岂有此理,走,看看去!"

陈一民和刘谊辉匆匆地走了。其他人一阵骚动,也随后散去。

宴会就这样结束了。

李治中见屋里已经空了,剩下的是满桌子的残菜余汤,杯盘狼藉。他这才慢吞吞地带着警卫员小赵走了。

王经堂的小太太把身子一扭,说了声:"哼!他倒不慌不忙的。"转身也到卧室里去了。

一连长韩国栋的死讯,像风一样传遍了整个部队,官佐、士兵背地里纷纷议论。有的说一连长平时待兵太残暴,在他手里屈死了不少的人,这些人的怨魂屈鬼在清明节这天都来找他算账,把他的恶魂拘到阎王爷那里打官司去了;有的说此话不对,迷信,是因为他平时贪酒,这次摸着不花钱的酒喝过了量,酒精中毒而死;有的说恶人必有恶报,死了活该,弟兄们落个自由自在。这些话,都是猜想,谁也弄不清一连长究竟是怎么死的。对于一连长的死,大多数士兵都幸灾乐祸暗里称快。第一连惟有一个人不痛快,那就是小特务朱明礼。他心里十分烦闷。因为他在第一连精心培养的两个帮凶——一排长和连长韩国栋——都由于他自己的计划不周、行动不慎而丧命。这样一来,第一连只剩下他一个孤家寡人。他意识到不仅很难控制全连士兵,而且今后能不能在这里隐蔽下去也成问题。因此,他决定请示转移阵地,到特务连去。他对士兵们造谣说,一连长是乔副营长用药酒把他给毒死的。有的信以为真,有的半信半疑,有的干脆不信。"扯淡!人家乔副营长心地善良,不会干这号缺德事儿。"这话,当然是背后之言,谁也不敢当面讲。

朱明礼当夜离去以后,第一连人心涣散,一片混乱,只有二排长在维持局面。

团政委李治中,从王经堂那里赴宴回来,立即将今晚发生的事,在电话里报告了师首长。师首长的指示是:对一连长的死要保持沉默,不追查责任,不发表言论,以麻痹敌人,使他们继续自我暴露;要提高警惕,防止意外;要宣传党的政策,团结群众,争取多数,孤立少数,避免群众上当受骗制造事端。

李治中放下电话听筒,反复思考着师首长的指示。他觉得,这个部队除去一营外,二、三营自从把几个捣乱分子调到军官训练团以后,工作好做多了。当然不能说一点问题没有,但毕竟不像一营这样棘手。他有心建议师部把一营和团部几个家伙也调走,但根据首长的指示精神,似乎另有考虑。他体会,师首长想使最反动的家伙在整编中自行暴露出来,然后再进行处理。这样比较稳妥,免得调动不成反而发生意外。不过,这办法虽好,但难度不小,必须付出相当的精力,甚至代价。所以,上级的指示中一再强调"提高警惕,防止意外,避免群众上当受骗制造事端"。

李治中继续思忖。他回忆了第一营整编以来接二连三发生的事情,都是相当严重而有一定目标的。他们这些恶作剧的目的是什么?显然,是为了他们最后不可告人的目的做准备。甚至,即便为此冒天大之险也在所不惜。根据这些情况,目前的工作方针应该是什么?做法如何?李治中决心把工作重点对准第一营。做法是:巩固三连,争取二连,突破一连,孤立少数,避免群众上当受骗制造事端。李治中想到这里,看了看手表,已是夜间十一点。他立即派警卫员小赵把乔震山和郝平找来,研究今后的做法。

半小时后,乔震山和郝平来了。

李治中借着灯光端详着站在面前的两个人:精神焕发,满面红光。部属的旺盛斗志使李治中增添了信心。

"你们还没睡?"他兴高采烈地说,"坐吧,坐吧。"

"我们正在连里了解情况,"乔震山瞧了一下郝平,"他在二连,我在三连。后来,我又到了一连。"

"噢!好啊,怎么样?都有些什么反映?"

"我先说吧。"乔震山直起腰,轻咳一声,"我和郝平同志从团部回到营部时,正碰着顾秃子在那里大骂王兆祥。看样子,我们没回去以前,顾秃子把王营副揍得够呛。因为,王营副的半边脸又红又肿,站在那里一副窝囊相,既可怜又可笑。后来,见我们来了,顾秃子假惺惺地说:'你看,二位老弟,我们不在家,他竟敢私自请客。

他妈的,拿着不花钱的酒猛往狗肚子里灌,结果把一连长给醉死了！今晚我非执行军纪不可！'说着,他向前靠了一步,想当着我们的面揍他。这时,郝平同志上前劝解说:'算了,算了,营长先生,人已经死了,你处分他有什么意义？其实,他也是一番好心。我们到团部去了,他在家召集连长们来吃顿饭,过个愉快的节日,让大家高兴高兴。算了,一连长死得这样突然,我们还是到各连去看看士兵们,安慰大家一番,也是我们当干部的一番心意嘛。不然,一连的士兵借此闹事,你这当营长的就更不好办了。'你猜他怎么说？他说:'我不去！他妈的死了活该！要去你们去。'说完,他便往炕上一躺,谁也不理了。趁这机会,我们就出来了。"

"他平时一贯反对你们单独接触士兵,为什么这次又突然同意了呢？"李治中问。

"我们当时也这么想过。"郝平说,"根据此人的个性,我们估计他所以同意,是因为:第一,他在团部挨了刘谊辉的耳光子,憋了满肚子火,没处发泄说走了嘴。第二,杀害三连长没成功,反把一连长给弄死了,有苦难言,心里怄气,索性不管了。第三,可能他和王兆祥还有话说,守着我们又不能讲,憋得难受。所以我提出到连队去,他借机同意把我们支开。"

"唔——"李治中默默点头。

"我先到了第三连,"乔震山接着说,"三连长正在和排长们议论这件事。我一进门,三连长就跑到我身前,两手抱着我的膀子,流着眼泪说:'乔副营长,你两次救了我的命,你是我的再生父母啊！你的大恩大德我一辈子也报不完。我,我李贵堂将来即便死了,到来世变条狗也要为你效劳终生啊……'说到这里,他泣不成声了。后来,我和三个排长再三劝说,他才平静下来。我问他:'你知不知道,他们为什么老在你身上打主意？'他想了想说:'不清楚。'我又问:'今天下午卞路修回来都告诉你了吧？'他说:'都说了。感谢你呀,副营长……'说到这里,他想了想,忽然捶了一下头,又说:'我真糊涂……'我问他怎么回事,叫他心里有话尽管说,一切由我们负责。他老是摇头叹气,就是不吭声。后来,排长们也催他说。他这才说了以下情况:以前他们这个营有个教导员叫朱明礼,是江南人,个子不高,长得挺精干,微黑的皮肤,小圆脸,淡眉毛,单眼皮,高鼻梁。在我们来的头天晚上,他换了一套士兵的军装,从那以后就不见了。后来,有人见他在一连当兵,每次上政治课,都是他在里边带头起哄捣乱。大家都明白他在一连当兵的目的,所以,谁也不敢把这事儿透露出去。因为,谁要是透露了,那就有杀头之祸。最后他还说:'乔副营长,我对不起你。我几次想告诉你,我又不敢。我怕他们饶不了我。'我问他姓朱的现在还在一连吗?他说:'不清楚,有很多日子不见面了。'我说你过去没告诉我,人家不是也没轻饶了你?他说:'是啊,我说我糊涂嘛。可是,我还要求你,你千万不要说是我说的。'我说你放心吧。就说到这儿,我就离开了三连,又到了一连。一连的士兵都睡了。我也不便惊动他们。只和二排长说了几句话。看来二排长很惊慌,既要好言好语地迎接我,又左顾右盼似乎怕有人听见似的。我问他,对他们连长的死有什么看法时,他只是笑了笑,什么也没说。我有个想法,不知该说不该说,政委同志。"

"你说吧。"李治中答道。

"我想从明天起,我到一连去兼任连长职务。我就住在那里,非把这小子找出来不可。到那时,我们就可以了解全面情况。然后,再把他们这帮坏蛋一网打尽。这样,我们的整编工作,就可以顺利完成了。"

李治中听完了乔震山的汇报,"嗯"了一声,站起来在地上踱着,没有立即回答乔震山的问题。沉默了一会儿,他仿佛自言自语地说:"不入虎穴焉得虎子,这是相当勇敢的行为。不过,恐怕不等你捉到虎子,人家就把你先干掉了!再说,即使把他找出来,他给你来个死不认账,你有什么办法?而且,根据三连长的说法,此人目前不一定在一连了。这些家伙精得很,狡兔尚有三窟,何况一个活人。我的意见,你们今后应以一连为重点,去发动群众,了解情况。突破这个重点,把一连争取过来。将来让士兵们把他交出来,不比你去冒这份险强?现在,三连已经基本成熟。二连怎么样,有希望吧?郝平同志。"

"二连形势也很好。他们对营里一连串发生的事故,也表示愤慨,但不透露任何情况。对一连长的死,都以冷笑表示他们内心的幸灾乐祸。"

"好,"李治中兴奋地把手一挥,仿佛指挥着千军万马向敌人阵地发起猛烈的冲击一样,"今后我们对一营的工作方针是:巩固三连,争取二连,突破一连,在工作中我们要提高警惕,防止意外,团结群众。只要有了群众,我们就会变被动为主动。你们看,这样做好不好?"

"好,一定按首长指示去做。"郝平和乔震山同时起立,齐声答道。

"可是,"乔震山说,"我还兼不兼一连长的职务?"

"你看,你这个同志,"李治中笑呵呵地说,"真是聪明一世糊涂一时。你去兼连长,不管怎么说,也得去和陈、刘二人商议,那就会引起他们的怀疑,反而增加麻烦。我们要麻——痹——敌人。……好了,天不早了,回去休息吧。同——志!"

乔震山和郝平离开团政委的宿舍时,启明星已升上了东方的天空,放射着银色的光芒,它告诉人们:天快亮了。

二五

第二天上午,王经堂在屋里垂头丧气地踱着步,他的心情十分烦躁。一连长的死,是"赔了夫人又折兵",失败得惨极了!本来想用声东击西的办法,除掉三连长这个心腹之患,没想到王兆祥这个笨蛋,竟弄巧成拙,把事情又败露了,给共产党钻了空子。这且不说,看来,这种杀人灭口的勾当,已被李治中他们所掌握。难怪李治中在酒席宴前,那样稳坐钓鱼台。原来,他早已胸有成竹了。尤其是那个死对头姓乔的,一连三次没把他弄死,最后,反而被他借王兆祥的手杀死了一连长,挽救了三连长,这是多么巧妙的手法啊!唉!王经堂用拳头捶了一下自己的脑门儿,他后悔不该轻易同意刘谊辉的鬼主意,做出这种蠢事。他恨顾贞熊的粗鲁,也恨王兆祥的无能,更恨李治中、郝平和乔震山的足智多谋。他思前想后,觉得自己的前途非常暗淡。没有别的办法了,既然他的一举一动,都掌握在共军手里,惟一救生之计,就是暴动!把这些眼中钉、肉中刺统统杀掉。然后,拉起队伍走他娘的,以泄心头之恨!

王经堂想到这里,不禁打了个寒颤。能行吗?他有点犹豫。共军在这周围有两个师的兵力,一旦事发,即便同僚部队能听自己的指挥,充其量也不过一个多师。况且,他们也是泥菩萨过河,自身难保。到那时,还顾得上他王经堂?原先,他曾把希望寄托在他所带领的这个特务团。这个团,是他亲手组建的,营连军官有不少是他自己安排的亲信,是绝对可靠的。谁又料到,前几天共军又把二、三营不少的军官调到军官训练团去了。剩下的几个,都是些无足轻重的人物,起不了多大作用。一营呢,情况也不妙,连朱明礼在一连都待不下去了,这,怎么得了啊!

王经堂想到这里,活像一只被困的野兽,他目光阴沉,握紧的拳头在胸前一挥。对,三十六计走为上计。趁整编尚未完成,带着特务团,走他娘的,不能坐以待毙!拼了算!把刘谊辉找来,商量对策,好坏听天由命吧。

他刚要喊勤务兵去请刘谊辉。护兵进来了,报告说:"报告团座,满小姐来了。"

"啊?!"王经堂心里一惊,抬眼向门外望着,"她来干什么?"

"她说有要事见你。"

"请她进来。"

"是。"护兵敬礼后,转身走了。

不一会儿,满洒丽进来了。她穿得朴素大方,头和脖子上围着一条浅灰色的大围巾,戴着一个大口罩,把整个的脸掩盖了一大半。她一进门把口罩围巾取下来,往桌子上一丢,在椅子上坐下了。然后,顺手在桌上取了一支烟吸着,一声不响,单等王经堂开口了。

"满小姐突然劳步光临,是否南京方面有重要指示?"王经堂用期待的目光瞧着满洒丽,好像她会给他带来救命的神药良方似的。

"唉!"满洒丽长叹一声,说,"大局很不妙啊,陈先生。最近来了个什么'上海人民和平代表团',一共四个人,在北平和石家庄之间折腾了五六天才走了。据说,见到了中共所有高级要人。他们的和平调子唱得很高。他们对中共的八条二十四款大部都答应了,简直是无条件地投降!如果真的和谈成功了,我们该怎么办呢?难道我们也投降不成?我才不干呢!为了这件事,南京方面来电指示,叫南苑高射炮把这个代表团的飞机打掉,可是没成功。鲁上尉报告你了吧?"

"报告了。这一点无须担心,满小姐。"王经堂说,"南京国府不会同意的。一个'上海人民和平代表团'又算得了什么!总裁心里是有数的。虽然目前形势对我们不利,毕竟我们还拥有大量军队。况且,太原、大同、新乡、青岛等地都还在我们手里。光这些地方就牵制中共上百万的军队。中共要攻占这些地方,绝非旦夕之功。等他们把这些地方攻占了,江南也准备就绪了。共军要突破长江天险谈何容易?再说,北平地方的共军不把我们这十多万军队改编完毕,他们能轻易南下?"

"别提了!"满洒丽不耐烦地说,"共军百万大军已经云集长江沿岸了。江南国军内部,反蒋主和的大有人在,而这些人都握有军政大权。中央集团早已分崩离析了。还打个屁,别白日做梦了!"

"谁说的?"

"美国朋友来电说的。人家的军援不但不起劲了,还劝说蒋先生出国呢。你想想,要是形势有希望人家能这样做?"

"唔……"王经堂没说什么,在屋里低着头来回地踱着,继续想他的心事,"投降?还是走……"

"可是在这里,"满洒丽继续埋怨说,"你们还在今天杀这个,明天杀那个,目的是为了掩盖自己,迷糊敌人。你以为共产党都是些傻瓜?恰恰相反,你们完全暴露了自己,引火烧身,我看早晚我得跟你们倒霉!"

"唉……这都是姓刘的干的,你去埋怨他吧。"

"还不是你同意的?"

"有什么法子呢!你那个王德怎么样了?"王经堂见她没带来什么好消息,不想和她再谈这些问题,因此转变话题问道。

"我今天就是为这件事来的。"满洒丽偷眼瞧了一下王经堂,"从最近接触来看,总的感觉,他对我有所保留,似乎非等我参加军队他才放心。我想既然这样,不如干脆参军,打进他们内部去,解除他的疑心。这事,我和他谈过,他果然一口答应了。"

"怎么,你有这种考虑?"王经堂用惊异的目光瞧着满洒丽。

"嗯,不得已时,也未尝不可。当了解放军,我可以把所有的情报提供给美国朋友。将来一有机会,我就跑到美国去。"

"不行!"王经堂把桌子一拍,"你走了,暂时安全了。可你不要忘了,你是我的报务员。"

"那怕什么,报务员由姓刘的另派高明嘛。他不是做梦都想掌握这门工作吗?你就满足他的要求呗。"

"你是在开玩笑吧?满小姐。"王经堂说,"把电台交给他掌握,你知道意味着什么?就等于把我的权力交给了他。那么,我王经堂就是一个活傀儡。告诉你,满小姐,杀我的头也办不到!"

"哼!"满洒丽吸光了最后一口烟,把烟蒂往地上一丢,说,"难怪你们失败得如此惨。大祸临头了,你们还在争权夺利。南京如此,这里也是如此。外国人笑话我们中国人没出息,一点也不假。这样吧,到了关键时刻,我和英国领事馆事先商议好,你就到他们那里隐蔽起来。等有了便船或外国飞机,我们就和外国人混到一块到台湾。这你该同意了吧?"

"别痴心妄想了,我的小姐。那些洋鬼子滑头得很,到时候,才不管我们呢。也许你行。我决不把幻想当希望去干。再说,各种交通都断了,还有什么便船、飞机哟!"

说到这里,王经堂心事重重地长叹了一声。

刘谊辉进来了,他皮笑肉不笑的,疾步上前,伸出手来,说:"满小姐到来,刘某一步来迟,失迎!失迎!"

"请坐吧,刘先生,自己人何必这样客气。"满洒丽没有和他握手,把手一伸请他坐下。

"南京方面情况如何?"刘谊辉落座后问道,"满小姐是无事不登三宝殿,一定带来什么好消息了?"

"情况嘛……"满洒丽说,"我都和陈先生报告过了,将来他会告诉你的。今天我来,是想和你们二位商议一件事。这件事,我已和陈先生商议过。现在,再和你讲一下也可以。"

"请讲,满小姐。"

王经堂站在刘谊辉身后,悄悄打手势,意思是不让她说。但是,满洒丽装着没看见。她说:"我想参加解放军,你看好不好?"

"噢?"刘谊辉开始一惊,尔后说道,"好,好主意。你的意思我明白了。到解放军内部去工作,是不是?满小姐如此深谋远虑,真不愧为巾帼英雄。好!我赞成。可是,那是很危险的。大概你和那个姓王的,已经成功了吧?"

"不能说成功。"满洒丽说,"这个问题我已经考虑很久了,今天特来请示你们。危险嘛,那是必然的。为了党国大业,我准备去迎接这些危险。我最近看到有很多人都参加了。尤其,阎老西从太原派来的那些所谓的青年学生——他们不是一直住在天坛没有处理吗?后来事变了,谁也没有管他们——他们其中有不少人也参加了,难道他们就不怕危险?何况,我是燕大的学生,由学校介绍更有把握。我怕什么?"

"好,就这么办!"刘谊辉欣然答应,"不过,你打进去后,要和我们随时取得联系。至于你的职务,由小朱来代替。你把一切交代给他,平时就和他联系……"

"不!"王经堂没等刘谊辉说完,插口说,"满小姐看来已被姓王的识破了。他之所以答应你参军,无疑是投饵钓鱼,千万不能上这个圈套。再说,小朱和鲁青住到一块,他家无缘无故增加这么个陌生人,更会引起共军的注意。万一事发,连鲁青在那里也待不下去了。请你们二位三思为妙。"

"叫小朱到你府上去,不就完了吗?"满洒丽坚持说。

"你要知道,满小姐。"王经堂说,"城里这两处隐身之地,任何一家增加一个人,都有可能招来麻烦。况且,共军自入城以来,为了肃清散兵游勇,安定社会治安,户口查得非常紧。除了普查、抽查外,还搞突然袭击。我们突然增加这么一个人,他们就不闻不问?不!我坚决不同意。懂吧?不——同——意!"王经堂说到这里,几乎要大发雷霆了。两眼凶光一闪,把手插到衣袋里说,"谁要再提这件事,别怪我王经堂翻脸不认人!"

屋里一片紧张的沉默。

刘谊辉面色涨得发紫,冷笑的表情里,含着恼怒。他眯着眼睛望着门外的天空,一声不响。

满洒丽耷拉着头,两手抚弄着衣襟,也在发呆。

"好吧,"还是满洒丽打破沉默说,"既然陈先生不同意,那么,我们就共同坐以待毙吧。反正,我已请示过南京顾问团,他们是同意的。不然,我也不能冒着危险来向你们请示。既然陈先生不同意,算我没说。我走了。再见。"

满洒丽起身就走。

刘谊辉把手一伸,说:"满小姐先别忙走。你可以和陈先生再从长计议。事情嘛,何去何从总该有个结果。只要事情对我们有利,大家都能渡过难关,我都同意。好吧,你们二位先谈着,我去布置一下,请满小姐在这里用午餐。哪怕是最后一次,也算我们一番心意。"说完,刘谊辉转身走了。

王经堂怒目斜视,瞟了一下走去的刘谊辉。然后,怒气不息地坐下了。沉闷了一阵,他说:"满小姐,你还记得你第一次来这里时,刘谊辉怎么对待你的了?他这个人是狼肚里掏不出人心来,面善心恶,诡诈莫测。来到这里的几次失败,都是他的鬼主意造成的。结果,把我们弄得处境如此险恶。现在,他又非常同意你的做法。你还提出叫小朱到我家去住。这种想法非常不明智,你知道吧。他那两个随从人员在我家里干什么?除去监视你和鲁青之外,还私下里给刘先生通风报信。他们和我大太太搞得暧昧不清,我这绿帽子算戴定了。我为了委曲求全,一忍再忍。如果他做得太过分了,我早晚把那两个混蛋收拾了。到那时,你再想法搬到我家去,我就放心了。要是像你说的那样,叫小朱也到我家去。那样的话,他们除去夺去我的领导权,连我的太太也占有了。你想想满小姐,到那时,我王经堂算个什么玩意儿?"

"那么,我该怎么办啊?"满洒丽说,"就算你说得有道理,那个追命鬼王德能对我轻易放手不成?况且,你的家他是去过的。我将来到你那里住,不是更暴露了?到那时,连你也给拉进去了。"

"那就不成功便成仁!"王经堂把桌子一拍,站起来,走到门口背着手,望着院子的大门外呆住了。

满洒丽虽然没敢再说什么,但她心里想:"成功成仁,这是你们的事。至于我,我是听美国人的。既然你如此无理,那就走着瞧吧。"

勤务兵端着午饭进来了。但是,刘谊辉却没有来。他为什么没来呢?

刘谊辉从王经堂那里回去以后,除了给满洒丽准备了午饭外,他还备了一份极为丰盛的小宴。把朱明礼请了来,交杯换盏大吃了一顿。饭间,他一面给朱明礼往肚子里灌酒,一面交代给他一个绝对秘密的任务。他压低了声音说:"我告诉你,小朱,满洒丽这个小婊子,绝对留不得。她嘴上说要打到共军内部去,实际她和共军那个王德有了交情,要投降共军。她要是投降了,我们都得死在她手里。与其那样,不如早下手为强,这是一。第二,电台我们一定要拿到手。我们直接和南京联系,随时听南京的指挥,把王经堂架了空,让他上不够天、下不着地,到那时,他就不得不乖乖地听我们的。"说到这里,刘谊辉警惕地到门外、窗口瞧看了一周,然后,俯到朱明礼耳朵上,如此这般地说了一番。朱明礼频频点头。然后,刘谊辉回到座位上举起杯,说,"祝你成功,干杯!"

满洒丽在王经堂那里吃过午饭。王经堂再三嘱咐她不要参加解放军,要求她和他同舟共济。满洒丽默默点头,表示同意。然后,她又和王经堂的小太太,攀谈了一两个小时,妹妹长姐姐短地表示亲密无间恋恋不舍。临走,王经堂的小太太还抹着眼泪送到门口,俨然像是一对即将阔别的亲姐妹。把个满洒丽也弄得鼻酸眼圈红,差一点没哭了。

满洒丽出了太平庄,举目远眺,天空布满了铅色的乌云。西北风卷着尘土、枯草,旋转而过。旷野里渺无行人。她不禁感到孤独,寂寞,凄楚,心悸。她快步走着,不时地向两侧探视。总觉得不知在哪个地坎、窨地、坟丘或树后有人像猫儿一样在窥视她。忽然,听到身后传来了脚步声,她回头一看,见一个青年,头戴鸭舌帽,身穿黑色皮夹克,西装裤下的皮鞋放着亮光。

"满小姐。"那人喊了一声。

369

满洒丽定睛细看,原来是朱明礼。此人,满洒丽在王经堂公馆里见过一面。他是刘谊辉从南京带来的人。他长得秀气,大方,精明,俊俏。但她从没和他打过交道,不知道他心地如何。她随即答道:"原来是你呀。朱先生,你从什么地方来?"

"不瞒你说,满小姐,"朱明礼说,"原来,我被派在一营当教导员。后来,共军来了,为了隐蔽,我就到一连当士兵。现在,为了工作便利,我又转移到特务连了。苦极了,几次要求到城里和你一块工作,刘先生就是不允。真是有苦难言!"

"是啊,干我们这个工作总是大材小用,陈先生和刘先生还不都是一样——现在你要到哪去?"

"刘先生怕你一个人回城里不安全,叫我来送送你。"

"谢谢你,朱先生,正好我一个人有点胆怯。"

"那么,我们一起走吧。"

两人并肩漫步走着。满洒丽现在有人做伴,心里踏实多了,迈着慢步,胜似一对情侣在散步。

"满小姐今年妙龄多大?"

"二十四,你问这干啥?"

"对不起,随便问问。"

朱明礼扭头瞧瞧满洒丽,沉默一会儿,继又问道:"年龄不小了,对自己的终身有何打算?"

"对不起,先生,我从来不想谈这些事。怪烦人的!"

"真遗憾!"

"为什么遗憾,先生?"

"说心里话,满小姐,"朱明礼感慨地说,"自从我第一次见到你,我的心无时无刻不在惦念着你,可总是没机会对你表达我的心意。上次你来,在刘先生屋里见过一面,本想和你谈谈。可是,刘先生喝醉了,没谈成,心里觉得很遗憾!今天,刘先生叫我来送你,我觉得有此机会,能和你见面,而且能陪你漫步谈心,这是我的终身荣幸,而你竟不耐烦说这些事,不免使我大失所望。"

朱明礼这些话,不禁使满洒丽产生了厌恶之感!又不太认识,见了面就谈这些,看来,此人也是个庸俗之辈。

满洒丽笑了,笑里含有讥讽。她说:"如果你这样想问题,你得永远失望。"

"没想到满小姐竟是冷血动物!"

"哼!心慈就干不了我们这个工作。"

"你不要忘了,我们是同行。"

"同行又怎样?与个人情感毫无关系。"

"我看不见得。人非草木孰能无情?我希望你不要辜负我这番深情厚意。"

满洒丽没吭声,脸上浮现着冷淡的微笑。

这冷淡的微笑,朱明礼误认为是女性懦弱可欺的表现。他抬头看,这里距王爷坟只有一百多米了。他伸手抱住满洒丽的胳膊,恳求说:"满小姐,天还早,咱们到那松林里好好儿叙谈叙谈。希望你不要拒绝,好吗?"

"你要干什么?请你自重!"满洒丽挣脱胳膊,退后两步说。

"请你可怜我这痴情之人吧,满小姐。谈谈心里话,总可以吧?"

"没什么好谈的。不然,请你回去!"满洒丽赶紧把手插到衣袋里。

"哼!"这时的朱明礼完全变了模样,像是一只决斗的猛兽,露出一副狰狞面孔,冷笑一声说,"看来,你是敬酒不吃吃罚酒。老子偏要和你谈!"说着,他伸手去抓她的胳膊。

满洒丽很快闪开,亮出了手枪,说:"老实点,给我滚!"

"别来这一套,不愿意就算了,何必呢。"朱明礼嬉皮笑脸地说着,向前靠了一步。冷不防,他飞起右脚将满洒丽的手枪踢飞了,乘机扑过去,抓住满洒丽的领口,同时抽出雪亮的匕首,咬牙切齿地说:"你去不去？不去老子宰了你!"

"不去！放开我,混蛋!"

朱明礼举起匕首向满洒丽刺去。

就在这千钧一发之际,不知在什么地方响了一枪。随着枪响,朱明礼一头栽倒在地,脑浆迸裂,污血满地,瞪着一对死羊眼,看着天空。

满洒丽虽然是个美军特务,但毕竟是个娇生惯养的小姐。她可从没见过死人,尤其没见过像朱明礼这样可怕的死尸。她惊恐地向四周看了看,什么人也没有。再回头看身前这个瞪眼张口、血浆满头的死尸,尤其看到朱明礼的脑袋,裂开的那个血窟窿像小泉一样还在流血！她用两手把脸一捂,转身就跑,拼命地跑。向汽车站方向跑去了。

这时,从松林里走出一个人来。他背着一条四四式马步枪,不慌不忙地向那个死尸走去。他走到那个尸体跟前,连看也没看一眼,弯腰拾起满洒丽那支手枪,向裤袋里一塞,也向汽车站方向走去。

这是通讯员二宝。他怎么会来到这里呢？

原来,二宝今天来太平庄给李治中送文件。吃过午饭,他和警卫员小赵聊了一阵天。临走时,小赵嘱咐他说:"二宝,你一个人走,路上可要小心。"二宝憨笑了笑,说:"没事儿,我可不是小李。"他离开太平庄,把子弹推进枪膛,关上保险机,迈开大步向前走去,不一会儿,来到王爷坟。他忽然想起小李遇难的那地方,他想再进去看看,于是,他踏开荆棘杂草又来到那棵大松树跟前,见那些被赵凤鸣割断的绳子,和小李留下的斑斑血迹,都还没人动过。那些被匪徒们踩伏在地的枯草杂枝,也还在原地。

二宝正在静静地观察一切,忽听远处传来吵闹声。他急转身,来到松林边一棵树后面,举目向外望去。看见一男一女正在拉拉扯扯地争吵不休。他定睛一看,女的他认得,是房东满洒丽。男的是什么人,他可从来没见过。忽见那个男的把满洒丽踢了一脚,然后抓住她的领口,并亮出了匕首,不用问,这个混蛋要行凶杀人了。二宝本能地举起枪,打开保险机,瞄准了那个凶手的脑袋,开了一枪。男的应声而倒,女的转身跑了。他这才把枪一背,走出松林……

满洒丽什么也不看,什么也不听,一个劲地跑,直到跑得上气不接下气,才不跑了,但也不停步。她只顾往前走,什么也不知道了。她一面走,一面哭,又怕被人看见,引来麻烦,好不容易忍住了眼泪。她来到了汽车站。

满洒丽回到家里,关上门,一头扑到床上,痛痛快快地哭了起来。哭完了,她起来洗了洗脸,到后院叫鲁青的太太给她做了点饭吃。吃过晚饭,回到屋里坐在桌子前的椅子上发了一阵呆。她像做了一场噩梦!王经堂的凶恶,暴跳。刘谊辉的奸猾,狞笑。朱明礼的笑里藏刀,以及那可怕的白刃寒光。最使她心惊胆战的是朱明礼的尸体,他那浸在血泊里的脑袋,以及两只杀人不成而死不瞑目的眼睛。这一切的一切,都在她眼前飘然而过。在那一瞬间,又是谁把她从死亡中救出来的呢?既然开枪救了她,又为什么不见面呢?奇怪呀!既然开枪,那肯定是军队里的人。因为除去军人,别人没有枪。而且,枪法如此准确,绝不是一般射手。时差一秒,弹偏一分,她也就完了!她绞尽脑汁也想不出这个见义勇为的英雄是谁。她决心要找到这个人。但是,现在到哪找去?而今后,她自己又该怎么办呢?这些凶神恶煞要杀死她,这是肯定的。逃了这次,逃不了下次。前途渺茫,无路可走,只好参加解放军。说不定,将来真的和王德结合了,也是不幸之幸。

满洒丽慢慢地站起来,来到穿衣镜前,整理了一下头发,端详着自己的面容。她想,嗯,解放军会要我的。只要我处处小心,也能长期待下去。

她进了卫生间,来到地下室,把她今天的遭遇和今后的打算,报告了南京美国顾问团,然后上床睡了。

这天晚上,王德应召急忙来到团长周国华的宿舍,没顾得上喊报告,推开门就进去了。

"嗬,你是跑步来的,是吧?"团长周国华笑盈盈地说,"坐吧,喘喘气再说。"

王德定了定神,坐下了。他不了解团长找他有什么急事,坐在那里两眼瞧着他这位沉着持重的首长,觉得和平常不一样。团长没有立即说话,老是背着手在地上走,大概事情不简单。最后,团长坐下了,拉开抽屉,取出一支手枪,放在王德面前。

"拿着吧,留着做个纪念。里面有七发子弹。看来,一枪没打过,崭新的德国造。"

"这……这是怎么回事,团长同志?"王德心里一怔,站得笔直。

"坐下,坐下,你听我说,不要着急。"团长笑了笑,然后拿出烟来,擦火吸着。不慌不忙地,先把二宝如何无意中打死了朱明礼,救了满洒丽的详细经过说了一遍。尔后耐心地分析给王德听。他说,"看来……你这个未婚妻,和特务团的特务组织,有不可分割的关系。然而,为什么他们要杀害她呢?问题就在这里,这是个重大的发现。据我们现在手头掌握的材料分析:从我们进城以来,她和你接触较多,又是你的未婚妻,搞来搞去,她又提出要参军。不管她参军的目的如何,这个行动对他们来说,是个很大的威胁!所以,他们下此毒手以除后患。这说明,你这个未婚妻,是一个政治上的失足者,对他们并不那么忠实可靠。当然,这只是我们的猜想,是否还有什么更复杂的背景,还有待调查。不过,我们估计,现在她虽然幸免一死,但在精神上的打击是相当沉重的,处境也很困难。我叫你来的意思,不说你也明白。趁她走投无路时,我们来一个救人救到底——你去救她的政治生命,把她拉过来。投降也好,参军也好,只要能把她拉过来,那么太平庄和城里的问题就迎刃而解了。这也给她创造了个立功赎罪重新做人的机会。你看怎么样?"

"行,我试试看吧。"这件出乎意料之外的事,弄得王德心里七上八下的。他擦了擦手掌,仿佛他现在就要把她一把拉过来似的。

"要抓紧时间呢,"周国华继续说,"我的意见,你明天就去找她。谈话时,她可能对她遇难的事很敏感。你呢,不要讲得太露骨,免得她下不来台,发生意外。你要设法解除她的顾虑,使她意识到是我们救了她,跟她谈形势,谈前途,启发她的觉悟,给她指明出路,从而决心投靠我们。你听明白了吧?"

"明白啦!我可以走了吧?"

"可以,祝你成功。"

王德把桌子上的手枪往裤袋一塞,敬礼后走了。

第二天,满洒丽起床时已经早上八点了。这一夜,她几乎没睡,常常被噩梦惊醒,屋里充满了恐怖气氛。当她又进入梦境时,天已大亮了。只好起床,头昏沉沉的,梳洗打扮了一番,尽量使自己穿戴得朴素、大方,符合时代的要求。她今天哪里也不想去,也不敢去,生怕刘谊辉派人来杀她。她专门在前院等王德,一来保险,二来和他商量参军的事。她想只有参军才能脱离危险。

吃过早饭,她顺手拿了一本英文版的小说《安娜·卡列尼娜》,信步来到前院鱼池的中心亭上,心不在焉地看起书来。看书,当然可以从中汲取人生的真谛,但那是别人的事呀,与自己有什么关系?目前她要解决自己的问题。因此,她眼睛望着书,心里却在想别的事。

天空明朗如洗,寂静的庭院里,洒满了树影阳光,空气特别新鲜怡人。树间的麻雀悠闲地叫着、飞着、跳着。满洒丽此时尤其歆羡鸟儿的自由自在。

王德早已在屋里隔着玻璃看够多时了,见她虽然表面上很悠闲自在,但是面色憔悴,神态忧郁。王德轻开风门,沿着走廊向池心亭走去。满洒丽装没看见,但心跳得特别厉害。等王德来到亭边时她才把书一合,站起来努力封锁自己的感情,决不让王德看出她内心的痛苦。她深鞠一躬,用日语微笑着说:"您早。"

"早,"王德来到跟前,向她脸上打量了一下,"怎么?你身体不舒服?脸色怎么这样苍白?"

"是吗?"满洒丽心虚地用手摸摸脸,"没什么,有点头痛,很快就好了。您这几天挺忙吧,老没见您。"

"忙是忙,不过没你忙。"

"瞧你,张口就讽刺人。我忙啥。"满洒丽的脸上霎时浮现出惊慌失色的表情,但很快镇静了。几乎使王德没察觉出来。

"不忙,为什么好几天没见你,到哪旅行去了?"旅行两字说得特别重。

"还旅行啊,有意思,我哪也没去。"满洒丽把脸一沉,"身体不舒服,在家休息,看书。喏,这不是,就看这本——《安娜·卡列尼娜》。"

王德接过书,翻了翻,又还给了她:"哦,它认识我,我不认识它。不懂英文,不过中文版我曾读过。"他在她对面的栏杆上坐下,举目端详满洒丽的脸。她的脸像是一朵经过暴风雨摧残过的花,虽然花瓣还没凋谢,却已失去鲜艳的色彩。

满洒丽被王德这深思的目光,看得有点不自在了,赶紧把头低下,仿佛有什么亏心事似的,面色浮起一层红云。忽听王德感慨地说:"是啊——"他站起来,两手插在裤袋里,在亭子里迈着稳重的步伐说,"你应当好好地看看这本书,丽英。它会给你人生道路上一些有益的启示。安娜·卡列尼娜这个女人,是个上流社会的贵夫人。从她的物质生活来说,应该说是够幸福的了。可是,她为什么还不满足,而要强烈地去追求她理想的幸福生活呢?因为,她发现她的生活环境里充满了虚伪、欺骗和冷酷,没有真正的爱情。她伤心、苦闷、厌恶!因此,她梦想在那么一潭污泥浊水里寻求一块洁净的栖身之地。那怎么可能呢!所以,她的理想,也可以说是幻想,就以悲剧而告终!这种人生道路上的教训,对我们现代的青年来说,是非常值得深思的。"

满洒丽一声不响地听着。她觉得王德今天的表现有点不正常,话里有话,弦外有音。莫非我的政治背景,他知道了?忽听王德问她:"你说是不是啊——丽英?"

"哎?噢!"满洒丽心不在焉地答应着,"是呀,我这不是在听嘛。"她勉强地一笑,但这笑容在她脸上一闪即逝。

"噢,"王德转变话题说,"我们不谈这些了,谈谈你参军的事吧。你不是急着要参军吗?你的履历书写好了没有?"

"还没写好。我准备今天下午就到学校去拿履历书。"

王德按捺不住自己的愿望,而想急于求成了。他说:"其实履历书以后再补也行。如果你着急,今天下午我就可以送你去参军,先到团部报到,然后再把你介绍到军部,行不行?"

"真的?!"满洒丽睁大眼睛,但目光中放射着惶恐的神色,"不过……太仓促了。我还得准备准备嘛。"

"准备啥?军队里什么都有。要当机立断,走就是了。"

满洒丽默然了。明人不用细讲。王德开导启发的话,她完全听懂了,但她认为她的机密已被识破,王德才借题发挥,指桑说槐。这使她感到犹如雾霭之中又加上一层浓密的乌云,更忧心忡忡了。由于她心虚多疑,王德提到参军的事,她就全误解了,严重地误解了!她想,过去王德对她参军的事,从没这样急迫过。今天却这样地迫不及待,连履历书都可以不要了。今天下午就送我……然后……介绍……呀!这……哪里是什么参军啊!拿着手铐当金镯,明是逮捕还说得这么动听。说不定昨天的遭遇,他全知道了。可能开枪打死朱明礼的人就是他!完了,全完了!想到这里,满洒丽突然面白如纸,情绪突变。

霎时间她头晕目眩,天地倒悬,身子猛然趔趄了一下,一屁股坐在亭子的栏杆上,一手扶着柱子,一手捂着脑袋,轻轻地呻吟了一声。

"你咋的？丽英。找个医生给你看看吧。"王德赶紧过去问道。

"不……不——用——了,我兴奋过度,犯了眩晕症,一会儿就好。"停了一会儿,她慢慢地站起来,拿起书,踉跄着向前迈了一步,差一点没摔倒。看样子她是想回去。王德急忙上前搀扶着她,慢慢地走去。满洒丽借这机会,紧靠在王德身上,眯缝着眼,无精打采地走着,走得慢极了。两人的体温互相辐射着,满洒丽全身都觉得温暖、舒适。尽管走得很慢,可是,满洒丽仍觉得走得太快了。

走到月圆门,王德不想再送了。满洒丽也不敢要求他再往里送。她怕他碰着鲁青,那就更糟！可她又舍不得离开他。她左手扶着月圆门,右手紧抱着王德的胳膊站下了。她心里有多少话要和王德说啊,可是,不行啊,有口难开呀！

"你好些了吧？"

满洒丽摇摇头,耷拉着脑袋一声没吭。

"那么参军的事呢？"

"以后……唉……再说吧,谢谢你。"满洒丽抬头向前茫然地望了望,有气无力地说。

正在这时,鲁青的胖太太,颠动着肉感丰满的身子,小步跑出来了,边跑边喊："哎呀,我的天哪！你这是怎么啦,我的小姐！"扶过满洒丽,回头说了声谢谢,就往北院里走去。

王德回到连部,坐在凳子上发呆。他回想他的谈话,全是对她好意的启发开导,没有任何的威胁。但看她的反应,可能误解了。至于哪句话、什么地方使她误解了,他实在不知道。嗐！没完成任务。难怪团长说,她可能对她遇难的事很敏感。不要讲得太露骨了,免得她下不了台,发生意外,果然,她很敏感。可是,我并没谈她遇难的事啊。怎么办呢？只好再找机会另谈吧,反正她也跑不了。

二六

鲁青太太搀扶着满洒丽回到卧室,伺候她睡下,给她盖好被子,然后悄悄地关上门走了。

满洒丽昏沉沉地睡了一会儿,很快就醒了。她想到的第一个问题就是王德的谈话内容。她反复玩味着他的每一句话。里面的含意多么令人心惊啊!很明显,在太平庄的那个不幸遭遇,那个使她提心吊胆、丢不开放不下的经历,他完全知道了。说不定开枪打死朱明礼,把她从死亡中救出来的就是他呢。既然他能在她生死攸关的时刻,神不知鬼不觉地出现在那里,那么平时她的一举一动,必然都在他的窥视之中了。

满洒丽惊慌又惭愧。惊慌的是,她的身份既已暴露,那么,不久就会被捕、坐牢、杀头!惭愧的是,她觉得辜负了王德对她的一番纯真的爱情。想当年,她和王德在伪满国高读书时,两人情投意合,赤心相爱。王德的父亲极力反对,并把王德狠狠地骂了一顿。因为王德父亲是煤矿工人,她父亲是当铺经理。两家贫富悬殊,门不当户不对。但是,王德并没有因此而动摇,并和她背着家庭定了终身之约。一九四四年满洒丽考入了奉天大学,王德因家庭经济困难,没能考学,在家准备谋事就业。两人离别时是在抚顺车站。他们相对默默不语,那种难分难舍的心情是无法用言语来表达的。记得王德当时只说了这么一句:"丽英——希望你早日学成归来。我等着你。"满洒丽当时的回答是:"你放心,海枯石烂我心不变。"谁知道,满洒丽从奉天到了北平之后,就和美国顾问团打上了交道。尔后,在燕京大学又结交了一些美国留学生。经常跳舞、赴宴,和美国大兵坐汽车兜风,成了吉普女郎,继而又堕落为美蒋间谍。终于和王德分道扬镳,由情人变成了仇敌。可是,即便如此,王德仍不忘旧情。当她生命危急之际,他毅然决然地救了她。就是今天上午,当她昏厥时,他还那样关怀体贴,搀扶着一直送她到月圆门,丝毫没有嫌弃她的表现。这一切更使她无地自容。

怎么办呢?参军,自首,投降,以报答王德的深情厚意?不行啊!退一万步说,即便王德饶恕她,侥幸参了军,一旦身份暴露,连王德也得受牵累。而且,王经堂,尤其是刘谊辉,仍会想方设法杀了她。他们是绝对饶不了她的。跟着王经堂干下去,要坐牢、杀头。参军、自首,王经堂、刘谊辉又饶不了她。她该怎么办呢?满洒丽挣扎在死亡线上。她绞尽脑汁想冲过目前这可怕的死地。她忽然又想,走,按既定道路走下去,将来到美国去,离开这个古老落后的国家。我就可以成为盖世闻名的英雄,政界的明星。对,决定了,就这么干下去……可是,那是将来呀!目前能去得了吗?汽车、火车、飞机、轮船全都断了。插翅难飞啊!去美国,跟王经堂干下去,参军自首,全都行不通。三条路合起来构成一句话"死路一条"!她觉得现实对她太严酷了。她绝望了。她哭了。哭得天昏地暗。哭得死去活来。哭完了,她懒洋洋地起床了。这一天,她一直在房里。坐下,起来,哭一阵想一阵,喝一阵酒,吸一阵烟,几乎没有停过,午饭也没吃。后来,她喝醉了,疲倦了,躺到椅子上睡着了。

她在悠然缥缈之中,来到一处人声鼎沸的所在。它像是火车站,又像是才散了场的电影院,人群挤挤拥拥。满洒丽觉得被人推着向人群挤去。忽然,寒风凛冽,浮云飘过,人群消逝,闪现在眼前的是一架双发动机的大型客机,停在机场的停机坪上。满洒丽抬头向机舱门看去,忽见机舱门外,登机梯的平台上站着一个美国兵,正在向她招手。满洒丽高兴极啦!美国大兵们还没有忘记她,派专机来接她了。她激动得热泪盈眶。她使尽平生之力,急奔狂跑。突然,她脚底生云,腾空而起,一头钻进了机舱。看见那些美国大兵中有白人也有黑人,青面、蓝脸、黄发、白棕肤色、络腮胡髭,活像魑魅魍魉。管他是些什么东西,管他脏丑龌龊,她都不嫌弃。她和他们握手、拥抱,甚至亲吻。因为,她要出国了!要到美国去了!要成为美国女郎了!朝思暮想的凤愿可以实现了。

飞机飘然起飞了,上面是白云蓝天,下面是浩瀚碧海,满洒丽的心啊,美不可言乐不可支。正在她手舞足蹈、心花怒放之际,这飞机的两个发动机忽然停转了。机身急剧下沉,舱内一阵混乱!大兵们为了争夺救生工具,挥动着匕首,你争我夺,血溅机舱。满洒丽回头一看,碧海巨浪就在脚下,眼看就要葬身于大海,不禁惊叫一声!醒了,吓出浑身大汗,原来是一场噩梦。

满洒丽惊魂稍定,向室内扫视了一周,不禁凄然长叹,继而吟道:"处世若大梦,徒劳忙终生。酒醉卧前楹,觉来庭已倾!"真的名副其实啊!

正在这时,听到有人轻轻敲门。

"谁?"她问。急忙掏手枪,但是手枪没有了。八成落到王德手里了。

"我,小姐,午饭没吃,晚饭该吃点了吧?"这是鲁青太太的声音。

"不吃了,谢谢。"

鲁青太太再没吭声,踮着脚尖走了。

黄昏,屋里渐暗,满洒丽打开灯,锁上门,翻箱倒柜,把所有要用的东西全取出来,堆放在床上。然后,她坐到梳妆台前,开始打扮自己。她把头发用最漂亮的发带扎起来,脸上涂上脂粉,仔细地描了眉,涂了口红,把戒指项链全都戴上,尔后,把最时髦的衣服穿上。总之,她把过去和美国人跳舞、赴宴的装饰全穿戴上了。打扮妥了,她站到穿衣镜前,翻来转去地对着镜子照了又照。对着镜子看自己,满洒丽觉得很满意。她希望在人们的记忆中,自己永远这样标致、漂亮、美丽、俊俏。

她转身拉开抽屉,取出密本,擦火烧了。又将收发报机分解开,把零件拆下来,小件丢到厕所里,用水冲掉,大件砸碎,敲烂,丢到抽屉里。耳机子和电键呢?去他妈的!反正一样,通通砸碎。最后,她查看了屋内每一件东西,再没有值得她消灭的对象了。她满意了。她愤愤地想:叫你王经堂、刘谊辉争权夺利去吧,谁也捞不到,同归于尽吧!

时钟敲过八点,她取出一个小瓶,向外倒着药片,一粒,两粒,三粒……一直数到四十粒。够了,用手掂了掂放到口里,再用水送下去。上床睡了。

第二天早晨,快九点了,满洒丽还没起床。鲁青的胖太太来请满小姐吃早饭。她敲门,里面没人答应;再敲,还是悄然无声;急忙开门,门锁了。胖太太跑去叫鲁青,"快去看看吧,老头子,满小姐怎么啦?敲了半天门,也不吭声。"

鲁青踮着小跑步,来到满洒丽后窗敲了一阵,照样没人答应。他觉得不妙!赶紧去找了一把刀子,撬开后窗一块玻璃,伸手拔开插销,推开窗户,跳了进去。他战战兢兢地来到床前,伸手一摸,呀!鲁青的手像触了电似的缩了回来。满洒丽已经梆硬冰凉了!他两眼直勾勾的,瞧着满洒丽苍白如纸的脸,一步一步地向后退,退到门口,开开门,一溜风地跑了。

胖太太紧跟慢跟,来到后院屋里,问道:"干吗跑啊,她怎么啦?"

"她……她……她服毒自……自杀了!"

"啊?!昨天还好好的,干吗自杀啊?"

"嘻!你……你小声点。"鲁青说,"千万别声张。今晚找人,把她弄出去埋掉算了。要是被外院的人知道,咱们就……就全完了!"

"要是被陈先生知道了,该怎么办啊?"

"不要紧,我去和他说。我先去告诉刘先生的两位随从。晚上,我们一块干,把她偷偷地弄出去,给他个神不知鬼不觉。"

"要是前院那个姓王的问哪?是不是就说她得急病死了?"

"你这娘儿们,真她妈笨。你说她得急病死了,人家能信?非到屋里验尸搜查不可,那不就露了马脚?就这么办。听我的没错。关键只在今天,明天就不怕了。要是那个姓王的问,你就说,她回东北探家去了。这事办完了,我也不能在这儿久待。我得到陈先生那里去,省得惹麻烦。至于你,什么也不知道,懂吧?你要是沉不住气,胡说八道,我就先杀了你,然后去坐牢。"

"哎呀!我的天啊!"胖太太吓哭了,"我跟你算是倒了血霉了!"

"别哭!老老实实给我待着!我这就走,去找人。你放心,没事儿。"鲁青说完,刚想从后门溜出去,忽然想起应该检查一下现场,将来好有个交代。也许还能发点洋财。于是,他又回到了满洒丽的屋里,从尸体到屋里的每一个箱柜都搜了一遍,好拿的都取出来用包袱包好,连死者身上的戒指、项链,小巧玲珑的金壳手表也摘了下来,用手巾包好塞进了衣袋,最后,在满洒丽的抽屉里、手提包里又搜出几千元的美金和钞票。鲁青果然发财了。最后,他检查了一下室内设备。电台被毁了,密码烧掉了,手枪也不见了,一个空安眠药瓶放在桌子上,其他别无可疑之处。于是,他把后窗上的玻璃安装好,照原样关上,出来把门锁了。然后,把大包衣物、布匹等交给他那婆娘,这才悄悄地溜出了后门,向长安街走去。

鲁青想到石碑胡同六十三号,找刘谊辉那两个随从帮忙,今晚把满洒丽的尸体悄悄地弄出去埋了。

鲁青平时不大敢出门,生怕被熟人碰着,暴露了自己。尤其上次被小李盯梢后,每逢出门更加提心吊胆。可是,今天他非出去不可了。因为满洒丽的尸体在那里躺着,像是在他心里压上一块铅,不把她赶快处理了,他就喘不上气来。

他出了胡同,赶紧上了电车。刚一坐下,有人在身旁抓住了他的胳膊。鲁青吓了一跳,扭头一看,原来正是刘谊辉的随从,身穿皮夹克留着学士头,脚上皮鞋擦得锃亮。

"原来是你,干吗?"

"到刘先生那里走了一趟。"那个随从向车里的乘客瞧了瞧,低声地说,"到家里玩吧,有'好吃的招待'你。"

鲁青会意地点了点头,没吭声。

半个钟头以后,两人来到王经堂的公馆里,进了东厢房,把门一关,两个随从加鲁青,围着桌子坐下了。

"有什么好吃的?说吧。"鲁青先开口了。

"你知道吧,前天满小姐到太平庄去,往回走的路上,刘先生派朱明礼送她,不知为什么,满小姐把他给毙了。"

"哎!枪毙了?!"鲁青既心惊又奇怪,心想:"这是怎么回事?"

"嗯,死得可惨呢。"随从接着说,"也不知用什么枪打的,子弹进口很小,可出口有碗口那么大个窟窿。"

鲁青听他这话不禁心里琢磨开了。满小姐用的是勃朗宁手枪,弹丸小,绝不会出现这种效果。这像是大口径枪打的。可是,她为什么回来后又自杀了呢?……想到这儿,忽然被对方的话把思路打断了。

"刘先生和陈先生对此非常恼火。刘先生告诉我,回来后叫你监视姓满的。如果她真的参加了解放军,就设法把她收拾了,以除后患!这就要看你的了。"最后这话充满了威胁的口吻。

"不用费心了。"鲁青冷笑了一声说,"满小姐昨晚上服毒自杀了。"

"啊!"两个随从同时惊叫了一声,"她也死了?"

"死了。"鲁青说,"我想请你们二位帮个忙。今晚,偷偷地把她弄出去埋了。千万不能声张出去,要是被我们前院的解放军知道了,就麻烦了。"

"你就这么把她埋了?"

"不埋了留着她干啥?"

"你好大的胆子!"随从说,"她是陈先生的报务员。而且,她枪毙了刘先生的人,畏罪自杀。你不报告他们,就私自埋了,你的脑袋还要不要? 哼! 谁知她是怎么死的,埋了你能说得明白?"

鲁青听他这么一说,傻了! 他用手拍拍脑门儿,自言自语地说:"对,我应该马上去报告他们,听候他们的安排。应该马上就去,一刻也不能等。"他嘴里念叨着,身子早已站了起来,转身向外走去。

天快中午,鲁青来到太平庄,他迈着轻溜溜的步伐,钻进了王经堂的宿舍。他一进院子,便听到屋里传出激烈的谈话声:

"……你糊涂,你干吗叫小朱去送她? 活该!"

"这……未免太护短了吧,陈先生。小朱去送她,完全是好意,怕她一个女人,路上不安全。谁知她竟能把他枪毙了!"

"一定是小朱在路上对她不老实。她为了自卫才迫不得已……这不能完全责怪满小姐。"

"杀了人是要偿命的,先生!"

"偿什么命? 狗命,猫命,一文钱都不值!"说到这里,听到王经堂把桌子拍得砰砰乱响。

"你冷静点不好吗? 这件事共军已经知道了。满小姐完全暴露了自己。这是有碍大局的问题。你不是在姓李的跟前说不认识死者吗? 你我又这样大吵大闹,被共军知道了,就等于我们两人不打自招了。"

"报告!"鲁青听了多时,才在门外喊了一声。

"进来!"

鲁青拉开风门,提心吊胆地走了进去。然后,小心翼翼地脱帽鞠躬。

王经堂见鲁青突然来了，不禁心里一惊，急忙问："你来干什么？满小姐怎样了？"

"报告陈先生，我就是为满小姐的事来的。"

"她怎么啦？快说！"王经堂那凶光闪闪的眼直盯着鲁青。

"她……她昨天夜里服毒自……自杀——死了！"

"唉？死了？他妈的真是祸不单行！"王经堂惊慌失措地就地转了一圈。

"机器和文件呢？"

"毁的毁了，烧的烧了！"鲁青说到这里，面色苍白，全身战栗。

"他妈的！"王经堂随着骂声，狠狠地揍了鲁青一记耳光，"你这废物！要你在城里和她住在一块，为了什么？睡大觉，吃干饭？……"说着王经堂抽出了手枪，想枪毙鲁青。

刘谊辉开始听说满洒丽自杀了，正在幸灾乐祸地冷笑，后来听说机器毁了，文件烧了，不免遗憾。他正在思考将来怎么和南京联系的问题，忽见王经堂掏出了手枪要枪毙鲁青。他赶紧上前拦着说："我说老兄，你不要命了？枪一响，那位共军的政委来问你，你怎么说？你呀，算了吧，还是想点正经的吧。"

王经堂这才一屁股坐在椅子上，泄气地说："唉，怎么办啊老弟，危在旦夕了——！"

刘谊辉对鲁青说："你马上回去。今晚我派车到城里。你和我那两个随从把满小姐的尸体拉到西郊找个荒地埋了。然后，到这里，不，到……王爷坟松林里找我们。"

"到王爷坟干什么？"王经堂问。

刘谊辉俯到王经堂耳朵边叽咕了半天，然后才直起身来，两手一摊说："否则怎么办，难道真的束手待毙？"

王经堂点点头。刘谊辉这才对着鲁青一挥手说："去吧！"

"是！"鲁青急忙一躬到底转身走了。

王经堂和刘谊辉谁也不说话，一个坐着想心事，一个在地上溜达着考虑问题,室内一片沉寂,只有轻微的脚步声和王经堂那粗重的呼吸声。

矛盾的焦点消除了,冲突也就不存在了。

满洒丽的死,解除了两个人的争吵。但是,新的矛盾又产生了。一种不祥之兆同时危及他们的安全。刘谊辉想得很细致:朱明礼被杀了,李治中当然知道,连老百姓都知道,他能不知道?既然知道,他就要追根摸底穷其究竟。不查个水落石出他是不肯放手的。那就必然追到满洒丽的身上。而满洒丽和王德这几天搞得正热,她畏罪自杀突然不见了,王德能不找她?找来找去必然去找鲁青。只要王德和鲁青一见面,那——就全面突破了!鲁青绝对不能和王德见面,更不能落到共军手里。嗯,必须坚决把他调出来,换上军装当兵。可到特务连匿着。只要鲁青不落到共军手里,其他就再无可虑之人了。还有那两个随从。把他俩也调出来,到一连当兵。一个连长,一个排长。对,就这么办。加强一连,那就万无一失了。这样,共军即便能调查明白,也需要一段时间。等他们调查明白了,我们也准备好了。到那时,不等他们下手,我们就先行动了。刘谊辉想到这里,脸上呈现一种阴霾的表情,不禁自言自语地说:"嗯,就这么办!"

"怎么办?"王经堂惊异地问。

于是,刘谊辉把他的想法向王经堂全盘说出。最后,他说:"老兄,否则我们就这样折腾下去,共军早晚把我们的老底都摸清了,然后,把我们一网打尽。所以,我想今晚到王爷坟松林里开个营级军官会议。先看看大家的情绪如何,再做出计划。将来如有风吹草动,我们就一声令下,立即行动。不这样干不行了。共军现在步步进逼,处处压缩。我们的人,调走的调走,死的死,再加上我们自己暴露了一些马脚,被共军钻了空子,借以煽动士兵反对我们。他们逼着我们不得不走这一步了。这样做是很危险,但总比束手就擒强得多。你看怎么样?"

这件事在王经堂脑子里已经酝酿很久了。自从一连长死了,他就想过这一问题。由于朱明礼被杀事件发生,他还没来得及和刘谊辉研究。今天,刘谊辉主动提出这个问题,两个人也就不谋而合了。

王经堂点了点头,但没说话。他在琢磨刘谊辉的话。

"我们露了些马脚?是谁造成的?尤其是朱明礼的被杀,满洒丽的自杀,严重地暴露了我们的机密,不但给共军提供了侦察我们的线索,而且让共军钻了空子,借此煽动士兵反对我们,使我们对部队失去了控制。这又是谁造成的?瞧他那口气,像是我王经堂的过失似的。说话居高临下,颐指气使,想要我服从他的指挥了。"

王经堂越想越恼火。他手摸手枪,真想把刘谊辉给毙了。可是,他压住心头怒火,冷静地想了想。不行。把他枪毙了,事情就更糟了。对,先听他的。到时候,在行动中再把他收拾了。想到这里,王经堂不禁心惊肉跳。暴动,这是多么危险的行动!成功了困难多端,失败了全部完蛋!那样,他王经堂在北平经营的一切,就要前功尽弃了。将来如何了局呢?难道真的别无他路可走了?他苦思冥想,想来想去,忽然闪出一个念头:将来行动时叫他太太带上所有的财产,坐上汽车,到天津她娘家去等他。暴动成功,便把刘谊辉枪毙了,把队伍交给顾秃子带去打游击。他王经堂带上鲁青逃到天津,然后,找机会再去南京或台湾,那不就百事大吉了?!

王经堂站起来,洋洋得意地吸着烟说:"老弟不愧为国防部的高参,真是远谋深虑、韬略满怀啊。不过,行动计划要请你多费心了。我的意见,开会时间定在夜间十点,但不到王爷坟,更不可大集中。咱们分头开会。我在这里召集一营,你召集二营,叫团副官去三营。这样目标小,宜于保密。这次的会议解决这么几个问题:行动方式,对连队就说紧急集合。一营和团部特务连的集合地点在王爷坟;二、三营由他们自己选定。行动暗号是'流水'。行动时间这次先不定。到时各营只要在电话上听到'流水'暗号,就在规定的时间内一齐行动。这次行动一定要绝对保密,谁要走漏半点消息,包括你我在内,格杀勿论。你看,这样可以吧?"

刘谊辉欣然答应说:"很好,完全同意。请你放心,这次计划对连级军官绝对保密。营以上军官,还有鲁青和我那两个随从,都调回来,就再没有泄密的危险了。至于计划嘛,当然兄弟我责无旁贷了。好,就这样吧。再见。"

"再见。"

说完,刘谊辉转身走了。

王经堂背着手,望着刘谊辉出了大门。他冷笑一声,点了点头,愤懑地想到:"是的,这一来不会有任何人泄密了。保险了。不过,我会想法用泄密的罪名把你枪毙的!"他回身坐在椅子上,木然不动,长叹一声,在牙缝里唠唠叨叨地说:"满小姐啊,你真是聪明一世,糊涂一时。即便你枪毙了朱明礼,那又算什么?世上只不过少了一个混蛋。你怕什么?有我负责,姓刘的敢对你怎样?何必轻生呢?!毁了机器,烧了密本,这是可以理解的。你不愿它们落到姓刘的手里。可是,我怎么跟南京联系呢?现在你死了,我不得不被迫铤而走险了啊!"

暴动的阴谋,就这样策划出来了。

鲁青的匆匆而来,慌张而去;刘谊辉从王经堂院内出来时那种恓惶不安的神色,全被李治中的警卫员小赵,从他那窗上的缝隙里,看了个一清二楚。小赵立即报告了李治中。

李治中当晚就和周国华通了一次电话,把警卫员小赵所报告的情况告诉了他,并请他命令王德,通过满洒丽走访她那"舅",以便面对面地侦察。

二七

王德自从那天和满洒丽谈话后,一连等了三天没见着她。不但对她的争取工作无法继续进行,连李治中要求他通过满洒丽想法对她"舅"实行面对面侦察的任务也没办法进行。他心急如焚,真想直接进北院去找她。又觉得,一个连长随便到房东家去找个女人不像话。他在院里来回溜达着,不断地向北院瞧着,见里面门窗紧闭,悄然无声。连晚上灯光也没有,仿佛里面没人住似的。王德不禁产生了许多猜疑:也许她病得起不来了?或者去学校没回来?莫非她转移了阵地——跑了?北平地方这么大,她若真的找个地方藏起来,可就不好找了。王德回想起那天,在这亭子里和她谈话的情形。他记得当时他只不过是借题发挥,以启发她尽早觉悟,感谢解放军的救命之恩,从而坦白交待,投降自首。但是没有想到,要把一个旧社会意识极为浓厚、政治上堕落的人争取过来,如此不易!

王德又想,假设当时借《安娜·卡列尼娜》的故事,来一个单刀直入,直接把她的不幸遭遇说出来,指出她目前处境的危险,然后,以参军为名请她到军队里躲起来。告诉她参军后,只要她真心实意地为人民立功赎罪,大家一定欢迎她。并且,从此她和他永远在一起,再不分离了。这样也许会成功的。但是,现在已经晚了,八成逃之夭夭了。王德办事一向精细干练而这次却疏忽了。没想到一时的疏忽却把她送进了地狱,现在这个院里已是狐死狼逃穴已空了。王德垂头自思,七猜八想,正想得出神,团部通讯员二宝进来了。他报告说作战股杨股长请他立即去团部。

王德二话没说来到团司令部,见作战股杨股长正在打电话。

他见王德进来了,边笑着向他点头,边用手指一指办公桌前的椅子,请他坐下。

"哎?叫他下午就来吗?……"杨股长对着耳机子说,"叫李政委告诉他,是……好……那个老头和女人什么时候到我们这里来? ……好……再见。"

杨股长放下电话,对王德说:"来,伙计,团长到师部开会去了,临走时叫我请你来谈谈情况。怎么样,你那个未婚妻有没有争取的可能?"

"别开玩笑了,啥未婚妻哟……"王德一本正经地说,"自从前天我和她谈过以后,一连三天没见她的面。谁知她搞什么鬼名堂。"

"说不定又到太平庄去了吧?"

"不会的,她去找死啊?恐怕她这一辈子也不敢再去了。"

"你怎么和她谈的?"

王德把和满洒丽见面的时间地点,谈话内容以及当时她的表现,详细地说了一遍。

"坏了!"杨股长插话说,"你这么一说,等于告诉她,她的秘密你全都知道了。她还能再上钩啊?这家伙精得很,肯定跑了。"

"那我就直接去找她舅,向他要人……"

"不好,不好!"杨股长赶紧说,"老王同志,你平时挺聪明,怎么这阵又糊涂了。你一去找他,那就等于打草惊蛇。现在看,你们这个房东和特务团似乎是一个整体。你要是惊动了你们那个男房东,必然会触动那个特务团,说不定还会给李政委那里的工作增加一些不必要的麻烦。告诉你吧,师部正准备在特务团做点文章,叫他们自投罗网。然后,城里的就不攻自破了。不过,你这未婚妻嘛,保证得吹。"说着,杨股长笑了。

"现在谈不上吹不吹了。"王德说,"我太急于求成了。我满以为一点破她,她就会自首投诚。没想到这家伙不识抬举,结果欲速则不达,反而把事情搞复杂了。"

"算了。"杨股长安慰他说,"后悔也没用。我们等着看李政委那里有什么变化吧。不过,你这次能经得起糖衣炮弹的袭击,说明你这个共产党员是经得起考验的。"

"没关系。"王德说,"只要这个家伙还在北平,我早晚会找到她。上次也是三天没见面,后来她主动找来了。这次一找到她,我就把她的事情全都给她亮开,甚至连她的手枪也拿给她看,叫她无可抵赖,逼着叫她举手投降。你瞧着吧,非完成李政委给我的任务不可!"

"你这不是等于逮捕她吗?"

"你说对了。"

"你先别忙,同志。这事得请示团长再做决定。要想得周到些细致些。"

"行,我等你的消息。噢,对啦,刚才你打电话,说有一个老头和一个女人要到我们这儿来,是谁?"

"对,你不说我还忘了呢。"杨股长说,"这又是一个离奇的事。特务团一营营副王兆祥,这人自从和平整编以来,表现很反动。据说,因为他的老婆是被我们部队弄死的,他父亲是在西直门外被我们打死的。你说怪吧,他父亲和他老婆都活着,而且当初还是我们救活了的。现在,他们已经找到我们师部了,说要找他儿子王兆祥,一块儿感谢我们。这下好啦,只要他们对我们的感谢是真诚的,就一定会向我们提供不少情况。师部已经打电话给李政委了,叫他亲自跟王兆祥说。王兆祥下午就来,等着瞧吧,伙计,好戏还在后面呢。"

说话间,二宝进来报告说:"杨股长,师部派人送来两个人,说要见你。"

"好,叫他们到西厢屋里坐吧。"

"是!"

二宝出去后,杨股长和王德又谈了些关于和平谈判的情况,然后,他说:"走吧,咱们一块儿和他们谈谈去。"

杨股长、王德来到西厢房,见里面坐着一男一女。男的六十岁上下,大高个儿,身穿长袍马褂,留着两撇浓密的花白胡子。腰板挺得溜直,身体挺结实,说不定这老头还是个行伍出身。女的有三十岁上下,蓬松的卷发披到肩上,那被胭脂粉腐蚀过的脸皮白而发青。身穿陈旧的黑色棉旗袍,肩上披一条灰色风雪大围巾,脚穿一双黑色高腰白底棉靴子。一看便知,过去她曾是个不大正派的女人,现在已经穷愁潦倒了。

两人见杨股长和王德进来了,急忙起身鞠躬,同时说:"长官好!"

"请坐,请坐,别客气。"杨股长把手一伸说,"你们二位是昨天到的吧?"

"是,"那老头欠身说,"我是来找我儿子的。这是我儿媳。"老头指了指那女人,"我们原先不知道我儿子在太平庄,要早知道也就不到城里来给官长……啊,给首长们添麻烦了。"

"来这里好嘛,老大爷,把你儿子叫到这里见见面,不是更方便?"杨股长说。

"是啊,在师部听说了。幸亏没去,要是去了还真麻烦呢。"

"为什么?"王德问。

"听说顾秃子在那里当营长,我儿子给他当营副。我和儿媳要是去了,他还不要了我们爷儿俩的命?因为北平解放前夕,他和王经堂、鲁青打了败仗,深更半夜跑到我家。那时,我在城里看我儿子。这些畜生把我儿媳妇给掐昏了,还把我家抢了个乱七八糟。他们走了不久,解放军去了,才把我儿媳妇给救活了。我呢,看看城里很乱,就想回家。谁知道,王经堂的随从副官鲁青把我送到西直门外,离解放军前哨不远,这个兔崽子就从背后给了我一枪。我当时什么也不知道了。等我醒来时,好多解放军围着叫老大爷。

当时我心里啊,不知怎么感激才好!百闻不如一见,人人说解放军好,真是话不虚传。"

"老大爷,你刚才说的王经堂和鲁青,这两人现在在哪里?"王德问。

"听说,你们进城前,他俩和国民党一些军官坐飞机到南京去了。这事儿,等我儿子来了,就知道了。"

"老大爷,"杨股长说,"听说你儿子和顾秃子关系很好,他能说吗?"

"怎么不能说?"老头子有点动怒了,"他妈的顾秃子,把他媳妇掐了个半死;鲁青开枪打他父亲。他还和他们好?王八蛋!杀父之仇,夺妻之恨,他不说?他不说我就揍他!"

"顾秃子原来是干什么的?"杨股长问。

"这小子从小没干好事儿。抗战前当过土匪,在北平还当过警察杀过进步人士,镇压过学生运动;抗战期间投靠日本鬼子当汉奸,帮着日本鬼子杀害了多少中国人啊!这个畜生,抗战胜利又当了国民党的宪兵队长。后来,给王经堂当督战队的连长。哼!这个狗娘养的,死了也得进狗肚子棺材。"

"您老人家今年多大岁数了?"王德听老头子说话挺直爽,笑了笑问。

"我?"老头子用手指了指自己,说:"我今年七十整,不多不少。不瞒您说,长官,我是吃皇粮当官兵,打了一辈子仗。当过义和团,当过满清兵,当过吴佩孚的兵,参加过直奉战争。后来换了中华民国,开始我觉得挺新鲜,心想这回中国人该扬眉吐气了,后来,我看那架势也不怎么样,我就回家当老百姓,做做小买卖,混个吃穿。我这一辈子算是看透了。当兵,当兵,当到最后浑身都是冰,冰透心了!哪一辈皇帝不是这样,开始挺好,后来越来越糟。当大官的是老爷、上等人;当兵的是奴隶、下等人。官大一级压死人。上面每天吃喝玩乐,贪赃枉法,欺压良民,下面当兵的却整日吃苦卖命,连当官的一条狗都不如。他们喝兵血,刮地皮,吃饱了,长肥了,干什么?争权夺利,互相残杀。他们为金钱可以背信弃义,为功利可以出卖朋友,昧尽天良还自鸣得意。最后死的死,亡的亡,洋鬼子再一插手,一块儿完蛋。满清出了个慈禧、李鸿章,中华民国出了个袁世凯、蒋介石,这就算把个中国糟蹋完了。他妈的,我们这些小兵百姓有什么法子?最后,还不得跟着他们倒霉?想过个太平日子都不行!……"

老头说得正高兴,那个女人轻轻地碰了他一下,说:"爹,瞧你,净说这些……"

"噢!对了,"老头笑了笑,说,"您别见怪,长官,我这人是直性脾气,心里有什么说什么。"

"说吧,老大爷。"杨股长说,"你说得很好。旧社会就是这样黑暗嘛,所以共产党毛主席才领导大家起来革旧社会的命,打倒蒋介石建立新中国。如果我们将来也和他们那样,就会有人起来革我们的命。"

"对,"老头子说,"您说得对,长官。看样子你们这队伍和历代的军队都不一样,上下一致,官兵平等,军民一家,纪律严明,真正是仁义之师,这号队伍还有不打胜仗的!中国今后在你们的治理下,一定有希望。"老头子若有所思地望着窗外那铅色的天空,自言自语地说:"唉!可惜我老了,恐怕看不到中国强盛繁荣的日子了。"

"能看见,老大爷,您能活一百岁。"王德说。

老头子高兴了,捋着胡子笑了,"托你们的福吧!"

门开了,二宝悄悄地走了进来,一声不响地站在门旁。

"有事吗?二宝。"杨股长扭头问道。

"开饭了,是不是领他们去吃饭?"二宝答道。

"好吧,"杨股长起立说,"老大爷,你们先去吃饭。下午,你儿子来了,咱们再谈。行吧?"

"中!"老头答应着,和儿媳妇跟着二宝走了。

下午,王兆祥果然来了。

这天上午,李治中接到师部电话之后,立即派小赵去叫乔震山把王兆祥领来。王兆祥跟着乔震山来到李治中屋里时,心里七上八下的老在瞎嘀咕:是不是用药酒毒三连长的事他知道了,要军法从事?他看看乔震山平静地坐在那里一声不吭;瞧瞧李治中喜眉笑眼地毫无责备之意;又向屋里看了一周别无他人。他这惊慌失色的表情,早被李治中看破了。他说:"坐下吧,我告诉你个好消息。你父亲和你老婆在城里找你呢!"

"啊!"王兆祥呼的一下站起来,打了个寒战说,"您在开玩笑吧?政委先……生,我可没做……什么坏事……"

他认为李治中要送他去见鬼——枪毙他。

李治中把手一伸说:"你先坐下,这是真的。"李治中说着拿起电话,要了师部总机,找到王兆祥的父亲,然后把电话耳机递给王兆祥说,"你父亲和你说话。"

"哎,你是谁?"王兆祥接过送话机说。

"你他妈的巴子,连你爹的声音都听不出来了?王八蛋!"

"是,爹你好!"王兆祥喉咙有点发哽了。

"我好,你不好!他妈的!你媳妇和你讲话。"

"兆祥……"耳机子里传出了女人的抽泣声,"你这没良心的!可把我们坑苦了呀!……"

"怎么回事呀?"

"你快来吧,电话上不好讲。我们在师部,师长亲自接见我们。人家待我们可好啦。你来吧,我们等着你。"王兆祥的太太把电话挂上了。

王兆祥全身都软了,脊梁骨上直冒冷汗。他懵里懵懂地想,这是怎么一回事?他们怎么死了又活了?还在解放军那里打电话。是在做梦还是怎么的?他坐下后用怀疑的目光瞧着李治中。

"怎么,你还不信?"李治中说。

"信是信,政委先生,就是不清楚他们怎么死了又活了。"

"这个问题你见了他们就能弄清楚。在这里,你是搞不清的,而且传出去,你还有生命危险。"

"好,我现在就去。"

"别忙,"李治中说,"顾营长问你去北平干什么,你怎么说?"

"我说我去看我父亲和太太。"

李治中说:"如果这样说,那么你到不了北平,就会有人暗杀了你。因为你父亲和你太太的死,据说与顾秃子有关。现在活了,是当初我们把他们救活的。"

"是——这——样?"王兆祥惊讶地说。

"你北平有亲戚没有?"

"有,我岳父岳母都在。对,我说我岳母死了,我去吊丧!行吧?"

"可以。"李治中笑了笑说,"回去吃过午饭就出发。见了你父亲给我来个电话,免得我挂念。"

李治中最后这句话,使王兆祥感动得差点没哭了。他泪水包着眼珠,立正挺胸,用激动的目光瞧着李治中,好久才说:"是!"他认认真真地敬礼后,转身和乔震山走了。

吃午饭时,王兆祥不断地用仇恨的眼光瞟着顾贞熊。郝平和乔震山惟恐王兆祥沉不住气,暴露了真相,不断用别的话缠着顾贞熊,使他不注意王兆祥的表情。

"喂,老弟,政委先生请你们二位去,有何吩咐?"顾贞熊终于问道。

"没有别的事,"王兆祥说,"政委先生问我和乔副营长,清明节那天晚上,是谁把一连长灌醉的。我说是我,可乔副营长硬说是他。政委先生当着我的面,把乔副营长批评了一顿。你说是吧?乔副营长。"

乔震山心里正捏着一把汗,听王兆祥回答得如此完满,不禁点了点头。心想,这个家伙涉及他的切身利益,他也会转变。这谎撒得多圆!

乔震山接着说:"政委还说,从城里打来个电话,说王营副的岳母死了。他岳父叫他回去看看。政委当面准了他的假。吃过饭就叫他走。"

"哎呀!老弟,你怎么不早说?真不幸啊!去吧,去吧,早去早回。也替兄弟我烧上些纸钱,祝她老人家早登西天。"

就这么着,王兆祥放下饭碗就走了。

晚上,顾贞熊来到王经堂屋里。他正和刘谊辉、鲁青在商议什么事。

"报告!"顾贞熊敬礼后,立正站着。

"你来干什么?"王经堂问。

"王营副的岳母死了。他今天下午去城里了。"

"谁叫他去的?"

"李先生。"

"你怎么才来报告?"

"我以为你们知道了。又是政委先生批准的……"

"放屁!"王经堂把桌子一拍,骂道,"难道,你不知道明天,最迟后天,我们就要行动?你这个混蛋,为什么放他走?而且现在才来报告,嗯?"

"他说明天就回来了。"

"回来个屁!你知道吧?满小姐把小朱枪毙了,回去后就自杀了,还把机器、密本也全部毁灭了,这说明了什么?畏罪自杀!你今天又把这个知情人物放走了。他明知这几天我们要行动,为什么还要走?借故逃跑!又是姓李的叫他走的,这说明姓李的已经掌握了情况。我们已经大祸临头了,你懂吗?"

王经堂发了疯似的在地上转了一圈,回过身来刚要去抓顾贞熊,刘谊辉上前一把按住王经堂的手,说:"老兄,何必呢。有些事情也许是偶合,不一定符合我们的推测。来,来,坐下,都坐下,我们四个人再把情况研究研究。"

今天,王经堂、刘谊辉、鲁青正在开紧急会议。顾贞熊突然闯了进来,又报告了这么个使他们伤脑筋的情况。这就给王经堂困难之中又增加了一层困难。所以,他对着顾贞熊大发雷霆。要不是刘谊辉劝阻,王经堂就会气极发疯,忘却一切,不把顾贞熊枪毙也能把他揍个半死。王经堂冷静下来后,就和刘谊辉、鲁青、顾贞熊围着桌子坐下了。桌子中央放着一盏煤油灯,玻璃罩子放射着颤抖的光影,在四张凶狠、惊慌的面孔上闪动着。他们继续开会了。

"刚才说到哪里了?"王经堂喘了口粗气说。

"是行动时间问题。"刘谊辉说,"根据顾少校说的这情况,时间必须提前。因为王兆祥去城里,很可能不是为了他岳母的死。通过共军系统把王兆祥弄走,事出怪异,必有诡谋。鄙人意见,行动时间最好提前到今晚,至迟明天晚上十二点,不能再迟了。我们一定要给共军一个措手不及。"

"嗯,你们二位的意见呢?"王经堂看了看鲁青和顾贞熊。

"坚决服从命令!"顾贞熊站起挺胸答道。

"行动时间嘛,鄙人赞成刘少校的高见。今天已经来不及了。"鲁青已经换上了军装,小胡子剃了,显得年轻了,完全变了样,俨然像个中年军人。他讨好地笑了笑说,"我觉得有个情况值得重新考虑。据说小朱头上的伤口,进口小出口大,不像是勃朗宁手枪打的。再说,满小姐那只勃朗宁手枪也不见了啊。恐怕满小姐的死不是畏罪自杀吧?"

"这个就不要研究了。反正两个都死了,去他妈的,算啦!"王经堂说,"明天晚上十二点开始,各营自己选择集合地点。我和刘少将、鲁青带特务连准时到王爷坟和一营会合。行动方法还是以夜间紧急集合为名。总的方向是小五台山区。那里没有共军了，现在的共军都在围攻大城市和准备渡江，老共区都空了。我们现在去打游击是畅行无阻的，比在这里活活地闷死好。到时候，以连为单位悄悄地把队伍拉出去。"

"集合以前先把共军整编人员干掉！"顾贞熊说。

"不，"王经堂说，"不到万不得已时，不这样干。等他们睡熟了，我们就悄悄地溜走。等他们醒来发觉时，我们早就拉出包围圈了。他们要追连个方向都摸不着。大家记着，这是关键。谁要是搞不好被发觉了，谁就有被消灭的危险，谁要是安全地逃了出去，谁就是胜利。明天还有一天的时间，大家要做好一切准备。还有，谁要是走漏了消息，就地枪决！完了。"

"对，一枪不打，用刺刀把他们捅死，免得暴露。"顾贞熊又补充了一句。

一句话提醒了刘谊辉。他恨透了李治中。自从整编以来，他所有的计划都被李治中及时识破并击败了。他曾几次想杀李治中，一直找不到机会，再说也确实没有这个胆量。这次，反正一不做二不休，如果有机会，他一定要把李治中杀掉以泄心头之恨！只要把他杀掉，共军就失去指挥中心，他们就可以畅行无阻地突围出去。那时，王经堂就得佩服他刘谊辉是个智勇双全的干将了。他想伺机下手。

"诸位，"王经堂起立，严肃而战栗地说，"让我们最后为党国效忠吧！"

"我们至死效忠党国！"四个人一齐起立宣誓。

"口令呢？"顾贞熊问。

"顺风！"刘谊辉说，"为了便于保密，上次规定的口令作废！"

午夜十二点大家分头走了。

这天夜里，鲁青回到了特务连。刘谊辉到一营一连带上他那两个随从，从二营跑到三营，天快亮时，才回到宿舍睡了。

鲁青自从把满洒丽埋掉以后,才换上军装到特务连的。名义上是奉陈团长之命到特务连帮助工作,实际为了暴动来监视这个连队的。这件事引起连长徐占奎的怀疑和全连士兵的注意。徐占奎本想去告诉三连长李贵堂,想来想去还是算了,多一事不如少一事。他要看看这位鲁上尉突然到来,究竟要干些什么?因此,除去随时注意以外,啥话也不说。

早晨,部队正在出早操,口令声此起彼落。一辆吉普车从北平方向驰来,进了村庄,在李治中的宿舍门前停下了。车门开后,出来三个人,进了李治中的宿舍。

李治中洗完脸正在院子里散步,见进来的人一个是团部的作战股长,一个是师部的侦察参谋,第三个是友邻部队张营长。

作战股杨股长向政委呈上两份文件,尔后介绍说:"这是张营长。他的部队就在西面住,特来和你联系的。"

"好,我们已经认识了,屋里坐吧。"李治中和来人一一握手。

进至屋里,李治中让他们坐下,并叫小赵招待烟茶。自己坐在椅子上看文件。

这文件,一份是个命令。上面写道:

兹调特务团团长陈一民,副团长刘谊辉,一营长顾贞熊来师部集训班学习。学习时间三个月。望接令后三日内,到师部作训科报到。此令。

第二份是个绝密文件。上面写着王兆祥的全部口供。他把陈一民、刘谊辉、顾贞熊、鲁青、满洒丽和朱明礼等人的政治背景,真实姓名,所作所为,从头至尾一滴不漏地全部揭露了。尤其揭发了王经堂等将在这两三天内搞暴动的详细计划。如何暴动、集合地点、行动方向全部都谈了,只是行动时间他没说。因为前天晚上王经堂召集顾贞熊和他开秘密会议,把行动的大致想法都规定好了,具体时间没定。所以,王兆祥不知道。文件的后面,师长对李治中应该注意的事项,以及友邻部队的配合行动,都做了详细的指示。

李治中看完文件,不禁默默点头。心想,太平庄周围几十里已撒下天罗地网,你王经堂插翅难飞了。然后他把第二份文件装到文件包里,第一份放在桌上。他面色平静地说:"你们辛苦了,还没吃早饭吧?在这儿吃了早饭再走吧。"

"不,"杨股长答道,"师长说回去吃早饭,在这里停留的时间要尽量短。您对张营长还有什么指示?"

"没什么指示了,一切都按师长的指示办。张营长今晚七点钟到王爷坟西面等我。你们的部队六点半出发,隐蔽进入埋伏地点。如果下半夜五点以后还不见动静,部队就立即撤回原地。就这样吧。"

杨股长、侦察参谋和张营长敬礼后,转身出去了。不一会儿,就听见汽车驰远了。

二八

李治中在屋里踱步,思忖着王兆祥所提供的这些情况。其中,有些是他预料之中的,有些是他从来也没想过的。现在,根据师长的指示,他在考虑如何去做,而且要做得灵活、果断、万无一失。第一步先把命令给王经堂看。假使他拒不执行怎么办?那就强迫他执行!假设因此而引起暴乱呢?那就用武装冲突来解决。双方难免要流血要有伤亡。这是不得已而为之的办法。但是必须要有这个准备,犹如对付野兽必须准备好猎枪一样。第二步、第三步呢?要看第一步的变化而定了。李治中想先跟乔震山和郝平商量一番,使他们早做准备。然后再把命令交给王经堂看。

"小赵!"李治中喊了一声。

"到!"警卫员小赵应声进来。

"你去告诉乔副营长和郝教导员,叫他们吃过早饭到我这里来。"

"是!"小赵转身走了。

早饭后,乔震山和郝平来了,落座后,李治中把两份文件递给了他们。

乔震山和郝平交换着把文件看完。郝平请示说:"政委准备怎么办?他们能同意去吗?"

李治中站起来说:"问题就在这里。他们要是借故不去,乘机闹事呢?"

沉默了一会儿,乔震山说:"我看,他们去和不去都是一样。他们答应去,我们要按计划准备;不去,我们更要很好地准备。反正,他们白天不敢乱动。"乔震山说话时怒容满面,全身发抖。因为他见文件上写的陈一民就是当年的王经堂,鲁青就是城里他们连部的房东李振财。仇人在眼前,竟没认出来!眼下,乔震山恨不能立即捅他们几个窟窿,以解心头之恨!可现在要顾全大局,执行政策,他们不造反暴动,就不可对他们轻易动手。乔震山看透了王经堂会对抗学习命令,发动暴动的。他决心在这场冲突中活捉王经堂、鲁青,交人民法庭审判,把他们枪毙示众,为父报仇,以泄民愤。

李治中见乔震山言语简单而坚定,面色严肃而呈怒容。他怕他在这次行动中由于感情冲动,干出违反政策的事。因此,他说:"乔震山同志的意见是对的,这叫做有备无患。但是一旦有事,希望我们的同志坚决执行政策,这是丝毫不能含糊的。这样吧,我们分个工:如发生事情,你们俩看住顾贞熊;成功后,到三连做预备队;我和张营长在王爷坟西面地坎下,指挥部队包围王爷坟。三连长靠得住吧?"

"绝对可靠,政委同志。"乔震山站起来答道。

"很好,你今天就去三连,和李贵堂把这件事商议一下,看他还有什么新的情况和办法。然后,请他晚上九点以后到我这儿来一下。注意,不要让任何人看见他。而且,他到我这儿以后,由一排长暂时掌握部队。没有你和郝平的命令,各守岗位,谁也不准乱动。你看,这个任务三连能不能完成?"

"没有问题,政委同志。叫三连长到你这里来干啥?"

"这个你就不用管了。"李治中笑了笑,说,"这样分工你们俩同意吧?"

"同意!"两人同时起立答道。郝平又问道:"其他两个营的同志,怎么通知他们?"

"这个吗……"李治中想了想,"我和警卫员小赵跑一趟就行了。反正一个王庄、一个李庄相隔不远,一会儿就回来了。过去我常到他们那里去,也不会引起怀疑。好,你们可以回去了。我这就把调他们去集训的命令跟陈团长说。"

乔震山和郝平离开团政委的宿舍,见各连的部队出操的出操,上课的上课,没有异样的表现,惟有顾秃子不在。往常,部队出操上军事课,他都亲自监督,并不时指手画脚喊三呼四地骂人。今天他却一反常态,不在现场。郝平估计,这个家伙不是在团长那里接受什么任务,就是在家偷偷搞什么鬼。于是,压低声音对乔震山说:"老乔,你现在就去找三连长。我去找顾秃子。我想法把他缠住,叫他哪里也去不成。保证你有充分时间和三连长谈问题。"

乔震山点头会意,离开郝平向三连走去。乔震山来到三连的操场上,举目望去,见三连部队正在进行"班教练"操作,部队着装整齐,动作认真严肃。正在这时,听三连长喊道:"全连——立正——!"全连士兵肃然立正,鸦雀无声,军容庄严。李贵堂喊完,转身跑步来到乔震山身前,敬礼后报告说:"一营第三连连长李贵堂报告!全连正在进行'班教练'操作,请你指示!"

"继续操作!"乔震山还礼后命令说。

"是!"李贵堂向后转,面对部队喊:"继续操练!"

部队立即又响起了此起彼伏的口令声和步伐声。

乔震山来到李贵堂身旁,悄声说:"李连长,等会儿到连部来一下,这里由一排长主持。我有事和你商量。"说完,乔震山站了一会儿,转身慢步走了。

乔震山来到三连连部,见一个值班士兵正在打扫院子,见乔震山进来,立正说:"乔副营长,您屋里坐。我们连长出操去了。我给您倒茶。"

"谢谢,不用了。你们连长一会儿就来,你忙吧。"

士兵随乔震山之后进了屋。屋里打扫得非常整洁,背包、挎包、水壶等放得整整齐齐,与以前相比,简直有天壤之别。总之,从操场到连部,给乔震山一种印象,这个连的进步是相当明显的。从而给他今天和三连长所要谈的问题,增添了信心。

"乔副营长,您请坐。"士兵给他搬来一把椅子,请他坐下,又给他倒了一杯茶,放到桌子上。然后,站到一旁,静候乔震山吩咐。

"你们连现在还有人偷着赌钱吗?"乔震山落座后,笑眯眯地问道。

"没有!"士兵笑了笑,把头摇得像货郎鼓,"我们连长常说,既然改编成解放军了,就得像个解放军的样子。要是还那么胡来,也对不起您的教导啊!您说是吧?乔副营长。"

"要说对不起共产党、毛主席。不是对不起我。"

"是,是……毛主席……嘿嘿……我这嘴……嗯,不会说。"

"不会不要紧,以后要好好地学习。"

"是!噢,我们连长回来了。"士兵敬礼后抽身走了。

说话间三连长李贵堂进来了。他在乔震山对面的凳子上坐下,扭头瞧了瞧走去的士兵,低声问道:"您有什么指示,副营长?"

"一、二连最近有什么情况没有?"

"没有什么情况……老样子。"李贵堂想了想,"噢,对了,自从一连长和朱明礼死了以后,部队很乱。据说前天,不,是大前天吧,

405

刘谊辉又给一连增补了两个士兵。听说是从特务连调来的,不知什么意思。怎么,你问这干啥?"

"这两个人我见过,都在一排。我看不像当兵的,倒像两个军官。这个我们暂不去管他……你在一、二连还有什么认识的人或者要好的朋友?"

"有。我们一排长和一连二排长是老乡亲,还是老同学。二连长和我是保定军校的同学,平时比较谈得来。上次顾贞熊把我揍得死去活来,就是他带领全连跪下求情的,不然我非被顾秃子揍死不可。到现在我还没好好地谢人家呢。"

乔震山点了点头,沉默了一会儿,继续问道:"你们一排长和一连二排长的关系如何?"

"也比较谈得来。过去他俩经常在一起发发牢骚,但谁也不出卖谁。自从整编以来,为了少惹是非,避免嫌疑,很少来往。我说副营长,您问这干啥?有事您就直说吧。"

"我想求你办件事。"

"哎呀!副营长有什么事您尽管吩咐。怎么说得上是'求'呢?这,这真叫我受不了!"

"你先别着急,"乔震山起身到门口看了看,见那个士兵在大门口站着,好像在放哨。然后回到屋里,压低了声音说,"据说今晚或者明天晚上,陈一民和刘谊辉要带着队伍逃跑……"

"啊!"李贵堂跳了起来,"他妈的,我今晚带着全连,把团部包围起来,给他俩每人一刺刀,叫他……"

"你先坐下,听我说。"乔震山把手一伸,按了按他的肩膀,"你能不能去告诉二连长,叫他提高警惕。这三天内,如果夜间发生任何事情,他都采取按兵不动的态度?同时,叫你们一排长去做一连二排长的工作。如果有什么风吹草动,叫他把刘谊辉派来的那两个家伙看押起来。你要和他们说明白,解放军在这周围有两个多师的兵力,陈一民和刘谊辉想欺骗部队叛变逃跑,绝没有好下场。

如果一连二排长能听我们的劝告,按我们的命令办事,事成之后,我们决亏待不了他,他还将因立功而受奖。你看行不行?"

"行,副营长,你这样信任我,我赴汤蹈火在所不辞。"

"如果劝说不成,反而把机密泄露出去怎么办?"

"我想不会的。他会考虑利害关系的。一连二排长如果不敢干,我就派一排去协助他。二排长这个人,素来胆大心细。自从一排长跑了,他一直掌握着一排。三排长是个草包,胆小怕事,只要一威胁,他就会乖乖的。至于二连长,让他袖手旁观概不参与,省去许多麻烦,他又何乐而不为。你放心好了,副营长,这事交给我了。可是,你给我们连什么任务呢?"

乔震山俯到李贵堂耳朵边,把李治中给他们的任务,和叫他晚上九点以后到李治中那里去的事,告诉了他。

李贵堂受宠若惊地站了起来,激动地说:"哎呀,李政委这样信任我?还亲自交给我任务,我一定豁出命去干。"

"好吧。"乔震山起身说,"下午五点,我听你的消息。"

"行,您放心好了。"

乔震山向营部走去。他根据三连长的态度,觉得他们这两个多月的艰苦工作没有白做。常言说得好:"平时多流汗,战时少流血。"他们的辛勤劳动,将在这次行动中见到成效。

李治中来到王经堂的会客室里,见屋里没人,刚要转身回去,听王经堂的太太在卧室里问道:"谁呀?"

"我,陈团长在吧?"

"哟,李先生,快请坐。"王太太从门帘里探出个披头散发的脑袋来,"真对不起,经堂昨晚受点凉,今天起晚了。您坐,我来叫他。"

"不啦,没什么要紧的事,让他睡吧。我一会儿再来。"

李治中刚要往外走,王经堂边扣纽扣边走了出来。

"噢,真对不起,失礼,失礼。"他睡眼惺忪地说,"哎呀,昨晚睡

407

晚了。请坐,政委先生这么早就来了,有何见教啊?"

"不客气。"李治中从衣袋里掏出那份命令,往桌上一放,说,"有份命令请你过目。"

王经堂拿起命令,看了一遍,十分惊慌。但是,他故作镇静地说:"好,很好。师首长对我们如此关怀,真是不胜感激。是啊,我们这些人受旧社会的影响太深了,应当洗洗脑筋。"

"陈团长真是看得远想得开,不愧为开明将领。不知他们二位如何?"

"过奖了,"王经堂说,"他们两个,我估计问题不大。我负责去说服,请您放心。"

"那么,你看什么时间去好啊?"

"我想越早越好。明天吧,怎么样?"

"不太仓促吗?"

"哎——军人嘛,咹……"

两人同时笑了。笑完了,李治中站起来说:"好吧,今天午饭或者晚上,我准备给你饯行。你该不会拒绝吧?"

"哎!政委先生,"王经堂既认真又诚恳地说,"这可万万使不得。不瞒你说,我们几次请客都发生过不幸的事件。这次,我无论如何不能同意。要是这次再发生事故,我就该受军法制裁了。千万使不得!"

李治中本来是试探他,见他这样认真地谢绝,李治中心里更加有了底。因此,他说:"好吧,既然团长如此谨慎,我这个当政委的也就不好勉强了。那么,明天再送你了!"

"谢谢!"

这天上午,王经堂把所有的东西收拾了一下,由他太太带着,坐上他那辆黑色卧车,说是回城里,实际上汽车直奔天津而去。

李治中回到自己的宿舍,回想了一下王经堂的表现,他肯定今天晚上一定要闹事。根据是:第一,答应去集训比较痛快,而且要亲自去动员刘谊辉和顾贞熊,并未提出任何困难;第二,明天就去,如此"积极"!第三,坚决拒绝饯行;第四,太太和行李今天就走了,为什么不等明天一块儿走?于是,他带着警卫员小赵便向村外走去……

下午五点半,乔震山和郝平从营部出来,向村外走去。在村西的路口上,卞路修正在放步哨。他见乔震山和郝平来了,向周围看了看,然后,从子弹带里掏出一张小纸条,递给了乔震山,什么也没说,便把枪往胳膊上一挎,行了个立正注目礼,继续放哨。

乔震山和郝平来到村外野地里,把那张纸条展开一看,上面写着一个"成"字。两人相互瞧着,笑了笑。然后慢步回到村里,直奔李治中的宿舍。

这天夜里,残月尚未东升,大地一片漆黑。刘谊辉从七点起就守候在李治中宿舍对面的一棵大柳树后面。隐蔽一阵走了,然后又回来,向李治中的门口窗口探视一会儿,尔后又慢慢地走了。如此反复三次以后,大约在十点钟左右,他看见三连长带着一个士兵进了李治中的大门,可是不到五分钟就出来向西走了。好像不是回三连,而是直接向村外走去。刘谊辉闹不清三连长接受了什么任务到村外去了。他想跟上去看个明白,又怕被三连长发现了。他回头再看李治中的窗户时,灯光已经熄灭。警卫员出来看了看,回头把门闭上了。说明他们准备睡了。

刘谊辉放心了,既然李治中现在睡了,说明他对他们今晚的行动丝毫没有察觉。于是,他蹑手蹑脚地离开那棵大柳树,来到了王经堂屋里。

"怎么样?"王经堂问。

"没事,没事,一切都正常。"刘谊辉轻声说,"他熄灯睡了,看来他什么也不知道。不过,三连长李贵堂到他屋里去了一下,接着就出来了。可疑的是,三连长为什么向村外走去呢?"

"那也许是查哨去了。"

409

"对,可能是这样。"刘谊辉看看表说,"怎么样？十点多了,还有一个小时了。"

说到这里,两个人瞪起四只紧张的眼,互相瞧了瞧,都没说什么,然后在地上溜达起来。这屋里除去他们轻微的脚步声外,什么声音都没有。间或,那窗纸被夜风吹得瑟瑟作响。有时什么声音都停了时,他们听见自己的动脉在太阳穴里剧烈跳动,如同打鼓；随之而来的是心慌,气粗,神魂不安。

这不是开玩笑的。暴动不成就是死亡。即便成功,出去后他们将历尽艰险,豁出性命去斗争,谈何容易啊！这一点两个人心里是很清楚的。所以,离行动的时间越近,他们的心跳得越厉害。

门忽然开了,两人同时转身将手插到裤袋里。

原来是鲁青轻手轻脚地进来了。他低声下气地对王经堂说："中将先生,时间到了,走吧？"

"一、二连走了没有？"王经堂问。

"已经集合了。"

"三连呢？"

"我也派人通知了。听说三连长睡了没起来。一排长在值班,我和他说紧急集合夜间演习,叫他带队伍到王爷坟去。他当时还很不耐烦,骂了几声,用脚把士兵踢了起来。尔后,进去叫他们连长了。"

"团部机关呢？"

"都来了,和特务连在一块儿。"

"马上出发！"

"是！"鲁青躬身退出门外。

不一会儿,门外的脚步声渐渐地远了。

"我们也走吧。"王经堂对刘谊辉说。

"走是要走,我觉得我应该再去看看姓李的。"刘谊辉说,"我有点不放心。共军诡计多端,说不定装聋作哑,等我们出了村,他才下手整我们!"

"好,还是老弟想得周到。那么,我先走一步了。"

就这样,王经堂跟着特务连和鲁青向北走了。

刘谊辉带着一名勤务兵,来到李治中门前,上了台阶,用手在门上轻轻一推,门开了一道缝。两个人侧身而进,刘谊辉来到院子里。这院子黑洞洞的,北屋是老百姓住的,只有老头和老太两人。东厢房是警卫员小赵住的。这南屋三间便是李治中的宿舍了。

刘谊辉伏到李治中屋前的窗子上听了一阵,仿佛里面还有轻微的鼾声,他心里一高兴,想:"你姓李的再聪明,这会儿也被我们骗了。"他抬腿刚要走,忽然又站下了。

刘谊辉既然探明李治中睡了,就应当悄悄地走了。可是坏人自有恶心肠。他想趁此机会实现他的凤愿了,脑子里闪出一道杀人的恶念。他想,既然姓李的已睡熟,何不悄悄地把他杀了?于是,他来到那个勤务兵跟前,把匕首一亮,耳语般地说:"你到东厢房去把那小崽子干掉。我到南屋去,懂吧?手脚利落点,别弄出动静来。去!"

"是!"那个勤务兵不知是天冷冻的,还是因刘谊辉叫他杀人吓的,全身哆嗦成一堆了,下牙一个劲儿地碰上牙。

刘谊辉左手拿电筒,右手拿匕首,向李治中的屋门走去。

他来到门前,拉开风门,轻轻一推,屋门开了。但是开得太小,进不去人。他怕弄出动静,惊醒了李治中。又轻轻地再推,门悄然开大了,他那胖身体可以进去了。于是,他踮着脚尖,迈进了第一步,第二步还没有迈进去,就碰在一条挡在门里的木凳上。凳腿在黑暗里发出一种吱咯声。这声音虽不大,但在刘谊辉听来,却不比雷声轻!

刘谊辉的魂都吓掉了。他认为这凳子是李治中有意放在这里报警的。他立即停下来,但是没后退。他原来踮着脚尖,现在连脚后跟也落地了。动也不敢动,像个泥塑木雕的偶像。他侧耳细听,向黑洞洞的屋里瞧了一遍。没有任何动静,更没有惊醒他要杀的那个人。

刘谊辉冒险把那木凳拿开,房里仍然十分寂静。屋子里的桌子,凳子,还有房东放的农具等,模模糊糊,看不真切。他借助窗上射进的一丝微光,看见李治中面朝里躺在床上。刘谊辉谨慎小心地向前走去,惟恐发出声响。

刘谊辉已经来到床边。他现在看清了,李治中戴着帽子睡觉。刘谊辉举起雪亮的尖刀,向着睡觉人的脖子刺去。真怪!刀子下去后,没有发出任何声音,更没觉出有鲜血喷出。他急忙用电筒一照,呀!哪里是什么李治中,只是一顶帽子和一床空被。

他惊慌极了,知道中了计。正在这时,忽听背后有人咳嗽了一声。他全身抽搐了一下,急转身。

"啊!"他惊叫了一声,"你,你是三连长?!你不去集合……违抗军令!"

"嗯!我就是你几次没有害死的三连长!"三连长背着双手,直挺挺地站在刘谊辉身前,恨恨地说,"你半夜三更跑到这里杀人行凶,该当何罪?!"

"你管不着!"说着,刘谊辉举刀向三连长刺去。

三连长动作敏捷,像闪电一样,左手一举格开刘谊辉的右手。同时,没等刘谊辉看清,右手一把锋利的刺刀,捅进了刘谊辉的心窝!李贵堂顺手将刀向下一压,再向后一抽,扑的一声开了膛。刘谊辉大叫一声,仰面摔倒。他的胖身体,从心窝到肚脐,开了一道大口子,五脏六腑全都流了出来。污血喷了一地,也溅了李贵堂一身。

"婊子养的,真脏!"李贵堂用手电筒照了照刘谊辉。转身走出屋门,刚到院里,卞路修也押着刘谊辉带的那个勤务兵从东厢房里走了出来。这家伙借着卞路修的手电筒光亮,见三连长满身是血,手里拿着一把血淋淋的刺刀,吓得魂不附体,扑通一声双膝跪下了,求饶说:"你……你是我亲爹,饶了我吧。是刘副团长带我来的,我……我什么事也没干,不信你问他。"

"起来走!"三连长喝道。

"是……"那士兵战战兢兢地站起来,瞧瞧三连长,再瞧瞧他手里那把带血的刺刀,生怕他从背后给他一下,吓得全身一阵一阵地发冷,腿都软了,迈步很困难。

"快走!"卞路修推了他一下,"不杀你。瞧把你吓的,像个鳖孙子!"

李贵堂和卞路修,押着那个士兵向三连连部走去。

李贵堂和卞路修,什么时候到李治中这里来的?而李治中又是什么时候离开这里的呢?原来刘谊辉在李治中对面那棵大柳树底下,见三连长李贵堂带着卞路修进了李治中的院里,尔后又出来的那个李贵堂和卞路修,便是李治中和警卫员小赵。由于他们互相换了帽子,又因为天黑,刘谊辉在黑影里没看清。他把李治中和小赵误认为是李贵堂和卞路修了。

也是刘谊辉作恶多端,恶贯满盈,活该倒霉。其实李治中绝对没想到刘谊辉会亲自动手去杀他。他只是估计王经堂和刘谊辉对他不会善罢甘休,可能会派人去暗杀他。于是,他把李贵堂叫来,叫他埋伏在这屋里,如有人来行刺,进来一个捉一个,以便事后作证。同时,李治中也想在这关键时刻进一步考验李贵堂。没料到,李贵堂仇人见面,分外眼红,趁刘谊辉惊慌失措之时,一怒之下把他杀了,解了心头之恨。而李治中呢,早已到张营长指挥所去对付王经堂了。

李治中屋里进行这场无声厮杀的同时,乔震山和郝平在干什么呢?

乔震山和郝平九点多钟就上炕睡了。他们把驳壳枪放在袖筒里,以防万一。他俩似乎很快就睡了,睡得还很香。

上炕前,顾贞熊到东厢房里和伙夫、勤务兵、营副官说了一阵话。他说今晚可能要进行夜间演习,搞紧急集合,叫大家万勿疏忽大意。他回来时,见乔震山和郝平都已睡下。他为了装装样,也上炕躺下。听着乔震山和郝平睡得很熟,还打着轻微的鼾声,他的心这才平稳下来。但是,想起王兆祥今天没回来,心里不免气恼。这个混蛋,他妈的怕死鬼,他明知要行动,借故逃避了。逃避了不要紧,要是他在城里泄了密,今晚的行动非失败不可。他想到这儿,心跳得像兔子蹦,并立即觉得太阳穴发胀。他翻了个身,喘了口粗气。这营部只剩他孤家一人了,打也打不得,斗也斗不过。但是,到时候悄悄地跑了,可倒干净利落。不过也不一定,乔震山的机灵勇敢,他是领教过的。此人外表憨厚、老实,不声不响,容易使人麻痹。可是动作起来勇猛、准确,使人防不胜防。顾贞熊想到这里,不禁扭头瞧了瞧乔震山和郝平。两人睡得正香,连身子都不翻一下,他这才又放了心。闭上眼睛想睡一会儿,但是既睡不着,也绝对不敢睡。他很想趁此机会开枪把乔震山和郝平打死,但又怕枪一响会惊动部队乱了阵脚,一切计划都将落空。再说,只开一枪不一定把两个人全打死。有一个活的,他顾贞熊就活不成走不脱。那后果就不堪设想了。想到这些,顾贞熊又长长地叹了口气,提着一颗惊慌不安的心,耐心地等着时机的到来。

时钟刚刚敲过十一点,顾贞熊隐隐约约听到远处传来了脚步声。他估计部队已经行动了。他悄悄地静声屏气地下了炕,踮着脚尖,一步两步,轻轻的,并不时地回头瞧瞧两个睡着的人,然后出了房门。

他这些动作,乔震山早已看在眼里听在耳里。当顾贞熊出了房门,他就翻身跳下炕,尾随顾贞熊出了房门,在外屋门旁隐蔽起来。等顾贞熊进了东厢房,他又一溜潜步来到东厢房的门旁,听里面低声说:"起来,起来,集合了!"顾秃子的声音。

屋里枪支、水壶、行军用的锅碗瓢盆,一阵乱响。

"轻点!他妈的!"随着骂声,杂乱之声骤然低了。不一会儿,顾贞熊接着说:"跟我走,不准闹动静。谁要咳嗽一声,我就先杀了谁。"

乔震山听到这里,右手提枪,左手扶着墙,放矮了姿势,站好马步。忽见顾贞熊出来了,正当他扭头向北屋门口瞧探的一刹那,乔震山以迅雷不及掩耳之势,来了一个旋风似的扫堂腿,把顾贞熊踢了个嘴啃地;接着,跳起来骑到顾贞熊的身上,把他的两手反捆了起来。

"哎呀!哎呀!姓乔的你轻点,老子受不了!"

"暂时委屈点吧,这比挨耳光舒服多啦!"

这时,郝平也早已提着枪来到厢房门口,大声喝道:"都进去,与你们无关。不是紧急集合。他们要造反,拉着队伍跑。你们也跟他们去?"

"不,教导员,我们确实不知道。我们受骗了。"营副官解释说。

"那好,"郝平对营副官说,"由你负责带着炊事员和勤务兵回去休息。明天起来,该干什么干什么。外面发生任何事情都不能乱动。所有人员少一个找你是问!听见了吧?"

"听见了!"营副官立正答道。然后各人回到原来的位置上,坐着一动也不敢动。有的低声嘟囔着说:"他妈的,我估计早晚会有这一天。这算彻底解放了。"

乔震山把顾贞熊捆好,用手一提,他站了起来。

"走!"乔震山把他一推。

"到哪去,姓乔的?"顾贞熊吓得全身发抖,他以为要枪毙他呢。

"有地方去,不会枪毙你。你以为像你们,动不动就杀人?!"

"姓顾的,"郝平也过来说,"你要老实交待你们的罪行,争取从宽处理。你要是顽固到底,解放军的宽大政策也是有限度的。你懂吧?"

"懂啦!"顾贞熊听说不杀他,他放心了。只要给他留着脑袋吃饭,叫他到哪里都行。

乔震山和郝平押着顾贞熊来到三连连部,士兵们戒备森严,如临大敌。见乔震山和郝平来了,要了口令,然后让路。没有一个说话的。乔震山进门碰着一排长,问道:

"一连和二连怎么样?"

"报告副营长,他们都按昨天的指示办的,那两个小子已经捆起来了。他们开始可凶啦。居然以连长的身份指挥着部队集合。后来,一连二排长喊了一声:'快! 还等什么!'一排的弟兄们突然呼啦一声,把两个家伙围了起来,每把刺刀都对着那两个家伙。就这么着,全妥当了。现在两个连都集合在那里,等您和教导员的命令。"

"好,谢谢你,"乔震山说,"你现在派人去告诉他们,说我和教导员向他们致谢,并命令一连二排长代理连长职务,掌管全连工作。"

"是!"一排长敬礼后转身走了。

正说着,三连长李贵堂和卞路修押着个士兵进来了。

"呀! 你这是怎么搞的?"乔震山见三连长身上脸上都是血,那把刺刀还在手里拿着。

"他妈的,刘谊辉叫我给宰了!"说着,扭头一看,见顾贞熊在乔震山身后站着,故意把头垂得很低。李贵堂二话没说,上去就是一刀。幸亏乔震山眼尖手快,抓住李贵堂的手,把刺刀拿了下来。"不能杀他,要留活口。"可是,李贵堂还不肯罢休。他抓住顾贞熊的领口,上去就是几个耳光。这耳光有劲极了! 打得顾贞熊七孔冒血,眼里直放金星。二排长在身后又踢了他一脚。顾贞熊瘫倒地上了。

"妈的,你顾秃子也有今天啊!"李贵堂被乔震山拉开后,嘴里仍然不三不四地乱骂,口口声声要宰了他。把个顾秃子吓得上牙碰下牙,全身寒战。他现在没有别的想法,就怕乔震山离开他,或者把他交给三连长看押。要是那样,他顾贞熊就算没命了。

"把他们押到屋里去吧。"郝平说。

二排长命令战士卞路修,把顾贞熊和刘谊辉的勤务兵连推带打,押到屋里去了。

"这回别叫他跑了。谁叫他跑了,我就枪毙谁!"李贵堂盛怒不息地说。

乔震山叫三连长到屋里洗脸换衣服。三连长走后,乔震山看看表正是午夜十二点半。他想,为什么到现在还没有动静?心里不免有些着急。也许他们跑了?正在这时,三连长换上衣服,洗完脸出来了。他说:"乔副营长,我们带两个排到村北去看看好不好?请郝教导员带一排在家休息。"

乔震山正有点心痒着急。他问郝平说:"你说呢?"

"行啊。你们去看看也好。我到一、二连去,和他们谈谈,把情况详细地告诉他们,省得他们心里不踏实。"

李贵堂回头命令道:"卞路修跟教导员担任警卫。一排在家看押犯人,要倍加小心!二排、三排跟我来!"

乔震山和三连长带着两个排向村北面出发了。

二九

王经堂和鲁青带着特务连,来到王爷坟松林里,休息了一会儿,鲁青趁这机会到特务连察看了一遍,指挥特务连,布置了兵力火力,占领了阵地以防万一。回来又把团部的勤杂人员叫团副官带着,在松林的东边紧挨着特务连,也成战斗队形展开。团副官打着寒战问道:"上尉先生,我们这么干行吗?"

"少废话!服从命令!"

团副官再没吭声,向黑影里走去。

鲁青布置完毕,回到王经堂身边,坐在地上休息,吸烟。只等一营部队来了。

王经堂见一营的部队还没有来,顾秃子和刘谊辉也没到,心里十分焦急。因此,对鲁青说:"鲁上尉,你先命令特务连在松林周围挖工事,布置警戒,以防不测。"

"中将先生,我已照您的意思部署好了,并且还挖了野战工事,万一有事,我们好在这里就地抵抗。少将和顾少校到现在没回来,是不是派人去接他们一下?"

"算啦!"王经堂长叹一声,无可奈何地说,"一营部队到现在也没来,说不定已经出了毛病。如果真的那样……那么这两个人也就不保险了,去接也毫无意义,反而惹出许多麻烦,再等等看。如果他们还不来,我们就带着特务连赶快走,有多少算多少,唉……比一个没有强。"

"是!"鲁青敬礼后向松林的边沿走去。身旁的芒棘杂草,撕拉着他的衣服裤子,哗哧哗哧地乱响。他感到恐惧。忽然,他看见前面麇集着一群人,正在嘀嘀咕咕地议论着什么。鲁青警惕地向前移了几步,在一棵松树后面隐蔽起来,听他们说:

"连长,我们半夜三更的到这里来,到底干什么?"

"我也不清楚。鲁上尉说搞紧急集合——演习……谁知他们搞的啥名堂!"

"看团长和鲁上尉的神色,不像演习。"

"是啊,看这架势,又挖工事,又准备炮弹架小炮,好像要打仗!"

"再说,别的队伍全没来,光我们一个连和团部——这家伙……"

"不对头啊!弟兄们,演习也用不着团长亲自来,八成要闹事,我们受骗了吧?"

"周围都是解放军,干这号事不是玩命吗?我们不干……"

"对,不干！走,找团长和鲁上尉去问个明白,拿当兵的玩命我们不干,他妈的！"

"……走,走……谁不去就是孬种！……"

鲁青听到这里,全身打颤,一颗恐惧的心直往喉咙里蹦,再也不敢往下听了。他一刻也没停,缩身向王经堂那里跑去。路上跌倒再爬起来,手和脸全被荆棘划破了,血糊淋淋的。他一口气跑到了王经堂跟前,上气不接下气地说:"不好了,中将先——生……"

"发生了什么事？快说！"王经堂跳起来,掏出了手枪。

"特务连,也……也叛……变了。他们……成群的,在嘀咕,要来找你……算账！"

王经堂什么都想到了,就是没想到他平时认为最可靠的特务连,在这最关键的时刻会背叛他。他吃惊,恐慌,恼怒,气急败坏地吼道:"他妈的,把他们都枪毙！"

"不行啊,中将先生,他们一个连……我们就两个……搞不好就没命了啊！"

"那你说该怎么办？！"

"走！趁他们还没找来,我们赶快走！"说着,鲁青不管王经堂同不同意,拉着他的胳膊,向北出了松林,跌跌撞撞地跑去,急急如丧家之犬。

他们慌不择路,在黑魆魆的野地里深一脚浅一脚地跑着。脑子里只有一个念头——跑！跑出去就是生路,管他什么野地,沟壑,只要跑出去就行。忽然脚下踏空,两人一块跌到地坎下去了。幸好,地坎不高,没有摔死,两个人挣扎着爬起来。才想稍微休息一下,忽见王爷坟方向手电筒闪烁跳跃,人声鼎沸。王爷坟处发出惊人的怒吼:

"不见了……搜啊……搜……"

"李连长……长……长……"

"……我们……知道——知道……"

"……捉……捉,捉,陈……陈……我……我……们……受骗……"

松林里扬出的各种不同、模糊不清的叫喊声,使王经堂心惊胆裂,"完了,全完了!"他想。两个人刚要拔腿再跑,忽听从侧面又传来了可怕的脚步声。他们赶紧在地坎根底下,找了一棵不大的树丛,像兔子一样卧下了。

杂乱的脚步声一次再次地从他们跟前和地坎上跑过去。这声音如此沉重,连大地都被震得发抖!真是人不该死天有救。脚步声终于渐渐地远了。王经堂、鲁青这才爬起来向西北方向,沿着一条小沟,丧魂落魄地逃去……

乔震山和李贵堂带着两个排,向王爷坟疾步前进。靠近王爷坟大约一百多米时,李贵堂命令部队展开了战斗队形,占领了阵地,架好了机枪和小炮,虎视眈眈地对准了王爷坟松林。

乔震山向松林里观察。黑沉沉的松林深处,隐隐约约有火星闪动,这是有人在吸烟;侧耳静听,那里响着轻微的沙啦声,这是有人在轻步行动。他对李贵堂说:"李连长,赶快喊话,说他们受骗了,叫他们活捉陈一民立功受奖。"

李贵堂双手捧成喇叭形喊道:"特务连的弟兄们——我是三连长李贵堂——你们受骗了——要活捉陈一民,立功受奖——"

不料想,松林里也响起许多人的喊声:

"李连长——我们已经发觉了——我们正在搜查——请你们快在外面迂回包围——"话音刚落,松林内像是恢复了电源的夜城,灯光闪烁,人声沸腾。

"他妈的,我们受骗了……"

"搜啊……捉活的……受奖……"

"陈一民……出来!老子开枪啦……"

"捉活的……他妈的!"

…………

乔震山和李贵堂带起队伍,成散开队形,沿着王爷坟松林的外沿,向东再向北,转了半圈,一无所获。搜到松林的西北角和李治中会面了。乔震山把情况简要地汇报了一遍。最后,李治中握着李贵堂的手说:"李连长,你是个好同志,谢谢你的帮助。不过,你不应该把刘谊辉杀了。捉个活的不是更好吗?"然后,他接着命令道,"你和乔副营长赶快到松林里,和特务连一起搜捕陈一民和鲁青。我已经派张营长的部队把外围全都包围了,现在就去吧。"

"是!"乔震山和李贵堂同时答应,转身带着队伍进了王爷坟松林。

一百多号人,在松林里穿梭般地搜了好几遍,几乎把王爷坟翻了个底朝天。可是,连王经堂和鲁青的影子也没找着。

东方泛起拂晓的曙光,将夜幕渐渐推向西方。搜索的部队集合在松林外的野地里。他们虽然通宵辛苦却精神不倦,有的在低声议论,有的在大声谩骂。特务连长徐占奎,没有上当受骗,还能临危起义,自觉有功。他找乔震山表明自己的心意,又找三连长说明他如何带领部队搜捕王经堂和鲁青等。

乔震山见到政委李治中,汇报了搜索的情况和特务连临危起义的事。李治中说:"对特务团全体官兵,一定要按照有功者嘉奖的政策办理。现在,你带三连一个班在周围继续搜捕王经堂和鲁青,一定要捕获这两个罪魁祸首。其余部队立即返回原驻地休息。马上执行!"

王经堂和鲁青,从王爷坟跑出来,一刻也没敢停,一口气跑了一个多小时,跑进了山区。在一个不大的山顶上,把自己扔倒在地上,四肢一摊,上气不接下气地暴喘着,再也起不来了。

半个钟头过去了,王经堂慢慢地坐起来,向王爷坟方向望望。王爷坟松林像断了气的死人,静得使人害怕。"完了,"他想,"全都完了!"

王经堂举目向更远的东方望去,启明星已高升天空,那颗冰冷晶亮的星星,它告诉人们,天快亮了。天亮后要有人起早去劳动,工作,办事,发现他们不得了!而且,姓乔的发现他不在了,还能就此罢休?准得带着队伍出来搜捕。现在,他们在这不大的、光秃秃的山上,既没有林荫蔽天的树木可遮掩,也没有嶙峋的乱石可隐蔽,等到天一亮,两个人坐在这里,目标是相当清楚的。用望远镜在十华里以外就能发现他们。王经堂是个军人,他是有这种生活常识的。于是,他说:"鲁上尉,天快亮了,我们在这儿,不太合适吧?"

"是啊,中将先生。"鲁青向身后那座高峻突兀的大山望了望,"我们得赶快离开这儿,到后面的大山上去隐蔽。"

"有多远?"

"大约十多华里吧。"

十多华里,要是平路有一个小时就到。现在,他们要避开平路,走没人走的山路,要在天亮以前到达山顶,那除非是兔子,或者什么野兽,至于人是办不到的。何况,他们已经跑得精疲力尽了。难哪!可是,为了保住狗命,难也得走。走到哪里算哪里。为了活命,豁着干吧。这总比被解放军捉去杀脑袋强。

王经堂和鲁青站了起来,向北边那座大山走去。地上尽是碎石头烂草,高低不平,坑坑洼洼,他们跌倒又起来。惊慌加艰苦,走不上二里路就得上气不接下气地休息一下。这比坐高级卧车艰苦多了!他们不敢停留时间太长,稍一休息就得再走。地形越来越高,走起来越费劲,休息的次数也就多了。三月天气,按说,已经不像冬天那样寒冷彻骨了。但是,拂晓前的山峦上,仍然寒气逼人。可是,王经堂和鲁青却累得大汗淋漓,如度盛夏。到太阳冒红的时候,他们总算爬到大山的半腰了。这里有茂密的松树,有嶙峋的乱石堆。王经堂累坏了,一轱辘躺下,呼吸急促地说:"再不能走了,老弟,在半山腰比山顶好,到山顶反而容易暴露。"

"对,这里,连牛也爬不上来。我们就在这儿休息。"

太阳出来了,放射着耀目的光芒,大地远近雾霭沉沉。浸没在雾霭之中的村庄,冒着缕缕炊烟。王经堂向四周瞧了瞧,不禁打了个寒战,说:"鲁青老弟,这里还是不行啊!一来离地面太近,有人上来砍柴拾草就会发现我们;二来我的衣服被汗水湿透了,冷得很。咱们再爬一段,暖和一下,免得感冒。再说到山顶找个石洞,既隐蔽又暖和。"

于是,他们又爬了二十多分钟,到了山顶,确实找到了一个小小的石洞。王经堂不胜高兴,钻了进去,这才放心地躺下了。

王经堂和鲁青,劳累了一夜,既困又饿。由于在这小小的山洞里,减少了威胁,因此,他们不久就睡着了。当他们醒来时,已是日落西山,暮色苍茫了。虽然他们睡了一天,并不感到舒服。因为,地下湿漉漉的,墙壁的石头上生满了苔藓。他们枕着石头睡觉,又硬又冷,醒来后只感到浑身酸痛,连嘴都痛歪了。

王经堂忍着酸痛爬到洞口,向山下瞧去,看见山脚下有个小村,已经闪烁着点点灯光。他回头对鲁青说:"鲁青老弟,我们得趁天不黑下山。要是晚了,这山是下不去的。你看,净是大石头和悬崖陡壁,一不小心就会摔死。"

"是,中将先生,我们一定要下去。不过下去又怎么办,我们到哪去安身?"

"这就不用你犯愁了,老弟,"王经堂胸有成竹地说,"我们先下去找饭吃,把肚子喂饱。尔后嘛,我们得找便衣换上。穿现在这套衣服是不成的,说不定老百姓就会把我们捉起来送给共军。吃饱了,换了便衣,我们就到平路上,去坐火车到天津,找着我太太。然后,找个时机,咱们一块坐船走他娘的。到香港,到台湾都成。你看我这个打算行吧?"

"能达到这目的当然再好也没有了。"鲁青瞪起眼来,身上也不痛了,"卑职一定伺候到底。那么钱呢?"

"嗐!我身上有……但是,"他把手枪掏出来了,"有这玩意儿,还怕没钱?到了天津,就更好办了。"

鲁青没吱声,心想,靠手枪弄钱当路费可不是玩的。人家报告了共军,我们还有活路?开玩笑!你王经堂身上带着钱都不敢说,还要我陪你到底?!

"不,中将先生,靠那玩意儿弄路费很危险。弄不好,我们到不了天津就成了共军的俘虏。我这里还有点钱,咱们先用着,等到了天津再说。"

"鲁青,好兄弟,你这番心意兄弟我终生难忘。有朝一日,我王经堂时来运转,一定报答你。"

"不必客气,咱们走吧。"

天全黑了,他们摸着黑,在山上转来转去,躲着悬崖陡壁,转开怪石尖岩,拨开荆棘杂草,慢慢地小心翼翼地向山下爬去。四周,是黑沉沉的旷野,悄立无声的错杂交横的黑影,神秘的树林,古怪骇人的秃树身,临风瑟缩的丛丛野草,这一切,令人心悸战栗。王经堂和鲁青这两个漏网之鱼、丧家之犬,在这鬼蜮似的大山上,更感到无可名状的恐惧。

他们提心吊胆地寻找着可行之路,警惕地侧耳细听,生怕突然从岩石堆里,树干后面,伸出刺刀,枪口,巨手,把他们逮住。

一小时后,他们终于从大山的北坡,来到了山下,过了一条小河,又爬上一个小坡,然后来到一家独院门前。

鲁青上前叫门,不一会儿,院门开了,出来一个老头,问:"找谁呀?"

"嘿嘿,"鲁青一哈腰,笑了笑说,"老大爷,我们是解放军,来山区买柴,天晚了回不去了,想到你家弄点饭吃,明天……啊,今晚还要赶回去。"

老头把来人上下打量了一番,觉得他俩不大像解放军。解放军很少有四十多岁的战士。他们这身穿戴像是才败下阵的残兵败将。他犹豫一下说:"好吧,请进,解放军。"

鲁青和王经堂进屋了。老头在灯光下特别注意来人的那套黄军装,还有用兔子皮做的帽子。解放军的军装是深绿色,皮帽子是羊剪绒的。老头断定,没错,准是那些东西!

老大爷不声不响把门关上,请王经堂和鲁青坐下。然后,向西房里喊道:"凤鸣啊,来客人了,出来做点饭给他们吃。"老头说完,坐在矮凳上吸起烟来,低着头一声不响,仿佛在想什么心事。

凤鸣答应了一声,但没有出来。出来的是栓子他娘桢英。她一撩门帘,看见王经堂和鲁青的四只眼睛,同时向她盯视,不禁心里一惊!这不是两个国民党的兵吗?桢英心里想着,眼里望着。这两个人好像在哪里见过。

正在这时,鲁青站起来一哈腰,干笑了笑说:"啊,大嫂,麻烦你给做点儿吃的。管它什么,烙饼,面条,都行。我们不要好的。嘿嘿!"

鲁青这些动作,表情,言谈,突然使桢英心里一紧,脑海里立即闪出两个人像。

"这是鲁青,那是王经堂。没错!"真是踏破铁鞋无觅处,得来全不费工夫。

快二十年了,时间不算短。但仇恨是不会随着时光的流逝而消失的。他俩即便烧成灰,桢英也能把他俩认出来。常言说得好:"常将冷眼观螃蟹,看你横行得几时。"现在,仇人就在眼前,桢英要报此仇就在今天。

桢英两道仇恨的目光,向他俩脸上一扫!两人不由自主地打了个寒战。这女人为什么用这种眼光瞧我们?难道她不愿意做给我们吃?

鲁青从腰里掏出两块现大洋,在手里掂了掂说:"大嫂,没关系,我们不会白吃你们的。"

桢英没理他,转身回到屋里,把她那把十二磅重的铁锤往手里一掂,和凤鸣说:"你猜这两个人是谁?"

"谁?你认识他们?"

"他俩就是鲁青和王经堂。"

"啊?是吗!你想怎么办?"

桢英在凤鸣的耳朵边如此这般地说了一番。凤鸣点头后,来到外间说:"二位要吃饭,是不是?"

"是的,麻烦你们了。我们给钱。"鲁青答道。

"钱倒不要,请问二位尊姓大名?"

"我姓李,叫李振财。他姓陈,叫陈一民。怎么,你问这干啥?"

"真对不起李先生,我们村里有民兵组织,凡有生人来,都要向他们报告一声,挂个号。"

"噢,"王经堂这时发言了,"原来这样。要是你们这儿不方便的话,我们就另找地方吧。再见。"说着站起来就要往外走。

桢英从屋里出来,往鲁青身前一站,挡住了他的去路,并把铁锤伸到鲁青的眼前,说:"你得把真名实姓留下。不然,你出不了这个门!"

"你要干什么?"鲁青用手摸枪。他认为一个女人家有什么了不起,想用枪吓唬她一下。不料想,桢英眼尖手快,那十二磅重的铁锤早已闪电般地砸在鲁青的右肩关节上。右肩脱臼了,整个臂膀失去了作用,并且痛得直钻心。鲁青没有想到这个娘儿们如此厉害。但他仍然认为女人家能有多大力气,便伸出左手去抓她的头发,结果左手又被桢英抓住,往左一扭,铁锤又砸到左肩上了。左肩也失去作用。鲁青疼痛难禁,刚想往外跑,被桢英伸手抓住衣领,转身向王经堂身上推去。这推力沉重迅猛,一百多斤的鲁青像个断了线的风筝,撞在王经堂身上,那是够分量的。孙桢英平时和丈夫搬石头,练就的一双好臂力,平时,一百斤的石头她像搬弄棉花球一样。何况,她现在仇恨填胸,更是力大无穷了。

王经堂见鲁青被这个女人打得既无还手之力,又无招架之功,刚想掏手枪,却被推来的鲁青撞倒在地。他刚想挣扎着起来,凤鸣抢前一步,把王经堂拿枪的手抓住,用脚踏着他的脊背用力一拉,只听嘎嘣一声,王经堂的右胳膊脱了臼,痛得一动也不能动了。

两个人躺在地上,像杀猪一样地嚎叫。

赵大爷见儿媳和儿子把两个家伙收拾在地,如果不给他们治,一辈子也起不来。但是,这惨叫声实在难听。他到屋里拿了两块小孩的尿布,往地上一扔,说:"给他们把嘴堵上,怪吵人的!"

凤鸣先给鲁青堵上了,桢英又来给王经堂堵。王经堂把左手一伸,说:"你这娘儿们,咱们前世无仇,今日无冤,你为何对我们下此毒手?你得和我们说个明白。"

"你叫王经堂,他叫鲁青。对吧?"桢英厉声说。

"啊?!你,你怎么认识我们?"王经堂惊异地问。

"我叫孙桢英,认识吧?"

"哎?!原来是你!我真该死,真该死!"王经堂用头碰地。

"你想死?"桢英说,"我偏不叫你死。"

桢英举起铁锤,在王经堂左大腿的关节上敲了一下。

王经堂大叫一声,辗转嚎啕。

桢英接着往他嘴里塞上块尿布,然后,用手一提像扔条死狗一样,把他扔到院里去了。凤鸣也把鲁青扔了出去。最后,给他们每人身上倒上半桶冷水。桢英念叨着说:"瞧你这德性,喝吧,喝饱了好睡觉。你姓王的官大福气大,欺负人比喝茶还随便。这会儿,一定管你个够。"说完,把屋门一关,到屋里跟老大爷和凤鸣说话去了。老大爷心里有数,这两个家伙连腿带胳膊都脱了臼,爬都爬不动,想跑也跑不了。

王经堂和鲁青,躺在院子里,痛得死去活来,动也动不得,喊也喊不得,死又死不了。这真是善有善报,恶有恶报,不是不报,时候未到,时候一到,一切都报。根据王经堂往日骄横跋扈,草菅人命的罪恶来说,桢英这样对待他,一点也不算过分。只不过他的皮肉一时不大舒服而已,实在说不上什么报仇。

大约过了一个多钟头,赵凤鸣拿着一根拳头粗的棍棒,从屋里出来了。王经堂抬头看了看,心想,这回完了,每人一棒子非送命不可!可是,凤鸣连看也没看他们,匆匆地出了大门,走了。

天亮了,赵大爷把王经堂嘴里的尿布拿出来,问道:

"怎么样,官长老爷,这一夜睡得还舒服吧?哼!"

"哎呀!你,你行好积德,把老子枪毙了吧。别叫我们活受罪了!"

赵大爷说:"咱们老百姓不像你们当官的,动不动就枪毙人。我们没有枪。就是有枪也没这么大的权力。我说,你也不要着急死。等会有人来了,死活由他们做主。"

"我们两人的手枪,不是都被你们拿去了?"

"那是准备交公的。"赵大爷说,"别胡思乱想了。"

王经堂无可奈何地躺在地上。他右膀脱臼,左腿关节又挨了一铁锤,全身都瘫痪了。

这时候,院子里渐渐围满了乡亲,像看耍猴似的瞧着瘫在地上的王经堂和鲁青。有的还在说着风凉话:

"把他弄死算了,省出粮食好喂驴。"

"把他们放了石炮,扔到山沟子去喂狗。"

"把他们拿去游街,叫大伙都见识见识。"

"他们不能走路,被桢英大嫂敲打残了。"

人群中扬起了讽刺的笑声。

大家正说得热闹,有人喊道:

"凤鸣大哥回来了,还领着解放军呢。"

说话间,人们让开一条路,凤鸣和乔震山进来了。门外还有一个班,全是三连的士兵。

乔震山来到跟前一看,鲁青他认识,而王经堂却使他大吃一惊。原来,这位陈团长就是他从小没见面的王经堂!这个混蛋!真是天网恢恢疏而不漏,终有今日。他仔细地端详了一番,恨恨地踢了他一脚,说:"喂,起来,走!"

王经堂和鲁青看了看乔震山,什么话也没说,全身哆嗦着低下了头。

"爹,你给他们治一下吧。好叫弟弟带他们走啊,老放在我们这不像话。"桢英从屋里出来,和乔震山打过招呼后说。

于是,赵大爷先把鲁青的胳膊治好了,尔后,又把王经堂的治好了。但是,王经堂的大腿关节不是脱臼,而是被桢英用铁锤打成了骨折,不能行动。只好临时扎了个担架,把他放上,叫四个士兵抬着。鲁青呢,说也奇怪,经赵大爷的按摩接臼后,很快恢复了功能。可是,两肩肿得像两个小西瓜。乔震山怕他跑了,用绳子把他捆起来,并派两个士兵押着他。

一切都妥当了,乔震山告别了姐姐、凤鸣和老大伯,上路了。

赵大爷、凤鸣和桢英,带着乡亲们,一直送到村外,目送着乔震山押着那两个罪不容诛的坏蛋,向山下走去,渐渐地走远了,行军队形变成了一条虚点线,尔后,消逝在山脚的拐弯处,乡亲们才回去了。

尾　　声

冰冻三尺非一日之寒。伟大的胜利也绝非一日一时之功。

李治中及其带领的工作组,自始至终贯彻了党的方针政策,争取团结了广大士兵,避免了一场流血的武装冲突,终于把敌人暗藏在特务团的特务组织肃清了。至此,和平整编工作按预定计划完成了。

今天,把整编完毕的部队,和友邻单位合并以后,李治中的工作组就要回北平归队了。

乔震山站在营部门口的台阶上,满面喜悦地望着太平庄的一切:土地庙前的大槐树,街道两边的垂杨柳,院子里的桃、李、杏树,都已冒出嫩绿的枝芽,开出粉红色的花朵。真是:桃李争春春乍灿,阳光雨露露不寒。昨天还是严霜日,今日却成艳阳天。

乔震山在即将离开这个村庄的时刻,脑子里不禁涌现出许多的回忆。他们才来到这里时,还是寒风凛冽的冬天,眨眼间,已是桃红柳绿的春天了。真是:"事非经过不知难。"这场斗争该是多么惊心动魄啊! 现在已成为过去了。

"喂,老乔,你还走不走啊?"郝平从街道上跑过来喊道,"大家都上车了,光等你了。"

"好,马上就来。"乔震山转身跑到屋里,提起背包,又和房东老大娘道了别,然后把背包往身上一背,出了大门撒腿向团部跑去。

他跑到团部时,汽车上已经坐满了人。汽车周围被送行的人围了个水泄不通。送行人都在和车上的人握手告别。乔震山分开众人挤了进去。刚爬上汽车,三连长李贵堂打着招呼挤了过来,踮着脚尖和乔震山握手。

"乔副营长,你真的要走了吗?"他面色激动地说,"咱们多会再能见面?"李贵堂说着,泪水包着眼珠,把头低下了。

"李连长,不,李营长,将来咱们见面的机会多着哪。好好干,继续为人民立功!"

"是的,共产党给了我第二次生命,我永远跟党走,决不含糊!"

汽车开动了,车上车下几百只手,像森林一样在晃动。

"再见了……"

汽车飞驰而去,车轮底下扬起的尘土,渐渐地消散了。北平城的轮廓在晨曦中越来越清晰。乔震山遥望着这座春光明媚的古城,总觉得汽车跑得太慢!

"快开啊,伙计!"他用拳头敲了敲驾驶棚,大声地喊。

汽车颠簸得更厉害了,人们在车厢里摇晃起来。但是,他们笑了,唱了。歌声飘荡在明朗的原野里,绿油油的麦苗儿,随着轻柔的熏风,翻起翠绿色的微波,燕子在上面掠过,向碧空飞去。

汽车驰进了北平。古城与两个月前相比,面貌焕然一新:整洁的街道,壮丽的宫殿城墙,笑逐颜开的人群。古城在春光照耀下,更宏伟壮观,更绚丽夺目。

汽车来到宣内大街停下了。绒线胡同口上站着王德、赵文江、二宝、小李和连部的同志。他们是来迎接连长和指导员的,也是他们未来的营长和教导员。他们一个劲地喊"连长""指导员",似乎这样喊,更亲切,更能表达内心的千言万语。

乔震山和郝平跳下车来,和同志们握手、谈笑、拥抱。大家簇拥着这两个盼望已久的人向连部走去。

乔震山把小李叫到跟前,说:"你这小家伙,差一点没算了伙食账。好了吧?"

"没事儿,"小李摸摸脑袋,"一时半刻还死不了。"

大家嘿嘿地笑了。

"还有你,"乔震山刮了一下二宝的鼻子,"开枪打死个特务,救了个坏蛋。瞎逞能!"

二宝憨笑了笑,没吭声。

郝平和王德并肩默默地走着。王德心里有许多话想和郝平讲,可在这么多人面前一句两句也说不清,说什么呢?千言万语尽在不言中!不料,郝平先开口了:"你那未婚妻,没想到她还是这样一个人物。你听王兆祥说过了吧?"

"听说了。"王德感慨地说,"想是想到过了。遗憾的是没有把她争取过来,辜负了上级对我的嘱托。"

"是啊,"郝平深思地说,"把她争取过来就好了。不过,你一个人在家也真够忙的。俗话说:'金无足赤,人无完人。'工作能力再强的人,也有一时的疏忽。何况,这种不堪救药的人,也只好任她和旧社会一块见鬼去了。"